Eine Nacht der Gewalt in einem lateinamerikanischen Land: Drei Männer trotzen der Lebensgefahr in den umkämpften Straßen, um am halbjährlichen »Klassentreffen« im herrschaftlichen Haus des berühmten Chirurgen Dr. Daniel Pacheco teilzunehmen. Dort erwartet sie eine opulent gedeckte Tafel, und ungeachtet der von draußen hereindringenden Gewehrsalven gibt man sich dem Luxus eines fürstlichen Mahls und erzählter Erinnerungen hin. Besondere Aufmerksamkeit zieht das Porträt einer wunderschönen jungen Frau auf sich, das auf dem Kamin steht. Es ist das Bild von Señora Puccini als junges Mädchen. Durch sie wird ein Reigen von dramatischen Geständnissen eröffnet, die alle von erotischen Obsessionen handeln und die Lebenskatastrophen der Männer offenbaren. Doch im Zentrum steht die Geschichte der Señora Puccini selbst und ihres Dienstherren Daniel Pacheco, dem sie sich ganz hingab und doch immer verweigert hat. Und während sich ein dramatischer Höhepunkt dieses Verhältnisses abzeichnet, kommen die Signale des Todes von der Straße näher und näher.

Stephen Dobyns ist Professor für Englisch an der Syracuse University. Er ist Autor zahlreicher Romane und einer Serie von Kriminalromanen. *Die zwei Tode der Señora Puccini* erhielt nach Erscheinen ein begeistertes Presse-Echo. Weitere Romane von Stephen Dobyns: ›Die Kirche der toten Mädchen‹ im Fischer Taschenbuch Verlag (Bd. 14404) sowie ›Der Junge im Pool‹ im Argon Verlag.
Demnächst erscheinen im Fischer Taschenbuch Verlag seine Saratoga-Krimis ›Sam's Falle‹ (Bd. 14547, August 2000) und ›Ackermann's Grab‹ (Bd. 14790, Oktober 2000).

Unsere Adresse im Internet: www.fischer-tb.de

Stephen Dobyns

Die zwei Tode der Señora Puccini

Roman

Aus dem Englischen
von Bernhard Schmid

Fischer Taschenbuch Verlag

Veröffentlicht im Fischer Taschenbuch Verlag GmbH,
Frankfurt am Main, Januar 2000

Neuausgabe mit freundlicher Genehmigung des Autors.
Die Originalausgabe erschien unter dem Titel
›The Two Deaths of Señora Puccini‹
bei Viking Penguin Inc., New York

Druck und Bindung: Clausen & Bosse, Leck
Printed in Germany
ISBN 3-596-14387-X

Für Isabel Bize

Billige Vase

Verfolgt vom drohenden Krieg und der Gewalt auf den Straßen,
fanden wir uns zum Abendessen im Haus eines Freundes ein.
In der Mitte des Tisches lag eine Leiche,
ein nackter Mann, nicht zu jung, nicht zu alt.
Wir kannten ihn nicht. Wir aßen und
tranken Wein und gaben uns alle Mühe, den Mann nicht anzusehen,
gaben uns alle Mühe, so zu tun, als wäre er gar nicht da,
als läge da nichts, rücklings und der Länge nach auf dem weißen Tuch.
Wir lassen ihn verschwinden, sagten wir uns,
das ist kein Mann, es sind Blumen
mitten auf dem Tisch, ja, eine große Vase
mit weißen Blumen und darauf Bilder von Menschen im Tanz und beim Wein.
Wißt ihr, sagte einer der Gäste, die Zeit wird unsere Generation
längst ausgelöscht haben, da wird es diese Vase immer noch
geben inmitten ganz anderer Sorgen, als wir sie haben.
Du Narr, sagte ein anderer, wie kommst du darauf,
daß auch nur einer von uns ein hohes Alter erreicht? Und wieder
nahm der Tote seinen Platz unter uns ein.

Kapitel Eins

Verfolgt vom drohenden Krieg und der Gewalt auf den Straßen, fanden wir uns zum Abendessen im Haus eines Freundes ein. Neun von uns wurden erwartet; ich war der erste, der eintraf. Obwohl ich nur eineinhalb Kilometer weit weg wohne, hielt die Polizei mein Taxi gleich zweimal an. Bei beiden Gelegenheiten richteten glattrasierte junge Soldaten ihre Waffen auf meinen Chauffeur, während die Beamten meine Papiere prüften. Sie sahen aus wie Bauernjungen, voller Argwohn gegenüber hohen Gebäuden, und nicht weniger gegenüber den Städtern selbst. In der Ferne hörten wir zwischen Pistolenschüssen das ratternde Stakkato automatischer Waffen. Ich fragte, was das zu bedeuten hätte, bekam jedoch keine Antwort. Der späte Nachmittag lag in verräuchertem Dunst, und wir hatten einige brennende Autowracks passiert. Als sie sahen, daß meine Papiere in Ordnung waren, winkten uns die Beamten kommentarlos weiter. Daß ich Journalist war, trug wohl das Seine bei, und schließlich ist mein Name in unserer Stadt gewiß nicht ganz unbekannt.

Seit sechs Monaten schon stand das Dinner bei Dr. Pacheco in meinem Kalender. In gewisser Hinsicht sogar schon seit neun Jahren, seit dem Tag nämlich, an dem der Doktor aus dem Süden zurückgekehrt war und sich unserer Gruppe angeschlossen hatte. Sollte ich mich etwa nach neun Jahren des Wartens jetzt von den Schikanen der Militärs aufhalten lassen? Wir waren eine Reihe von Männern, die vor langer Zeit einmal ein und dieselbe Schule besucht hatten, und alle sechs Monate gab einer von uns für alle übrigen ein Dinner. Nach allem, was ich wußte, war das Essen womöglich längst abgesagt, da die Telefone bei uns in der Zeitung so gegen vier den Geist aufgegeben hatten. Auch aus dem Radio war kaum etwas zu erfahren, spielen die Sender doch in Zeiten öffentlichen Aufruhrs unweigerlich und ausschließlich klassische Musik. Für übermorgen war ein Generalstreik angesetzt, und wie aus der Lokalredaktion zu erfahren war, hatte man mehrere Gewerkschaftsführer inhaftiert; ich war mir jedoch nicht sicher, ob das in Zusammenhang mit den Schüssen und den Straßensperren stand, ich konnte lediglich Vermutungen anstellen.

Das Taxi setzte mich vor Dr. Pachecos Haus ab, dem größten an einer alten Kopfsteinpflasterstraße, in der es einige hohe Bäume, überwiegend Platanen, aber auch ein paar Palmen gab. Die benachbarten weißen Fassaden drängten sich bis direkt an den Gehsteig. Viele der Häuser hatten im ersten Stock einen Balkon, und die Fenster schmückten schmiedeeiserne schwarze Gitter und Blumenkästen mit leuchtend roten und gelben Blumen. Es war Mitte Sommer, und die Stadt kam vor Hitze schier um. Obwohl ich erst nach Hause gefahren war, um zu duschen und frische Kleidung anzulegen, spürte ich, daß das Hemd auf meinem Rücken bereits wieder feucht und klebrig war. Ich stieg die Treppe hinauf. Die Luft war erfüllt vom Gestank brennender Reifen. Kein Mensch war in Sicht, und viele der Häuser hatten die Läden geschlossen.

Die Tür war schwarz, und auf dem auf Hochglanz polierten Messingschild las ich: DR. DANIEL PACHECO. Unter dem Namen befand sich ein großer Messingklopfer in Form einer Hand, die einen Apfel hält. Als ich danach griff, erregte etwas zu meinen Füßen meine Aufmerksamkeit. Es sah nach einem unordentlichen Haufen grauer Federn aus. Ich bückte mich danach.

Es war eine tote Taube, die vermutlich gegen die Mauer geflogen war. Ein Tropfen Blut verunstaltete ihren Schnabel. Ich war verblüfft über die Ruhe in ihrem Blick. Ich stand wieder auf und berührte die Taube mit der Spitze meines Schuhs. Dann stupste ich sie von der Treppe, und sie landete auf dem Gehsteig. Weiter die Straße hinunter übte jemand Tonleitern auf einem verstimmten Klavier. Ich wandte mich wieder der Tür zu, hob den Messingklopfer und ließ ihn fallen. Und hob ihn ein zweites Mal. Es war Punkt halb sieben.

Ich bin Nicolas Batterby, neunundvierzig Jahre alt, Witwer und kinderlos. Einer der Literaturredakteure des größten Blattes unserer Stadt. Ich sehe mich gern als Beobachter des Lebens. Warum sonst hätte ich das Schicksal herausfordern und mich zum Abendessen bei Dr. Pacheco einfinden sollen? Natürlich hätte ich allen Grund gehabt, diese Einladung abzusagen. Doch kannte ich Pacheco nun seit vierzig Jahren. Gleichzeitig aber kannte ich ihn auch wieder so gut wie gar nicht und hatte noch nicht ein einziges Mal meinen Fuß über die Schwelle seines Hauses gesetzt, und das, obwohl er für seine kleinen Abendgesellschaften weithin bekannt war. Der Redakteur unseres Ressorts für Essen und Trinken behauptete sogar, er habe die beste Köchin und den erlesensten Keller der ganzen Stadt. Abgesehen davon, daß er ein hervorragender Chirurg war, sagte man Pacheco darüber hinaus auch nach, mit über tausend Frauen geschlafen zu haben. Vielleicht vergewaltigte er sie. Aber weit wahrscheinlicher war, daß sie darum bettelten.

Die Tür wurde von einer Frau in einem schwarzen Kleid geöffnet, in der ich eine Angestellte vermutete. Mein erster Eindruck? Ich bin nicht sicher, daß ich einen hatte. Die Schüsse schienen mir näher als eben noch, und mir war vor allem daran gelegen, von der Straße wegzukommen. Ich registrierte lediglich eine

Frau von etwa fünfundvierzig Jahren, groß, schlank, mit großen Brüsten und vollem, von grauen Strähnen durchzogenem schwarzen Haar. Ihr Gesicht machte einen müden Eindruck, und es war nicht nur die Müdigkeit einer Frau in mittleren Jahren, nein, es schien mir fast so, als wäre es zu stark beansprucht worden; beansprucht von zu vielen Gefühlen, von zu vielen Tränen. Ob es tatsächlich so war? Nun, ich denke, ich bin ein ehrlicher Mensch. Während ich etwas sage, glaube ich durchaus aufrichtig zu sein, muß jedoch zuweilen rückblickend feststellen, daß ich mich geirrt, ja sogar gelogen habe. Bei dieser ersten Gelegenheit, dessen bin ich mir sicher, habe ich sie mit meinem Blick kaum mehr als gestreift. Mein Verstand nahm eine große Frau zur Kenntnis, schwarzhaarig und mit der Figur einer Frau in mittleren Jahren. Gewiß ist, hätte ich sie für schön gehalten, ich hätte sie einer eingehenderen Betrachtung unterzogen.

Es war jedoch die Eingangshalle, die meine Aufmerksamkeit in Anspruch nahm, nicht diese Frau. Nachdem sich die schwere Haustür hinter mir geschlossen hatte, war lediglich das Geräusch eines Brunnens vor einer großen Marmortreppe zu hören. Genaugenommen waren es eigentlich zwei Treppen – beide mit roten Läufern bespannt –, da man von rechts wie von links nach oben gelangte. Oben vereinigten sie sich zu einem kleinen Balkon mit einer Marmorbalustrade.

Alles war aus Marmor: die Wände, der Boden – schwarz geäderter weißer Marmor. Inmitten des Brunnens stand die lebensgroße Marmorstatue eines Mädchens, auf einem Bein balancierend und mit einem kleinen Krug in der Hand, aus dem Wasser rann. Sie war nackt und hatte kleine und spitze junge Brüste. Das Wasser plätscherte in ein Becken mit grünen Seerosenblättern und Goldfischen. Es wirkte ausgesprochen beruhigend und nach der Hitze der Stadt fast schon kalt.

Die Halle war ein einziger hoher Raum. Unter jedem der beiden Treppenflügel führte eine Tür in die hinteren Räume des Hauses, einige weitere Türen befanden sich rechts und links von mir. In die Wand waren vier kleine Nischen eingelassen, in denen klassische Büsten standen: in Togen gehüllte Kahlköpfe mit beschädigten Nasen. Ich betrachtete eine von ihnen und hatte den Eindruck, daß sie weinte. Unter einem Auge schien sich ein Sturzbach von Tränen zu ergießen. Bei näherem Hinsehen jedoch entpuppte sich die Träne als kleine Eidechse, eine jener winzigen Kreaturen, die sich während der Sommer- und Herbstmonate gern ein kühles Plätzchen suchen. Sie verhielt sich völlig reglos, ein kleines graues Komma unter dem linken Auge. Als ich sie so anstarrte, konnte ich plötzlich nicht mehr die geringste Ähnlichkeit erkennen mit Tränen, nichts, was an einen Weinenden hätte denken lassen, und einen Augenblick lang war es mir peinlich, wie sehr meine Phantasie mit mir durchgegangen war.

Womöglich ebenso eindrucksvoll wie die Halle selbst war ein großer Wandteppich rechts von mir. Wenn auch bereits zu Braun- und Gelbtönen verblaßt, erkannte man doch deutlich einige Kentauren, die eine Gruppe recht fülliger Frauen durch den Wald jagten. Die Frauen hatten die Arme in die Luft geworfen und lachten. Man konnte die Sinnlichkeit, die Hysterie, die Trunkenheit geradezu spüren, und man mußte unweigerlich an die Art von Parties denken, die man in der Regel am nächsten Morgen bedauert. Vermutlich war der Teppich wertvoll, aber selbst in diesem Fall schien es mir doch merkwürdig, so etwas in der Eingangshalle eines Chirurgen zu finden, und ich stellte mir vor, wie Pacheco den Teppich den jungen Frauen zeigte, die er nach Hause brachte, bevor er sie in sein Privatgemach führte und ihnen zu trinken gab. Entlang der Wände standen Arrangements roter Blumen in silbernen Kübeln. Die Luft war erfüllt von ihrem schweren Duft, der mich eher an Beerdigungen als an Abendgesellschaften denken ließ.

Während der ganzen Zeit stand die Haushälterin einige Schritte hinter mir. Als ich mir dessen bewußt wurde, schien mir jedoch auch ziemlich klar, daß sie es wohl gewohnt war, den Leuten, die sie einließ, erst einmal einen Augenblick zum Staunen zu lassen. Ich warf einen Blick hinter mich, und sie ging mit einer Geste, ihr zu folgen, auf eine der links gelegenen Türen zu. Sie hatte mich nicht nach meinem Namen gefragt, so daß ich nur annehmen konnte, daß sie wußte, wer ich war.

Der Raum, den wir schließlich betraten, war die Bibliothek. Vom Boden bis unter die Decke füllten Bücher die dunklen Regale aus; an einer der Wände befand sich ein gewaltiger Kamin aus Naturstein. Es war genau der Raum, den ich mir selbst gewünscht hätte: dunkelrote Ledersessel, ein passendes Sofa, ein Perserteppich, über dem Kaminsims drei Drucke mit römischen Ruinen von Piranesi. Wie in vielen alten Häusern der Stadt bestand auch hier die Decke aus schlichten weißen Brettern, ein Zugeständnis an die Erdbeben, die jeden Stuck abbröckeln ließen. Zwei Bleiglasfenster führten auf die Straße hinaus, doch schien die, von einem derart ruhigen Raum aus betrachtet, meilenweit weg zu sein. Ich trat näher heran an eines der beiden. Eine Fensterbank mit einem roten Kissen stand davor. Es war schwer, sich vorzustellen, daß in nächster Nähe Menschen aufeinander schossen. Krampfhaft versuchte ich, das Knallen der Schüsse auszumachen, aber alles, was ich hören konnte, war das leise Surren des Ventilators über mir.

Die Haushälterin trat an einen gelackten schwarzen Schrank mit orientalischen Bildern von feisten nackten Göttern auf rosa Wölkchen. Sie öffnete ihn, um mir eine Reihe von Flaschen zu zeigen. »Der Doktor sähe es gern, wenn Sie sich bedienen würden«, sagte sie. »Er wird in Kürze hier sein.« Ihre Stimme war dunkel für eine Frau und ohne jegliche Wärme. Sie verließ den Raum und schloß leise die Tür hinter sich.

Ich weiß nicht, ob es anderen ebenso geht, aber der Blick in den Getränkeschrank eines Mannes aktiviert eine kleine Registrierkasse in meinem Kopf. Steht da von Johnny Walker der rote oder der weitaus kostspieligere schwarze Scotch? Ist der Cognac ein Regal oder ein Rémy, ein V.S. oder V.S.O.P.? Hier gab es Scotch, Cognac, Sherry wie auch diverse Whiskeys allererster Qualität – andernfalls wäre ich auch enttäuscht gewesen. Unglücklicherweise bin ich Diabetiker, und da ich den ganzen Tag kaum etwas gegessen hatte, machte ich mir Sorgen um meinen Blutzucker. Zwangsläufig habe ich deshalb für gewöhnlich ein kleines Gläschen Erdnußbutter dabei.

Ich schenkte mir ein Glas Mineralwasser ein und versprach mir dabei ein Schlückchen Rotwein zum Essen. Dann machte ich mich daran, die Bücher zu inspizieren. Ich habe einmal geglaubt, einen Mann kennenlernen zu können, indem ich einen Blick in seine Bibliothek warf. Heute glaube ich das nicht mehr, vor allem deshalb, weil ich selbst einige Bücher besitze, die ich lieber in einem privaten Raum aufbewahre, wo sie vor den Augen allzu neugieriger Gäste sicher sind. Nicht, daß es sich dabei um Pornographisches oder sonst irgendwie Anrüchiges handeln würde. Es sind vielmehr Diätbücher, Gymnastikbücher, einige gefühlvolle Romane, ein paar Bände mit sentimentaler Poesie – Bücher eben, die zu entschuldigen man nicht die geringste Lust verspürt.

So lautete die Frage, ob die Bibliothek Dr. Pachecos das darstellte, was er sein wollte oder was er tatsächlich war. Als aber meine Blicke über die Regale streiften, mußte ich mir jenen undefinierbaren Neid eingestehen, den ich bereits als Heranwachsender verspürt habe. In Pachecos Bibliothek fanden sich die Klassiker der Weltliteratur ebenso wie die zeitgenössischen Romane, alte wie neuere Geschichte, alle nur erdenklichen Biographien, wissenschaftliche Bücher, selbst Poesie, ja sogar Philosophisches. Ich wanderte umher, mein Glas Wasser in der Hand, und blieb immer wieder stehen, um das eine oder andere Buch herauszunehmen. Jedes einzelne davon schien gelesen. Sie zeigten Pacheco als intelligenten, vielseitigen Mann, als offensichtlichen Menschenfreund, vielleicht sogar Liberalen, vielleicht sogar ein bißchen geheimnisvoll. War es schließlich nicht doch etwas ungewöhnlich für einen Chirurgen, neben den Briefen von Madame de Staël auch Baudelaires *Petits poèmes en prose* zu lesen, die Essays von Simone Weil ebenso wie den neuesten Vargas Llosa?

In unserer Klasse von dreißig Jungen war Daniel Pacheco der Klügste gewesen. Einige Lehrer meinten sogar, er sei überhaupt der Klügste, der seit vielen Jahren die Schule durchlaufen hätte. Er war zudem schön, geistreich, beliebt und ein überragender Sportler. Hätte Pacheco es uns gestattet, wir wären ihm bis ans Ende der Welt gefolgt. Aber er tat es nicht. Schon ziemlich früh hatte er mich an Kiplings Kater erinnert, der seine eigenen Wege ging. Zuweilen schloß er sich uns an, dann wieder nicht, aber was auch immer er machte, er folgte seiner ureigenen Entscheidung. Selbst in jenem Alter schon hatte er etwas Geheimnisvolles. Mit vierzehn sagte man ihm nach, er treibe sich zu jeder Tages- und Nachtzeit in der Stadt herum. Keiner wußte, was er dabei machte, aber hin und wieder erspähte ihn einer unserer Väter in einem Café in der Nähe der Docks oder eines Hauses von zweifelhaftem Ruf, so daß die Gerüchte bald wucherten.

Viele Jahre später kam ich zu dem Schluß, daß Pacheco es genoß, wenn wir in ihm den großen Geheimnisvollen sahen, und daß er sich gelegentlich auch schon mal eines kleinen Betrugs bediente, wenn er nur dazu beitrug, ihn für uns schon zu Lebzeiten zur Legende zu machen. Er wollte offensichtlich, daß keiner von uns ihn richtig kennenlernte. Aber selbst nachdem ich zu dieser Ansicht gelangt war, war ich nach wie vor von seiner mysteriösen Erscheinung begeistert. Abgesehen davon hätte ich ohnehin nicht sagen können, was nun Einbildung und was Tatsache gewesen war. Trotz der Bewunderung, ja der Liebe, die ich Pacheco gegenüber empfand, hinderte mich mein Neid, den ich damals kaum als solchen wahrnahm, daran, der Wahrheit über das Leben meines Freundes auf den Grund zu gehen.

Seine Mutter war bei seiner Geburt gestorben, und Pacheco war als Junge allein mit seinem Vater und dessen Geliebter aufgewachsen: ein Umstand, der sein Zuhause für uns Kinder mit soliden Mittelstandseltern zum Sperrgebiet machte. Trotzdem, bei mehreren Gelegenheiten habe ich ihn in seiner Dachkammer mit ihren schrägen Wänden und Gauben besucht. Als Heranwachsender war Pacheco dunkelhaarig und elfenhaft und kaum mehr als einen Meter zweiundfünfzig groß gewesen. Erst während des letzten High School-Jahres erreichte er die stattliche Größe von einem Meter dreiundachtzig. Er pflegte sich bei meinen Besuchen auf die Lehne eines Stuhls zu setzen und, mit den Füßen auf dem Polster, eine prekäre Balance zu halten. Dabei beobachtete er mich mit einem verhaltenen Lächeln, wie ich in seinem Zimmer herumstöberte und einen Gegenstand nach dem anderen zur Hand nahm – eine Muschel, ein Taschenmesser mit Elfenbeingriff, eine weiße Nelke, deren Ränder eben braun zu werden begannen. Gegen das Nachttischchen gelehnt stand ein herrlicher schwarzer Stockdegen, den Pacheco, und darauf schwor er Stein und Bein, immer mit sich führte, wenn er sich des Nachts auf den Weg machte. Eines Nachmittags führte er mich ans Fenster, zog dort die Klinge aus dem Stock und deutete auf einen Fleck darauf: eine rötliche Substanz war dort dunkel und hart geworden. »Ich nehme an, ich brauche dir nicht zu sagen, was das ist«, sagte Pacheco. Ich spürte, wie mich vor Aufregung ein Schauer überlief, und versuchte eine abgeklärte Miene aufzusetzen. Später dachte ich jedoch, der Fleck hätte ebensogut Tomatensaft sein können.

In Anbetracht dessen, wie sehr Pacheco auf seine Privatsphäre bestand, war ich einigermaßen überrascht gewesen, als er sich bereit erklärt hatte, sich unserer Gruppe anzuschließen. Zu diesem Zeitpunkt trafen wir anderen uns schon seit elf Jahren und mußten ihm wie eine Institution vorgekommen sein. Die Idee, uns zum Abendessen zu treffen, war uns gekommen, als wir alle Ende Zwanzig gewesen waren und uns langsam, aber sicher aus den Augen verloren. Wir waren zweiundzwanzig, Pacheco nicht mitgezählt, und unser Plan sah vor, daß jeder von uns für ein Dinner verantwortlich sein sollte, entweder bei sich zu Hause oder in einem Restaurant. Einige von uns waren eng miteinander befreundet gewesen, aber selbst während unserer ersten Treffen wurde ich den Gedanken nicht los, daß wir uns lediglich eingebildet hatten, jemals eine Runde von Freunden gewesen zu sein. Es war wohl weitaus wahrscheinlicher, daß wir einfach Angst davor hatten , weiter sang- und klanglos zuzusehen, wie uns unsere Jugend zwischen den Fingern zerrann.

Nicht, daß uns diese Abende hätten intimer werden lassen. Selbst nach zwanzig Jahren dieser Dinners sehe ich meine ehemaligen Klassenkameraden außerhalb dieser halbjährlichen Anlässe kaum. Es kommt vor, daß ich einem von ihnen über den Weg laufe oder mit einem nach der Arbeit noch rasch etwas trinke. Vielleicht bestehen zwischen den anderen engere Freundschaften. Anfänglich trafen wir uns noch zur Feier unserer Vergangenheit, aber jetzt, wo wir an der Schwelle der

Fünfzig stehen, scheinen mir diese Abendessen in der Hauptsache der Erinnerung zu dienen: an unser Altern, an unsere Erfolge, und – öfter noch – an unsere Mißerfolge. Schon sind die ersten von uns tot, und zuweilen kann ich nicht umhin, uns bis ins hohe Alter so weitermachen zu sehen, gebeugter von Jahr zu Jahr durch das lastende Bewußtsein uneingelöster Versprechen, des eigenen Verfalls und unseres unausweichlichen Ablebens.

Nach siebzehnjähriger Abwesenheit kam Dr. Pacheco zurück in die Stadt. Einige von uns hatten der Feier anläßlich der Beendigung seines Medizinstudiums beigewohnt, seine Assistenzzeit jedoch hatte Pacheco in einer Stadt im tiefen Süden hinter sich gebracht. Danach hatte er es vorgezogen, dort unten zu bleiben. Zwei-, dreimal war er in den Norden gereist, häufiger aber kam es vor, daß einer aus unserer Gruppe Gelegenheit zu einer Reise in den Süden hatte, von der er immer mit Geschichten über Pachecos Erfolg als Chirurg und seine Affären zurückkam. Laut einer dieser Geschichten hatte ihn ein eifersüchtiger Ehemann mit einer Schaufel angegriffen. Einer anderen zufolge hatte er die Gattin des Bürgermeisters auf der Herrentoilette des Rathauses geliebt. Ganz offensichtlich hätte jedoch keiner sagen können, was daran nun Wahrheit oder lediglich Klatsch aus einem Provinznest war. An seinen Erfolgen als Chirurg schien dagegen nicht der geringste Zweifel zu bestehen, da er nach seiner Rückkehr in die Hauptstadt sofort eine Anstellung in der ersten Klinik am Platz fand.

Als Pacheco sich unserer Gruppe anschloß, kam es zu einigen Diskussionen darüber, welchen Platz er auf unserer Liste einnehmen sollte. Ich hatte dafür plädiert, daß er gleich das nächste unserer Dinners ausrichten sollte – immerhin war von uns anderen bereits jeder an der Reihe gewesen –, aber man beschloß schließlich, daß er ans Ende der Liste gehörte, was dazu führte, daß es noch einige Jahre dauern sollte, bis er an der Reihe war. Aber natürlich verging auch diese Zeit, und angesichts einiger Todesfälle und des einen oder anderen Ausscheidens kam Pachecos Dinner früher als erwartet. Wir sind jetzt sechzehn, aber einige davon sind in Europa, die anderen übers ganze Land verteilt. Obwohl wir für diesen Abend neun erwarteten, schienen wegen der Unruhen in der Stadt gewisse Zweifel angebracht, ob auch alle kommen würden. Was schade war. Bedachte man Pachecos Reichtum und seinen Erfolg, den Ruf seiner Köchin und seines Kellers, so hätte dies ein Essen für alle werden sollen – für jeden von uns altgewordenen Jungs.

*

Ich hatte einen Band mit Gedichten von Rilke zur Hand genommen und saß in dem rotledernen Sessel vor dem Kamin. Trotz der Hitze draußen stapelten sich auf dem Kaminbock einige Eukalyptusscheite und Anzündholz.

Alle Blicke, die sie jemals trafen,
scheint sie also an sich zu verhehlen,
um darüber drohend und verdrossen
zuzuschauen und damit zu schlafen.

Das Gedicht hieß »Schwarze Katze«, und die Zeilen schienen von all den Blicken zu sprechen, die in den Augen der Katze verborgen lagen. Unglücklicherweise habe ich das meiste von dem vergessen, was ich mir an Deutschkenntnissen an der Universität mühsam erworben hatte, aber es ging wohl im wesentlichen darum, daß etwas verheimlicht wurde, um das Gesicht einer Person, das auch nicht das geringste verrät. Das Gedicht hatte meine Aufmerksamkeit deshalb erregt, weil mit blauem Farbstift die Worte »wie sie!« an den Rand geschrieben waren. In diesem Augenblick öffnete sich die Tür, und die Wirtschafterin kam herein, gefolgt von Carl Dalakis. Ich stand auf, während Dalakis auch schon herüberkam, um mich in die Arme zu schließen.

»Hast es also geschafft!« rief Dalakis aus und klopfte mir auf die Schulter, während er mir eine nach Knoblauch und Schweiß duftende Umarmung zuteil werden ließ. »Was für ein Tag! Haben die doch tatsächlich auf mein Taxi geschossen. Du kannst mir glauben, dieses Abendessen ist tatsächlich das einzige, was mich dazu veranlassen konnte, aus dem Haus zu gehen. Was tun wir nicht alles für unsere Freunde!«

Die Haushälterin hatte uns wieder allein gelassen, und ich trat an den Getränkeschrank, um Dalakis etwas zu trinken zu geben. »In der Zeitung heißt es«, sagte ich zu ihm, »die Luftwaffe will an die Macht.« Ich goß einen kräftigen Schluck Johnny Walker Black in ein Glas, gab etwas Eis dazu und reichte es meinem Gefährten.

»Das Heer würde das nie und nimmer zulassen. Aber wie auch immer, es gibt sowieso keinen Grund zur Diskussion, die Regierung steht auf festen Füßen.« Dalakis sagte das fast aggressiv, forderte mich geradezu heraus, ihm zu widersprechen.

»Nun, ich gehe davon aus, daß wir morgen früh mehr wissen«, sagte ich, um Streit zu vermeiden. Um die Wahrheit zu sagen, ich bin kein politischer Mensch und verstand außerdem kaum, was da nun wirklich vor sich ging. Ich nahm also wieder Platz und erkundigte mich danach, wie es Dalakis während der letzten sechs Monate ergangen war. Er war ein Bär von einem Mann, ein Hüne mit langem braunen Haar, das ewig ungekämmt schien, und einer dicken Brille, die seinen Augen einen fragenden Ausdruck verlieh, so daß man ständig meinte, er beabsichtige einen etwas zu fragen. Er trug einen verknitterten braunen Anzug, auf dessen Revers ich Speisereste entdeckte.

Dalakis arbeitete seit fast dreißig Jahren bei der staatlichen Parkverwaltung im Innenministerium. Im Augenblick hat er die Picknickplätze sämtlicher Nationalparks unter sich. Er ist es, der alte Schaukeln und Rutschen ersetzt, der für die Brotzeittische, die Grills und die Abfallbehälter verantwortlich ist, der zu entscheiden hat, wie die Toiletten funktionieren und wieviel Sand in die Sandkästen gehört. Da er im Staatsdienst ist, hält er sich nicht selten für den Regierungssprecher, und obwohl er strikt gegen das Militär war, als es vor zehn Jahren die Macht übernommen hatte, neigte er nun eher dazu, dessen Handlungsweise in Schutz zu nehmen.

Dalakis stand einige Schritte vor mir, nippte an seinem Drink und verlagerte langsam das Gewicht von einem Bein auf das andere. Er hatte große haarige Pranken mit Wurstfingern, in denen das Glas fast verschwand.

»Ich muß gestehen, die Soldaten haben mich nervös gemacht. Wir sind sogar an einer Leiche vorbeigekommen, einem jungen Kerl. Ich nehme an, du bist an so was gewöhnt, ich meine, bei deinem Job bei der Zeitung.«

»Beim Feuilleton kriegen wir nicht allzu viele zu sehen.«

»Aber vor Jahren, als du noch ein richtiger Reporter gewesen bist?«

»Ja, da natürlich schon, aber das war was anderes.« Ich wünschte, Dalakis würde sich endlich setzen. Ich habe es noch nie gemocht, wenn Leute direkt vor mir stehen. »Na, was hältst du denn vom Haus unseres Doktors?«

Dalakis sah sich um, als bemerke er es erst jetzt. Er bewegte sich ebenso langsam, wie er sprach. Schon als Jungs mußten wir ihn ständig auffordern, sich zu beeilen.

»Scheint mir ziemlich groß für einen allein«, sagte er.

»Vielleicht hat er oft Gäste.«

»Jedenfalls muß es herrlich sein, die vielen Blumen um sich zu haben. Meinst du, er züchtet sie selbst?«

Tatsächlich gab es auch in der Bibliothek Vasen voll roter Blumen. Ich hatte sie gar nicht richtig zur Kenntnis genommen, obwohl ihr Duft den Raum erfüllte.

»Ich habe keine Ahnung«, antwortete ich.

»Meinst du, daß er die Bücher da alle liest?«

»Ich vermute es. Er war schon immer ein großer Leser.«

»Ich verstehe nur nicht, wo er die Zeit hernimmt.« Dalakis streifte die Bücher mit einem Blick, bei dem man hätte meinen können, er empfinde ihre Gegenwart als lästig.

Wir schwiegen einen Augenblick. Zuweilen habe ich den Eindruck, wir reden nicht miteinander, um zu kommunizieren, sondern nur, damit unser Gegenüber keine schlechte Meinung von uns bekommt und wir wenigstens in seinen Augen die alten bleiben, daß wir aber eigentlich nur darauf warten, daß sich seine Aufmerksamkeit endlich anderen Dingen zuwendet.

»Wie ist es dir denn so ergangen, seit wir uns das letzte Mal gesehen haben?« fragte ich. »Hat deine Tochter geheiratet?«

»Leider ja. Eine schwere Prüfung. Nicht die Heirat, natürlich, aber daß sie umgezogen ist. Jetzt lebt sie fast tausend Kilometer weit weg, und ich weiß nicht mehr, wohin mit mir. Ich nehme an, das erklärt zum Teil auch, warum ich heute abend hier bin. Ich wäre sogar durch die ganze Stadt gefahren, so langweile ich mich.«

Dalakis' Frau hatte ihn vor siebzehn Jahren verlassen, und er hatte die Erziehung ihrer gemeinsamen Tochter übernommen, die bis kurz vor ihrem Dreißigsten bei ihm gewohnt hatte.

»Hast du sie denn noch nicht besucht?« fragte ich.

»Doch, zweimal. Sie ist übrigens schwanger. Aber ich kann schließlich nicht einfach bei denen in der Wohnung herumsitzen und fernsehen. Die beiden meinen, ich sollte in Pension gehen und zu ihnen ziehen, aber ich weiß nicht. Ich hätte das Gefühl, ihnen zur Last zu fallen.«

»Du solltest wieder heiraten. Such dir eine junge Frau, die dich unterhält.«

Dalakis lachte und setzte sich auf das Sofa. »Ich habe nicht gehört, daß du inzwischen wieder geheiratet hättest, und du bist jetzt seit zwanzig Jahren Witwer.«

»Ja, aber es ist nicht so, daß ich mich nie mit Frauen treffe.«

»Um die Wahrheit zu sagen, mir geht die meine noch immer ab.«

»Gütiger Gott, Carl, über so was sollte man aber hinwegkommen.«

»Glaub mir, ich habe schon von allen möglichen Leuten Rat eingeholt, aber nichts scheint zu funktionieren.«

»Weißt du denn irgendwas von ihr?« fragte ich ihn.

»Nicht viel. Sie lebt in einer anderen Stadt. Ich bin vor Jahren mal hingefahren. Ich wußte, sie lebt mit einem anderen zusammen, und den wollte ich zur Rede stellen. Ich hatte keine Ahnung, was ich ihm sagen sollte. Ich habe sie mit einem Kinderwagen auf der Straße gesehen.«

»Ihrem eigenen?«

Dalakis saß da, die Arme vor der Brust gekreuzt, die Hände unter das Revers seines braunen Jacketts geschoben, und starrte in den Kamin. »Ich denke doch. Aber es spielte eigentlich keine Rolle. Was mir sofort auffiel, war, wie glücklich sie aussah. Weißt du noch, sie hatte so hellblondes Haar? Richtig gestrahlt hat sie. Sie hat mich nicht gesehen, und ich habe nichts getan, um sie auf mich aufmerksam zu machen. Nachdem ich sie eine Weile beobachtet hatte, bin ich wieder nach Hause gefahren. Seither habe ich sie nicht mehr gesehen, obwohl ich glaube, daß meine Tochter ihr geschrieben hat. Vielleicht freunden sich die beiden ja miteinander an.«

Dalakis war schon immer ein sentimentaler Kerl gewesen, und ich hatte Angst, er würde anfangen zu weinen. Man tut sich schwer, seine großen Gefühle mit seinem nicht eben einnehmenden Äußeren in Einklang zu bringen. Seine Ohren sahen aus, als hätte man ihm zwei Pampelmusenschalen an den Kopf geklebt. Nur der Gutaussehende oder Schöne kann sich Gefühle leisten, die im Grunde töricht sind. Aber er war ein guter Kerl und tat mir leid in seiner Einsamkeit. Ich stand auf und ging hinüber zum Fenster. Von irgendwoher kam das Geräusch einer Sirene. Ich überlegte, was wohl mit den anderen sei. Sie sollten um halb sieben hier sein, und es war bereits kurz vor sieben. Ich stellte mir Dalakis vor, wie er seine Frau mit dem Kinderwagen beobachtete. Sie war eine hübsche Frau gewesen; vielleicht war auch das zum Teil das Problem. Ich stellte mir Dalakis vor, wie er versucht, sich hinter einer Parkuhr zu verstecken. Es ist schrecklich, wie uns Menschen, die wir gern haben, unsere Selbstachtung rauben können.

»Und wie war es bei dir so?« fragte Dalakis. »Arbeitest du noch immer im Waisenhaus?«

»Na ja, arbeiten ist zuviel gesagt. Ich gehe sonntags hin.« Seit Jahren besuche ich jeden Sonntag das Waisenhaus und versuche mich dort nützlich zu machen. Ursprünglich sollte ich ja mit den Kindern spielen, aber ich bin nicht besonders gut im Spielen, also lese ich ihnen jetzt vor. Zumindest denen, die ein bißchen Interesse daran haben, wenn ihnen ein Mann in mittleren Jahren Grimms Märchen oder aus einer entschärften Cervantes-Ausgabe vorliest. Ich bringe ihnen außerdem Rezensionsexemplare mit, freilich nur die geeigneten, versteht sich. Aber ich möchte diese Tage nicht herunterspielen. Ich freue mich durchaus immer wieder auf diese sonntäglichen Besuche.

»Und was ist mit deinem Roman«, fragte Dalakis, »hast du mit dem schon angefangen?«

»Ich hoffe, irgendwann diesen Herbst anfangen zu können«, sagte ich und ging wieder zurück zum Sofa.

»Das geht ja nun auch schon ewig. Kannst du dich nicht mal für ein Jahr beurlauben lassen?« Dalakis hat einen tiefen Baß, in dem, egal um was es ging, tiefes Mitgefühl mitschwang.

»Ich bezweifle es. Unglücklicherweise hat es länger gedauert, das Buch vorzubereiten, als ich gedacht hatte.« Unweigerlich wurde mir die Ironie dieser Bemerkung bewußt, als ich so dastand, umgeben von den größten literarischen Werken der abendländischen Kultur. Der harmloseste Grund, den ich dafür hätte nennen können, mit meinem Roman nicht endlich anzufangen, war, daß ich nicht wußte, wie ich anfangen sollte; der schlimmste war die Angst vor der leeren, weißen Seite.

»Und es ist ein Roman über ein Ehepaar? Eine Scheidung, oder wie war das gleich wieder?«

»Ich hatte gehofft, eine Analyse des Verrats und seiner psychischen Auswirkungen schreiben zu können.« Es schien mir, als hätte ich das schon mal gesagt, aber nun hatte ich Dalakis' interessiertes Gesicht vor mir. Vermutlich hatte er aufgrund seiner Geschichte ein besonderes Interesse am Verrat.

Die Tür ging wieder auf, und herein kam die Wirtschafterin, diesmal gefolgt von Luis Malgiolio, der vor Energie kaum zu bremsen schien. Ich hatte meine stille Freude an der Art, wie Luis sich sofort auf die Gegenstände im Raum konzentrierte, noch bevor er zur Kenntnis nahm, wer sich darin aufhielt. Dann sah er uns und bot uns die Parodie eines militärischen Grußes.

»Ist ja ein toller Laden, Nicky. Jetzt versteh' ich, warum du schon lang mal hier hast essen wollen. Ich wäre auf der Fahrt hier rüber fast draufgegangen, aber was soll's. Und Carl, wie steht's denn so? Also, ich brauch' jetzt was zu trinken. Wißt ihr, daß der Taxifahrer ein Kugelloch im Kofferraum hat?« Malgiolio redete weiter, während er die diversen Cognacsorten inspizierte. »In der Innenstadt haben sie Panzer aufgefahren. Die Straßen sind zwar gesperrt, aber ich konnte sie von weitem sehen – wie große grüne Blechkröten hocken sie da.«

Malgiolio lachte, eine Art Kreischen, dem jeglicher Humor abging. Mit einem zur Hälfte gefüllten Cognacschwenker machte er sich an die Inspektion des Raumes, indem er einen Gegenstand nach dem anderen hochnahm – ein silbernes Feuerzeug, ein Flaschenschiff, die kleine Bronzestatuette einer nackten Frau –, als hätte er die Absicht, etwas zu kaufen, aber nicht die rechte Muße dazu. Er war ein kleiner Mann mit angehender Glatze, nicht größer als einen Meter siebenundsechzig und übergewichtig, so daß er, wenn er sich schnell bewegte, eher zu rollen als zu laufen schien. Er hatte einen feisten Hals und ein breites Gesicht, und die Kombination von beidem hat mich zeit meines Lebens an einen Daumen erinnert. Sein Gesicht war weiß und aufgedunsen, als ginge er nur selten aus dem Haus, und seine Nase schien nur zufällig hineingeraten zu sein, so als hätte man ihm eine Lehmkugel ins Gesicht gedrückt. Seine blauen Augen schienen nie geradeaus zu schauen, sondern immer nach der Seite. Malgiolio trug einen gut aufgebürsteten blauen Anzug, der schon bessere Tage gesehen hatte. Trotz seines Aussehens trat er immer mit großer Autorität auf. Ich erinnere mich noch an ihn als Jugendlichen, der schlechte Gedichte schrieb und sich immer in die falschen Frauen verknallte.

Malgiolio war für mich eine phantastische Gestalt. Über

zwanzig Jahre lang hatte er in einem großen Hotel gearbeitet, bis er es endlich zum stellvertretenden Geschäftsführer gebracht hatte. Dann, vor fünf Jahren, hatte er in der Lotterie das große Los gezogen, über 300 000 Dollar gewonnen und seine Stellung gekündigt. Er und seine Frau kauften sich ein großes Haus, neue Autos, Kleider und dienten sich mit üppigen Festlichkeiten der gehobenen Mittelschicht an. Aber nach dreizehn Monaten war das Geld vertan. Malgiolio versuchte wieder Arbeit zu finden, bekam aber keine mehr. Das Hotel weigerte sich, ihn wieder einzustellen, und auch sonst war niemand an ihm interessiert. Eine Zeitlang brachte er sich, seine Frau und die beiden Töchter damit durch, alles zu verkaufen, was sie während des einen fetten Jahres angeschafft hatten: Autos, Kleidung, Schmuck, die Möbel, das Haus. Danach waren sie zu seiner Mutter gezogen. Mittlerweile brachte seine Frau die Familie mit Gelegenheitsarbeiten über die Runden: mit dem Verkauf von Geschirr und Haushaltswaren, der Herstellung von Kerzen, als Putzfrau und Kindermädchen in der Nachbarschaft.

Es war erstaunlich, Malgiolio hatte seine 300 000 Dollar durchgebracht, ohne hinterher auch nur das geringste aufweisen zu können außer einem gewissen Dünkel; als hätte er aus dem Füllhorn des Lebens genascht und nach wie vor den Geschmack im Mund. Selbst als Hungerleider tat er sich groß: Er kannte die besten Weine, die besten Schneider – ein Mann, der daran gewöhnt war, nur Daimler zu fahren. Traurig, aber wahr: Malgiolios Abendessen für die Gruppe fiel ausgerechnet in die Zeit, als es mit seinem Reichtum bereits wieder vorbei war. Es war eine armselige Angelegenheit in einem chinesischen Restaurant gewesen. Gegen Ende des Abends hatte ich ihm fünfzig Dollar leihen müssen, obwohl »geben« die Situation wohl besser traf, da ich nicht erwartete, sie jemals wiederzusehen.

Ich neigte dazu, Malgiolio mit einer nur durch mein maßloses Staunen gemilderten Verachtung zu sehen. Es überraschte mich keineswegs, daß er ein Vermögen verschleudert hatte. Ich hatte ihn vierzig Jahre lang als einen zu törichten Gesten neigenden Mann gekannt, der sich auf eine Eingebung hin in etwas stürzte, was dann nicht klappen wollte. Was mich erstaunte, war sein Mangel an Bedauern, daß er sich niemals beklagte oder schuldig zu fühlen schien, sondern all das als etwas betrachtete, auf das er stolz sein konnte. Er tat gerade so, als würde es sich um eine deutliche Kritik an unserer Gesellschaft handeln, derart viel Geld zu verpulvern, wenn nicht gar um eine Form sozialen Protests.

Malgiolios Haltung zeugte von absoluter Selbstsicherheit. Es war keineswegs die eines Mannes, der verloren hatte, sondern vielmehr die eines Triumphators. Auf der anderen Seite sah Carl Dalakis, der einer wohlhabenden Familie entstammte und einen guten Posten in der Verwaltung hatte, mit seinem schlurfenden Gang und den ewig mit Speiseresten und Asche bekleckerten Anzügen weit eher nach dem wandelnden Desaster aus, das Malgiolio tatsächlich war.

Malgiolio durchstreifte noch immer den Raum, nahm einen Gegenstand nach dem anderen auf, inspizierte zuweilen gar die Unterseite, als suche er nach dem Preisschild. Dalakis verfolgte seine Bewegungen mit gelinder Mißbilligung. »Hört sich gerade so an, als wärst du froh über die Schießereien«, sagte er. »Macht es dir nichts aus, daß da draußen Leute umkommen?«

Malgiolio blieb vor einem der Fenster stehen. »Wird wenigstens mal gründlich umgerührt im Topf«, sagte er. »Wenn das Unterste zuoberst gekehrt wird, dann habe ich um so mehr Chancen. Wenn wir eine neue Regierung kriegen, dann wirft man dich ja vielleicht raus, und ich krieg' deinen Posten und bestelle in Zukunft Klobrillen für tausend Häuschen.«

»Sechshundertzweiundzwanzig«, sagte Dalakis.

»Das macht mir den Job um so leichter. Oder vielleicht krieg' ich den von Batterby und schmiere Buchkritiken zusammen. Oder sie nehmen mich als Chirurg in der Klinik.«

»Ich finde das nicht zum Scherzen«, sagte Dalakis, konnte sich jedoch ein Lächeln nicht verkneifen.

»Weil du schon ein warmes Plätzchen hast. Aber was mich betrifft, so kann es gar nicht so schlimm kommen, daß ich daraus keine Hoffnung ziehen könnte. Nichts für ungut, Batterby, aber ich denke, ich werde Chirurg. Vielleicht gehört das Haus hier schon morgen mir. Ich kann euch gar nicht sagen, wie gern ich Pachecos Leben übernehmen würde. Denkt bloß mal an die Weiber! Wie soll sich da noch einer für eine entscheiden? Aber vielleicht nehm' ich einfach die da«, sagte er und deutete auf eine Fotografie auf dem Kaminsims. »Vielleicht fang' ich mit der da an.«

Ich ging hinüber zu dem Foto, das ich vorher kaum zur Kenntnis genommen hatte, ein großes Foto in einem schlichten Silberrahmen. Es zeigte das Halbporträt einer jungen Frau in einer weißen Bluse, die sich gegen einen Baumstamm lehnte. Sie hatte die Hände hinter dem Kopf verschränkt, so daß sie ihre Ellenbogen zu beiden Seiten nach außen streckte, und das auf eine Weise, die mich an die beiden Flügel von Pachecos Treppe erinnerten – weil sie, wie diese, zwei Klammern bildeten. Sie war ungefähr achtzehn Jahre alt und sehr schön, hatte langes, welliges schwarzes Haar und große, volle Lippen, die ein dunkler Lippenstift noch üppiger wirken ließ. Ihre Augen hatten etwas von denen einer Katze und starrten kokett, ja unverschämt, aber andererseits auch wieder voller Unschuld und Angst aus dem Bild. Dalakis war herübergekommen, um ebenfalls einen Blick darauf zu werfen. Ich fand diese Mischung aus Unschuld und

Koketterie maßlos reizvoll. Die Neigung ihres Kinns ließ auf Selbstvertrauen schließen, als hätte sie das Gefühl, es gebe nichts, was sie nicht tun oder kontrollieren könnte, während ihre großen Brüste fast schon aggressiv wirkten in der Art, wie sie sich einem entgegenschoben. Unter dem Stoff ihrer Bluse entdeckte ich die Umrisse ihres Büstenhalters.

»Was meinst du«, fragte Malgiolio und spähte dabei um meine Schultern herum auf das Foto, »hab' ich eine Chance?«

Dalakis legte die Stirn in Falten und sah ihn mißbilligend an. »Vielleicht ist sie Pachecos Nichte, womöglich sogar seine Tochter.«

»Nicht doch«, sagte Malgiolio und wurde ernst, »ich denke, ich weiß, wer das ist, und es ist beileibe keine schöne Geschichte.«

»Wer ist sie denn?« fragte ich. Ich glaubte meinerseits, das Mädchen erkannt zu haben, wollte aber erst hören, was Malgiolio sagen würde.

»Sie ist die Tochter von Jorge Mendez. Kennst du ihn? Er hat auf einer Mittelschule in der Vorstadt unterrichtet, nebenher aber auch noch für die Zeitung geschrieben, meist über Schulangelegenheiten.«

Ich warf noch einen Blick auf das Foto und setzte mich dann auf das Ledersofa. Der Deckenventilator drehte sich direkt über mir, und ich spürte, wie mir der Luftzug die Frisur durcheinanderbrachte. »Ich habe ihn vor Jahren mal kennengelernt. Ist er nicht vor kurzem gestorben? Bei einem Autounfall oder etwas in der Art?« Ich entsann mich vage eines hochgewachsenen dünnen Mannes, der es sich in den Kopf gesetzt hatte, Professor an der katholischen Universität zu werden.

Malgiolio lehnte sich gegen die Bücherwand und schwenkte gemächlich den Cognac in seinem bauchigen Glas. »Sein Wagen fuhr über eine Brücke hinaus in den Fluß, aber die Leute haben es nur aus purer Rücksichtnahme einen Unfall genannt.«

»Ich kann nicht glauben, daß das Mendez' Tochter ist«, sagte Dalakis. »Warum sollte Pacheco ihr Bild auf dem Kaminsims haben?« Er war wieder in den Sessel zurückgekehrt. Sogar im Sitzen schien er die Schultern hängen zu lassen. Seinen Whiskey hatte er kaum angerührt.

»Weil er sie geliebt hat«, sagte Malgiolio. »Auch wenn er sie umgebracht hat, geliebt hat er sie trotzdem.«

Einen Augenblick waren wir zu überrascht, um ihm zu antworten.

»Also wirklich, Luis, du bist unmöglich!« rief Dalakis aus.

Ich versuchte, mir meine Überraschung nicht anmerken zu lassen, und sei es auch nur, weil Malgiolio es darauf angelegt hatte, uns zu schockieren. »Was ist passiert?« fragte ich.

Malgiolio ging langsam zurück an den Kamin. Was ihm an Haaren noch geblieben war, hatte er in dünnen schwarzen Strähnen quer über die Glatze drapiert, und er hatte die Angewohnheit, sie mit den Nägeln von Daumen und Zeigefinger abzukämmen, als sei er auf der Suche nach Läusen. Dies tat er auch jetzt, während er das Foto vom Sims nahm und es sich genauer ansah. »Sie war damals noch auf der Mittelschule gewesen, und dann, in ihrem letzten Jahr, ist sie krank geworden. Wie sich herausstellte, mußte ihr die Milz herausgenommen werden. Mendez rief mich an. Pacheco war ihm empfohlen worden, und er hatte gehört, daß ich mit ihm bekannt war. Was hätte ich ihm sagen sollen, außer daß Pacheco als wunderbarer Chirurg bekannt war? Das nächste, was ich hörte, war, daß er sie operiert hatte. Nur, daß Pacheco sich nicht damit zufrieden gegeben hatte, ihr die Milz herauszunehmen. Ich nehme an, er war von ihrer Schönheit genauso hingerissen wie wir.

Denkt nur, ein unschuldiges Mädchen, noch auf der Schule. Pacheco hat sie Tag für Tag gesehen, angeblich um den Heilungsprozeß zu verfolgen. Aber in Wirklichkeit zog er sie in seinen Bann, faszinierte sie mit seiner Gegenwart.«

»Woher in aller Welt willst du das wissen?« unterbrach ihn Dalakis. Normalerweise hatte sein breites Gesicht einen eher teilnahmslosen Ausdruck, aber immer wenn er eine Frage stellte, begann er, nervös zu blinzeln.

»Pacheco hat eine Praxis im Ärztehaus gleich neben der Klinik. Die Empfangsdame dort und meine Frau sind eng befreundet. Pachecos Sprechstundenhilfe hat die Geschichte der Empfangsdame erzählt. Ihr könnt euch ja vorstellen, wie wenig Zeit Pacheco für seine Patienten hat. Man braucht Wochen, um einen Termin bei ihm zu kriegen, und dann kann man noch mal Stunden in seinem Wartezimmer herumsitzen. Die Sprechstundenhilfe hat gesagt, daß Pacheco die kleine Mendez fast jeden Nachmittag empfangen hat. Eines Tages gab es einen Notfall, und sie mußte die beiden stören. Sie ging rein und sah Pacheco ohne Hosen dastehen. Man möchte ja meinen, so was hätte ihn geniert, aber er hat bloß gelacht. Selbstverständlich hatte er die Sprechstundenhilfe auch schon vernascht gehabt, ebenso wie die vom Empfang.«

»Wie kannst du nur so was erzählen?« rief Dalakis. Er war aufgestanden und führte sich auf, als bereiteten Malgiolios Worte ihm physische Schmerzen. »Ist dir eigentlich klar, daß du hier Gast in seinem Haus bist?«

»Es ist nun mal wahr«, sagte Malgiolio seelenruhig. »Willst du den Namen von der Empfangsdame? Die kann dir noch ganz andere Sauereien erzählen.«

»Was ist danach passiert?« fragte ich. »Da kommt doch sicher noch was nach.« Was mich amüsierte, war der verhaltene Ton, den Malgiolio für seine Geschichte angeschlagen hatte; ich fühlte mich an die Hörspiele unserer Jugendzeit erinnert.

Malgiolio stellte das Foto zurück auf den Sims, holte dann eine Zigarette aus der Tasche, zündete sie an und warf das Streichholz in den Kamin. Es war eine farbige Zigarette, eine dunkelblaue, und sie sah teuer aus. »Tja«, fuhr er fort, »sie trafen sich weiterhin. Sie ging zu ihm in die Praxis, und er hat sie dort geliebt. Vielleicht hat er sich sogar auch außerhalb der Praxis mit ihr getroffen, ich weiß nicht. Die Sprechstundenhilfe hat sie jedenfalls ständig gesehen, logischerweise, die vom Empfang ebenfalls. Bald darauf wurde den beiden klar, daß da was nicht stimmte. Die Kleine war blaß und sah müde aus. Es war die Sprechstundenhhilfe, die als erste feststellte, daß das Mädel schwanger war. Ihr Busen war größer geworden, sie fing an, weite Kleider zu tragen. Es war schon fast Sommer. Sie stand also kurz vor ihrem Schulabschluß. Die Sprechstundenhilfe meinte, sie hätte die Kleine heulen hören, als sie in Pachecos Praxis war. Und der schien selbst aus der Fassung – wenigstens das muß man ihm zugute halten. Na wie auch immer, ehe sie sich's versahen, war die Kleine tot.« Malgiolio hielt inne, um seine Zigarettenasche in den Kamin zu stupsen, dann warf er einen Blick hinüber zu Dalakis, der wütend auf den Teppich starrte.

Ich wußte, Malgiolio wartete darauf, daß jemand die allen auf den Lippen liegende Frage stellte, aber ich hielt den Mund. Die ganze Geschichte erschien mir absurd. Ich überlegte, wo Pacheco wohl steckte. Es war fast sieben Uhr fünfzehn. Es gefiel mir nicht, daß hier im Hause eines Mannes Skandalgeschichten über ihn ausgebreitet wurden.

»Und sie war nicht nur tot«, sagte Malgiolio, trotz unseres Schweigens den Faden wieder aufnehmend, »sie starb zudem unter merkwürdigen Umständen. Sie war die letzte Patientin

Pachecos an diesem Tag, und als die Sprechstundenhilfe nach Hause ging, war die Kleine noch da. Tags darauf hörte sie dann, daß man sie spät nachts mit inneren Blutungen in die Notaufnahme gebracht hatte. Pacheco war bei ihr gewesen. Von offizieller Seite her hatte die Todesursache mit ihrer Operation zu tun. Ist das nicht unglaublich? Fünf Monate nachdem man ihr die Milz herausgenommen hat, soll sie einen Rückfall gehabt haben? Aber vielleicht war die Erklärung ja auch komplizierter. Tatsache ist auf alle Fälle, daß sie Blutungen hatte und gestorben ist. Der Sprechstundenhilfe schien es sonnenklar, daß unser Doktor eine illegale Abtreibung vorgenommen hatte, bei der was schiefgelaufen war.«

»Warum hat sie ihn dann nicht angezeigt?« fragte ich.

»Was? Um nie wieder Arbeit zu kriegen? Nein, die war so gescheit, den Mund zu halten. Der Doktor war selbst völlig aus der Fassung. Immerhin war es sein Kind, und, wie ich schon gesagt habe, hat er die Kleine wahrscheinlich geliebt. Ihr Vater, Jorge Mendez, ist nie drüber hinweggekommen. Ihr solltet ihr Grab sehen – ein kunstvoll behauener Granitberg mit einem Engel obenauf. Ein paar Tage nachdem das Grab fertig war, hatte Mendez dann seinen Unfall.«

»Ich kann das immer noch nicht glauben«, sagte Dalakis, »und selbst wenn die Geschichte wahr ist, wieso glaubst du, daß das Mädchen auf dem Foto hier Jorge Mendez' Tochter ist? Hast du sie je gesehen?«

»Nur einmal. Sie war mit ihrem Vater in der Oper. Aber natürlich hat man sie mir auch beschrieben – diese Augen, diese hohen Wangenknochen, so was vergißt man nicht so leicht. Doch, doch, das ist sie schon: Cecilia Mendez.«

Dalakis schien hin und her gerissen. Sollte er Malgiolios Geschichte widerlegen und eine eigene erzählen und damit womöglich das Vertrauen eines Dritten enttäuschen? Er nippte an seinem Scotch, trat dann an den Kamin und griff nach dem Foto auf dem Sims. Seine Hände waren so groß, daß ich fürchtete, er könnte versehentlich das Glas zerbrechen. Während er das Bild betrachtete, legte sich sein Zorn, und er nahm einen traurigen Ausdruck an. Er war mindestens zwanzig Zentimeter größer als Malgiolio, und wie sie so nebeneinander standen, sah es gerade so aus, als bereiteten zwei Komiker eine Nummer vor. Es ist schon etwas Merkwürdiges an der Beziehung zu Leuten, die man seit der Kindheit kennt – es ist keine Liebe, es ist kein Haß. Es ist eher so, als wären sie aus derselben Haut wie man selbst. Malgiolio und Dalakis so anzusehen und über ihre Möglichkeiten als Komiker nachzusinnieren, war, als sähe ich mich selbst.

»Die Sache ist die«, sagte Dalakis nach einigen Augenblicken, »ich erkenne das Mädchen wieder, und sie heißt nicht Cecilia Mendez, und Pacheco ist auch nie mit ihr im Bett gewesen. Das hier ist seine Tochter, seine uneheliche Tochter, und ich weiß das deshalb, weil sie mit meiner eigenen Tochter eng befreundet war. Sie heißt Sarah sowieso – ihr Nachname fällt mir nicht mehr ein. Sie studiert jetzt in Paris.«

»Und ich nehme an, du kennst sie persönlich«, sagte Malgiolio fast spöttisch.

»Sie kam vor einigen Jahren mehrere Male zu uns nach Hause. Pacheco hatte sie eben aus dem Süden heraufgeholt und an der Universität hier immatrikuliert. Meine Tochter ist, wie ihr ja wißt, Kunsterzieherin an der Mittelschule. Und diese Frau hier, Sarah, studierte auch Kunst, und sie und meine Tochter besuchten drei oder vier Seminare zusammen.«

Malgiolio hob die Brauen und streifte mich mit einem Blick, als suche er meine Zustimmung dafür, daß Dalakis sich irrte. Um die Wahrheit zu sagen, ich war etwas skeptisch. Ich hatte meine eigenen Vorstellungen davon, wer diese Frau war. »Du willst damit sagen, er hat ihr das Studium finanziert?« fragte ich. »Hat sie auch in diesem Haus hier gewohnt?«

Dalakis stand uns mit dem Rücken zum Kamin gegenüber. »Nein, gewohnt hat sie im Studentinnenwohnheim. Eigentlich haben nur wenige gewußt, daß sie Pachecos Tochter war. Es ist überhaupt eine recht merkwürdige Geschichte. Er wußte bis vor etwa sieben Jahren noch nicht einmal, daß das Mädchen überhaupt existierte. Ihre Mutter war die Frau eines anderen Arztes im Süden, der Pacheco nach seiner Assistenzzeit zu sich mit in die Praxis geholt hatte. Ein älterer Mann mit einer jungen Frau. Na, ihr kennt ja Pachecos Ruf, was Frauen betrifft. Die beiden hatten eine kurze Affäre. Als aber das Kind dann kam, schwor sie, es sei von ihrem Gatten.

Wie auch immer, sie trennten sich und verloren einander aus den Augen. Pacheco machte seine eigene Praxis auf. Der alte Arzt und seine Frau ließen sich später scheiden. Sie arbeitete eine Zeitlang als Lehrerin und machte dann eine Teestube auf. Der alte Arzt sah das Mädchen regelmäßig. Dann, vor etwa acht Jahren, starb er. Die Frau hatte erwartet, er würde seiner Tochter etwas hinterlassen. Das Mädchen war damals siebzehn, und um diese Zeit herum entstand wahrscheinlich auch das Foto hier. Nun, der Doktor hinterließ ihr keinen Cent. Vielleicht wußte er, daß das Mädchen nicht von ihm war. Die Mutter hatte nicht viel, wollte aber, daß das Mädchen studierte. Die Kleine war eine ausgesprochen talentierte Malerin, und es schien ihr eine Schande, daß sie den Rest ihres Lebens in irgendeiner Kleinstadt fristen sollte.

Das Ende vom Lied war schließlich, daß die Frau sich mit Pacheco in Verbindung setzte und ihm beichtete, daß das Mädchen seine Tochter sei. So mancher hätte ihr kein Wort geglaubt, aber Pacheco tat es und erbot sich darüber hinaus, für das Mädchen zu sorgen und für ihre Ausbildung aufzukommen. Gleichzeitig versprach er, das Geheimnis bezüglich der Vaterschaft zu wahren.«

Dalakis ging wieder zurück zu seinem Sessel und ließ sich langsam in die ledernen Polster sinken. Ich bemerkte einige Löcher in den Sohlen seiner ungeputzten schwarzen Schuhe. Malgiolio stand an der Bücherwand und blätterte in einem Fotoband, und das wohl nur aus dem einen Grund, nämlich um Dalakis zu irritieren.

»Das Mädchen kam also hierher. Sie hatte selbstverständlich keine Ahnung, daß Pacheco ihr Vater war. Die beiden sahen einander ziemlich oft. Er führte sie zum Essen und ins Theater aus, oder sie trafen sich auf einen Plausch zu einer Tasse Kaffee. Sie war ein lebhaftes, attraktives Ding, und Pacheco muß sie einfach gern gehabt haben. Wie ihr euch vorstellen könnt, verknallte sich die Kleine bald in ihn. Sie sah in ihm einen gutaussehenden Mann, einen Freund ihrer Eltern, der sich jede nur erdenkliche Mühe gab, ihr dabei zu helfen, in einer für sie völlig neuen Stadt heimisch zu werden. Sie begann mit ihm zu flirten, zeigte ihm, daß sie zu haben sei, aber er ignorierte sie. Sie begann an sich zu zweifeln, hielt sich wahrscheinlich sogar für häßlich. Was wahrhaftig närrisch war, wir brauchen ja nur das Foto hier anzuschauen.

Pacheco wurde klar, daß es zu Komplikationen kommen würde. Er begann sich weniger oft mit ihr zu treffen, was die Sache jedoch nur verschlimmerte. Sie war am Verzweifeln. Dann, eines Abends, es war schon spät, kam sie hier ins Haus. Pacheco war schon zu Bett gegangen. Sie wartete darauf, daß er herunterkommen würde, hierher, genau in diesen Raum. Als

Pacheco eintrat, stand sie am Kamin. Sie trug einen schwarzen Mantel. Er ging auf sie zu, um ihr einen Kuß auf die Wange zu drücken. Als er sie fast erreicht hatte, öffnete sie den Mantel. Darunter war sie völlig nackt. Sie sagte kein Wort; sie hatte viel zu viel Angst.«

Dalakis hob beide Hände und drückte sie vor seinem Mund aneinander. Malgiolio hatte aufgehört, in dem Buch zu blättern, und wartete, was Dalakis als nächstes zu sagen hatte.

»Könnt ihr euch diesen Augenblick vorstellen? Selbstverständlich sah Pacheco sie an. Wer will es ihm verdenken? Denkt nur, ihr makelloser, unberührter Körper. Aber schließlich wandte er sich ab. ›Finden Sie mich so häßlich?‹ rief sie ihm nach. Mit dem Rücken zu ihr blieb er stehen. ›Häßlich?‹ fragte er. ›Du bist ganz außergewöhnlich schön. Unglücklicherweise bist du jedoch auch meine Tochter.‹ Selbstverständlich war sie wie vor den Kopf geschlagen. Sie wollte ihm erst nicht glauben. Pacheco erzählte ihr die ganze Geschichte. Dann fühlte sie sich beschämt, aber Pacheco sagte, es gebe keinen Grund, sich schuldig zu fühlen, das Ganze sei nichts weiter als ein dummer Fehler gewesen.

Aber ganz so einfach war es doch nicht. Auch wenn sie jetzt wußte, daß Pacheco ihr Vater war, an ihren Gefühlen zu ihm änderte das nichts. Sie hat meiner Tochter davon erzählt. Sie sagte, sie begehre ihn noch immer, ja sie hungere geradezu nach ihm. Es dauerte nicht lange, und sie ging fort, um in Paris weiterzustudieren. Sie konnte unmöglich mit Pacheco in ein und derselben Stadt bleiben, ja noch nicht mal im selben Land.

Meine Tochter hört gelegentlich von ihr. Sie kennt dort keine Männer, weigert sich auszugehen. Stellt euch vor, sie ist eine der schönsten Frauen von Paris und weigert sich, einem anderen Mann zu gehören, weil der Mann, den sie liebt, nach dem sie sich so leidenschaftlich verzehrt, zufällig ihr eigener Vater ist. Erstaunlich, nicht wahr? Wenn ihr euch das Foto genau anseht, dann werdet ihr sogar eine Ähnlichkeit feststellen – die mandelförmigen Augen zum Beispiel, das breite Kinn...«

Plötzlich war wieder das vertraute Kreischen zu hören, als Malgiolio den Kopf nach hinten warf und lachte. »Das ist die lächerlichste Geschichte, die ich je gehört habe. Also wirklich, Carl, du hättest Schauspieler werden sollen. Nicht daß ich behaupten will, Pacheco hätte keine Tochter oder daß die Umstände nicht stimmen, aber ich schwöre, die Frau auf dem Foto hier, das ist sie nicht.«

Ich stand auf und ging hinüber zu Dalakis. Mir erschien die Geschichte sowohl bezaubernd als auch töricht. Ich legte ihm eine Hand auf die Schulter. »Du bist wirklich ein unverbesserlicher Romantiker, Carl. Wie kommst du nur dazu, so etwas zu glauben?«

»Es ist wahr«, sagte Dalakis, halb verärgert, halb lachend. »Das Mädchen ist tatsächlich seine Tochter, und ich habe die Geschichte von meiner eigenen Tochter. Warum sollte ich euch belügen?«

Er stellte diese Frage mit solchem Nachdruck, daß ich etwas einlenkte. »Ich wollte damit nicht sagen, daß du lügst, aber selbst wenn deine Geschichte stimmt, wie kannst du so sicher sein, daß das Mädchen auf dem Foto da Pachecos Tochter ist? Du sagst, du hättest sie vor einigen Jahren mal gesehen. Vielleicht ist es jemand völlig anderes, eine dritte Frau.«

»Und ich nehme an, du weißt, wer sie ist«, sagte Malgiolio.

Sein Ton irritierte mich. »Vielleicht«, sagte ich. Ich trat an den Getränkeschrank und schenkte mir Mineralwasser nach. Dann sah ich mir noch einmal das Foto an. Das Gesicht hatte etwas Gefügiges, als wäre das Mädchen jederzeit bereit, sich nehmen zu lassen, wenn es nur der Richtige wäre. Sie bot sich geradezu an, verweigerte sich jedoch gleichzeitig auch. Ich stellte das Foto zurück auf den Sims und ging hinüber an eines der beiden Fenster. Ich brannte nicht gerade darauf, mich von Malgiolio genauso auslachen zu lassen, wie er es bei Dalakis getan hatte. Warum sollte ich meine Geschichte erzählen, wenn von vornherein keine Hoffnung auf Verständnis bestand?

»Laß dich von Malgiolio nicht aus der Fassung bringen«, sagte Dalakis und stand auf, »du weißt doch, wie er ist.«

Ich blickte hinaus auf die Straße. Es war niemand zu sehen. Über den Häusern stand eine gewaltige Rauchsäule in der Form eines Hundekopfes. Ich öffnete eines der Fenster und setzte mich auf das rote Polster. Wieder waren Schüsse und Sirenen zu hören, aber sie schienen weit weg. Hinter mir stritten sich Dalakis und Malgiolio wegen ihrer Geschichten.

Die Geschichte, die ich über die Frau auf dem Foto kannte, war ganz anders. Ich hatte sie von einem Reporter bei uns in der Zeitung gehört, der mir die Frau vor einigen Jahren in einem Restaurant gezeigt hatte. Sie hieß Andrea Morales, und ihr Gatte war Ingenieur bei einer Firma, die Autobahnen baute. Sie war bekannt für ihre Schönheit, war vor ihrer Heirat Schauspielerin gewesen und hatte in einigen Fernsehspielen mitgewirkt.

Sie hatte Pacheco auf einer Dinnerparty kennengelernt. Sie hatte keine Kinder, und mein Freund deutete an, sie langweile sich und wüßte nichts mit sich anzufangen. Selbstverständlich wollte Pacheco sie auf der Stelle haben. Er rief sie an, er schrieb ihr, und schließlich hatten sie dann eine Affäre, die sich über mehrere Monate hinzog. Dann erfuhr ihr Mann davon. Er liebte seine Frau abgöttisch. Völlig von Sinnen und todunglücklich nahm er eine Packung Schlaftabletten. Sie fand ihn auf dem Küchenboden, als sie von einem Schäferstündchen mit Pacheco zurückkam. Er lebte kaum noch. Sie sorgte dafür, daß man ihn ins Krankenhaus brachte, wo er eine Woche lang im Koma lag.

Der Ehemann erholte sich, aber nicht völlig. Physisch schien er völlig in Ordnung, doch waren seine Nerven stark in Mitleidenschaft gezogen. Seine Frau kümmerte sich um ihn. Aber er traute ihr trotzdem nicht mehr über den Weg und fand auch keine Freude mehr an ihrer Gesellschaft. Ständig machte er ihr in aller Öffentlichkeit Szenen, ja er brach dabei sogar in Tränen aus. Die Frau entschloß sich, um jeden Preis bei ihm zu bleiben, da sie sich für seinen Zustand verantwortlich fühlte, und hoffte, daß vielleicht ja auch eine Besserung eintreten würde. Nach dem, was mein Freund mir erzählte, zeigten sich jedoch dafür keinerlei Anzeichen, und die beiden, Mann und Frau, blieben aneinandergekettet in einer von Argwohn und Schuld gezeichneten Beziehung ohne Freuden und Liebe.

Malgiolio und Dalakis stritten sich weiter. Mir kam der Gedanke, daß die Geschichten, mochten wir mit dem Foto auch alle drei falsch liegen, womöglich alle der Wahrheit entsprachen. Und selbstverständlich gab es noch andere Geschichten über Pacheco und das schöne Geschlecht, hunderte. Als ich die Bibliothek ein weiteres Mal durchquerte, kam mir der Gedanke, daß die Geschichten wahrscheinlich mehr über die Männer sagten, die sie erzählt hatten, als über das Foto oder Pacheco selbst – Dalakis' Geschichte war romantisch und im Grunde wohlwollend, Malgiolios dagegen ließ auf Neid und eine gewisse Schlüpfrigkeit schließen. Und meine eigene, was sagte meine eigene Geschichte? Und wer, wenn überhaupt einer, hatte nun recht?

*

Aber in diesem Augenblick kam endlich Pacheco. Ein Geräusch kam von der anderen Seite der Tür. Dann ging sie auf, und er eilte, ein dunkelgraues Jackett überziehend, in den Raum. Pachecos Miene drückte Bedauern und doch auch Freundlichkeit aus, so als wäre er aufrichtig froh, uns zu sehen.

»Tut mir schrecklich leid. Draußen auf der Straße wurde ein Mann verletzt, und ich mußte ihn versorgen. Ganz offensichtlich haben wir einen scheußlichen Abend für unser Essen erwischt. Schön dich zu sehen, Carl. Und Batterby. Dich auch, Malgiolio. Wirklich tapfer von euch zu kommen.«

Pacheco stürzte auf jeden von uns zu und umarmte ihn. Er war groß, schlank, schien ausgesprochen muskulös und hatte langes silbriges Haar, das er glatt nach hinten gekämmt trug. Auch sein Gesicht war lang und schmal. Es war ein eckiges Gesicht mit strahlenden blauen Augen, das mich an eine Gestalt aus einem Bild von El Greco erinnerte. Alles, was ihm noch fehlte, war ein kleiner Spitzbart. Wie schon bei früheren Gelegenheiten erstaunte mich die Sorgfalt, die er auf seine Bewegungen verwandte. Selbst als er auf uns zustürzte, schien jede seiner Bewegungen einstudiert und präzise, als wäre es ihm schlichtweg unmöglich, etwas rein zufällig oder spontan zu tun. Er hatte dicke, volle Lippen, und seine Zähne, fleckig vom Nikotin seiner allgegenwärtigen Gauloises, standen leicht schief. Zeige- und Mittelfinger seiner rechten Hand wiesen ebenfalls gelbe Flecken auf, weil er die Angewohnheit hatte, eine Zigarette bis auf den letzten Zentimeter zu rauchen. Er kleidete sich dezent, trug jedoch immer eine auffällige Krawatte oder ein farbenprächtiges Einstecktuch. An diesem Abend spitzte der Zipfel eines himmelschreiend orangen Tüchleins aus der Brusttasche seines grauen Jacketts. Als er zu mir kam, nahm er mich bei der Hand und erkundigte sich nach meinem Befinden. Er legte mir eine Hand auf die Schulter und wandte sich wieder den anderen zu.

»Ich fürchte, man hat eine Ausgangssperre verhängt«, sagte

er. »Aber es ist genügend Platz hier, und ich werde schon dafür sorgen, daß man euch so komfortabel wie möglich unterbringt. Wir werden wohl eine ziemlich kleine Gruppe abgeben. Einige haben abgesagt. Cardone hat angerufen, kurz bevor die Telefone den Geist aufgaben, und gesagt, er hätte zu tun.«

Obwohl ich keinerlei Wunsch verspürte, bei Pacheco zu nächtigen, wollte ich auch nicht auf die Straße, solange die Lage sich nicht beruhigt hatte. »Er berichtet über die Demonstration?« fragte ich. Cardone war Reporter beim Erzrivalen meiner Zeitung, und ich beneidete ihn nicht selten um seinen Posten.

»Ja, hat er jedenfalls gesagt, obwohl ich annehme, daß man eine Nachrichtensperre verhängt hat. Einige Reporter, darunter Leute von der Auslandspresse, wurden inhaftiert.«

»Wer kommt denn sonst noch nicht?« fragte Dalakis.

Pacheco hatte sich eingeschenkt, trockenen französischen Wermut auf etwas Eis, und füllte jetzt Malgiolios Glas mit Cognac nach. All das in raschen Bewegungen. Er steckte sich eine Zigarette an, hielt sein Glas in die Höhe, um zu sehen, ob es auch absolut sauber sei, vergewisserte sich, daß es weder mir noch Dalakis an Getränken mangelte, warf einen Blick auf seine Uhr, ließ ein kleines Stück Limettenschale in sein Glas gleiten und wandte sich uns dabei immer wieder zu, um uns mit einem Nicken oder einem kleinen Lächeln zu bedenken. Er hatte eine Art, mit einem vertraulich zu werden; man hätte meinen können, man teile ein Geheimnis mit ihm, das einen von allen anderen unterschied. Wieder dachte ich, wie wenig ich doch von ihm wußte.

»Ich bezweifle stark, daß Hernandez oder Serrano kommen werden«, sagte Pacheco und reichte Malgiolio seinen Cognac. »Hernandez wird in seiner Kirche nicht zu knapp zu tun haben, und Serrano wird sich angesichts seiner Kunden aus Regierungskreisen lieber still verhalten, bis er eine politische Wende spürt. Was die anderen anbelangt, Kress ist beim Militär und Schwab bei der Polizei, ich erwarte sie also ebensowenig.«

»Ich denke, wir können auch Sarno streichen«, sagte Dalakis. »Sein Laden ist in einem Armenviertel, und er wird Angst vor Plünderern haben.«

»Womit wir nur zu viert wären«, sagte Malgiolio. Er schien sich zu freuen, daß der Rest nicht kam. »Also wird es unsere Pflicht sein, für zehn zu essen. Zu schade, daß Batterby bloß in seinem Essen herumstochert.«

»Dann wird er aber mit Bedacht stochern müssen«, sagte Pacheco und zwinkerte mir zu, bevor er Malgiolio mit einem Lächeln bedachte. All diese Gesten schienen mechanisch, Reaktionen seines Gesichts, die kaum etwas zu tun hatten mit dem, was um ihn herum vorging, und lediglich dazu angetan waren, einen einzuwickeln und zu beruhigen. »Um genau zu sein, ihr könnt sogar für zwanzig essen, wenn euch danach ist. Ich habe meiner Köchin gesagt, daß ich einen ganzen Haufen hungriger Männer erwarte. Unglücklicherweise muß ich womöglich noch einmal aus dem Haus. Es gibt viele Verletzte.«

»Hast du eine Ahnung, was überhaupt vorgeht?« fragte ihn Dalakis. Pacheco und ich, wir hatten uns auf das Sofa gesetzt, während Dalakis und Malgiolio noch am Kamin standen. Dalakis beugte sich vor, um besser zu hören.

»Es scheint Ärger innerhalb des Militärs selbst zu geben«, sagte Pacheco. »Was nicht weiter überrascht, wenn man bedenkt, was wir über die Auseinandersetzungen zwischen Heer und Luftwaffe gehört haben. Aber auch an der Universität gibt es Ärger. Die Studenten haben gestern nacht das Universitätsgelände besetzt, und das Militär hat heute morgen versucht, es zurückzuerobern.«

»Du meinst, die bringen die Studenten um?« fragte Dalakis.

»Ich denke, es ist eine Pattsituation. Die Studenten scheinen einen Panzer zerstört zu haben. Du findest das amüsant, Luis?«

Malgiolios kleine Augen funkelten vor Vergnügen.

»Malgiolio ist immer noch auf Arbeitssuche«, sagte ich. »Er hat das Gefühl, daß nach dem heutigen Tag eine Menge Stellen frei sein werden.«

Pacheco warf Malgiolio eine Art Forscherblick zu, als betrachte er eine Maschine, der gegenüber er nicht das geringste Gefühl hatte. »Wenn Luis nicht aufpaßt, wird bald seine Stelle als Mensch frei sein. Da draußen kommen eine Menge Leute durch Schüsse ins Blaue um.«

Es klopfte an der Tür. Pacheco stand auf und trat zur Seite, als die Haushälterin einen großen Servierwagen mit einem Tablett voller Cocktailhappen in die Bibliothek rollte. Obwohl ich auf einen Festschmaus gefaßt gewesen war, die Vielfalt und Schönheit des Angerichteten ließen mich Pachecos Warnung an Malgiolio fast vergessen. Es mußten um die zwanzig verschiedene Arten von Kanapees sein.

»Ich hatte keine Ahnung, was ihr gerne eßt«, sagte Pacheco, »also habe ich von allem etwas in Auftrag gegeben. Stellen Sie den Wagen drüben am Kamin ab, Señora.«

Ich sah zu, wie die Frau den Wagen an Malgiolio vorbeischob, der sofort zugriff, um sich eines der Weißbrotquadrate mit einem kleinen Krabbenkringel obenauf zu schnappen. Sie sah uns nicht einmal an. Wenn auch nicht unattraktiv, so schien sie doch in Gedanken so weit entfernt von diesem Raum, daß man sich schwer tat, sie für etwas anderes als ein Möbelstück zu halten. Nachdem der Servierwagen richtig plaziert war, begann sie die weißen Servietten zu arrangieren und eine Reihe kleiner silberner Gabeln aufzulegen.

Malgiolio verschlang seine Krabbe und griff nach etwas mit schwarzem Kaviar darauf. »Ach, übrigens, Pacheco«, sagte er, »wir hatten hier eine Diskussion, während wir auf dich gewartet haben. Vielleicht kannst du uns weiterhelfen.«

Pacheco drückte seine Zigarette in einen grünen Aschenbecher. »Ich würde mich glücklich schätzen zu tun, was ich kann.«

Er war für diese Art Phrasen ebenso bekannt wie für seine Angebote, einem zu helfen, oder dafür, sich nach der Gesundheit seines Gegenübers zu erkundigen, und ich habe nie gewußt, ob er es ernst meinte. Selbstverständlich stand er einem mit Rat und Tat zur Seite, aber seine Manieren waren von einer Tadellosigkeit, daß man sich fast wünschte, ihn zusammenbrechen, ihn in Hysterie oder Kummer versinken zu sehen, nur um einmal zu wissen, was wohl hinter dieser Maske steckte.

»Es ist wegen des Fotos auf dem Kaminsims«, sagte Malgiolio mit vollem Mund. »Ich denke, es ist ein Bild von Cecilia Mendez. Dalakis sagt, es ist ein Bild von einer gewissen Sarah, und Batterby hier hat eine dritte Idee, ziert sich aber, damit herauszurücken.«

»Ich dachte, es könnte sich um Andrea Morales handeln«, sagte ich.

Pacheco nahm seinen Platz auf dem Sofa wieder ein. Auf seinen Lippen war ein Hauch von Geringschätzung zu bemerken. »Ich fürchte, ihr liegt alle drei völlig falsch«, sagte er. »Das Bild ist ein Foto meiner Haushalterin, Señora Puccini, der Frau, die dir in diesem Augenblick einen Cracker anbietet, Malgiolio.«

Gleichzeitig wandten wir uns um und starrten die Haushälterin an. Sie stand da und hielt Malgiolio das Tablett entgegen, der viel zu überrascht war, um etwas zu nehmen. Ihr Gesicht war wie aus Stein gehauen, und es schien mir beim besten Willen nicht zu dem des hübschen Mädchens auf dem Foto zu passen.

»Das meinst du doch sicher nicht im Ernst«, sagte ich, unfähig, mich zurückzuhalten.

Señora Puccini hob den Blick von ihrem Tablett, und ihre Mundwinkel hoben sich zu einem Lächeln, das so eiskalt war, daß es mehr einer Grimasse glich. Dann wandte sie sich uns zu und richtete dieses Lächeln an jeden einzelnen von uns. Sie schien in uns Narren zu sehen, während sie gleichzeitig andeutete, daß ihr das völlig egal sei, daß sie nicht das geringste Interesse an uns habe. Aber als sie so lächelte, konnte ich endlich eine gewisse Ähnlichkeit mit dem Mädchen auf dem Foto feststellen. Im Gegensatz zu dem Mädchen jedoch, das weich schien, war diese Frau unerbittlich. Auch waren bei ihr weder Anzeichen von Angst noch von Unsicherheit zu entdecken. Wie Dr. Pacheco selbst, schien auch sie sich vollkommen im Griff zu haben. Was ihre Augen anging, so glichen sie denen einer Toten.

Als wir so dastanden und die Haushälterin anstarrten, kam von der Haustür her ein Klopfen. Señora Puccini setzte das Tablett ab und verließ den Raum. Wir sahen ihr nach und dann wieder auf den Arzt.

Es war Dalakis, der als erster den Mund aufmachte. »Ich möchte dir nicht zu nahe treten«, sagte er und blinzelte einige Male, »aber warum hast du ein Foto von deiner Haushälterin auf dem Kaminsims?«

Pacheco steckte sich eine weitere Zigarette an. Draußen in der Halle waren laute Stimmen zu hören. Ich nahm mit einigem Erstaunen an, daß sich noch weitere Gäste eingefunden hatten, achtete jedoch kaum weiter darauf, da ich auf Pachecos Antwort wartete.

Er schüttelte das Streichholz, bis es erlosch, und warf es in den Kamin. »Um mich stets an die Frau zu erinnern, die zu zerstören ich mich entschlossen habe«, sagte er. Dann hob er den Kopf und sah uns der Reihe nach an. Sein Gesichtsausdruck war bekümmert, und ich war darüber so verblüfft, daß ich mich zu irren glaubte.

Mit einem Mal wurde die Tür zur Bibliothek aufgestoßen, und zwei Soldaten mit Schnellfeuergewehren schoben sich in den Raum. Hinter ihnen waren noch weitere Soldaten zu sehen. In der Halle begann ein Mann zu schreien.

Kapitel Zwei

Als Junge hegte ich eine Leidenschaft für elektrische Eisenbahnen, etwas, worauf mein Vater mich am Weihnachtsfest meines siebten oder achten Lebensjahres gebracht hatte. Weitere Weihnachten und Geburtstage brachten mir zusätzliche Einzelteile, bis ich mit dreizehn oder vierzehn Jahren zwei ganze Räume auf dem Dachboden mit einem Eisenbahnnetz überzogen hatte.

Dort oben verbrachte ich den größten Teil meiner schulfreien Zeit, und selbst während ich las oder lernte, hatte ich meine Lokführermütze auf und ließ Züge fahren. Nicht selten zogen, während ich über meinen Hausaufgaben saß, ein halbes Dutzend Loks bis zu fünfundsiebzig Passagier- und Güterwaggons über die Viertelmeile Schienen, die ich besaß. Versteckt in diesem abgelegenen Winkel unseres Hauses, umgeben von einem Miniaturland, war ich erfüllt von einem starken, wenn auch sicherlich kindlichen Gefühl für meine Macht, ja meine Göttlichkeit, wenn ich so meine Bahnstrategien verfolgte, Kohlen bunkerte, Bauholz ablud, Bahnschranken senkte und die Warnklingeln ertönen ließ. Als Einzelkind, dessen Eltern nur wenig zu Hause waren, empfand ich die geschäftige Betriebsamkeit dieses Hobbys als ungemein tröstlich.

Als Folge davon pflegten meine Eltern oder der Diener Freunde oder Besucher, wer immer mich gerade sehen wollte, auf eben jenen Dachboden zu schicken. Und so war es wahrscheinlich auch dort, wo mich eines Samstag nachmittags im Frühsommer, ich war eben vierzehn geworden, der Mann, der bei Daniel Pachecos Vater angestellt war, fand. Ich sage »wahrscheinlich«, weil meine Erinnerungen in diesem Punkt nicht ganz klar sind; die an jenem Tag folgenden Ereignisse haben ausgelöscht, was auch immer in den paar Stunden nach meiner Rückkehr aus der Schule gegen Mittag passiert war.

An was ich mich ganz genau erinnere, ist, daß der Mann eine schriftliche Nachricht von Pacheco hatte, in der dieser mich auf der Stelle zu ihm zu kommen bat. Sein Diener sollte mich hinbringen. Er hieß Boris und hatte das Gesicht einer Leiche, sein Schädel war völlig kahl – ich nehme an, er rasierte ihn –, und in einem Ohr trug er einen großen goldenen Ring. Augenscheinlich war er früher einmal zur See gefahren, da er mitten auf der linken Backe einen kleinen blauen Totenkopf von der Größe eines Daumennagels tätowiert hatte. In den Augen meiner Mutter war er eine widerwärtige Kreatur, und sie hatte mir aufgetragen, Daniel auszurichten, den Mann nicht mehr in unser Haus zu schicken – Boris hatte immer Daniels Nachrichten auszutragen und war eigentlich mehr sein Bediensteter als der seines Vaters. Selbstverständlich bat ich ihn darum, aber Daniel scherte sich nicht darum.

Ich zog also an jenem Tag, ohne mir weiter Gedanken zu machen, mit Boris davon. Es wäre mir nicht im Traum eingefallen, nicht mitzugehen, so groß war Daniels Einfluß auf jeden von uns. Außerdem war ich, wenn auch ein Einzelkind mit ebenso zeitaufwendigen wie kostspieligen Beschäftigungen, kein freiwilliger Einzelgänger und damit ganz erpicht auf jede Gelegenheit, mit anderen etwas zu unternehmen. Jahre später habe ich mich zuweilen gefragt, warum wir Daniel so bereitwillig gefolgt waren, und ich kam zu dem Schluß, daß es weniger seine Intelligenz oder sein Mut war, sondern vor allem die Tatsache, daß er der erste von uns war, der Sinn für Ironie entwickelt hatte. Dieser hinderte uns daran, ihn durch unsere noch so kindliche Gedankenwelt einzugrenzen.

Wir nahmen einen Bus hinunter zu den Docks, eine Gegend, die mir von meinen Eltern strikt verboten worden war. Ich nehme an, sie dachten, man könnte mich auf einen chinesischen Frachter verschleppen. Wäre es möglich gewesen, ich hätte Boris nach unserem Bestimmungsort gefragt, aber der Mann konnte nicht sprechen; ob er stumm geboren war oder einfach nie unsere Sprache gelernt hatte, ich wußte es nicht. Einige der Jungen behaupteten, Folterknechte hätten ihm die Zunge herausgeschnitten oder die Stimmbänder durchtrennt, was mir eindeutig übertrieben schien. Aber er war ein freundlicher Kerl, und als er meine Nervosität bemerkte, weil wir uns in der Nähe der Docks befanden, lächelte er und klopfte mir beruhigend auf die Schulter.

Wir stiegen in der Nähe des Zollhauses aus und machten uns dann auf den Weg durch die engen Straßen mit ihren Lagerhäusern auf der einen Seite und den Cafés und billigen Absteigen auf der anderen. Nur mühsam konnte ich mit Boris Schritt halten. Es war Nachmittag an einem heißen Sonnabend, und die Straßen waren fast leer. Nach einem halben Dutzend Querstraßen wandten wir uns über die Hügel in den Irrgarten noch viel schmälerer Sträßchen.

Schließlich bogen wir dann in ein Gäßchen ein, das sogar zu

schmal für Autos war, und ich erinnere mich noch an den Müll und den penetranten Uringeruch. Einige halb verhungerte Köter lagen in Türen, viel zu gelangweilt und schläfrig, um auch nur den Kopf anzuheben. Links und rechts ragten die hohen Mietshäuser über uns auf, so daß die Gasse selbst mitten an diesem sonnigen Tag fast im Dunkeln lag. Nach einigen Minuten dann blieb Boris vor einer Tür stehen und deutete mir an hineinzugehen.

»Kommst du nicht mit?« fragte ich ihn.

Er schüttelte den Kopf und öffnete mir dann die Tür. Drinnen sah ich einen verdreckten Treppenabsatz vor einer schmalen Stiege. Ich verspürte nicht die geringste Lust, da allein hineinzugehen, aber ich vertraute Pacheco wie auch seinem Diener, und ich wäre nie auf die Idee gekommen, mich in Gefahr zu befinden. Ich warf einen Blick zurück zu Boris. Der auf seine Backe tätowierte Schädel grinste fast höhnisch, und ich ertappte mich dabei, meinen Blick darauf zu konzentrieren. Dann tätschelte Boris mir noch einmal die Schulter und lief davon.

Erst als ich die Tür hinter mir schloß und die Treppe hinaufzusteigen begann, wurde mir etwas bange. Die Stiege war finster, unheimlich steil und verströmte einen säuerlichen Geruch, eine Mischung aus Essensresten und menschlicher Ausdünstung. Oben dann sah ich mich vor einer weiteren Tür, und ich klopfte. Keine Antwort. Ich versuchte, den Griff zu drehen, und die Tür öffnete sich in einen langen schmalen Raum mit etwa zwanzig Stühlen entlang den Wänden. Auch dieser Raum war leer. Ich erinnere mich noch an die Blumentapete mit den unwirklich riesigen gelben Blüten. Die Tapete löste sich ab, so daß große Lappen auf den Boden hingen – man hätte fast meinen können, die Blumen versuchten zu entkommen. Darunter schien der feuchte graue Putz zu schwitzen. Ich rief Daniel beim Namen, durchquerte dann den Raum bis zu einer weiteren Tür. Abgesehen von meinen eigenen Schritten auf dem Linoleum war absolut nichts zu hören. Die zweite Tür öffnete sich in einen langen Korridor mit Türen zu beiden Seiten. Wieder rief ich Daniels Namen, und dieses Mal tauchte er auf – er steckte seinen Kopf zu einer der Türen heraus.

»Da bist du ja endlich«, sagte er ungeduldig. »Wo warst du denn so lange?«

Er war ganz in Schwarz gekleidet, selbst seine Stiefel waren schwarz, und sein dunkles Haar war voller Pomade und nach hinten gekämmt wie das eines Tangotänzers. Im Widerspruch zu seiner Kleidung stand sein Gesicht, so glatt wie das eines Mädchens, und er sah jünger aus als der Rest von uns, vielleicht wie elf oder zwölf. »Ich bin so schnell gekommen, wie ich konnte«, sagte ich. »Was ist das für ein Haus? Was machst du hier?«

»Ich habe ein Geschenk für dich«, antwortete er. »Komm mit.«

Ich trat in den Raum. Das Fenster war mit braunem Papier bedeckt, was den Raum düster erscheinen ließ. Auf der gegenüberliegenden Seite stand ein weißes Metallbett, und zu meinem Erschrecken sah ich, daß auf dem Laken eine Frau lag, und zwar splitternackt. Ich wollte schon wieder zur Tür hinaus, weil ich dachte, Pacheco hätte sich im Zimmer geirrt. Er bemerkte meine Verlegenheit und legte mir einen Arm um die Schulter.

»Das ist für dich, Nicky. Maria ist sehr nett. Geh hin zu ihr. Sie zeigt dir, was du tun mußt.«

Ich war verwirrt, als ich verstand, was er meinte. Immerhin war ich erst vierzehn, und obwohl ich eine Menge Zeit damit zubrachte, an Sex zu denken, so war mir das Eigentliche daran doch ein Geheimnis geblieben. Meine Eltern hatten mit mir nie über das gesprochen, was man so als die Grundlagen des Lebens bezeichnet, und alles, was ich über das Thema wußte, kam von gedämpften Unterhaltungen mit meinen Schulkameraden, die darüber nicht mehr wußten als ich selbst.

Pacheco nahm mich beim Ellenbogen und führte mich langsam vor das Bett. »Du brauchst keine Angst zu haben, Nicky.«

Wenn auch widerstrebend, so ging ich doch mit. »Wieso machst du so was?« fragte ich.

»Es ist ein Geschenk. Beruhige dich.«

Ich hatte noch nie im Leben eine nackte Frau gesehen, außer in Kunstbüchern, und jetzt lag da eine vor mir, nur wenige Schritte entfernt. Schlimmer noch, ich sollte sie lieben. Nun, offensichtlich sollte Liebe damit nichts zu tun haben, aber mit vierzehn schien es mir nun einmal so. Ich geriet fast in Panik.

»Aber wer ist sie?« flüsterte ich in der Hoffnung, daß sie es nicht hörte.

»Eine Freundin. Geh hin zu ihr. Ich befehle es dir.«

Wie soll ich die Frau beschreiben? Es war nichts Romantisches und auch nichts Schönes an ihr, doch war sie auch nicht abstoßend. Zu dem Zeitpunkt damals hielt ich sie für alt, aber sie dürfte so um die dreißig gewesen sein. Für mich war sie halb Indianerin, der hohen Wangenknochen und der schrägstehenden Augen wegen, außerdem hatte sie einen dunklen Teint. Sie lag auf dem Rücken, auf die Ellenbogen gestützt. Sie war ausgesprochen massig, allerdings mehr aufgedunsen als dick, und ihr Bauch war groß und rund. Ihre Brüste waren gewaltig, aber auch ziemlich schlaff, so daß sie ihr wie zwei lederne Geldbeutel auf Brustkorb und Bauch lagen. Es war heiß im Zimmer, und ihre Haut glänzte vor Schweiß. Noch heute erinnere ich mich an die kleinen Rinnsale, die ihr über den Bauch liefen. Um den Hals hatte sie eine dünne silberne Kette, an der ein kleines »M« hing. Ihre Brustwarzen schienen schwarz in dem spärlichen Licht, und sie hatte sich die Scham rasiert.

Mit einem verschlafenen Grinsen sah sie mich an und deutete mir mit einem Finger an, näher zu kommen. Pacheco gab mir einen kleinen Schubs, und ich trat ans Bett, so verängstigt, daß ich kaum noch stehen konnte. Langsam streckte die Frau ihre Hand aus und griff nach meinem Gürtel. Dann, die Augen noch immer in die meinen versenkt, öffnete sie die Schnalle und den Druckknopf der Hose. Sie hatte kurzes schwarzes Haar und dicke Pausbacken.

Mit einem Ruck zog sie mir die Hose herunter, die an meinen Knöcheln landete. Dann nahm sie meinen Schwanz in die Hand. Ich war benommen, und es schien mir, als würde ich mich selbst beobachten. Langsam, als wäre mein Schwanz eine kleine Leine, zog sie mich zu sich hin und zwang mich mit sanfter Gewalt auf das Bett. Wäre ich älter gewesen und erfahrener, ich bin sicher, ich hätte vor lauter Angst keine Erektion zustande gebracht, aber in dem Alter wußte ich es nicht besser. Ich war viel zu verwirrt, um zu denken; mein Körper tat das einzig Notwendige.

Als ich auf ihr lag, schob sie meinen Schwanz in sich hinein, umschlang mich dann mit den Beinen und preßte mich an ihren Körper. Ich habe bereits gesagt, daß sie massig war, aber sie war auch riesengroß: Mein Kopf reichte ihr kaum bis an die Schulter. Sie roch nach Öl, warmem Olivenöl, wie meine Mutter es zuweilen benutzt hatte, um mich während meiner Kindheit von Ohrenschmalz zu befreien. Ich lag also da, den Kopf gegen ihren Busen gedrückt. Sie war ungemein weich, und ihre Haut war feucht und fühlte sich an wie Gummi. Ich hatte das Gefühl, auf einer warmen, schmierigen Luftmatratze zu liegen. Ich gab mir alle Mühe, ihr Fleisch nicht mit meinen Händen zu berühren, zum Teil schon deshalb, weil ich Angst hatte, ihr in ihrer Nacktheit zu nahe zu treten; meine Angst, aus dem Bett zu fallen aber ließ meine Finger unschlüssig über ihre Rippen huschen. Dann jedoch schlang sie auch ihre Arme um mich, und ich sah mich gegen ihre Brüste gepreßt wie eine kleine Brosche, während sich ihre Hüften zu bewegen begannen. Ich kam sofort. Danach ließ sie mich noch ein Weilchen so liegen, damit ich wieder zu Atem kommen und mich von meiner Überraschung erholen konnte. Dann stupste sie mich leicht an, ich rutschte von ihrem Körper und landete auf dem Boden.

»Ihr Jungs«, sagte sie mit einer eher männlichen Stimme, »das ist, als würd' man zuviel Blätterteig essen.« Sie tätschelte mir die Hand, dann drehte sie sich zur Seite und schien einzuschlafen. Das Laken war weiß, aber ihre Hüften lagen auf einem leuchtend roten Handtuch. Ich stand einen Augenblick lang da und wußte nicht, was ich tun sollte. Pacheco legte mir eine Hand auf die Schulter.

»Gute Arbeit, Nicky. Kannst dich nebenan waschen, wenn du willst. Du nimmst dann die Tür auf der anderen Seite. Da findest du die anderen.«

Ich wusch mich sorgfältig. Nicht weil ich mir schmutzig vorgekommen wäre, sondern um ihren Ölgeruch von der Haut zu bekommen, da ich Angst hatte, meine Mutter könnte ihn bemerken und womöglich gar wiedererkennen. Dann nahm ich die zweite Tür und stieg eine Treppe hinunter. Ich war zu erstaunt, um darüber nachzudenken, was da vor sich ging. Am Ende der Treppe und hinter einer weiteren Tür fand ich in einem langen Raum zehn meiner Kameraden. Sie saßen da und musterten mich ernsthaft, während ich langsam über die Holzdielen schlich.

»Hast du's gemacht?« fragte Eric Schwab.

Ich fühlte mich auf der Stelle schuldig, als wäre ich der einzige gewesen, der sich dieser Frau hingegeben hätte, während die anderen sie sich versagt hatten. Ich nickte.

Daraufhin sprangen sie allesamt auf, klatschten in die Hände, droschen mir auf den Rücken und füllten den Raum mit ihrem Lachen. Einige von ihnen waren noch in der Schuluniform vom Morgen – weißes Hemd, blaue Hose und ein Blazer mit dem Schulwappen über dem Herzen. »Wir auch«, sagte Schwab. »Jeder ist drangekommen. Pacheco läßt sie von der ganzen Klasse ficken. Aber natürlich hab' ich schon vor ihr Frauen gehabt.«

Kaum hatte er das gesagt, lachten die anderen auch schon oder stöhnten oder hießen ihn einen Lügner. Einer der Jungen hatte ein abgebrochenes Stuhlbein gefunden und ließ es, als spöttischen Kommentar auf Schwabs sexuelle Tüchtigkeit, aus seiner offenen Hose baumeln. Wir waren allesamt furchtbar aufgekratzt, fast hysterisch. Die Ungeheuerlichkeit von Pachecos Streich ließ unsere Herzen rasen.

»Also, ich könnt' gleich noch mal drüber«, sagte Schwab. »Ich steh' auf Dicke.«

Von uns allen sah Schwab am reifsten aus. Selbst damals schon mußte er gut über einen Meter achtzig gewesen sein und hatte schon Haare auf der Oberlippe. Er war muskulös und blauäugig und ein ziemlicher Raufbold. Er tat so, als hätte er vor nichts und niemandem Angst, aber einmal bekamen wir mit, wie er Pacheco verspottete und daraufhin eine solche Tracht Prügel bezog, daß er mehrere Tage nicht in die Schule konnte. Jetzt wäre er, hätte Pacheco es ihm befohlen, durch einen brennenden Reifen gesprungen.

Ich bezweifle, daß auch nur einer von uns vorher schon einmal mit einer Frau geschlafen hatte, noch nicht einmal Schwab, und unser Gespräch, das mir jetzt, nach so langer Zeit, herzlich albern erscheint, war voll nervöser Heiterkeit, als wir unsere verschiedenen und doch so ähnlichen Erfahrungen austauschten.

Schwab schwor, sie zum Stöhnen gebracht zu haben – vor Lust – und daß er sich dreißig Minuten lang zurückgehalten hätte. Einige sagten, es sei toll gewesen, anderen waren sich da nicht so sicher. Zwei der Jungen heulten. Ein anderer war wütend, wieder ein anderer fühlte sich schuldig. Noch den ganzen Nachmittag über kamen Jungs die Treppe herunter, um uns erstaunt unten vorzufinden. Einige lachten, einigen war das Ganze unangenehm, die meisten grinsten peinlich berührt. Von den fünfundzwanzig Jungen, die Pacheco aus unserer dreißigköpfigen Klasse aufgetrieben hatte, weigerten sich nur zwei, in das Bett der Hure zu steigen. Einer davon von Carl Dalakis. Zwei weitere gestanden, daß sie keine Erektion zustande gebracht hätten. Ich gehe davon aus, daß noch weitere nicht gekonnt hatten, nur daß diese eben den Mund hielten. Die beiden, die ihr Versagen eingestanden hatten, wurden furchtbar gehänselt. Schwab versprach, sie noch einmal mit hierher zu nehmen, um ihnen zu zeigen, wie man es macht.

Malgiolio gehörte zu denen, die heulten. Er war damals ein stiller Junge, der symbolistische Gedichte im Stil von Verlaine und Rubén Darío schrieb. Womit ich freilich nicht sagen will, daß es ihm mit der Frau keinen Spaß gemacht hatte. Er war auch einer von denen, die sie danach noch einmal ausfindig zu machen versuchten. Es fanden sich nämlich einige Tage darauf acht Jungs zu einer Exkursion in die Gegend zusammen. Aber entweder konnten sie die richtige Tür nicht finden, oder es war die richtige und sie war verschlossen oder das bewußte Zimmer war leer. An die genauen Einzelheiten erinnere ich mich nicht mehr, nur daß sie die Frau nicht ausfindig machen konnten und schließlich in einem ganz normalen Freudenhaus landeten, wo man sich nicht nur über sie lustig machte und sie eine schöne Stange Geld hinlegen ließ, sondern sich obendrein auch noch einer – Malgiolio oder Schwab? – einen Tripper holte und wochenlang jedesmal heulte, wenn es ans Pinkeln ging.

Aber jener Samstagnachmittag, der bei meinen Zügen begann und bei der indianischen Hure endete, war eine herrlich ausgelassene und herzliche Zeit unter Freunden. Nachdem auch der letzte die Treppe heruntergekommen war, kam Pachecos Diener Boris mit mehreren Körben voller Proviant herein: Sandwiches mit kaltem Hühnchen, Kartoffelsalat, Äpfel, eimerweise Limonade und einem riesigen Schokoladenkuchen. Wenn ich jetzt so zurückdenke, scheint mir unser Menü absurd, aber damals war es genau das richtige. Immerhin hatten wir etwas zu feiern, und es war nun einmal genau das, was vierzehnjährige Knaben auf Parties so aßen. Wir stopften uns voll und veranstalteten dann eine Schlacht mit den Kerngehäusen unserer Äpfel, bei der ich eines aufs Auge bekam.

Etwa eine halbe Stunde nachdem sich der letzte zu uns gesellt und wir alles aufgegessen hatten, öffnete sich die Tür und gab den Blick auf Pacheco und die Hure frei. Sie war wahrhaftig ein Mammutweib, weit über eins achtzig groß und wog wohl an die drei Zentner. Sie trug einen schwarzen, perlenbesetzten Unterrock, der ihr bis an die Knöchel reichte und unter dessen dünner schwarzer Spitze sich ihre Brüste wie Ballons ausnahmen. Wir starrten sie ebenso staunend wie furchtsam an. Schwab, der eben noch geschworen hatte, er brenne darauf, »gleich noch mal drüber zu gehen«, verdrückte sich in die hinterste Reihe.

Sie begegnete unseren Blicken, sah sich jeden an, blickte jedem einzelnen von uns geradewegs in die Augen und hielt sie einen Moment lang fest. Keiner von uns wußte, was er tun sollte. Ihr Gesicht war breit und flach, fast wie das Blatt einer Schaufel, und ihre Augen waren lediglich Schlitze.

»Waren das wirklich so viele?« fragte sie schließlich. »Blätterteig, der reinste Blätterteig, ihr wart wirklich süß.« Sie sagte das ohne Sarkasmus, machte jedoch auch nicht unbedingt einen warmherzigen Eindruck dabei. Sie kam mir vor wie jemand nach einer ausgiebigen Mahlzeit; fast erwartete ich, daß sie rülpste und sich den Bauch dabei rieb. Dann holte Pacheco etwas Geld heraus und gab es ihr. Sie zählte es einmal, dann noch einmal, wobei sie sich vor jedem Schein den Finger leckte. Als sie zufrieden war, trat sie, die Hände in die Hüften gestemmt, ein paar Schritte in den Raum und beugte sich nach hinten, so daß Bauch und Brüste wie große schwarze Kissen vorstanden. Das Geld hatte sie in beiden Händen, die Scheine spitzten zwischen ihren Fingern hervor. Sie begann leise zu summen, und während sie summte, begann sie sich langsam zu wiegen. Nach und nach begann sie zu tanzen. Sie war barfuß, und ihre Füße schabten über den Boden dabei. Ihr Summen wurde lauter, und Pacheco begann im Rhythmus ihrer Bewegungen in die Hände zu klatschen. Auch einige von uns fingen an zu klatschen, obwohl mir das Ganze ehrlich gesagt nicht ganz geheuer war. Es war, als wäre man im Käfig einer Bärin gelandet. Ihr Lied war einfach, und sie wiederholte es immer und immer wieder.

Während sie tanzte, griff sie nach unten und zupfte dort, wo er ihre Knie bedeckte, an ihrem schwarzen Unterrock. Dann begann sie, ihn unter ständigem Hin und Her die Schenkel hochzuziehen. Ihr Summen wurde immer lauter, und zwischen den einzelnen Phrasen schnaufte sie schnaubend durch die Nase, um wieder zu Atem zu kommen. Ich glaube nicht, daß es sich um ein richtiges Lied handelte, oder wenigstens konnte ich keines erkennen. Sie zog den Unterrock hoch genug, um ihr Geschlecht freizugeben. Wie ich schon gesagt habe, hatte sie keinerlei Haare da unten, so daß ihre bronzefarbene Scham glänzte, als wäre sie eingeölt. Dann spreizte sie die Beine und richtete die Zehen nach außen, und wir sahen, daß sie auf der Innenseite ihres linken Oberschenkels einen Schwanz tätowiert hatte – einen großen dicken roten Schwanz mit leuchtend roten Eiern. Spielte sie mit den Muskeln in ihrem Bein, so schien der Schwanz selbst zu tanzen, während ihr übriger Körper stillhielt und das Summen immer lauter wurde. Ich erwartete wirklich, auf dem anderen Schenkel eine Vulva tätowiert zu sehen, aber es war nichts darauf, nur dieser Schwanz auf dem anderen, den zum kehligen Ton jener endlos wiederholten fünf Noten eine Welle nach der anderen durchschauerte.

Ich weiß nicht, wie lange das ging. Anfangs johlten und lachten einige, aber nach einer Weile wurde es still, und man gab sich ganz der Vorstellung hin. Die meisten von uns standen reglos da, aber fünf oder sechs, Malgiolio war einer davon, gingen auf sie zu und bildeten einen Kreis um sie; und während sie so tanzte, umkreisten sie sie, den Blick auf den Boden oder ihre bloßen Füße gesenkt, erst nach links, dann nach rechts. Wie ich schon sagte, einige trugen noch ihre Schuluniform und einer sogar noch das kleine blaue Käppi mit dem schmalen schwarzen Schirm. Ich übrigens trug immer noch meine Lokführermütze. Aber ich hatte das Gefühl, daß die tanzenden Jungen ihre Kreaturen waren, daß sie sie hypnotisiert hatte, und ich weiß noch genau, wie ich mich versteifte, mir sogar in die Unterseite meines Handgelenks kniff, um ja nicht in einen ähnlichen Bann zu verfallen, während ich zusah, wie sich diese Tätowierung eines großen roten Schwanzes auf ihrem Bein senkte und hob und die Jungen sie weiter umkreisten und die Frau unablässig ihr Liedchen sang. Ungelogen, ihr Schenkel war so dick, daß er an Umfang womöglich sogar meine Taille übertraf.

Schließlich hörte sie auf. Ihr Lied hatte keinen Schluß, nur ein Ende. Mit einem Klatschen schlossen sich ihre Schenkel, und der

Unterrock fiel wieder über die Knie. Dann begann sie zu gähnen, den Mund weit aufgerissen, wie bei einer der großen Katzen im Zoo. Immer noch gähnend, drehte sie sich um und tätschelte Pachecos Wange. Dann stieg sie, ohne uns eines weiteren Blickes zu würdigen, langsam die Treppe hinauf, und das Geld quoll ihr zwischen den Fäusten hervor.

Pacheco stand uns gegenüber. »Habe ich euch also ein kleines Geschenk gemacht. Seid ihr dankbar?« fragte er. Keiner antwortete ihm. Wir standen noch immer im Bann ihres Tanzes. »Jetzt werdet ihr einander nie mehr vergessen. Ich nehme an, ihr denkt nun, das hätte euch zu Männer gemacht. Hat es nicht, aber vielleicht werdet ihr in Zukunft etwas weniger jammern.«

Mit einem Schlag fiel eine Last von uns, und wir lachten und pfiffen und klatschten in die Hände. Pacheco sagte immer derlei ernste Dinge, denen wir kaum Aufmerksamkeit schenkten. Jeder Junge hat eine Phantasie, in der er ständig den Helden spielt, und an jenem Nachmittag schienen wir ein Teil von Pachecos Phantasie geworden zu sein, und wir waren ihm dankbar dafür. Jeder von uns? Nun, ich für meinen Teil war ihm dankbar oder dachte es wenigstens. Und Jahre später, als wir unsere Gruppe bildeten, um uns zweimal im Jahr zum Essen zu treffen, hatte ich das Gefühl, daß unser Entschluß dazu seine Wurzeln nicht etwa darin hatte, daß wir gemeinsam auf der Schule gewesen waren, gemeinsame Interessen oder Erfahrungen hatten oder uns gar besonders zueinander hingezogen fühlten, sondern daß der Anfang, das Ereignis, das uns so fest miteinander verbunden hatte, dieser Nachmittag gewesen war, an dem Pacheco die Hure gekauft hatte. Selbst mit neunundvierzig Jahren erinnere ich mich noch lebhaft daran, gegen ihre ungeheure Brust gedrückt zu werden, während sie ganz langsam und mechanisch ihr Bekken kreisen ließ. Es war fast so, als kaue sie. Andere hatten denselben Gedanken gehabt, und viele Jahre später sagte Malgiolio einmal, die Hure hätte unsere Kindheit gefressen. Aber so großartige Gedanken hatte ich dabei nicht. Ich war ein vierzehnjähriger Junge mit einem schwarzweiß gestreiften Lokführerkäppi auf dem Kopf. Ich war ganz einfach erstaunt.

*

So weit zu unseren sexuellen Anfängen. Mit vierzehn glichen wir Jungen einander wie eine Reihe von Gänsefüßchen. Erst später entwickelte sich jeder von uns zu einer individuellen Persönlichkeit: einer legte das Priestergewand an, ein anderer ging zum Militär – wir wurden Ärzte, Rechtsanwälte und Gebrauchtwagenhändler. Was mich betrifft, ich bin einer, der sein Leben im Dunstkreis der Literatur zugebracht hat, wie ein Tier, das die Menschen aus sicherer Entfernung beobachtet. Ich bin kein Künstler, sondern Journalist, und wenn auch meine Essays und Interviews mit Borges, Mailer, Grass und anderen womöglich eines Tages gesammelt als Buch erscheinen werden, so bin ich doch kein Kritiker, sondern lediglich Rezensent. Meine Aufgabe ist es, ein neues Buch mit dem zu vergleichen, was bisher geschrieben wurde, und nicht etwa darüber zu spekulieren, welche Wege die Literatur künftig nehmen wird. Aber die schwierigste Aufgabe beim Schreiben, egal was man schreibt, besteht immer darin, die Wahrheit so zu präsentieren, daß man sie auch als solche akzeptieren kann. Man kann nicht einfach hergehen, eine Geschichte erzählen und dann erwarten, daß einem der andere glaubt. Eine Geschichte muß eine Form haben. Sie muß eine Richtung haben und Bewegung.

Natürlich bin ich ein Romantiker, was bedeutet, daß ich nicht aufhören kann, Verbindungen zwischen augenscheinlich zusammenhanglosen und zufälligen Erscheinungen zu suchen oder gar zu finden. Es muß einfach Strukturen geben. Die Ereignisse eines Lebens können nicht nur eine Aneinanderreihung unzusammenhängender Handlungen, eine Handvoll Staub im Wind sein. Es muß sie etwas verbinden. Und so liefere ich jetzt beim Schreiben nicht nur die Geschichte eines Abends bei Dr. Pacheco, sondern die unseres Lebens als ein von Pacheco beeinflußtes Leben. Ich ringe um Objektivität. Jene Stunden mit der Hure hatten uns alle miteinander verbunden. Keiner von uns dachte lang über dieses Ereignis nach. Wir erwähnten es kaum untereinander, und falls doch jemand von jenem Samstagnachmittag sprach, so geschah das nur ganz beiläufig und mit Sicherheit ohne Schuld oder Scham. Es hatte uns allen gefallen. Deshalb schien es ja auch so schade, daß wir unsere Gruppe ohne Pacheco ins Leben rufen mußten, und warum ich, nachdem er sich uns angeschlossen hatte, der Ansicht war, er solle doch gleich das nächste unserer Dinners ausrichten. Unsere Treffen hatten ja in gewissem Sinne mit ihm begonnen, und so hatte ich mit Ungeduld darauf gewartet, daß die Reihe endlich an ihm wäre. Aber wie unfair war es doch, daß jetzt, wo er endlich an der Reihe war, offensichtlich nur drei von uns seine Gäste sein würden.

Die Gewalt in der Stadt, die Soldaten, die Feuergefechte, all das schien diese wenigen Stunden aus dem normalen Verlauf unseres Lebens herauszulösen. Wir hatten uns nicht nur zum Abendessen bei Pacheco eingefunden, wir hatten einen Schritt außerhalb von Zeit und Realität getan. Obwohl wir gewisse Befürchtungen hegten, so fühlten wir uns doch sicher in Pachecos Haus, und das nicht zuletzt deshalb, weil wir ihn schon immer als unseren Anführer betrachtet hatten, als einen, der nie auch nur den geringsten Zweifel daran hatte, was als nächstes zu tun war. Sein Eingeständnis bezüglich der Fotografie war nicht bestürzend wegen der Aussage an sich, sondern auch wegen der

Art, in der er es sagte: Er zerstörte diese Frau nicht versehentlich, nein, er hatte sich entschlossen, sie zu zerstören. Und die Ankunft der Soldaten schließlich, so kurz auf diese Enthüllung hin, brachte mich absurderweise auf den Gedanken, sie seien gekommen, um ihn zu bestrafen, und Pacheco habe die Situation mit einemmal nicht mehr im Griff.

Dieses Mißverständnis dauerte nur einen Augenblick, aber ich sollte betonen, daß keiner von uns an Gewalt gewohnt war. Die Unterbrechung durch diese Soldaten, selbst aus dem banalsten aller Gründe, war beängstigend. Ich persönlich habe nie eine Schußwaffe besessen, habe weder gejagt noch gefischt, und mit einemmal wurde hier mit Schnellfeuergewehren herumgefuchtelt, während draußen in der Halle ein Mann am Schreien war. Um ehrlich zu sein, meine erste Reaktion war die, daß ich am liebsten selbst losgeschrien hätte.

Im Grunde war kaum etwas passiert. Ein Soldat war angeschossen worden, so wie es aussah, von einem Heckenschützen. Der Leutnant hatte gehört, daß in der Nähe ein Chirurg wohnte und den Mann zu Pachecos Haus tragen lassen. Aber selbst das – daß da ein Mann auf dem Marmorboden der Halle lag und sich vor Schmerzen krümmte, weil er eine Kugel im Leib hatte –, selbst das jagte uns Angst ein, teils weil es an sich schon etwas Gewalttätiges war, teils weil es einen Einbruch in unsere wohlsortierte Schreibtischwelt darstellte. Gleichzeitig war die Tatsache, daß ein Soldat Hilfe brauchte, aber auch – und das mutet fast komisch an – eine beruhigende Nachricht, hatte ich mich doch ursprünglich, als die Soldaten in die Bibliothek geplatzt waren, schon in Todesgefahr gesehen. Immerhin handelte es sich hier um junge Männer, unerfahren und extrem nervös. War ich in diesem Fall nicht zu Recht zu Tode erschrocken? Und ich bin mir sicher, daß auch Malgiolio und Dalakis Angst hatten.

Später dann machte sich Pacheco über meine Reaktion lustig, indem er sagte, ich müsse wohl ein schlechtes Gewissen haben. »Weswegen?« fragte ich ihn.

»Irgendeine Kleinigkeit. Vielleicht hast du zuviel gegessen oder bist mit einem Mädchen ausgewesen, das zu jung für dich war, oder hast einen gehässigen Gedanken gehegt. Und als die Soldaten eintrafen, hast du gedacht, man hätte dich entlarvt.« Und dann lachte er wieder.

Das erste, was ich von dem Verwundeten sah, war ein Paar großer schwarzer Stiefel, von denen einer naß schien, und ein Blutfleck auf dem Boden neben ihm. Die grüngekleideten Rükken von einem halben Dutzend Soldaten sowie Pacheco selbst, der niedergekniet war, um die Wunden des Mannes zu versorgen, versperrten mir die Sicht auf den Rest. Aber obwohl ich den Verwundeten nicht sehen konnte, so hörte ich ihn doch mehr als deutlich, da er nach wie vor schrie, ein kurzes Bellen nur, das sich jedoch dauernd wiederholte. Inmitten des vielen Marmors nahmen sich diese Schreie fast theatralisch aus, da sie von der kalten Oberfläche zurückhallten und ihr Echo sich mit dem starken Aroma der Blumen verband.

»Holen Sir mir meine Tasche und einige Laken«, sagte Pacheco zu Señora Puccini.

Während ich erschrocken war angesichts des Blutes, des allgemeinen Aufruhrs und der nervösen Soldaten, schien Pacheco die Ruhe selbst. Er kniete neben dem Verwundeten, stellte das Ausmaß seiner Wunde fest und redete leise auf ihn ein. Drei Soldaten standen an der offenen Tür, ihre Waffen auf die Straße gerichtet, die mittlerweile fast im Dunkeln lag. Weitere, vielleicht sieben oder acht, standen in der Halle herum und beobachteten ihren verwundeten Kameraden, bestaunten jedoch fast mehr noch die Pracht der Halle selbst, den unzüchtigen Wandteppich und die römischen Büsten oder starrten mit offenen Mäulern zum Kronleuchter hinauf. Wieder fiel mir ihre Jugend auf. Sie sahen aus wie Teenager, die eben von der Schule kamen, und für einen kurzen Augenblick hatte ich den Eindruck, es handelte sich um die Kameraden, die wir zum Essen erwarteten – nur zurückversetzt in die Zeit, in der wir noch Klassenkameraden gewesen waren und eben die Welt zu erforschen begonnen hatten. Aber dann traten sie zur Seite, und ich sah den Jungen auf dem Boden. Er war dunkelhäutig und schwarzhaarig. Obwohl sein Körper sich nicht bewegte, lag sein Kopf nicht still, so, als durchsuche er den Raum nach dem Grund seiner Schmerzen. Einmal verfing sich sein Blick in dem meinen, und ich dachte schon, er würde etwas sagen, dann aber wandte er seinen Kopf wieder ruckartig ab, und ich trat aus seinem Gesichtskreis.

Señora Puccini kam zurück in die Halle. Sie trug eine arg mitgenommen aussehende schwarze Ledertasche und mehrere weiße Laken. Selbst inmitten dieses Tumults noch erschien sie kalt und distanziert. Sie bahnte sich einen Weg zwischen den Soldaten hindurch, ohne sie auch nur eines Blickes zu würdigen. Als ich sie so ansah, konnte ich nicht umhin, das schöne Gesicht des Mädchens auf dem Foto über das ihre gelegt zu sehen. Aber was auf dem Foto Selbstvertrauen, ja Frechheit gewesen war, schien jetzt nur noch Härte zu sein. Nachdem sie Pacheco die Tasche gereicht hatte, blieb sie nicht etwa hier, sondern verließ die Halle wieder, um in die Küche zurückzukehren. Ein Sergeant begann die Laken zu Streifen zu reißen. Pacheco nahm eine Nadel aus seiner Tasche und gab dem verwundeten Soldaten, der immer noch schrie, wenn auch schwächer, ja fast mechanisch, eine Spritze. Dann machte sich Pacheco daran, die Wunden des Mannes zu untersuchen, die eine offensichtlich am Bein, die andere an der Schulter.

»Können Sie keinen Krankenwagen rufen?« fragte Pacheco den Leutnant.

Den Offizier schien der Verwundete peinlich zu berühren, als wäre die Gegenwart von so viel Schmerz eine Geschmacklosigkeit. »Ich habe jemanden losgeschickt, einen ausfindig zu machen, dann hat mir ein Polizist gesagt, daß Sie hier in der Nähe wohnen. Die Sanitäter dürften bald hier sein.« Der Offizier war ebenfalls noch sehr jung, kaum älter als einundzwanzig, zweiundzwanzig Jahre. »Ich konnte ihn schlecht auf der Straße liegen lassen«, fügte er entschuldigend hinzu. »Die hätten ihn sonst umgebracht.«

Pacheco warf einen Blick durch die Halle und sah dann mich an. »Batterby, lauf doch mal in die Küche und bitte Señora Puccini, mir ein paar Schüsseln Wasser zu bringen. Sag ihr, sie soll es so heiß wie nur möglich machen.«

»Was haben Sie vor?« fragte der Leutnant. Mit seinem Aussehen und der kühl-distanzierten Art schien er sich eher für Paraden zu eignen als für den Straßenkampf.

»Er hat eine Kugel im Schenkel und außerdem einige Knochensplitter«, sagte Pacheco. »Ich werde nicht mehr tun, als ich kann.«

Ich durchquerte die Halle und öffnete, froh darüber, mich nützlich machen zu können, die Tür zum hinteren Teil des Hauses. Wie viele ältere Häuser bildete auch das Pachecos ein Quadrat, dessen hintere drei Seiten nur eingeschossig waren und einen großen Garten umschlossen. Linker Hand wies der Korridor eine Reihe kleiner Räume auf, rechts lag ein Innenhof mit üppiger Bougainvillea, deren violette Blüten bis zum Dach reichten. An der Innenwand hingen etwa zwanzig Drucke, wie man sie in alten Zeitungen findet. Sie alle zeigten Reynard den Fuchs. Der geflieste Boden war mit einem Strohläufer bedeckt, so daß meine Füße nicht das geringste Geräusch verursachten, als ich auf meinem Botengang den Korridor entlangeilte.

Die Küche befand sich ganz am Ende des Flurs auf der dem Garten gegenüberliegenden Seite, aber anstatt einfach hineinzuplatzen, wie ich das sonst gerne tat, blieb ich erst einmal stehen und spähte um die Ecke. In der Küche, nur wenige Schritte von mir entfernt, sah ich Señora Puccini und eine alte Frau, in der ich, zu Recht übrigens, die Köchin vermutete. Sie standen einander gegenüber, beide im Profil zu mir. Ich beschreibe dies deshalb so detailliert, weil ich als erstes sah, daß Señora Puccini eine Pistole in der Hand hatte. Sie lag auf ihrer Handfläche, und sie starrte darauf. Und auch die Köchin schien sie sich anzusehen. Es handelte sich um ein glänzendes kleines Ding, kaum mehr als zehn Zentimeter lang, und, während ich sie so beobachtete, schob sie sie in eine Tasche seitlich an ihrem Rock. Still und leise trat ich weg von der Tür, ging ein paar Schritte zurück. Dann hüstelte ich ein-, zweimal und ging noch mal darauf zu.

Ich weiß nicht genau, warum ich das tat. Aber ich wollte nicht, daß Señora Puccini dachte, ich würde herumspionieren, außerdem wollte ich sie nicht in Verlegenheit bringen. Was die Pistole anbelangt, so machte ich mir darüber weiter keine Gedanken. Draußen auf den Straßen ging es drunter und drüber, man hatte Soldaten im Haus, und die Waffe gab ihr wohl ein gewisses Gefühl der Sicherheit. Darüber hinaus ließ sie der Umstand, daß sie sie der Köchin zeigte, durchaus harmlos erscheinen.

Als ich in die Küche trat, stand die Köchin auf der anderen Seite des Raumes, während Señora Puccini mir gegenüberstand. Das Zimmer war groß und ausgesprochen lang und nahm den gesamten rückwärtigen Teil des Hauses ein. Von den Balken an der Decke hingen Kupfertöpfe und Kräutersträußchen. Man sah auf den ersten Blick, daß hier gekocht wurde, und die wundervollsten Gerüche, die man sich denken kann, erfüllten den Raum. Ich durchforschte Señora Puccinis Gesicht nach Spuren von Nervosität, aber es gab keine. Ihre Miene war so passiv wie eh und je. Oder vielleicht stimmt das gar nicht. Mochte dieses Gesicht auch passiv sein, es wies darüber hinaus auch eine Gleichgültigkeit auf, die mich vermuten ließ, daß nichts, aber auch gar nichts, was ich tun oder sagen könnte, sie in irgendeiner Weise berühren würde. Wie auch immer, ich bestellte ihr, daß der Doktor heißes Wasser bräuchte, und sie nickte.

»Soll ich Ihnen tragen helfen?« fragte ich sie.

»Ist nicht nötig. Wir haben einen Jungen.«

Auf dem Tisch in der Mitte der Küche stand ein Krankentablett mit vier kleinen Füßen, darauf eine Schüssel dampfender Suppe, ein Teller und mehrere Schwarzbrotscheiben. Es gab mir kurz zu denken, aber dann, erpicht darauf, zu Pacheco zurückzukommen, wandte ich mich um und eilte hinaus. Als ich den Flur zurückging, blickte ich hinaus in den Garten, der zum Teil mit einem von Weinranken überwucherten Spalier überdacht war. Im Zwielicht erkannte ich eine ganze Anzahl von Vogelbauern, einige davon mindestens drei Meter hoch. Ich blieb in einer Tür stehen, um sie mir genauer anzusehen. Es müssen gut über hundert tropische Vögel gewesen sein, vom kleinsten Finken bis hin zu großen Tukanen und Kakadus. Vermutlich der Tageszeit wegen saßen sie alle lautlos da. Ich sage vermutlich, weil, als ich so dastand, in der Ferne wieder Schüsse zu hören waren und die Stille der Vögel meine eigenen Ängste wiederzuspiegeln schien. Ich war schwer beeindruckt von der Größe dieser Sammlung und davon, daß Pacheco sie nie erwähnt hatte – schöne, zarte Kreaturen in reichverzierten Käfigen, die reglos auf ihren Stangen saßen.

Als ich wieder in die Halle zurückkam, hatte die Situation sich etwas beruhigt. Der verwundete Soldat schien zu schlafen, während die meisten der anderen Männer draußen auf der Straße waren. Pacheco unterhielt sich mit dem Leutnant, und beide rauchten sie Pachecos abscheuliche Gauloises. Dalakis war in die Bibliothek zurückgegangen. Ich sagte Pacheco, das heiße Wasser wäre sofort hier.

»Geh wieder in die Bibliothek«, sagte er zu mir. »Ich komme jeden Augenblick nach.«

»Kann ich irgendwie helfen?« fragte ich.

»Nein, nein, es handelt sich schließlich um eine Dinnerparty. Sie mag ja unter eigenartigen Umständen stattfinden, aber es ist nichtsdestoweniger eine Party. Wir haben eine Verpflichtung den anderen gegenüber, uns zu amüsieren.« Pacheco sagte dies mit solchem Ernst, daß der Leutnant ihn überrascht ansah.

In der Bibliothek fand ich Malgiolio und Dalakis mitten im Streit. Wie es schien, wollte Malgiolio, daß einige der Soldaten zu unserem Schutz im Haus blieben. Dalakis sagte, dies sei unnötig und die Soldaten hätten Besseres zu tun.

»Was ist wichtiger, als sich um unsere Sicherheit zu kümmern?« sagte Malgiolio. »Wir könnten hier umgebracht werden.« Er stand neben dem Getränkeschrank und schlug klatschend mit der Faust in seine offene Linke.

»Das ist doch absoluter Unsinn. Wir sind hier vollkommen sicher, so lange wir im Haus bleiben.« Dalakis lachte und schüttelte den Kopf, als finde er etwas Liebenswertes in Malgiolios Angst. »Erklär du es ihm, Batterby. Keiner wird hier hereinplatzen, obwohl ich denke, daß wir die Vorhänge schließen sollten.«

Ich war so oft Zielscheibe von Malgiolios Witzen gewesen, daß ich angesichts seiner Angst eine gewisse Freude verspürte. »Carl hat recht«, sagte ich. »Wieso sollten wir hier in Gefahr sein? Gewiß, ich wäre auch lieber zu Hause, aber hier bekommen wir wenigstens tüchtig zu essen.«

»Ich würde mich sicherer fühlen, wenn ich bewaffnet wäre«, sagte Malgiolio.

Ich wollte schon eine beiläufige Bemerkung über Señora Puccinis Pistole fallenlassen, überlegte es mir dann jedoch anders. Höchstwahrscheinlich würde es Malgiolio nur noch mehr aufregen. Die Tür ging auf, und Pacheco kam herein.

»Ich möchte euch in den Speisesaal begleiten. Es geht alles etwas drunter und drüber, wie ihr euch vorstellen könnt. Ich fürchte, ihr müßt mit der Suppe schon ohne mich anfangen. Ich muß mich noch mal um das Bein des Burschen da kümmern.«

Im Gänsemarsch durchquerten wir die Halle. Einige Soldaten sahen uns verdrossen an. Da riskierten sie ihr Leben, während wir uns zu Tisch begaben. Wahrscheinlich hatten sie den ganzen Tag über kaum etwas gegessen. Der Verwundete war nach wie vor ohne Bewußtsein, sein Gesicht so weiß, daß er mir tot schien. Wir betraten den Speisesaal, der gleich neben der Bibliothek lag. Ich hatte erwartet, daß er vollkommen war, und sah mich durchaus nicht enttäuscht, hörte aber, wie Dalakis hinter mir die Luft wegblieb.

Es war ein langer Raum mit einem Kristallüster genau über dem Tisch. Was jedoch besonders auffiel, war, daß der Tisch für die gesamte Gruppe gedeckt war – nicht nur für uns, sondern auch für die sechs, die nicht gekommen waren, und die sechs, die wir gar nicht erwartet hatten – für sechzehn Leute also: ein Gedeck an beiden Kopfenden des Tisches und je sieben zu beiden Seiten. Und überall gab es Blumen. Auf dem langen Tisch standen vier verschiedene Vasen mit komplizierten Arrangements, und die verschwenderische Farbenpracht und der schwere, fast greifbare Duft raubte einem schlichtweg den Atem. Eine zweite

Tür am anderen Ende des Raumes führte hinaus auf den Korridor, der am Garten entlangführte, und durch die Fenster konnte ich die Käfige mit den tropischen Vögeln sehen.

»Wie ihr seht, habt ihr bei den Plätzen die Qual der Wahl«, sagte Pacheco. »Setzt euch hin, wo ihr wollt. Ich bin so bald als möglich wieder zurück.«

Wir sahen ihm nach und dann wieder auf den Tisch, den ein dickes weißes Tuch bedeckte. Zu jedem Gedeck gehörten vier verschiedene Weingläser und acht Teile Tafelsilber. Malgiolio nahm eines der Messer, wog es in der Hand und legte es dann wieder zurück. Die Servietten waren aus dunkelblauem Leinen.

»Setzen wir uns alle an ein Ende?« sagte Malgiolio und nahm am oberen Teil des Tisches Platz, genau gegenüber der offenen Tür, die einen Blick auf den Garten bot. Ich setzte mich ihm gegenüber, und Dalakis setzte sich zu meiner Linken. Den Platz am Kopfende des Tisches reservierten wir für Pacheco. Es war merkwürdig, an Dalakis vorbei zu blicken und den schier endlosen Tisch mit den Blumen und den aufwendigen Gedecken zu sehen und dabei daran zu denken, daß niemand dort sitzen würde.

Kaum hatten wir Platz genommen, kam durch die offene Tür ein junger Mann mit einem Tablett voller Austern herein. Eigentlich war es ein Junge, kaum älter als fünfzehn, und er schien außerordentlich nervös zu sein. Leichte Schatten schwarzen Barthaares auf seinem Gesicht nahmen sich aus wie dunkle Inseln in einem rosigen See. Er war ziemlich schmal und linkisch, und sein schwarzer Anzug war ihm zu klein. Er sah einem der Jungen aus meinem Waisenhaus zum Verwechseln ähnlich, einem Jungen, der mir seit mindestens acht Jahren schon Sonntag für Sonntag ein treuer Zuhörer war. Sie hatten beide das gleiche hagere Gesicht und die niedere Stirn, den gleichen wilden schwarzen Haarschopf. Nachdem er jedem von uns ein Dutzend Austern serviert hatte, nahm er eine Flasche Champagner aus dem Eiskübel und musterte sie unschlüssig. Nachdem er den Draht entfernt hatte, machte er sich daran, am Korken zu drehen, als handle es sich um einen Schraubverschluß.

»Nicht so hastig«, sagte Dalakis. »Du wirst dich ganz naß machen damit.«

Der Junge streckte die Flasche von sich weg, und in diesem Augenblick explodierte mit einem lauten Plop der Korken und hüpfte durch den Raum. Champagner begann aus der Flasche und auf den Boden zu schäumen. Malgiolio hielt schnell Gläser darunter, während der Junge mit verwirrter Miene dastand. Ganz plötzlich öffnete sich die Tür zur Halle, und der Leutnant warf einen Blick in den Raum. Beim Anblick unserer kleinen Gesellschaft zog er sich wieder zurück.

Dalakis lachte los. »Er hat gedacht, es wäre ein Schuß gewesen.« Er hatte ein so tiefes Lachen, daß man hätte meinen können, es schlüge jemand auf den Boden einer Blechtonne. Der Junge grinste jetzt ebenfalls. Aber das Tempo, mit dem der Leutnant an die Tür gelangt war, hinterließ seinen Eindruck bei mir, und einige Minuten später, als man eine zweite Flasche zu öffnen beschloß, erledigte ich das selbst, und der Korken verursachte nicht das geringste Geräusch.

Dalakis war ein kräftiger Esser. Ihn zu beobachten ließ mich an Filme denken, in denen sich Bären gierig über Honigwaben hermachen. Nach kürzester Zeit schon glänzte sein lächelnder Mund voller Zitronensaft, Meerrettich und Austernsaft. Er stieß beim Essen leise Laute der Zufriedenheit aus, kleine Seufzer, nahe verwandt dem Grunzen von Ferkeln. Während ich ihn mit meinen Blicken streifte, sah ich, daß er graue Katzenhaare auf dem Jackett seines braunen Anzugs hatte.

Malgiolio dagegen aß fast verstohlen und setzte dabei, sowohl um seinen Teller zu schützen, als auch um jede unnötige Bewegung zu vermeiden, beide Ellenbogen auf den Tisch. Er ging zudem überaus geschickt zu Werke und bewegte seine Hände mit einer Geschwindigkeit, die mich an ein Fließband denken ließ. Obwohl Dalakis mehrere Bemerkungen über die Qualität des Champagners und der Austern machte, sagte Malgiolio, bis sein Teller leer war, so gut wie nichts.

Was mich anging, so haben mich meine Diabetes und gelegentliche Magengeschwüre dazu veranlaßt, meinen Speisezettel so zu gestalten, daß mir das Essen grundsätzlich verleidet war. Ich esse selten auswärts oder in Gesellschaft anderer. Ja, ich finde es nahezu ekelhaft, meinen Mitmenschen dabei zuzusehen, wie sie in ihre offenen Münder weiche Klumpen tierischen oder pflanzlichen Gewebes schieben, sie dann kauen und sich die Lippen lecken, weil sie dabei Geräusche von sich geben, die sich anhören, als würde man einen Stiefel aus dickem Schlick befreien. Zuweilen denke ich mir, der einzige Zweck unseres Daseins auf dieser Erde besteht darin, einem perversen Gott Exkremente zur Düngung seines geliebten Gartens zu produzieren. Aber ich möchte nicht ungesellig erscheinen. Ich genoß die Gesellschaft meiner Freunde und aß sogar einige Austern, bevor ich Dalakis und Malgiolio die restlichen neun oder zehn unter sich aufteilen ließ.

Als wir fertig waren, lehnte sich Dalakis zurück und warf einen Blick durch den Raum, als hätte er den auch noch gern ausgeschlurft. Im strahlenden Licht des Kronleuchters bemerkte ich ganz zufällig seine Hände. Obwohl ihn seine Frau bereits vor neun Jahren verlassen hatte, trug er noch immer seinen Ehering, der ihm in den Finger gewachsen war, wie eine Drahtschlinge in den Baum wachsen kann, den sie umgibt. Er wandte sich mir zu:

»Weißt du, Batterby, ich habe da vor kurzem eine Geschichte über einen Schriftsteller gehört, die dich vielleicht interessieren wird.«

»Ach ja?« sagte ich etwas pessimistisch, da ich befürchtete, über jemanden zu hören, der, ohne sich groß anzustrengen, zu Ruhm und Ehren gekommen war.

»Doch, der Mann war im Gefängnis, ich weiß nicht, wo, jedenfalls war er ein politischer Gefangener. Wie sich herausstellte, bewohnte die Nachbarzelle ein Jugoslawe, oder wenigstens behauptete er, Jugoslawe zu sein. Die beiden Männer konnten einander zwar nicht sehen, aber doch miteinander flüstern. Nach einigen Tagen bat der Schriftsteller den Jugoslawen, ihm etwas Serbokroatisch beizubringen. Verstehst du, er langweilte sich, hatte nichts zu tun, nichts zu lesen. Der Jugoslawe weigerte sich, aber der Schriftsteller ließ nicht locker, und einige Tage später erklärte der Jugoslawe sich dann einverstanden...«

»Wird das eine lange Geschichte?« fragte Malgiolio.

»Nicht besonders, nein. Ich dachte nur, es könnte Batterby interessieren.«

Wir waren mit den Austern fertig, saßen zurückgelehnt da und tranken Champagner. Malgiolio kaute auf einer Zitronenscheibe herum. »Ich habe mich eben gefragt, ob ihr wohl wißt, wo Pacheco die Austern her hat.« Malgiolio hat ausgesprochen kleine Zähne, fast schon Kinderzähnchen.

»Warum fragst du Pacheco nicht, wenn er wiederkommt?« schlug ich vor.

»Das werde ich wohl. Aber vor allem will ich mehr über das Bild von der Frau auf dem Kaminsims wissen. Glaubt ihr, es ist tatsächlich die Haushälterin?«

»Er hat doch gesagt, daß sie es ist«, sagte Dalakis. »Warum sollte er lügen?«

»Aber warum sollte er ihr Bild auf dem Kamin haben?« fragte Malgiolio.

»Carl, erzähl weiter von dem Jugoslawen«, sagte ich.

Der Junge tauchte wieder auf mit einem Tablett mit drei Schüsseln klarer Suppe, die er vor uns hinstellte. Er verschüttete etwas davon auf das Tischtuch, und einen Augenblick lang sahen wir uns abgelenkt, während er hastig am Wischen war. Wann immer er bemerkte, daß wir ihm zusahen, errötete er.

Malgiolio kostete seine Suppe, kaute sie wie einen Schluck Wein und begann dann ziemlich flink zu essen. Ich schlürfte etwas davon. Es war Schildkrötensuppe mit Sherry. Die Marke konnte ich nicht erkennen.

Dalakis sah Malgiolio mit freundschaftlichem Unmut an. »Der Schriftsteller«, sagte er und nahm seine Geschichte wieder auf, »hatte ein Stück Kreide, vielleicht auch Holzkohle. Sie verfuhren so, daß der Jugoslawe ihm ein Wort sagte und der Schriftsteller es an seine Wand schrieb. Vielleicht zehn Worte pro Tag. Keiner der beiden wußte, wie lange er im Gefängnis sein würde, und selbstverständlich dachte jeder der beiden, bald entlassen zu werden. In der Zwischenzeit setzten sie ihren Sprachkursus in Serbokroatisch fort. Darüber hinaus begann der Jugoslawe dem Schriftsteller von Belgrad zu erzählen. Er beschrieb ihm die Türme und Kirchen und die drei Hügel, auf denen die Stadt erbaut worden war. Er sprach über die Häuser der Reichen mit ihren feinen Fliesenmosaiken und über die Altstadt mit ihren gewundenen Straßen und hohen weißen Mauern. Er beschrieb die Parks mit ihren Seen und den kleinen Booten darauf, die verschwenderische Blumenpracht und die kleinen Musikantengruppen, die von Straßencafé zu Straßencafé zogen. Er beschrieb den Geruch von Zimt und frisch gebackenem Brot, von Blumen und scharfen Gewürzen, der über der ganzen Stadt lag.«

Ich streifte Malgiolio mit einem Blick, aber der widmete sich mit derselben Aufmerksamkeit seiner Suppe, die er schon den Austern geschenkt hatte, und schien sich unserer Anwesenheit am Tisch gar nicht bewußt. Was Dalakis betraf, der nahm gelegentlich einen Löffel Suppe, verschüttete ein bißchen davon auf seine Krawatte, ein bißchen auf sein Kinn und tupfte dann nachlässig mit seiner blauen Serviette nach.

»Während die Monate vergingen, füllten sich die Wände des Schriftstellers mit Wörtern, und er und der Jugoslawe führten bald alle einfachen Unterhaltungen in Serbokroatisch. Der Schriftsteller, ohnehin in vieler Hinsicht ein Vagabund, fing an, sich nach einem Besuch in Belgrad zu sehnen, um die Orte zu sehen, die der Jugoslawe ihm so anschaulich beschrieb. Und er hatte das Gefühl, sich mit dem Erlernen der Sprache und durch die exakte Beschreibung der Stadt einen neuen Wohnort, ja sogar eine neue Heimat zu schaffen.

Es verging ein Jahr, dann ein zweites und dann ein drittes. Zu guter Letzt unterhielten sich der Jugoslawe und der Schriftsteller nur noch auf Serbokroatisch. Darüber hinaus war es dem Schriftsteller gelungen, sich Papier zu verschaffen, und er begann, in dieser Sprache Gedichte zu schreiben. Ihr müßt nämlich wissen, daß er sich entschlossen hatte, nach seiner Entlassung aus dem Gefängnis nach Belgrad zu gehen, um dort sein Glück zu versuchen und sein verkorkstes Leben in den Griff zu bekommen. Und so schrieb er und las dem Jugoslawen seine Arbeiten vor, der sie lobte, Vorschläge machte und ihm bei schwierigen Wendungen half. Und dann erzählte ihm der Jugoslawe wieder von Belgrad, von den Boulevards, von den Straßen, bis der Schriftsteller sich zu den Tausenden von Wörtern, die seine Wand bedeckten, auch noch einen Stadtplan zu malen begann und den Jugoslawen nach dem Standort der Kathedrale, des Palastes, der Stadtparks oder des Zirkusses fragte, der das ganze Jahr über tagtäglich geöffnet war.«

»Ist er nun je wieder rausgekommen aus dem Gefängnis oder nicht?« fragte Malgiolio, der mit seiner Suppe fertig war und sich eine seiner farbigen Zigaretten ansteckte, eine grüne diesmal. Sein Ton war alles andere als höflich.

»Ja, selbstverständlich ist er das.«

»Und was ist dann passiert?«

Die Tür öffnete sich, und Pacheco erschien, kam an den Tisch und setzte sich ans Kopfende. »Ich bin noch nicht ganz fertig, aber ich wollte mal einen Augenblick Pause machen.« Er klingelte mit einer kleinen Glocke neben seinem Teller, und sofort erschien der Junge mit einer Tasse Suppe.

»Dalakis erzählt eben eine endlose Geschichte über einen Jugoslawen«, beklagte sich Malgiolio. »Hast du etwas mehr darüber erfahren können, was hier vor sich geht?«

»Der Leutnant wußte selbst nicht viel. Er konnte nicht mit Sicherheit sagen, wer auf sie geschossen hat. Er sagte, an der Universität werde noch gekämpft und daß er gehört hätte, die Luftwaffe habe im Süden der Stadt eine Kaserne eingenommen. Er kann sich vorstellen, daß die Luftwaffe die Fabrikarbeiter mit Waffen versorgt hat, aber ich weiß nicht, ob er dafür tatsächlich Beweise hat.«

So wie mir vorher Dalakis' Hände aufgefallen waren, sah ich mir jetzt die von Pacheco an, die lang, schmal und sehr blaß waren, fast so, als pudere er sie. Die Nägel waren perfekt gepflegt, und ich überlegte, wieviel Aufmerksamkeit sie wohl erforderten.

»Und wir müssen also die Nacht über hierbleiben?« fragte Malgiolio.

»Ja, es sei denn, du willst erschossen werden. Der Leutnant

jedenfalls hat den Befehl dazu. Aber keine Bange, ihr werdet gut untergebracht. Wenn ihr mich jetzt noch mal einen Augenblick entschuldigen würdet…« Pacheco stand auf, betupfte sich mit seiner Serviette den Mund und verließ den Raum. Die Gummisohlen seiner Schuhe quietschten leise auf dem Marmorboden.

»Nun erzähl endlich deine Geschichte zu Ende«, sagte ich zu Dalakis. »Wie ist es dem Schriftsteller denn nun ergangen?«

Aber Dalakis' Gefühle waren leicht angeschlagen. »Wieso sollte ich was erzählen, nur damit sich Malgiolio über mich lustig machen kann?«

»Ach komm, du weißt doch, wie er ist«, sagte ich. Malgiolio rümpfte die Nase, nahm dann sein Buttermesser und säbelte sich damit spöttisch vor der Kehle herum. Ich tat so, als würde ich es nicht bemerken. »Ist der Schriftsteller nach Belgrad gegangen?« fragte ich.

»Na ja, schon, aber er war acht Jahre im Gefängnis gewesen, hatte dann immer noch Probleme mit der Polizei und mußte erst seine Angelegenheiten ins reine bringen, aber schließlich bekam er dann ein Visum und konnte nach Belgrad gehen. Doch fand er hier nichts so vor, wie er es erwartet hatte.«

»Inwiefern?« fragte Malgiolio, der sich mit den Zinken seiner Gabel den Daumennagel reinigte.

»Nun, es war so: Er hatte seine serbokroatischen Gedichte mitgebracht, und als er in Belgrad ankam, stellte sich heraus, daß es sich gar nicht um Serbokroatisch handelte.«

»Willst du damit sagen, er konnte überhaupt kein Serbokroatisch?« fragte ich ihn.

»Du hat es erfaßt. Er sprach Leute an und schrieb ihnen sogar Wörter auf, aber keiner verstand ihn.«

»Was für eine Sprache sprach er denn dann?« fragte Malgiolio.

»Keine offensichtlich. Der Jugoslawe hatte alles nur erfunden. Er muß sich die Wörter genauso an die Wand geschrieben haben wie der Schriftsteller, und wenn der Schriftsteller nach dem Wort für ›Katze‹ fragte, sagte der Jugoslawe eben etwas wie ›lork‹, das der Schriftsteller sich dann notierte.«

»Und was war mit der Stadt?« fragte ich ihn. »War die auch erfunden?«

»Du meinst, ob es Belgrad gar nicht gibt?« fragte Malgiolio.

»Natürlich gibt es Belgrad«, antwortete Dalakis, »aber es war vollkommen anders, als der Schriftsteller erwartet hatte. Der Jugoslawe war wahrscheinlich nie in seinem Leben in Belgrad gewesen. Die ganze Stadt war frei erfunden. In Wirklichkeit war der Mann wahrscheinlich noch nicht einmal Jugoslawe. Weiß Gott, was er war. Aber schlimmer noch war, daß der Schriftsteller alle seine Gedichte in einer erfundenen Sprache geschrieben hatte, die kein Mensch außer dem falschen Jugoslawen selbst verstand. Später dann versuchte er sie in seine eigene Sprache zu übersetzen, aber es kam nichts dabei heraus. Er wußte, er hatte in dieser falschen Sprache einige seiner besten Arbeiten verfaßt, die jetzt verloren waren. Die Übersetzungen waren nichts weiter als ein blasser Abklatsch davon. Was in der einen Sprache schön war, das war in der anderen häßlich.«

»Ist doch gar nicht möglich«, sagte Malgiolio brummig. »Kein Mensch könnte so mir nichts, dir nichts eine Sprache erfinden.«

»Ist er wieder weggegangen?« fragte ich. »Was ist passiert?«

»Er ist in Belgrad geblieben. Er hatte ja alle Brücken hinter sich abgebrochen, und auch wenn dieses Belgrad ganz anders war, als er es sich erhofft hatte, es war trotzdem alles, was er hatte. Also ist er geblieben, verdiente sich sein Geld als Sprachlehrer und versuchte, seine Gedichte zu übersetzen. Schließlich und endlich lernte er dann auch Serbokroatisch, aber es war nichts im Vergleich zu der Sprache, die er im Gefängnis gelernt hatte.«

»Carl, ist diese Geschichte auch wahr?« fragte ich.

»Jedenfalls hat man sie mir so erzählt.«

»Warum hat er sich nicht auf die Suche nach dem Jugoslawen gemacht und ihn erschossen?« sagte Malgiolio, dessen schlechte Laune immer schlimmer wurde. »Denk doch mal an die Zeit, die er verschwendet hatte, Jahr für Jahr irgendwelches Zeug zu schreiben, das keinen Wert hatte.«

»Aber es waren seine besten Arbeiten überhaupt gewesen«, sagte Dalakis.

»Na und?« entgegnete Malgiolio. »Kein Mensch konnte sie lesen. Pah, eine derart blöde Geschichte.«

Dalakis schien sowohl kleinlaut als auch verärgert. »Ich dachte, Batterby würde sie interessieren. Ich meine, weil es ums Schreiben geht.«

»Warum Jugoslawien, warum Belgrad?« fragte Malgiolio höhnisch. »Warum nicht hier, wenn du schon eine Geschichte erfindest?«

»Aber ich habe sie nicht erfunden«, sagte Dalakis, der nun ärgerlich wurde.

Ich hatte den Eindruck, daß Belgrad sich einfach romantisch anhörte, aber ganz offensichtlich hätte es auch jede andere Stadt sein können. Warum aber hatte Dalakis gedacht, die Geschichte könnte mich interessieren? Im Grunde glaubte ich ihm nicht mehr als Malgiolio.

*

Die Tür ging auf, und der Junge und Señora Puccini kamen herein. Es war unmöglich, sie zu sehen, ohne an Pachecos Worte zu denken. Ich starrte auf ihre Tasche, um zu sehen, ob sie die Pistole noch bei sich hatte, aber ihr schwarzer Rock war so voluminös, daß ich es nicht hätte sagen können.

Malgiolio bemühte sich um ihre Aufmerksamkeit. »Die Suppe war superb«, sagte er. Er sagte es fast so, als flirte er mit ihr, und zeigte beim Lächeln seine kleinen Zähnchen.

Señora Puccini nickte, äußerte sich jedoch nicht dazu, während sie und der Junge unser Geschirr abräumten. Einen Augenblick später ging sie hinaus, kehrte kurz darauf mit einem Servierwagen zurück, auf dem sich der Fischgang befand: ein großer kalter Lachs mit Langusten, Spargelspitzen, Artischockenherzen und etwas, was nach gefüllten Eiern aussah. Es gab wieder Wein, einen ausgezeichneten Corton-Charlemagne. Der Gedanke, dieses Meisterwerk kulinarischer Phantasie aufzuessen, schien mir absurd, aber nachdem Señora Puccini uns kurz Gelegenheit zur Bewunderung gegeben hatte, stieß sie ziemlich respektlos ein scharfes Messer hinein.

Während wir bedient wurden, sagte Malgiolio wie nebenbei: »Ach, übrigens, Batterby, Schwab hat mir gesagt, du würdest heiraten. Ist das wahr?«

Seit vierzig Jahren pflegt Schwab seine Schwäche für maßlose Unterstellungen. Er ist ein hohes Tier bei der Polizei und war an diesem Abend, so vermutete ich, wohl unterwegs, um ein paar Köpfe blutig zu schlagen oder ähnliches. Ich konnte mir wirklich nicht vorstellen, warum er so etwas gesagt haben sollte.

»Ich habe nicht die geringste Absicht zu heiraten«, sagte ich, während ich Señora Puccini zusah, wie sie drei Portionen Lachs auf drei grüne Teller legte, die selbst die Form von Fischen hatten. »Es würde mir nicht im Traum einfallen.«

»Er hat gesagt, er hätte dich mit einer großen Dunkelhaarigen in einem Restaurant in der Innenstadt gesehen.«

»Das stimmt ja auch, aber ich habe nicht vor, sie zu heiraten. Ich treffe mich mit vielen Frauen.« Eigentlich sind es nicht »viele«, aber doch zwei oder drei, mit denen ich gelegentlich ausgehe.

»Ich hätte gar nichts dagegen, mit dir zu tauschen«, sagte Malgiolio. »So einfach hinter jemandem her sein zu können. Das ist das Dumme daran, wenn man bei seiner Mutter wohnt und sich von seiner Frau durchbringen lassen muß. Es muß doch bei euch in der Zeitung viele attraktive Frauen geben.«

»Ein paar, aber das heißt nicht notwendigerweise, daß sie auch mich attraktiv finden.«

»Wie lange ist deine Frau nun schon tot?«

Es ist typisch für Malgiolio, solche Themen anzuschlagen, während man auf sein Essen wartet. Abgesehen davon stellte er mir diese Frage alle sechs Monate; das Problem an diesem Abend war freilich, daß wir nur zu viert waren und somit jedes Wort gleich viel mehr Gewicht hatte. Wie auch immer, ich sagte ihm, was ich ihm bereits gesagt hatte: »Seit zwanzig Jahren.«

»Wie ist sie gleich noch gestorben – deine Frau?« fragte Malgiolio.

»Bei einem Skiunfall. Wir waren in der Schweiz gewesen.«

»Hast du gesehen, wie es passiert ist?«

»Nein, ich war unten. Sie haben sie auf einem Schlitten ins Tal gebracht. Sie hat noch gelebt, ist aber kurz darauf gestorben. Sie hatte sich das Genick gebrochen. Hätte sie überlebt, sie wäre ihr Leben lang gelähmt geblieben.«

»Du mußt sie schrecklich vermißt haben«, sagte Dalakis und hielt seine Gabel auf halbem Wege zum Mund an.

»Es ist vorbei – glücklicherweise.«

Während wir sprachen, kam hinter mir Pacheco wieder herein. Ich hatte ihn nicht gehört. Er nahm seinen Platz am Kopf des

Tisches wieder ein und sah mich an. Zuerst dachte ich, er wolle etwas sagen, aber dann schenkte er sich statt dessen ein Glas Wein ein und nippte langsam daran.

»Die Soldaten sind fort«, sagte er schließlich. »Das Haus gehört uns, wenigstens für eine Weile. Wie ist der Lachs?«

»Malgiolio kann gar nicht genug davon kriegen«, sagte ich. Dann merkte ich, wie sehr Malgiolio mich verstimmt hatte.

»Es würde die Köchin freuen«, sagte Pacheco, »zu erfahren, wie sehr ihre harte Arbeit geschätzt wird. Darf ich nach ihr klingeln?«

»Aber unbedingt«, sagte Dalakis. »Sie muß eine wunderbare Frau sein.«

Pacheco läutete mit der kleinen Glocke neben seinem Teller. »Sie ist nun schon seit fast zwanzig Jahren bei mir.«

»Du mußt ja ein großes Hauses führen«, sagte ich.

»Abendessen für andere Ärzte und Leute aus dem Krankenhaus, und dann sitze ich noch im Vorstand mehrerer Organisationen und natürlich in dem des Balletts. Ich würde sagen, ich gebe gerade genug Essen, um sie glücklich zu machen.«

Señora Puccini erschien in der Tür. Wenn er mit uns sprach, schien Pacheco fürsorglich und herzlich; sprach er mit ihr, schien er ihre eigene Kälte anzunehmen. »Würden Sie Justine sagen, daß die Herren hier bereit wären, ihr Lob auszusprechen?«

Während wir auf die Köchin warteten, aß Pacheco rasch etwas, ohne darauf zu achten. Es war fast schon halb neun, und er war wahrscheinlich hungrig, aber ich konnte mich des Gedankens nicht erwehren, daß ihm Essen nicht viel bedeutete und er eine so großartige Köchin nur um der Eitelkeit willen in seinen Diensten hatte. Der Boden des Speisesaals war ebenfalls aus Marmor, die Außenmauer aus Stein, so daß unsere Stimmen hallten wie in einem Brunnenschacht. Als wir auf die Köchin warteten, war außer dem Geklapper von Pachecos Gabel auf seinem Teller und dessen Echo fast kein Geräusch im Raum zu hören. Dalakis und Malgiolio versuchten sich an einer Unterhaltung darüber, wen von unserer Gruppe sie während der letzten sechs Monaten gesehen hatten, aber wie sich herausstellte, war ihnen nicht ein einziger über den Weg gelaufen.

Ich beschäftigte mich damit, die Vasen zu studieren, in denen die mächtigen Blumenbouquets standen. Die meisten von ihnen zeigten gewalttätige Bilder: Männer, die sich auf der Straße schlugen, einen Mann, der mit gezücktem Dolch in ein dunkles Zimmer geschlichen kam. Erst als ich einen Mann sah, der sich mit einem Totenschädel unterhielt, wurde mir klar, daß es sich um Szenen aus Shakespeare-Dramen handelte. Auf anderen, kleineren Tischen im Raum standen noch mehr Vasen: der Tod Cäsars, der wahnsinnige Lear auf der Heide, die Ermordung der Kinder im Londoner Tower.

Nach fünf Minuten etwa war von der Tür her ein zurückhaltendes Klopfen zu hören, worauf die Tür sich öffnete und, gefolgt von der alten Frau, die ich in der Küche gesehen hatte, der Junge hereinkam. Was mir aber zuvor nicht aufgefallen war, jetzt plötzlich völlig offensichtlich schien, war, daß die Frau blind war. Ihre Augen waren durch und durch grau. Beim Gehen führte der Junge sie am Ellenbogen. Sie war ziemlich stämmig und klein mit einem runden Gesicht und weißem Haar, das auf dem Hinterkopf zu einem Knoten hochgesteckt war. Sie trug ein langes schwarzes Kleid und eine weiße Schürze. Ich hielt sie für mindestens achtzig, obwohl ihr Gesicht noch relativ faltenlos war. Wir waren von ihrer Blindheit so überrascht, daß wir sie sprachlos anstarrten. Pacheco stellte sie als Madame Letendre vor und nannte ihr dann unsere Namen. Auf jeden Namen folgte ein kleines Nicken ihres Kopfes.

»Nun, meine Herren«, sagte sie, »wie schmeckt Ihnen mein kleines Abendessen?« Sie hatte eine hohe, klare Stimme, mehr wie die eines Kindes als die einer alten Frau, und sie stand uns beim Sprechen nicht gegenüber, sondern mit dem Gesicht nach rechts, von uns abgewandt.

Nach wie vor erstaunt über ihre Blindheit, schwiegen wir. Es war Dalakis, der schließlich etwas sagte. »Es war das beste Abendessen, das ich je gegessen habe. Sie müssen ja Wochen daran gearbeitet haben. Wir fühlen uns wirklich geehrt.«

Madame Letendre begann zu lächeln, und auch ihr Lächeln war, in der Art, wie es ihr Gesicht erleuchtete, das eines Kindes. »Sie denken nicht vielleicht, ich bin zu alt oder zu ungeschickt?« Ihre Stimme hatte einen Hauch von Koketterie.

»Es ist vollkommen«, sagte Malgiolio und prostete ihr mit seinem Glas zu, was sie natürlich nicht sehen konnte. »Es tut mir leid, daß ich nicht in der Lage bin, Sie Ihrem Arbeitgeber abspenstig zu machen.«

Sie begann sich hin und her zu drehen, als suchte sie nach etwas. »Und was sagt der dritte Gast?« fragte sie. »Wo ist er denn?«

Überrascht begann ich zu hüsteln. »Es ist exzellent«, sagte ich. »Einfach wunderbar.«

Sie machte einen etwas steifen Knicks. Sie lächelte nach wie vor, doch lag nun etwas Ironisches darin. »Und wo ist Daniel?« fragte sie den Jungen. »Führ mich zu ihm.«

»Willst du mich auch fragen, was ich denke?« fragte Pacheco und griff nach ihrer Hand und streichelte sie.

»Nein, denn du denkst auch, daß es das Beste war, was du je gegessen hast. Das sagst du doch immer. Spar dir deine Schmeicheleien. Tu mir doch lieber einen Gefallen.«

»Um was geht es?«

Als ich die alte Frau und ihren Arbeitgeber so beobachtete, dachte ich, daß ich Pacheco noch nie jemanden so voller Zuneigung hatte anblicken sehen.

»Ich würde gern vor dem Dessert nach Hause gehen. Wäre das möglich? Mein Hund ist allein. Er wird Angst haben.«

Pacheco hielt noch immer Madame Letendres Hand. »Tut mir leid, Justine, aber das ist unmöglich. Wir haben Ausgangssperre.«

Justine entzog ihm ihre Hand. »Aber es ist doch nicht weit. Wer würde sich schon um eine alte Frau kümmern? Mein Hund ist noch nie die ganze Nacht über allein gewesen. Was sollte mir über drei Straßen hinweg schon passieren?«

»Man könnte dich erschießen. Kommt überhaupt nicht in Frage, Justine. Wir haben oben genug Platz, und Señora Puccini wird dafür sorgen, daß du bequem untergebracht wirst.«

Madame Letendre protestierte weiter. Es war klar, daß sie nicht die geringste Ahnung davon hatte, was in der Stadt vor sich ging, nur soviel, daß es etwas war, was ihren Hund ängstigen könnte. Pacheco war liebenswürdig, blieb aber unnachgiebig. Sie würde im Haus übernachten müssen. Als ich so zuhörte, wurde mir klar, daß ich mich bezüglich der Szene in der Küche getäuscht hatte: Señora Puccini konnte der Köchin die Waffe gar nicht gezeigt haben. Sie hatte sie selbst betrachtet. Mir kam der Gedanke, ich sollte die Pistole vielleicht erwähnen, aber eigentlich stand es mir nicht zu. Wie sollte man auch in einer einfachen Unterhaltung unterbringen, daß man die Haushälterin mit einer kleinen Pistole gesehen hat?

Nachdem die beiden eine weitere Minute debattiert hatten, streckte die Köchin die Hand aus und faßte nach Pachecos Wange. »Na schön, Daniel, ich tue, was du sagst. Aber wenn mein kleines Mädchen unglücklich ist, dann mußt du es trösten.

Und jetzt, meine Herren, müssen Sie mich entschuldigen. Es war mir eine Ehre, Ihre Bekanntschaft gemacht zu haben.« Wir brachten, jeder auf seine Art, zum Ausdruck, was für ein Vergnügen es uns gewesen sei, sie kennenzulernen. Sie lächelte und versuchte, eine liebenswürdige Miene aufzusetzen, als sie sich abwandte und sich von dem Jungen aus dem Raum führen ließ.

Nachdem die Tür sich geschlossen hatte, fragte Malgiolio: »Wie in aller Welt kann sie kochen, wenn sie blind ist?«

Pacheco nippte an seinem Wein und musterte Malgiolio über den Rand seines Glases hinweg. »Der Junge geht ihr zur Hand, Señora Puccini ebenfalls. Und dann kennt sie die Küche natürlich wie ihre Westentasche.«

»Aber wie behält sie all die Rezepte im Kopf?« fragte Dalakis und sah uns der Reihe nach an. »Das ist doch erstaunlich.«

»So, wie Sänger ihre Lieder auswendig lernen. Und dann kombiniert und erfindet und improvisiert sie. In mancher Hinsicht macht ihre Blindheit sie sogar noch sensibler. Ihr Geschmacksinn wird so zum unbestechlichen Instrument.«

»Wie lang ist sie schon blind?« fragte ich ihn.

»Seit fünfundzwanzig Jahren. Davor war sie Köchin in der französischen Botschaft. Als sie erblindete, versetzte man sie in den Ruhestand. Sie hatte eine Familie im Süden, wo ich sie auch kennengelernt habe. Sie kochte einfache Mahlzeiten für Leute, die genausogut Katzenfutter gegessen hätten. Sie wäre fast gestorben, weil sie nichts zu tun hatte. Ich habe sie sofort eingestellt. Der Junge ist ihr Enkelsohn. Sie hat noch einen zweiten, der bei mir als Gärtner arbeitet.«

»Du scheinst alle deine Bediensteten aus dem Süden mit heraufgebracht zu haben«, sagte Malgiolio. »Stammt Señora Puccini auch von da unten?«

»Ja, aber sie war keine Bedienstete.«

»Aber du siehst sie doch jetzt als Angestellte?«

»Nur aufgrund einer Übereinkunft zwischen uns. Unten im Süden jedoch war ihre Familie weithin bekannt. Sie hatte etwas Land. Sie selbst hat eine exzellente Schulbildung, und eine Zeitlang hatte sie sogar etwas Geld.«

Dalakis gab einen unzufriedenen Ton von sich, eine Art Grollen in seiner Brust. »Warum hast du gesagt, du hättest sie ruiniert?« fragte er. Dann wurde er verlegen, nahm die Brille ab und begann sie zu putzen.

»Weil es genau so war.« Pacheco sagte dies mit vollkommener Ruhe.

»Ging es um Geld?«

»Du meinst, ob ich sie in den Bankrott getrieben hab?«

»Ja.« Dalakis hantierte weiter mit seiner Brille, wobei er blinzelte und nach wie vor einen verlegenen Eindruck machte.

Pacheco beugte sich nach vorn und sah Dalakis durchdringend an. Sein Gesichtsausdruck schien spöttisch. »Wenn man einen Mann beschuldigt, eine Frau ruiniert zu haben, dann gibt es nur eine Art und Weise, in der dies zu verstehen ist.«

»Was ist denn passiert?« fragte ihn Malgiolio.

Pacheco wandte sich Malgiolio zu, dem die Frage geradezu herausgeplatzt war. Anstatt ihm zu antworten, zündete Pacheco sich eine weitere Zigarette an.

»Wer war sie?« fragte Dalakis nach einer kurzen Pause.

»Sie war das Mädchen auf dem Foto, nur viel hübscher, falls das überhaupt möglich ist. Ein schönes Mädchen, achtzehn Jahre alt, und ich war ein junger Chirurg, gerade achtundzwanzig.«

»Und du hast sie ruiniert?« bedrängte ihn Malgiolio. Sein weißes, aufgedunsenes Gesicht wurde etwas spitzer – etwa so wie das eines Fisches, bevor er nach dem Haken schnappt.

»So einfach ist es auch wieder nicht. Ich habe sie mir nicht einfach ausgesucht und sie geknickt. Es war keine Laune oder schnöde Lust. Es hat viele Frauen gegeben, die ich genommen habe, ohne sie zu wollen, sei es aus reiner Langeweile oder weil mir gerade danach war. Hier lag die Situation anders. Ich mußte erst einen Hunger entwickeln. Es mußte erst soweit kommen, daß sie mir nicht mehr aus dem Kopf ging. Ihr müßt bedenken, daß ich sie schon oft gesehen hatte, manchmal beim Spaziergang mit ihrer Tante oder ihrem Verlobten im Park oder in den Teestuben oder auf der Strandpromenade, manchmal auch in der Kirche. Ich wußte, daß ihre Eltern nicht mehr lebten. Ich wußte, sie hatte eben die Schule hinter sich gebracht. Aber ich hatte kein Verlangen nach ihr. Sie war nichts weiter als eine schöne Frau von vielen.«

Die Tür öffnete sich, und Señora Puccini trat wieder ein; sie schob einen Wagen, um unser Geschirr abzuräumen. Dalakis sah sie schuldbewußt an, und ich vermutlich auch. Als sie auf den Tisch zutrat, sagte Pacheco: »Die Herren sind neugierig, was Ihr Leben mit mir betrifft, Señora.«

Die Frau schien ihn nicht gehört zu haben. Falls sie tatsächlich zehn Jahre jünger als Pacheco war, dann war sie etwa ein halbes Dutzend Jahre jünger, als sie schien.

»Interessiert es Sie denn gar nicht, was ich ihnen erzählen könnte?«

Señora Puccini blieb einen Augenblick stehen, einige der fischförmigen Teller in der Hand. »Ich nehme doch an, Sie werden ihnen die Wahrheit sagen«, erwiderte sie, ohne ihn anzusehen, »oder das, was Sie für die Wahrheit halten.«

Mit einem Seitenblick stellte ich fest, daß sie keinerlei Schmuck trug, keine Ringe, nicht einmal eine Uhr, und daß ihr Gesicht keine Spuren von Make-up aufwies. Ihr Haar war schulterlang und von Nadeln gehalten. Um ihr schwarzes Kleid trug sie einen schwarzen Ledergürtel mit einer glanzlosen Blechschließe. Ihre schwarzen Schuhe glichen mehr denen eines Mannes als einer Frau. Schwarze Schuhe, schwarze Strümpfe, schwarzes Kleid – man stellte sie sich unweigerlich in schwarzer Unterwäsche vor.

Als sie den Raum verließ, fragte Malgiolio: »Wie haben sich deine Gefühle geändert? Wie hast du Hunger bekommen?« Er versuchte, sich dabei ungezwungen zu geben, aber man hörte ihm seine eigene Begierde an. Man kennt den Typ Mensch, der auf Parties geht, um, das Schlimmste hoffend, Anekdoten zu sammeln, nur um später damit seine Freunde zu unterhalten. Malgiolio war so einer.

Warum entschloß sich Pacheco dazu, uns die Geschichte zu erzählen? Vielleicht war es die merkwürdige Situation an diesem Abend, der so außerhalb unserer aller Leben stattzufinden schien. Vielleicht lag es daran, daß wir nur so wenige waren, oder daran, wer wir waren. Wären mehr dagewesen, vielleicht hätte er geschwiegen. Was uns drei betraf, so waren wir unwichtig. Es spielte keine Rolle, ob wir es wußten. Darüber hinaus verband uns ein starkes Band mit Pacheco, nicht nur das der Freundschaft, sondern auch das des Neides oder der Bewunderung, vielleicht sogar das Band des Hasses, obwohl sich letzteres keiner von uns eingestehen würde. Aber ich denke auch, er hätte nichts gesagt, wäre da nicht diese kurze Unterbrechung durch Señora Puccini gewesen, diese Maske der Gleichgültigkeit gegenüber allem, was passierte; und ich spürte, daß Pacheco diese Gleichgültigkeit nur zu gern auf die Probe stellte, vielleicht aus Vergnügen, vielleicht aus Zorn oder irgendeinem anderen Grund. Außerdem bin ich mir sicher, daß ihn die Geschichte schwer beschäftigte. Nicht, daß er es nötig gehabt hätte, sich etwas von der Seele zu reden; es war eher so, daß es von enormer Bedeutung war für sein Leben, etwas, dessen bin ich mir sicher, das er bisher nie auch nur einer Menschenseele erzählt hatte. Wir waren natürlich ein dankbares Publikum. Wir hungerten nach seiner Geschichte nicht weniger, als wir nach diesem Abendessen in seinem Haus gehungert hatten. Darüber hinaus hatte jeder von uns den einen oder anderen schweren Rückschlag erlitten, und wir waren neugierig, wenn es um die Tiefs anderer Menschen ging. Vielleicht erzählte er uns die Geschichte deshalb. Wer interessiert sich schließlich mehr für die Schlacht als die Verwundeten selbst?

Also warteten wir drei. Dalakis faltete und entfaltete seine großen Hände. Malgiolio zupfte eine rote Blume aus der nächsten Vase und riß ihr müßig die Blätter aus.

»Es begann bei einem Konzert«, sagte Pacheco und steckte sich eine weitere Zigarette an, »eines von diesen kleinen Kammerkonzerten im Spätfrühling, bei denen die Orchester ausschließlich aus Nachbarn bestehen. Es fand im Freien statt. Man gab das Klarinettenquintett von Brahms und dann etwas von Mozart. Die Musiker saßen in einem weißen Gartenpavillon. Das ziemlich spärliche Publikum saß auf Gartenstühlen im Halbkreis davor. Man hatte mit mehr Besuchern gerechnet, doch hatte es am Nachmittag geregnet und drohte noch einmal anzufangen, so daß viele erst gar nicht gekommen waren.

Ich hatte einen Stuhl an der Seite und saß allein. Ich könnte noch nicht einmal sagen, warum ich hingegangen bin. Aus Rastlosigkeit höchstwahrscheinlich. Kurz bevor die Musik begann, kam Señora Puccini mit ihrer Tante und einem jungen Mann. Sie nahmen gleich rechts hinter mir Platz – das Mädchen, die Tante, dann der junge Mann. Sie trug ein cremefarbenes Kleid mit einem ausgesprochen tiefen Dekolleté. Und trotzdem, ich nahm sie kaum zur Kenntnis. Selbstverständlich registrierte mein Verstand eine schöne Frau, aber ich nehme an, ich hielt sie für zu jung und zu... nun ja, für zu perfekt, als wäre sie keine richtige Frau, sondern eine Puppe. Dann, nachdem die Musik begonnen hatte, griff ich nach unten und streifte dabei ganz zufällig mit dem Handrücken ihren Schuh. Das Publikum saß fast im Dunkeln. Rundherum hatte man zwar Fackeln und lange dünne Kerzen aufgestellt, aber ansonsten saßen wir im Schatten. Zuerst war ich mir nicht sicher, was ich da berührt hatte. Ich tastete noch einmal vorsichtig danach, und meine Finger berührten einen Absatz, eine Sohle und dann ihren schmalen Fuß.«

»Wie heißt sie eigentlich mit Vornamen?« unterbrach ich ihn. »Du kannst sie schließlich schlecht Señora Puccini nennen, wenn du von einem achtzehnjährigen Mädchen sprichst.«

Pacheco stupste die Asche von seiner Gauloise. »Antonia«, sagte er, »aber zu diesem Zeitpunkt kannte ich ihren Namen noch nicht. Ich kannte sie vom Sehen, aber man hatte uns einander noch nicht vorgestellt. Und weil wir schon dabei sind, wir wurden einander überhaupt nie vorgestellt, zumindest nicht, wie es sich gehört.«

»Was ist nun passiert mit dem Fuß?« fragte Malgiolio, dem es mit seinem präzisen Sinn für Werte gegeben war, grundsätzlich jede Unterhaltung vor dem Abschweifen zu bewahren.

»Wie ich schon sagte, ich hatte ihn berührt, ich hatte ihn gedrückt, um festzustellen, was es war. Nachdem ich erkannt hatte, daß es sich um einen Fuß handelte, nahm ich meine Hand schleunigst wieder weg. Einige Minuten lang lauschte ich der Musik. Ihr kennt das Stück ja, wo die Klarinetten wie ein Sturm über die Streicher fegen – wie Geister über die Erde? Kennt ihr auch die Geschichte von Tolstoi über die Beethovensonate? Nun gut, die Situation hatte überhaupt nichts von der bei Tolstoi, aber die Musik war voller Leidenschaft. Doch lag die Leidenschaft auch in der Luft: In der Ferne zuckten Blitze, man hörte schwach das Grollen des Donners, und der Wind ließ bereits fernen Regen spüren. Und dann fiel mir auf, daß sie sich, obwohl ich ihren Fuß berührt und sie meine Hand doch bemerkt haben mußte, nicht bewegt hatte.«

Pacheco hielt inne, um an seinem Wein zu nippen.

»Und was hatte das zu bedeuten?« fragte Dalakis.

»Vielleicht nichts, aber es erregte meine Neugier.«

»Was hast du gemacht?« fragte ich.

»Ich habe ihren Fuß noch einmal berührt, ganz sachte mit dem Handrücken, dann strich ich mit der Hand über ihren Knöchel. Mein Stuhl stand so, daß ich bequem in dieser Position sitzen konnte. Und ihrer stand so, daß ihr Fuß und meine Hand von den Falten ihres Rockes verborgen waren. Wie auch immer, ich bewegte mich kaum, drehte nur meine Hand etwas, so daß ich ihren Knöchel berühren konnte. Sie trug selbstverständlich Strümpfe.«

»Hat sie sich gerührt?« fragte Malgiolio.

»Kein bißchen.«

»Ha«, stieß Malgiolio hervor. Dann zündete er sich eine weitere seiner farbigen Zigaretten an.

»Ich saß einige Minuten so da und wandte mich weder um, noch gab ich sonst irgendwie zu erkennen, daß mir ihre Anwesenheit bewußt war. Die Musik spielte. Aus dem Augenwinkel sah ich den jungen Mann, den ich schon vorher mit ihr gesehen hatte. Er war ihr Verlobter – dunkelhaarig, gutaussehend und ziemlich sportlich. Als ich ihn so beobachtete, drehte ich langsam meine Hand und packte genau über ihrem Knöchel die Wade des Mädchens. In diesem Augenblick erst wurde ich mir ihres Atems bewußt. Absurd, findet ihr nicht? Ein junger Chirurg, der auf einem Freiluftkonzert die Anwesenheit eines jungen Mädchens ausnutzt?

Aber ich – und, wie ich ihrem Atem nach schloß, auch sie –, wir waren von einer ungeheuren Spannung erfüllt. Ich massierte ihre Wade, nahm meine Hand dann weg, massierte sie dann wieder. Sie bewegte sich nicht, weder vor noch zurück. Von den Gärten wehte der Duft des Flieders herüber. Ich rutschte mit meiner Hand höher in ihre Kniekehle und auf ihren Schenkel. Wurde ihr Atem lauter? Vielleicht nicht, aber ich fühlte sie hinter mir, konnte fast spüren, wie sie bebte. Wenn ich es jetzt so schildere, dann wird mir klar, daß der Eindruck entsteht, es wären nur wenige Minuten vergangen, aber in Wirklichkeit waren es fünfzehn oder zwanzig. Doch verging die Zeit im Flug, so sehr war ich damit beschäftigt, diese Beine unter den Seidenstrümpfen zu berühren. Ich war mir kaum noch der Musik bewußt, nur des Wirbelns der Töne und des starken Duftes der Blüten, den mir der Wind ins Gesicht trug. Als ich die Unterseite ihres Schenkels berührte, massierte ich den Muskel, drückte ihn und gab ihn wieder frei, während ich meine Hand immer weiter ihr Bein hinaufschob. Sie bewegte sich nicht, obwohl ich das ständige Beben ihrer Muskeln spürte. Je weiter ich kam, desto mehr verdrehte sich mein Arm hinter mir. Ich machte mir keine Sorgen darüber, daß mich jemand sehen könnte. Auf der anderen Seite saß niemand, und ich bezweifle, daß bei dieser Dunkelheit überhaupt etwas zu erkennen war. Schließlich streckte ich meinen Arm, so weit ich nur konnte, und berührte mit den Fingerspitzen die Seide der Unterwäsche zwischen ihren Beinen, obwohl es weniger ein Berühren als vielmehr ein leichtes Zucken meiner Finger war.«

Er verstummte. Ich warf einen Blick auf Dalakis, der mit dem Daumennagel tiefe Furchen in die Tischdecke pflügte.

»Und sie hat sich nicht bewegt?« fragte Malgiolio beharrlich.

»Weder vor noch zurück. Meinem Arm war es mittlerweile ziemlich unbequem. Ich versuchte ihn weiter nach hinten zu bewegen, ohne gleich mitsamt meinem Stuhl umzukippen, aber noch zwei Fingerbreit, und ich wäre in ihrem Schoß gelandet. Ich machte mir außerdem inzwischen Sorgen, daß jemand ihr Atmen bemerken könnte, das sich mit den Streichern und der Klarinette zu vermischen schien, als gehörte es zur Musik. Und außerdem wunderte ich mich, daß sie sich weigerte, auch nur um einen Zentimeter nach vorn zu rutschen, damit ich ihr noch mehr Lust bereiten könnte, so jedoch konnte ich lediglich mit den Fingern gegen die Seide über ihrer Vulva trommeln.«

Dalakis lehnte sich so ungestüm zurück, daß sein Stuhl gefährlich ächzte. »Ist es dir denn nicht in den Sinn gekommen, daß sie noch ein Kind war?«

»Sie war schon lange kein Kind mehr gewesen. Das habe ich gespürt, ich habe gefühlt, wie heiß sie war und wie feucht.«

»Was ist dann passiert?« fragte Malgiolio. Sein Eifer hatte etwas Abstoßenes. Man konnte sich seine Erektion vorstellen.

»Nichts. Die Musik ging zu Ende. Ich nahm meine Hand weg, es wurden noch mehr Laternen angezündet. Das Mädchen, ihre Tante und der junge Mann gingen während der Pause.«

»Hat sie dir irgendwie Zeichen gegeben?« fragte ich.

»Nein. Vielleicht war sie etwas rot im Gesicht. Es war deutlich zu sehen, daß es ihr peinlich war, und sie wandte sich nicht ein einziges Mal in meine Richtung. Ich habe sie selbstverständlich ständig angestarrt. Wie sollte ich auch anders? Ich hatte Hunger bekommen.«

Als Pacheco das sagte, wurde es finster im Raum. Es war, als wäre ich mit einemmal blind geworden. Unsere Stühle schabten über den Marmorboden, eine Gabel oder ähnliches fiel vom Tisch, und das Klappern hallte durch den Raum.

»So was Ärgerliches«, sagte Malgiolio, und der Funke seiner Zigarette bewegte sich ungeduldig durch die Luft. »Da haben sie irgendwo einen Transformator gesprengt.«

Die radikale Linke machte sich immer wieder bemerkbar, indem sie einen Generator oder eine Überlandleitung sprengte. Manchmal waren die Lichter nur für wenige Minuten aus, manchmal für den größten Teil der Nacht.

Ich hörte ein Klirren, als Pachecos Glas gegen seinen Teller stieß. »In einer Minute haben wir Licht«, sagte er.

Länger konnte es auch nicht gedauert haben, da ging die Tür auf, und strahlendes Licht strömte vom Flur herein und bewegte sich auf uns zu. Es war Señora Puccini. Sie trug zwei große Kandelaber vor sich her, jeder davon mit mindestens einem Dutzend Kerzen. Ihr Gesicht schien strahlend schön – wie ein Stern. Ich konnte sie unmöglich ansehen, ohne an Pachecos Geschichte zu denken, und es schien mir fast, als hörte ich die Klarinette aus Brahms' Quintett in dem finsteren Raum – als schwinge jemand über unseren Köpfen ein Seil.

Kapitel Drei

Der Fleischgang bestand aus gebratenem Kalbsrücken. Malgiolio aß wacker weiter; seine kleinen Hände und Zähne glichen einem Roboter, dessen einziger Sinn und Zweck in der Einverleibung organischer Materie lag. Dalakis nahm eine zu große Portion; was er zuviel genommen hatte, war nicht für seinen Bauch bestimmt, sondern für seinen braunen Anzug, der bald ein dementsprechendes Muster aufwies. Pacheco aß rasch und augenscheinlich ohne Interesse. Ich nahm zwei, drei Bissen, nur um das Gefühl zu haben dazuzugehören. Zum Kalbfleisch gab es eine Gemüsemischung aus Erbsen, Kastanien und etwas, was ich nicht erkannte. Die silberne Platte reflektierte das Kerzenlicht und ließ das Fleisch funkeln.

Aber während das Essen nach wie vor fantastisch war, verlagerte sich unsere Aufmerksamkeit auf etwas anderes.

Pacheco hatte gesagt, er hätte Hunger auf dieses Mädchen bekommen, und während er von dem Abend bei dem Konzert erzählt hatte waren auch wir hungrig geworden. Jeder von uns reagierte anders. Dalakis zum Beispiel konnte das alles nicht gutheißen. Aber er kannte Pacheco gut genug. Seine eigene Gattin, die Frau, von der er seit siebzehn Jahren getrennt lebte, war einst Pachecos Geliebte gewesen und hatte ihm vermutlich die eine oder andere Geschichte erzählt. Aber wenigstens versuchte Pacheco nie besser zu erscheinen, als er war. Wenn er etwas wollte, dann ließ er nicht locker. Dalakis' Frau war erst sechzehn gewesen, als sie sich mit Pacheco eingelassen hatte, der damals selbst erst achtzehn gewesen war. Ihre Eltern hatten versucht, ihre Treffen zu verhindern, aber nach ungefähr einem Monat waren Pacheco und das Mädchen einfach davongelaufen. Drei Monate später kam sie zurück: ohne Pacheco und ohne Erklärung. Selbstverständlich wollten ihre Eltern nichts mehr mit ihr zu tun haben. Sie war dann zu einer Tante oder einer älteren Cousine gezogen, ich weiß nicht mehr so genau, und hatte zwei Jahre später Dalakis geheiratet. Ihre Ehe war also von Anfang an zum Scheitern verurteilt gewesen, könnte man sagen.

Malgiolio dagegen war einfach neugierig auf die Geschichte und drängte Pacheco ständig, doch mehr zu erzählen. Pacheco lächelte nur und wechselte das Thema, obwohl ich weniger das Gefühl hatte, er weigere sich, etwas zu erzählen, als daß es ihm

Spaß machte, Malgiolio zu triezen. Im Gegenteil, ich dachte mir, er wolle seine Geschichte nicht weniger gern erzählen, als Malgiolio sie hören wollte. Der Grund für Malgiolios Interesse war teils schlichte Lüsternheit, teils seine Leidenschaft, Negatives über andere zusammenzutragen. Er ist ein Mann, der sein Leben weggeworfen hat, ein offensichtlich unfähiger Mensch, dessen hauptsächlicher Ehrgeiz darin besteht, die Unzulänglichkeiten anderer auszukundschaften. Wäre er nicht davon überzeugt, daß der Mensch von Selbstsucht, Gier und Bosheit getrieben wird, wäre sein persönliches Versagen für ihn vermutlich weit schwerer zu ertragen.

Ich weiß eigentlich gar nicht, warum wir uns mit ihm abgaben, höchstens deshalb, weil er durch seinen Zynismus extrem schwer zu täuschen ist. Merkwürdigerweise ist er früher einmal Dichter gewesen. Kein guter, aber er ging seine Kunst mit einer gewissen Inbrunst an und hatte in seiner Jugend, ganz wie Rimbaud, das Unbekannte durch eine totale Verwirrung der Sinne zu erfassen gehofft. Sie kennen den Brief Rimbauds, in dem er sagt, daß er sich, um ein Seher und Dichter zu werden *»le plus possible«* entwürdigt hätte? So war das auch bei Malgiolio, und er hat dabei grauenhafte Erfahrungen gemacht – mit siebzehn im Gefängnis vergewaltigt, wegen Diebstahls aus der Armee geworfen –, und allmählich entglitt ihm einfach, was auch immer er an Talent oder Interesse an der Poesie gehabt haben mochte. Seine letzten Gedichte waren, wiederum wie die vom Rimbaud, völlig unverständlich; aber während die Gedichte Rimbauds rätselhaft waren, handelte es sich bei denen Malgiolios um eine sinnlose Anhäufung von Worten. Manchmal jedoch, so hatte ich das Gefühl, wurde er tatsächlich zum Seher, aber statt diese Fähigkeit für seine Kunst zu nutzen, vergällte sie ihm die Poesie, und er nahm den Posten im Hotel an, wo er es mit der Zeit zum zweiten

Geschäftsführer gebracht hatte, bevor er nach seinem Lotteriegewinn kündigte. So gaben wir uns mit ihm vielleicht deshalb ab, weil er ein Versager und Opfer war und seine Gegenwart damit unserer Großherzigkeit schmeichelte. Außerdem war jedes Argument gegen ihn ein Argument für das Gute im Menschen, für Altruismus und Tugend.

Und schließlich mein eigenes Interesse an Pachecos Geschichte. Seit jeher schon habe ich den Wunsch, Schriftsteller zu werden, Romancier, und was bin ich? – Journalist. Und kein sehr guter Journalist. Ich neige zur Schüchternheit und stelle den Leuten nicht gern unangenehme Fragen. Also bin ich Buchrezensent.

Trotzdem halte ich beständig Ausschau nach potentiellen Themen, und fiele mir eine ordentliche Geschichte in den Schoß, ich denke, ich würde mich durchaus ans Schreiben oder mir wenigstens Notizen machen. Als Pacheco von seiner ersten Begegnung mit Antonia Puccini erzählte, mußte ich feststellen, daß ich hellwach wurde, als hörte ich Teilchen einer Geschichte, die ich verwenden könnte. Und so sah auch ich mich vereinnahmt und drängte Pacheco, doch mehr zu erzählen.

Zudem war ich auch deshalb daran interessiert, weil Pacheco selbst mich seit jeher interessiert hat. Er ist ein Mensch, der sich seine eigenen Regeln macht und die der Welt um ihn herum ignoriert. Nun, in gewisser Hinsicht bewundern wir so etwas, in anderer wiederum würden wir ihn zu gern in eine Falle laufen lassen. Denn wenn er damit durchkommen und straflos ausgehen würden, wäre doch jeder von uns, der bis ans Ende seiner Tage seinem kleinen Leben nachgeht, ohne auch nur einmal etwas zu riskieren, ein Narr. Stimmt das denn auch alles? Mache ich mir wieder etwas vor? Nun, zumindest hielt ich das für den Ursprung meines Interesses.

Wie ich schon sagte, Pacheco wollte seine Geschichte wohl durchaus erzählen, schien andererseits aber auch zu warten. Darüber hinaus sah es aus, als würde ihm Malgiolios Drängen mißfallen. Malgiolio ist die Art Mensch, bei der man, wenn sie sagt, das Fleisch sei versalzen, unweigerlich denkt, es sei zu wenig gesalzen. Sagt er, es sei zu heiß im Raum, dann beginnt man zu frösteln. Und so glaubte ich, daß Pachecos Zögern zum Teil auf Malgiolios Eifer zurückzuführen war. Im nachhinein vermute ich allerdings, er wartete auf ein Zeichen von Señora Puccini. Vielleicht ist »Zeichen« zuviel gesagt. Aber gewiß wußte sie, daß wir über sie gesprochen hatten, und ich denke, Pacheco wollte eine Reaktion von ihr, einen Riß in der Mauer ihrer Gleichgültigkeit.

Als er sich endlich an seine Geschichte machte, geschah es offensichtlich als Reaktion auf einige Fragen seitens Dalakis': »Warum konntest du sie nicht einfach vergessen? Warum konntest du sie nicht einfach in Ruhe lassen?« Señora Puccini trat in das Eßzimmer, noch während Dalakis sprach, was ihn in Verlegenheit geraten und den Kopf senken ließ.

Zum Kalbfleisch gab es eine neue Sorte Rotwein, mir fällt im Augenblick nicht ein, welche, und während Pacheco Dalakis zuhörte, neigte er sein halb leeres Glas, um zu sehen, wie nahe an den Rand er mit dem Wein kommen könnte, ohne etwas auf das weiße Tischtisch zu schütten. Dann, ganz abrupt, trank er das Glas aus und lehnte sich zurück. »Kannst du das nicht verstehen, ich konnte sie nicht vergessen, weil ich bereits den Hunger in mir hatte. Ich brauchte nur daran zu denken, wie meine Finger über die feuchte Seide gestreift waren, und sofort hatte ich nichts anderes mehr im Kopf.«

Sie stand dabei, als er dies sagte – eine Frau in mittleren Jahren in einem schwarzen Kleid, die über den Tisch gebeugt eine Sauciere gegen eine andere austauschte, eine gelbe Blüte vom Tischtuch zupfte und dann Pachecos Glas wieder füllte. Wir sahen sie an, jeder von uns, aber es war, als wäre sie allein im Raum.

»Kaum, daß ich ein Auge zutat in jener Nacht«, fuhr Pacheco fort. »Ständig mußte ich an das Mädchen denken, sah ihr Gesicht und ihr schwarzes Haar vor mir. Ich gab mich den extremsten sexuellen Phantasien hin. Ich dachte daran, daß ich doch tatsächlich ihr Beben gespürt und daß sie sich dennoch geweigert hatte, sich auf mich zu oder von mir weg zu bewegen.«

Während Pacheco dies sagte, stellte Señora Puccini einige Teller auf den Wagen und rollte ihn aus dem Raum. Die Räder quietschten, und das Geschirr funkelte im Licht der fünfzig Kerzen. Als sie die Tür schloß, hielt Pacheco einen Augenblick inne, und in diesem Augenblick, so glaube ich, entschloß er sich, mit seiner Geschichte fortzufahren, alles zu erzählen, und das aus einer ganzen Reihe von Gründen: um den armen Malgiolio zu peinigen, um Dalakis aus der Fassung zu bringen und vielleicht auch, um mir Stoff für einen Roman zu geben. Er begann überstürzt, beugte sich, die Hände an der Tischkante, vor.

»Am nächsten Morgen stand völlig außer Frage: Ich mußte dieses Mädchen ausfindig machen und haben – sie im Sturm nehmen, wenn ihr so wollt. Hunger wäre ein viel zu banales Wort dafür. Ich wollte sie verschlingen. Ich nehme an, das kommt euch etwas exzessiv vor, also werde ich es so nüchtern wie nur möglich beschreiben. Selbstverständlich hatte ich andere Frauen begehrt und war mit einigem Erfolg hinter ihnen her gewesen, aber dieses Mädchen, diese Puccini, diese Kreatur, die beherrschte mein Denken wie kaum eine andere zuvor. Ich habe gesagt, ich wollte sie im Sturm nehmen; Tatsache ist, ich konnte nur staunen, daß ich es war, den man im Sturm genommen hatte, daß ich mich derart in meinem eigenen Verlangen verloren haben konnte. Es schien mir, als hätte man mein Selbst, mein Ich, wenn ihr so wollt, beiseite gestoßen und als wäre mir nur diese extreme sexuelle Spannung geblieben, die mich mit pochendem Herzen und Atemnot dastehen ließ. Nun, für mich war das eine ganz neue Erfahrung, und bis zu einem gewissen Grad war ich auch in diese Erfahrung an sich verliebt.

Obwohl ich das Mädchen nicht kannte, hatte ich sie doch schon ziemlich oft gesehen und wußte, wo ich mehr über sie erfahren konnte. Mein Plan war einfach: ihren Namen und ihre Adresse in Erfahrung zu bringen, sie zu finden und zu stellen. Ich hatte genug Vertrauen in meine Überredungskünste, um zu glauben, daß ich sie, könnte ich nur mit ihr sprechen, letzten Endes auch haben könnte.«

»Aber was, wenn sie dich nicht gewollt hätte?« unterbrach ihn Dalakis und beugte sich, mich anstupsend, in Pachecos Richtung. Seine Krawatte lag, wie ich bemerkte, mitten in der Soße auf seinem Teller.

»Aber sie wollte mich ja«, sagte Pacheco, »oder wenigstens hatte auch sie diese Leidenschaft, vielleicht sogar dieses Verlangen verspürt. Sie hatte sich mir nicht entzogen, sie hatte nicht eigentlich nein gesagt.

Ich hatte einen Freund, einen Anwalt, in der Stadt, der mir, wie ich glaubte, Näheres über das Mädchen sagen könnte. Er war Junggeselle wie ich, und oft genug schon hatten wir uns beide für dieselbe Frau interessiert. Merkwürdigerweise hat mich derlei Konkurrenz nie gestört, solange ich nur bekam, was ich wollte. Was spielt es für eine Rolle, wer die Frau sonst noch gehabt hat? Na, wie auch immer, mir fiel ein, daß bei einigen Gelegenheiten, bei denen ich Antonia gesehen hatte, auch mein Freund, der Anwalt, zugegen gewesen war. Sein Spitzname war Paco, und er verdiente sein Geld damit, sich um die Vermögen von Leuten zu kümmern, die wenig oder überhaupt kein Interesse hatten, ihre Angelegenheiten selbst in die Hand zu nehmen. Paco verdiente dabei nicht schlecht.

Am Morgen nach dem Konzert stand ich, als er um zehn dort ankam, schon vor der Tür seiner Kanzlei. Ich hätte mich natürlich um Patienten kümmern müssen, aber ich vergaß es einfach. Paco war ein stattlicher Bursche mit einer Vorliebe für blaue Anzüge und Spazierstöcke mit Elfenbeingriff. Unglücklicherweise ist er bereits tot – ein Segelunfall, einige Zeit nachdem ich den Süden verlassen hatte. Er hatte volles schwarzes Haar und rosige Wangen, die ihn wie einen Schuljungen aussehen ließen. Am kleinen Finger seiner linken Hand trug er stets einen Rubin.

Er bat mich hinein, ganz offensichtlich neugierig, was ich zu einer solchen Stunde von ihm wollte. Ich versuchte, ungezwungen zu wirken, und hatte mir eine kleine Geschichte zurechtgelegt, nämlich daß ich seinen Rat in Geldangelegenheiten bräuchte. Aber als ich in seinem Büro war, konnte ich mich einfach nicht mehr mit Ausreden abgeben, fragte ihn frei heraus nach dem Mädchen und sagte ihm, ich hätte sie am Abend zuvor auf dem Konzert gesehen.

Ich hatte erwartet, daß er loslachen würde, da mir das Ganze selbst in meiner blinden Leidenschaft völlig absurd vorkam. Aber Paco nahm die Sache ganz und gar ernst. Selbstverständlich wußte er, was ich wollte, und so ging er das Problem an wie ein Ingenieur den Bau einer Brücke. Er schenkte mir ein Gläschen Sherry ein und sagte mir, das Mädchen heiße Antonia Puccini, ihre Eltern seien bereits tot, und sie lebe bei einer Tante unter der und der Adresse, sie unterrichte an einer Grundschule am Ort, sie sei seit einem Jahr mit einem jungen Mann, einem Cousin zweiten Grades, verlobt, und die beiden seien schon seit Jahren unzertrennlich. Er sagte mir außerdem, daß sie kein Geld habe. Obwohl die Tante einen reichen Eindruck mache, so hätte sie ihr Geld von ihrem Mann geerbt, und es würde nach ihrem Tod wieder an seinen Nachlaß gehen. Der junge Mann, der Cousin zweiten Grades, habe ebenfalls kaum etwas, aber dafür einen guten Posten in der Stadtverwaltung; außerdem sei er so fleißig und ehrgeizig, daß ihm jedermann eine große Zukunft prophezeie.

Während Paco mir dies erzählte, sprach er mit viel Sympathie und Anteilnahme, als wäre ich im Begriff, etwas zu tun, was mir schaden könnte. Doch bei allem was er sagte – es fiel auch nicht ein Wort, das mich von meinem Vorhaben abbringen sollte. Er nannte mir die Namen von Antonias Freunden, welche Familien sie kenne, wo ich sie am wahrscheinlichsten finden könnte, welche Filme und welche Bücher sie mochte. Eine geschlagene Stunde lang schilderte mir Paco ihr Leben. Wie ihr dieses oder jenes Restaurant gefalle, daß sie am Abend gern die Strandpromenade entlangspaziere. Ich hörte ihm ohne Unterbrechung zu. Schließlich sagte er: ›Ich bin selbst lange Zeit in sie verknallt gewesen. Laß mich dir eines sagen: Ich hatte nicht die geringste Chance. Ich habe alles getan, war mir nur einfallen wollte, aber nichts machte auch nur einen Kratzer in ihren Schild. Zugegeben, meine Art ist anders als die deine, aber wenn ich du wäre, ich würde versuchen, sie mir aus dem Kopf zu schlagen.‹

›Dann meinst du also nicht, ich könnte Erfolg haben?‹ fragte ich ihn.

›Ihr Verlobter ist ihre große Liebe. Solange es ihn gibt, wirst du Probleme haben.‹

›Und er ist der Grund für deine Warnung?‹ fragte ich. ›Der junge Mann?‹

›Nicht nur er‹, erwiderte Paco. ›Sie hat mich auch nicht im geringsten ermutigt, und ich hatte sogar eine Menge anderer

Frauen während dieser Zeit. Trotzdem, ich habe Monate gebraucht, um mich von diesem Verlangen freizumachen und den Gedanken an sie endlich aus meinem Kopf zu drängen.‹

›Ist sie denn so etwas Besonderes?‹ fragte ich ihn.

›Wie sagt man so schön. Keine Frau ist so besonders wie die, die du nicht haben kannst. Vielleicht war es nur das. Aber es gibt da noch etwas anderes, eine Art Feuer. Ich komme mir albern vor, darüber zu sprechen. Sie ist wie ein angespannter Muskel, und sie ist leidenschaftlich. Aber wie sie nun wirklich ist, das weiß ich nicht, da ich schließlich keinen Erfolg gehabt habe. Wie auch immer, es ging mir eine ganze Zeitlang ziemlich elend, und deshalb warne ich dich allein schon aus diesem Grund.‹

Natürlich hatte ich selbst während seiner Warnung nicht den geringsten Zweifel an meinem Erfolg, der mir unvermeidlich schien, so daß seine Warnung keinerlei Wirkung auf mich hatte. Erst später mußte ich wieder daran denken. Wenn ich bedachte, wie sie sich von mir hatte berühren lassen, war ich mir sogar völlig sicher, ich bräuchte ihr nur meine Absichten kundzutun und sie würde sich mir hingeben.«

Während Pacheco diesen letzten Satz sagte, kam Señora Puccini wieder in den Speisesaal, diesmal mit dem Enkel der Köchin, und begann den Tisch abzuräumen. Nach einer Reaktion suchend, musterte ich sie. Obwohl sie schlank war, machte sie doch den Eindruck einer schweren Frau. Sie hatte mindestens meine Größe, nur zwei Zentimeter unter einsachtzig, hatte große Brüste, breite Schultern und stämmige Hüften. Ganz gewiß war sie beeindruckend, sowohl physisch als auch was ihre Persönlichkeit betraf. Sie beachtete Pacheco gar nicht. War es möglich, daß sie an seine Geschichte gewöhnt war? Und schon stellte ich mir vor, wie er sie unermüdlich vor Hunderten von Dinnergästen wiederholte. Aber nein, ich war mir sicher, es war dies das erste Mal, daß er sie erzählte. Höchstwahrscheinlich hatte er sie zuvor nie auch nur einer Menschenseele gegenüber erwähnt; sonst hätte ich bereits gerüchteweise davon gehört gehabt.

Als Señora Puccini den Speisesaal wieder verlassen hatte, rief Pacheco sie zu sich an seinen Platz. Sie stand etwas hinter ihm, und er sprach, ohne sich umzudrehen. »Kümmern Sie sich um Justine?«

»Sie ist in der Küche.«

»Passen Sie nur auf, daß sie nicht etwa aus dem Haus zu gehen versucht.« Señora Puccini antwortete nicht, und einen Augenblick später hob Pacheco die Hand und sagte noch etwas zu ihr, noch immer ohne sie anzusehen. »Haben Sie mich verstanden?«

»Selbstverständlich«, sagte die Frau. Dann setzte sie ihren Weg nach draußen fort.

Als der Junge Anstalten machte, ihr zu folgen, rief Pacheco ihm zu: »Juan, geh doch mal aufs Dach und sieh nach, wie es in der Stadt aussieht. Kannst du das tun?«

Juan schien nur allzu froh, seinen anderen Pflichten zu entkommen. Mit einem breiten Grinsen eilte er zur Tür und schlitterte auf dem Marmorboden um die Ecke. Einen Augenblick saßen wir nur da und nippten an unserem Wein.

Malgiolio sprach als erster. Er hatte etwas Wein auf dem Tischtuch verschüttet, und ich fragte mich, ob er wohl bereits angetrunken war. »Was ist denn passiert, nachdem du die Kanzlei des Anwalts wieder verlassen hattest? Ist dir das Mädel in die Arme gekippt?«

Pacheco stützte seinen Ellenbogen auf seinen Stuhl, legte dann das Kinn in die offene Hand und blickte auf das Tischtuch hinab. Gerade als ich mir sicher war, er würde nichts sagen und Malgiolio zappeln lassen, erzählte er weiter.

»Ich wußte nun also, wo sie arbeitete – in einer Grundschule in einem der Villenviertel. Ich fuhr hin, saß in meinem Wagen und wartete. Es vergingen mehrere Stunden. Der Schulschluß kam, die Kinder gingen, dann die Lehrer. Ich behielt das Gebäude weiterhin im Auge. Ich wollte eben aufgeben, da kam Antonia Puccini die Treppe herunter. Es war ein warmer Tag. Sie trug ein blaues Kleid und eine weiße Jacke. Sie hatte Bücher unterm Arm. Wie soll ich sie beschreiben? Du bist der Schriftsteller, Batterby. Du hast das Bild gesehen. Groß und herrlich proportioniert. Sie bewegte sich mit viel Würde und Zielstrebigkeit, sah weder nach links noch nach rechts. Ich stieg aus dem Wagen und eilte ihr nach. Als sie mich hinter sich kommen hörte, drehte sie sich mit einem ebenso erwartungsvollen wie freudigen Ausdruck um. Als sie jedoch sah, wer es war, veränderte sich ihr Gesicht. Besser gesagt, es verschloß sich, und ich hatte nicht die geringste Ahnung, was sie dachte. Aber offensichtlich hatte sie mich für einen anderen gehalten, und ebenso offensichtlich wußte ich, daß sie mich vom Abend zuvor erkannt hatte.

Sie wartete auf mich, und ich fragte sie, ob ich mit ihr gehen könne. Sie nickte, sagte jedoch nichts, dann drehte sie sich um und setzte ihren Weg fort. Ich ging neben ihr her. ›Hat Ihnen die Musik gestern abend gefallen?‹ fragte ich. Wieder nickte sie und wandte sich dabei etwas in meine Richtung, ohne mich jedoch anzusehen. Der Gehsteig war schmal, und gelegentlich streifte mein Arm den ihren. Ich hatte ein unbändiges Verlangen, meinen Arm um sie zu legen, aber ich tat es nicht. Einen Augenblick lang wußte ich nicht, was ich sagen sollte. Alles, was man üblicherweise sagt, wenn man sich kennenlernt, wie etwa sie auf einen Kaffee oder zum Abendessen einzuladen, erschien mir unpassend. Wortlos übergingen wir diesen Teil unserer Beziehung. Schließlich entschloß ich mich dazu, ihr zu sagen, was ich fühlte. ›Ich will Sie‹, sagte ich ihr, ›ich will mit Ihnen schlafen.‹ Sie reagierte nicht, ging einfach weiter, weder schneller noch langsamer. Sie wandte sich auch nicht ab, schien nicht nervös; sie reagierte nur einfach nicht. Nun ja, so ganz stimmt das auch wieder nicht. Dasselbe Beben, das ich am Abend zuvor schon bei ihr gespürt hatte, konnte ich jetzt, als ich so neben ihr ging, wieder erahnen. Ich sah nichts, hörte nichts, aber es waren leichte Schwingungen zu spüren – so, wie wenn ein Finger sachte eine Saite berührt. ›Haben Sie mich gehört?‹ fragte ich sie.

›Ich habe Sie gehört‹, antwortete sie, aber sie ging weder langsamer, noch sah sie mich an. ›Ich möchte mit Ihnen schlafen‹, sagte ich, ›und ich weiß, Sie haben dasselbe Verlangen. Ich will Sie ausziehen, mich neben Sie legen und sie mit meiner Zunge liebkosen.‹ Auch diesmal reagierte sie nicht. ›Haben Sie gehört?‹ fragte ich. Nach einem kurzen Zögern sagte sie: ›Ja, ich habe Sie gehört.‹

Ich nahm ihren Arm, ganz sachte. ›Kommen Sie jetzt‹, sagte ich. Sie entzog mir ihren Arm und ging weiter. Ich ging weiter neben ihr her, berührte sie aber jetzt, ihren Arm, ihre Wange, ihr Haar. ›Erinnern Sie sich noch, wie ich Sie gestern abend gestreichelt habe?‹ sagte ich. ›Ich möchte Sie noch mal streicheln. Ich möchte Sie in meinem Mund spüren. Ich möchte in Ihnen sein.‹ Sie antwortete nicht, und einen Augenblick später fragte ich sie: ›Haben Sie gehört?‹ ›Ja, ich habe Sie gehört‹, antwortete sie. ›Dann kommen Sie mit‹, sagte ich. ›Nein‹, erwiderte sie, ›ich will nicht.‹ Und dennoch, während sie dies sagte, ließ sie mich ihr Gesicht, ihre Haare berühren. Als wir so dahingingen, berührte ich vorsichtig die Seite ihrer Brust, streichelte sie. Weder entzog sie sich mir, noch bewegte sie sich auf mich zu, sie ging nur einfach weiter. ›Ich möchte Sie küssen‹, sagte ich ihr. Wieder reagierte sie nicht, und noch einmal fragte ich sie, ob sie mich gehört hätte, und sie sagte, ja, sie hätte mich gehört. Ich trat vor sie hin, ging jedoch rückwärts weiter, damit sie mir ins Gesicht sehen mußte, ohne stehenbleiben zu müssen. Sie hatte breite, volle Lippen, feucht wie eine Frucht. Sie starrte mir ins Gesicht, wie man gegen eine Mauer starrt. Trotzdem spürte ich ein leichtes Vibrieren – wie ein Kräuseln auf dem Wasser, wenn man einen Kiesel in einen Teich wirft. Einen ganz kurzen Augenblick lang kam sie weiter auf mich zu, dann wandte sie sich ab und hob eine Hand zwischen ihren Mund und dem meinen.

In diesem Augenblick hörten wir beide ein Motorrad, und sie wandte sich mit demselben Ausdruck freudiger Erwartung um, mit dem sie schon mich begrüßt hatte. Es war der junge Mann. Er hielt neben uns auf einer großen schwarzen Bultaco, und sie kletterte auf den Sozius. Er war ein freundlicher Bursche und nickte mir liebenswürdig zu. Dann küßte er sie, und ich weiß noch, wie ich dachte, daß das mein Kuß sei, daß dieser Kuß mir gehörte. Dann brausten die beiden davon. Natürlich drehte sich keiner von beiden noch mal nach mir um.«

Ich versuchte mich daran zu erinnern, wie Pacheco mit achtundzwanzig ausgesehen hatte – groß, schlank, schön, fast feminin mit seinen langen Augenbrauen und den Katzenaugen, das volle schwarze Haar glatt nach hinten gekämmt, genau wie jetzt, nur daß es heute grau war. Während Pacheco noch Medizin studierte, gingen einige von uns jungen Männern öfters zusammen zum Tanzen. Meist auf Veranstaltungen, auf denen wir niemanden kannten und auf denen wir Mädchen kennenzulernen hofften. Pacheco und Schwab spielten dabei eine Art Spiel, um Geld. Schwab suchte eine Frau aus, dann wetteten er und Pacheco, wie lange Pacheco wohl brauchen würde, sie dazu zu überreden, mit ihm wegzugehen. Gewiß, Pacheco verlor viele Male, aber meistens gewann er, und einmal überredete er eine atemberaubend hübsche Blonde in weniger als zwei Minuten, mit ihm zu verschwinden. Später versuchte Schwab selbst sein Glück bei diesen Mädchen, aber so gut wie immer ohne Erfolg. Der Rest von uns, das muß wohl nicht ausdrücklich erwähnt werden, war grün vor Neid. Wir waren normale junge Männer, Durchschnittsware, mit zwei linken Füßen und ohne Selbstvertrauen und gerieten ins Stottern, wenn wir eine Frau ansprachen. In unseren Augen schienen diese Tanzabende einzig und allein für Pacheco da, damit er seine Auswahl treffen konnte. Wirklich, manchmal kam er zurück, nur um wenige Minuten später mit einem zweiten Mädchen loszuziehen, während wir anderen, noch immer dabei, unseren ganzen Mut zusammenzunehmen, um eine zum Tanzen aufzufordern, voller Neid seine erste Eroberung anstarrten und ihr zerknittertes Kleid, das zerzauste Haar und den verschmierten Lippenstift bemerkten.

Womöglich hätten wir uns an jenen Abenden besser gefühlt, hätte Pacheco uns von seinen Eroberungen erzählt, aber er sprach nur selten darüber. Wir übrigen prahlten mit unseren Erfolgen, falls wir das große Glück hatten, welche zu haben, und ich erinnere mich noch an das ausgeklügelte System von Handzeichen, das wir in der Schule benutzten, um den anderen zu signalisieren, daß wir einen Schenkel, eine Brust oder gar das Geschlecht einer Frau berührt hatten. Vor allem erinnere ich mich noch an einen Freitagabend in einem Café in der Innenstadt, als Schwab zwischen uns herumstolzierte und uns mit zwei Fingern vor der Nase herumwedelte, damit wir dran riechen könnten; ob sie nicht nach »Pflaumensaft« röchen – aber wer von uns hätte den Geruch schon identifizieren sollen? Aber ich erinnere mich auch noch an einen anderen Abend, als Schwab sich über Pacheco lustig machte und ihm sagte, daß er es garantiert noch nicht mit einer gewissen jungen Dame getrieben hätte, deren unbeugsame Tugendhaftigkeit Schwab bekannt war. Pacheco antwortet nicht, lächelte aber, während Schwabs Witze immer anzüglicher wurden, schließlich höhnisch, als hätte Pacheco nichts weiter getan, als die junge Frau bis vor die Damentoilette zu begleiten, um dann ängstlich davor zu warten. Wir waren uns sicher, daß Pacheco wegen solcher Beleidigungen wütend werden würde, aber er griff nur in die Tasche, zog einen sehr, sehr kleinen roten Damenslip hervor und warf ihn Schwab hinüber. »Da du die Kleine so gut kennst«, sagte er, »vielleicht gibt du ihr den hier zurück.« Einige von uns hätten geschworen, daß ihr der Slip nicht gehörte, aber wer wollte das schon beweisen? Schwab war, wenn auch nicht überzeugt, so doch zum Schweigen gebracht, und keiner von uns hatte den Mut, dem Mädchen ihr Höschen zurückzugeben. Ich habe bis heute nicht erfahren, was daraus geworden ist.

*

Während wir darauf warteten, daß Pacheco mit seiner Geschichte fortfuhr, kam der Enkel der Köchin, Juan, wieder in den Speisesaal, eilte hinüber zu Pacheco und flüsterte ihm etwas zu. Uns gegenüber war der Junge nervös und schüchtern, Pacheco gegenüber jedoch wie ein Hundebaby: Er schien kaum stillstehen zu können und fuhrwerkte grinsend mit den Armen durch die Luft. Ich hörte nicht, was er sagte. Malgiolio beugte sich über den Tisch, um etwas mitzubekommen. Dalakis hatte die Katzenhaare auf seinem braunen Anzug entdeckt und zupfte sie weg, wobei er ein kleines graues Häufchen neben seinem Teller aufschichtete.

Pacheco legte die Stirn in Falten, als er sich zu dem Jungen beugte. Einen Augenblick später schob er seinen Stuhl zurück und stand auf. »Vielleicht wollt ihr mal sehen, wie es in unserer

Stadt aussieht, bevor wir zum nächsten Gang kommen.« Er gab uns erst gar keine Gelegenheit zu antworten, sondern nahm einfach einen der Kandelaber und verließ den Raum. Wir folgten seinen auf dem Marmorboden klappernden Schritten.

Pacheco führte uns durch die große Eingangshalle, dann die Treppe hinauf. Die Soldaten waren längst weg, und wir waren wieder allein im Haus. Die Kerzen warfen unsere flackernden Schatten gegen die Wände, als wären wir in Wirklichkeit sechzehn oder zumindest die Geister von ihnen. Unsere Schritte über dem Marmorfußboden klangen hastig und abgehackt. Dalakis' Schuhe quietschten. Als wir in den ersten Stock kamen, wandten wir uns rechts in einen langen Korridor. Entlang der Wände standen Teile mittelalterlicher Harnische und Waffen, Helme, Brustpanzer, Schilde, Lanzen und Hellebarden, Äxte und Schwerter. Ich hatte bis dahin nicht gewußt, daß Pacheco sich für so etwas interessierte. Das Rüstzeug war auf Hochglanz poliert und funkelte, als wir daran vorbeigingen.

Am Ende des Korridors stiegen wir eine weitere Treppe, ich vermutete, zu den Quartieren der Bediensteten, hinauf: ein schmaler Flur mit einer niederen Decke und einer Reihe von Türen, die alle geschlossen waren. Auf halbem Wege im Flur war von einer Falltür im Dach eine Leiter heruntergelassen. Pacheco blieb stehen, stellte den Kandelaber auf dem Boden ab und stieg dann die Leiter hinauf. Bei einem Blick hinauf in die Dunkelheit sah ich Sterne. Malgiolio stieg als zweiter hinauf, dann Dalakis. Während ich wartete, bis ich an der Reihe war, warf ich einen Blick durch den Flur. An den weißen Wänden hing nichts, kein Schmuck, nichts, was die Strenge auflockern hätte können. Unter einer der Türen sah ich Licht und nahm an, daß hier wohl die Zimmer der Señora Puccini lagen. Dann folgte ich Dalakis die Leiter hinauf.

Als ich auf dem Dach ankam, standen Pacheco und die anderen auf der gegenüberliegenden Seite und blickten in Richtung Westen über die Stadt. Wir standen höher als die benachbarten Gebäude, und als ich so hinüberstarrte, sah ich eine Reihe von Bränden, deren Flammen in die dunkle Nacht schlugen. Hier oben waren die Schüsse, die Sirenen und die Explosionen lauter und unmittelbarer. Drüben bei der Universität loderten einige Feuer, wahrscheinlich brannten dort drei oder vier Gebäude. Wir standen an der niedrigen Mauer rund um die Dachkante und versuchten, in der Ferne etwas zu erkennen, um zu verstehen, was da vor sich ging. Suchscheinwerfer durchkreuzten den Himmel, suchten sich hohe Rauchsäulen heraus, die wie nachts blühende schwarze Blumen wirkten. Alles um uns herum war im Begriff, sich zu verändern, wir jedoch hatten nicht die geringste Ahnung, wie sich das auf unser Leben auswirken würde. Fast beneidete ich Malgiolio für seine naive Betrachtungsweise, der zufolge – was auch immer passieren mochte – alles einfach nur mehr offene Stellen und damit größere Chancen für ihn mit sich bringen würde. Dalakis andererseits könnte als Beamter auf der Straße sitzen, während Pacheco als Chirurg mehr Arbeit haben würde, als zu schaffen wäre. Was mich, den Buchrezensenten, betraf, so konnte ich nur hoffen, daß die Leute weiterhin lesen und Anteil an ihrer Kultur nehmen würden. Doch könnten die Veränderungen durchaus auch radikaler sein und über die Auswirkungen auf unsere Arbeitsplätze hinausgehen. Womöglich änderte sich das Aussehen unserer Stadt, die Vorstellung von Toleranz, Vergebung und Verantwortung an sich, und das womöglich auf immer.

»Das ist ja schrecklich«, sagte Dalakis. Die Worte blieben ihm fast im Hals stecken, und ich merkte, daß er weinte. »Sie zerstören einander.«

Ich wußte, wer »die« waren, aber Dalakis' Gefühle überraschten mich bei weitem nicht so wie die Malgiolios. »Ich habe einen Cousin da drüben«, sagte er, »er wohnt gleich neben dem großen Feuer bei der Universität. Es könnte sein Haus sein.« Dann deutete er auf ein Feuer in einer anderen Richtung. »Und da drüben auch. Da kenne ich auch Leute, die da wohnen! Womöglich sind sie schon tot! Und wir, wie lange sind wir hier noch sicher?«

Abgesehen von einem Onkel im Ausland habe ich niemanden, der noch lebt. Sonst wäre ich womöglich auch außer mir gewesen. Natürlich war ich beunruhigt, ja sogar nervös, aber die Frage, wer hier wen bekämpfte, war mir weniger wichtig, als daß die Stadt so bald wie möglich wieder zum Alltag zurückkehren sollte. Um die Wahrheit zu sagen, als ich so von Pachecos Dach blickte, hatte ich ganz und gar nicht das Gefühl, daß das meine Stadt sei, es war eher so, als wäre ich nur ein Besucher. Aber vielleicht war es auch dieses Gefühl, das ich des öfteren habe, und es handelt sich dabei lediglich um den Fluch, immer nur Beobachter zu sein – als wäre ich selbst im eigenen Leben nichts weiter als ein Tourist.

Wir standen noch einige Minuten schweigend da. Unter uns schwankten die Wipfel der Platanen in einem Wind, der den Geruch von Rauch mit sich trug. Die Häuser hatten die Läden größtenteils geschlossen, aber in einigen Hinterhöfen sah ich Kerzen brennen. Die Straßen waren leer, und die Stadt selbst lag abgesehen von dem Feuer im Dunkeln, lediglich von der Autobahn leuchteten ein paar Scheinwerfer von Armeelastern und Jeeps herüber; auch in der Innenstadt beim Regierungszentrum sah man sie leuchten. Von irgendwoher hörte ich das Brummen eines Hubschraubers.

Einen Augenblick später drehte sich Pacheco um und lehnte sich gegen die Wand. Ich dachte, er würde etwas darüber sagen, was in der Stadt passierte, aber als er dann anfing zu sprechen, ging es wieder um Señora Puccini.

»Manchmal ist man hinter einer Frau her«, sagte er, »und geht mit ihr ins Bett, nur um sich wiederzufinden, um im eigenen Geist wiedergeboren zu werden, so daß es ist, als schlafe man mit sich selbst. Ich rede jetzt nicht von Masturbation, sondern davon, wie etwas längst Vergessenes, unser Selbstwertgefühl in all seiner Komplexität wieder hochkommen kann.«

Malgiolio ließ ein Schnauben vernehmen. Er starrte noch immer hinaus auf die Stadt. »Da würdest du dich aber schwer tun, das den Sexmagazinen zu verkaufen«, sagte er.

»Solche Magazine interessieren mich nicht. Ich spreche davon, wie die Vorstellung von einer Frau, ihr Gesicht, ihr Körper, dein Verlangen nach ihr, was du dir ausmalst, deine Phantasien über sie, wie all das deinen Verstand einnehmen kann, wie eine Flüssigkeit ein Glas füllt. Und wie dein Selbstwertgefühl, deine anderen Interessen und Ambitionen, deine anderen Gelüste, wie selbst dein Ich geschrumpft und beiseite geschoben werden kann. Das ist wie eine Krankheit, während der alles verschwindet außer dieser übermächtigen Vorstellung von dem begehrten Geschöpf, was ausgesprochen ermüdend, ärgerlich, ja abscheulich ist, so daß man schließlich und endlich schon allein deshalb mit ihr schläft, um das alles aus dem Kopf zu bekommen. Danach kommt dann ein Augenblick, du liegst noch bei ihr, bist noch in ihr, in dem deine Sorgen zurückgekrochen kommen. Du denkst darüber nach, was du morgen machst, was du essen, was du anziehen wirst. Du denkst vielleicht an ein Buch, das du gerade liest, an einen Film oder ein Musikstück. Du gehst die kleinen Probleme deines Lebens an, und sie scheinen dir so einfach zu lösen. Alles ist neu und einfach, und du bist – in gewissem Sinne – wiedergeboren.«

»Und wie lange hält das an?« fragte ich ihn. Ich konnte Pachecos Gesicht nicht sehen. Er war nichts weiter als eine graue Silhouette vor der Stadt, die sich schwarz hinter ihm ausbreitete.

»Vielleicht zwei, drei Tage, vielleicht fünf oder zehn Minuten. Dann fängt es wieder an. Aber es gibt diesen Moment, da denke ich manchmal, ich bin hinter der körperlichen Liebe nur deshalb her, um wieder zu mir zu kommen, um mich wiederzufinden. Wenn sich die Frau mir also verweigert und mein Verlangen nach ihr wächst, dann verschwindet mein Gefühl für mich selbst, mein Leben, meine Selbstachtung – all das verschwindet und wird ersetzt durch ein Bild, eine Art Symbol, in dem sich, wie ein paar ineinander verschlungene Schlangen, das Bild der Frau mit meinem Verlangen paart. Und wenn es kein Ventil findet, dann wird das immer schrecklicher, immer gefährlicher.«

»Soll das eine Rechtfertigung sein?« fragte Dalakis mit so viel Sarkasmus, wie er nur aufzubringen vermochte.

»Rechtfertigung? Warum sollte ich mich mit so etwas abgeben? Ich erzähle eine Geschichte, weiter nichts. Wißt ihr, es gab da unter Napoleon einen gewissen General de Caulaincourt, er war für die Pferde und den Transport verantwortlich, und dieser General beschreibt in seinen Memoiren, daß Napoleon sich total zu erniedrigen pflegte, um zu bekommen, was er wollte. Daß er, wenn er etwas von einem wollte, seine gesamte Energie und Aufmerksamkeit aufbrauchte, um es zu kriegen. Und er schämte sich dessen nicht im geringsten. Er ging einem um den Bart, drohte, schmeichelte, log. Der General sagt, Napoleon hätte da eine kleine Geste gehabt. Er griff nach dem Ohrläppchen seines Gegenübers, ganz sachte, und zog leicht daran, verführte ihn auf diese Weise, ihm zu Willen zu sein. Und hatte man einmal ja gesagt, dann sei das gewesen, als wäre ihm ein Stein vom Herzen gefallen, und bald darauf hätte er einen vergessen gehabt und sich wieder um sein Leben und sein Reich gekümmert. Ich bin immer nur mit Frauen so umgegangen. Ganz klar, daß Napoleons Ambitionen größer waren als die meinen.«

»Was ist mit deinem Erfolg als Chirurg?« fragte Dalakis. »Dazu müssen doch auch Energie und Ehrgeiz notwendig gewesen sein.«

Pacheco lachte und ging über das Dach zurück zur Leiter. »Das ist immer eine Kleinigkeit für mich gewesen, größtenteils deswegen, weil es mich kaum interessiert. In dieser Hinsicht bin ich ein Automat ohne Gefühle, ich verhalte mich ganz präzise. Das ist für mich, wie Bach zu hören – von der Mathematik beherrschte Gefühle. Ihr könnt euch nicht vorstellen, was für eine Erleichterung es nach einer Nacht voll emotioneller und sexueller Ausschweifung ist, jemandem die Gallenblase zu entfernen. Deshalb bin ich so gut darin. Ich mache es zur Entspannung.«

Er stieg die Leiter hinunter, und wir folgten ihm. Eine der Türen in dem schmalen Flur stand offen, und als wir näher kamen, sah ich, von Kerzenlicht umrahmt, Señora Puccini. Dann schloß sich die Tür, und wir stiegen die Treppe hinab.

»Wohnt hier deine Haushälterin?« fragte ich.

»Nein, sie hat einige Zimmer auf der anderen Seite des Gartens. Ihr müßt mal wiederkommen, wenn wir Strom haben, dann zeige ich euch das ganze Haus.«

Ich kam zu dem Schluß, daß Señora Puccini wohl dabei war, die Zimmer für die Köchin und ihren Enkel herzurichten, und dachte nicht weiter darüber nach. Meine Gedanken beschäftigten sich vor allem mit Pacheco und dem, was auch immer da draußen in der Stadt passierte. Was mich selbst betraf, so war mir, als wäre ich gar nicht richtig da. All meine Sorgen galten Dingen, die mit meinem Leben nicht das geringste zu tun hatten – wie in einem jener Träume, in denen man nicht mitspielt, sondern wie eine Kamera über das Geschehen hinwegfliegt. Ich blickte vor mich hin auf Malgiolio und Dalakis, die nach unten gingen, und fragte mich kurz, was in ihnen wohl vorgehen mochte, hatte aber kein Verlangen danach, mich mit ihnen zu unterhalten. Wir kamen an dem mittelalterlichen Rüstzeug vorbei, das blitzend unsere Konterfeis reflektierte. Ich sah mich selbst, aufgedunsen und weit, weit weg in meinem dunklen Anzug, über einen stählernen Brustpanzer huschen. Dann stiegen wir die große Treppe hinunter. In den vier von den römischen Büsten besetzten Nischen brannten Kerzen. Die flackernden Schatten ließen die vier kahlen Männer mit ihren ramponierten Gesichtern lebendig und wachsam erscheinen. Im Speisesaal entdeckten wir, daß auf jedem unserer Plätze in einem tulpenförmigen Glas ein Himbeersorbet stand. Wir setzten uns. Der Raum war kalt und still. Mit einemmal spürte ich eine Welle von Einsamkeit über mir zusammenschlagen, obwohl ich nicht die geringste Ahnung hatte, warum. Ich dachte an Frauen, die ich gekannt hatte, ich dachte an meine Frau. Es war nicht so sehr Einsamkeit als vielmehr das Bewußtsein, allein zu sein, und daß ich aus dieser Welt gehen würde, ohne daß es nur irgend jemandem auffallen würde. Ich war seit fast einem Dutzend Jahren nicht mehr wegen meiner Frau traurig gewesen, aber in diesem Augenblick sah ich sie vor mir und stellte mir sogar ihr kurzes, stoßartiges Lachen vor. Wie einfach wäre diese Welt doch, hätten wir keinen Bedarf an anderen Menschen.

Malgiolio machte kurzen Prozeß mit seinem Sorbet und aß dann, als er sah, daß ich mich nicht in Versuchung führen ließ, auch noch das meine. Nachdem er fertig war, rülpste er in seine Serviette und schob das Glas von sich weg. Er sah äußerst zufrieden aus mit sich und der Welt und holte eine seiner farbigen

Zigaretten heraus, eine rote diesmal. »Also, Pacheco, was ist nun passiert? Hast du ihr angeboten, ihr die Bücher zu tragen? Ich weiß nicht so recht, ob ich dir diese Geschichte abnehmen soll, daß sie dir erlaubt hat, ihren Busen anzufassen, aber ich will sie fürs erste gelten lassen. Was hast du als nächstes gemacht?«

Aber Pacheco war nicht bereit fortzufahren. Seine Stimmung war umgeschlagen. Er schien ungeduldig, nicht nur mit Malgiolio, sondern mit jedem von uns. »Was machst du, wenn dir nach einer Frau ist, Malgiolio? Suchst du dir Dienstmädchen, ziehst du hin und wieder los und verpraßt dein Geld bei einer Hure? Ich hatte einmal einen armen Freund, dessen Frau blind geworden war, der tauschte Stück für Stück ihre hübschen Kleider für die Gefälligkeiten einer Frau aus seiner Straße. Dann tauschte er seine eigenen Sachen ein, bis er und seine Frau nichts mehr hatten als ein einziges Kleid und einen einzigen Anzug, die der Mann reinigte, bürstete und flickte. Dann tauschte er seine Tische und Stühle, Töpfe und Pfannen ein, bis sie schließlich nur noch das Bett hatten, einen Stuhl, einen Tisch, eine Schüssel, einen Löffel und seine Träume. Seine Frau wußte, was er vorhatte, und flehte ihn an, nicht auch noch das Bett zu verkaufen. Er sagte, das würde er nicht tun, aber nach einer Weile verkaufte er auch das. Hin und wieder kam ich in seiner kleinen Wohnung vorbei. In einer Ecke lagen stapelweise Zeitungen, die den beiden als Ehebett dienten.«

»Was ist aus ihm geworden?« fragte Dalakis voller Anteilnahme.

»Oh, er ist gestorben wie jedermann, und seine Frau zog zu einer Nichte. Inzwischen ist sie wahrscheinlich auch schon tot. Aber sag doch, Malgiolio, was machst du, um dich zu amüsieren? Was sind das für Damen, die dich trösten?«

Malgiolio trank von seinem Wein und weigerte sich, darauf zu antworten. Ich war überrascht, daß Pacheco derart stichelte, vor allem, wo es ihm doch im Grunde gleichgültig schien, was irgendeiner von uns dachte – als könnte keiner von uns ihn mit seinen Worten treffen. Und hatten wir wahrscheinlich auch alle nichts als Verachtung für Malgiolio übrig, so hatte Pacheco das jedenfalls nie gezeigt und ihn stets mit Höflichkeit und Achtung behandelt. Als Malgiolio reich gewesen war und mit Geld nur so um sich geworfen hatte, da hatte er mit seinen teuren Frauen geprahlt, doch waren die vermutlich verschwunden, als ihm das Geld ausgegangen war. Ich vermute, er hatte irgendwo eine Geliebte, wenn auch nur, um seine Selbstachtung nicht zu verlieren.

»Ja, ich bin am nächsten Tag wieder zur Schule gegangen«, sagte Pacheco, »aber dort wartete auch der junge Mann mit dem Motorrad. Wir sprachen nicht miteinander, aber er beobachtete mich. Es war klar, daß sie ihm irgend etwas erzählt hatte. Nicht daß er besorgt schien oder in mir eine Bedrohung sah. Dazu war er sich ihrer zu sicher. Dann ging ich zum Haus des Mädchens, aber sie weigerte sich, mich zu empfangen. Am Sonntag drauf folgte ich ihr in die Kirche, setzte mich hinter sie, atmete über ihre Schulter, berührte sie sogar einmal. Sie schien mich nicht wiederzuerkennen. Also begann ich, sie zu verfolgen. Wann immer sie in der Stadt war, zum Einkaufen oder im Café, ich war dabei. Ich habe sie sogar ein paarmal angesprochen. Ich sagte ihr, wie sehr ich sie begehre, was ich mit ihrem Körper machen, daß ich ihre Brüste küssen wolle. Sie hörte mir zu, und ich spürte gerade immer nur ein bißchen, daß ihr Atem schneller wurde; dann ließ sie mich stehen, oder der junge Mann tauchte wieder auf.

Das Haus ihrer Tante, bei der Antonia wohnte, war groß und weiß und stand etwas abgelegen auf einem Hügel. Sehr bald schon wußte ich, welches Zimmer Antonias war, und spät am Abend dann stand ich draußen auf der Straße und wartete, immer ihr Fenster im Auge, auf Licht. Das Zimmer lag im ersten Stock nach vorne hinaus, gleich über der Veranda. Selbstverständlich verabscheute ich mich dafür, mich derart aufzuführen, aber diese Abscheu diente lediglich dazu, mich in meinem Entschluß zu bestärken. Jeden Abend kam der junge Mann mit dem Motorrad zu ihr. Manchmal gingen er und Antonia aus, manchmal blieben sie zu Hause. Oft sah ich sie durch den Garten spazieren. Er hatte dabei einen Arm um ihre Taille gelegt, und sie blieben hin und wieder stehen, um sich zu küssen. Einmal legten sie sich zusammen ins Gras. Sie hatten eine große gescheckte Bulldogge, die sie Caleb nannte, und wenn sie und der junge Mann durch den Garten spazierten, trottete Caleb hinterdrein. Nach einigen Stunden dann pflegte sich der junge Mann wieder zu verabschieden, und kurz darauf ging in Antonias Schlafzimmer das Licht an. Ich stand dann da und beobachtete das Fenster, und selbst wenn das Licht längst wieder erloschen war, blieb ich noch auf der Straße stehen. Dann, so gegen zwei, drei Uhr morgens, ging ich nach Hause.

Caleb war gleichzeitig der Wachhund und lief nachts frei auf dem Grundstück umher. Oft, wenn ich den schmiedeeisernen Zaun entlangspazierte, ging er auf der anderen Seite neben mir her – nicht daß er gebellt oder geknurrt hätte, nein, er folgte mir nur. Zuerst dachte ich, ich müßte Caleb beseitigen und stellte mir schon vor, seinen Kopf abzuschneiden und auf einen der spitzen Eisenstäbe des Zauns zu stecken. Aber es kam anders, es gelang mir, Caleb zu meinem Freund zu machen, indem ich ihm Fleischstücke mitbrachte und leise mit ihm sprach, bis er schließlich, wann immer er mich kommen hörte, schwanzwedelnd an den Zaun getrottet kam.

Es muß etwa drei Wochen nach dem Konzert gewesen sein, da entschloß ich mich dazu, über den Zaun zu klettern. Es war spät nachts, und sämtliche Lichter im Haus waren seit geraumer Zeit aus. Ich hatte mir etwas Fleisch aufgespart, nur für den Fall, daß sich Caleb als schwierig erweisen sollte. Ich kletterte über das rückwärtige Tor. Caleb sprang an mir hoch und leckte mir das Gesicht. Dann schlich ich mich auf die Vorderseite des Hauses, und das alles so leise wie nur möglich, was absurd war mit diesem Riesenhund, der zum Spielen aufgelegt war und um mich herumsprang. Es war eine Mondnacht, dazu kamen noch die Straßenlampen. Ich hatte keinen klaren Plan, nur daß ich in dieses Haus wollte, um mein brennendes Verlangen loszuwerden. Ich dachte kaum an die Folgen: daß man mich ins Gefängnis werfen und ich obendrein noch meine Arbeit verlieren könnte. Aber jedesmal, wenn ich zögerte, stellte ich mir Antonia in ihrem Bett vor, und dieses Bild verscheuchte meine Angst. Es war eine warme Nacht im Spätfrühling. Ich war ganz in Schwarz, ich wußte, außer Antonia und ihrer Tante wohnten noch drei Bedienstete im Haus: ein Mann in mittleren Jahren, der sich um das Anwesen kümmerte und die schweren Arbeiten verrichtete, seine Frau, die als Köchin arbeitete, und dann ein junges Mädchen, das sauber machte.

An ihr Fenster zu kommen erwies sich als unproblematisch. Ich mußte dazu nur an der Seite der Veranda auf das Dach klettern. Der Hund winselte ein wenig, als ich über ihm verschwand, und so warf ich ihm mein letztes Stückchen Fleisch zu. Antonias Fenster stand offen, und ich glitt über das Fensterbrett, als wäre es die leichteste Sache der Welt. Ihr Zimmer war groß und hatte weiße Korbmöbel, weißes Bettzeug und einen weißen Teppich. Antonia lag schlafend auf dem Bett. Sie lag auf dem Rücken. Sie hatte die Decke abgestreift, und ihr Nachthemd stand offen. Ein

Mondstrahl lag direkt auf ihrem Bauch. Ich stand über ihr und sah auf ihre Nacktheit hinab. Hätte ich sie vergewaltigen wollen, ich hätte in sie eindringen können, noch bevor sie gewußt hätte, was ihr geschieht. Ich kniete vor ihr nieder. Ich streckte die Hand aus und strich mit dem Rücken meiner Finger über ihr dichtes Schamhaar. Meine Hand schien zu brennen. Ich beobachtete sie lange Zeit, betrachtete ihre Brüste, ihre Schenkel, die Rundung ihrer Lippen. Nicht, daß ich Angst gehabt hätte, sie zu vergewaltigen. Tatsache ist, daß ich überhaupt keine Angst hatte. Aber ich war mir nicht sicher, ob es auch in meinem Interesse war, denn schließlich hätte ich dann nur diese eine Gelegenheit gehabt, die nicht mehr zu wiederholen gewesen wäre.

Nach zwanzig oder dreißig Minuten dann stand ich auf. Ich mußte sie auf andere Art und Weise besiegen. Ich konnte jedoch unmöglich mit leeren Händen gehen. Ihr Schreibtisch stand direkt neben dem Fenster. Ich ging hinüber und suchte nach etwas, was ich mitnehmen konnte. Auf einer Ecke lagen mehrere Exemplare des Fotos, das ihr auf dem Kaminsims gesehen habt. Ich nahm eines und steckte es in die Tasche. Dann, ich wollte eben gehen, fiel mein Blick in den Spiegel, und ich sah, daß Antonia mich, auf einem Ellenbogen aufgestützt, anstarrte – sie starrte auf meinen Rücken. Ihr Gesicht zeigte nicht die geringste Angst, und sie machte keinerlei Anstalten, sich zu bedecken. Auf der anderen Seite war ich mir nicht sicher, ob sie wußte, wer ich war, daß ich der Mann war, der sie seit Wochen verfolgte. Sie starrte auf meinen Rücken, und ich beobachtete ihr Bild im Spiegel. Einen Augenblick lang hätte ich mich beinahe umgedreht, aber ich wußte, ich wollte sie auf andere Weise. Ich wollte, daß sie sich mir aus freien Stücken hingab, daß sie mich anbetteln sollte, sie zu nehmen, so daß ich mich ihr mit Vergnügen verweigern konnte, bevor ich mit ihr schlief. Ohne mich auch nur noch einmal umzublicken, stieg ich zum Fenster hinaus und an der Seite der Veranda hinunter. Ich wandte mich nicht um, bis ich die Straße erreicht hatte. Als ich es dann doch tat, sah ich sie oben am Fenster stehen und zu mir heruntersehen.«

*

Die Tür ging auf, und Señora Puccini kam herein und schob auf ihrem Wagen irgend etwas in Aspik mit Salat herein. Ich hatte die Tür schon einige Minuten lang im Auge gehabt, weil ich bemerkt hatte, daß sie sich leicht bewegte, während Pacheco noch mitten in seiner Geschichte war. Jetzt glaubte ich, daß Señora Puccini bereits draußen gestanden und auf das Ende seiner Geschichte gewartet hatte. Es war ihr nicht anzusehen, ob sie etwas gehört hatte, sie schien kühl wie eh und je. Was uns Gäste betraf, so fühlten wir uns wie nach einem sexuellen Interruptus und starrten sie an, in dem Wunsch, ihr die Jahre abzustreifen und darunter die junge Frau zu entdecken, die auf jenem weißen Bett gelegen hatte.

Señora Puccini setzte uns den Salat vor, Salat Beatrice mit grünen Bohnen, Brunnenkresse und Tomaten. Im Aspik waren Enten- und Orangenscheiben. Das Essen hatte etwas Absurdes: eine endlose Prozession von Gerichten, an denen sich lediglich Malgiolio ein Interesse bewahrt hatte. Wir schwiegen, während sie uns die Teller auf den Tisch stellte. Ich knabberte das Aspik an und einige grüne Bohnen. Dann, während Señora Puccini den Servierwagen wieder hinausschob, sagte Pacheco zu ihr: »Haben Sie gehört, was ich ihnen eben erzählt habe? Wie ich in jener Nacht vor so langer Zeit in Ihrem Schlafzimmer gewesen bin?«

Señora Puccini stand mit dem Rücken zu uns, ausgesprochen steif und groß. Zuerst dachte ich, sie würde nicht antworten. Ein Luftzug von der Tür her ließ das Kerzenlicht tanzen.

»Ja, ich habe es gehört«, sagte sie schließlich.

»Und? Hatten Sie es vorher gewußt?«

»Was spielt es für eine Rolle, was ich gewußt habe?« fragte sie. Dann setzte sie ihren Weg in den Flur hinaus fort und schloß die Tür hinter sich. Pacheco spießte ein Häppchen Ente auf und hob es an die Lippen. Neben mir hörte ich Dalakis kauen.

»Ich habe das Foto vergrößern lassen«, sagte Pacheco. »Ich starrte es an und versuchte mir einen Haß auf dieses Gesicht einzureden oder wenigstens Gleichgültigkeit. Wie ist es nur möglich, daß ein Mensch eine solche Kontrolle über einen anderen gewinnt? Ich redete mir ein, ein rationaler Mensch zu sein, ein angesehener Chirurg, umgeben von Leuten, die mich bewunderten, aber dann sah ich dieses Foto an, und all meine Logik war wie weggewischt.

Einige Tage nachdem ich es gestohlen hatte, rief mein Freund Paco mich an, um mir auszurichten, daß für das kommende Wochenende ein Picknick geplant war. Eine ganze Menge junger Leute hatte vor, zu irgendeiner Farm hinauszufahren, wo man einen Ochsen rösten, tanzen, eben ein Gelage feiern wollte. Paco fragte, ob ich Lust hätte, ihn zu begleiten. Ich lehnte dankend ab. Diese Art von Albernheiten hat mich von jeher ungeheuer gelangweilt: zwanzig, dreißig Leute, die um ein Kartoffelfeuer sitzen und alte Lieder singen.

Paco aber grinste und fragte: ›Was, wenn ich dir sage, daß Antonia Puccini dabei sein wird?‹

Wie ihr euch vorstellen könnt, ging ich natürlich doch mit. Die Farm lag etwa zwanzig Meilen außerhalb der Stadt, direkt am Fuß der Berge. Es müssen wohl über zweihundert Leute dort gewesen sein. Es war ein warmer, wolkenloser Tag, und die Berge im Osten erhoben sich über uns wie ein grüner Vorhang. Weit oben lag auch noch ein wenig Schnee.

Paco und ich trennten uns auf der Suche nach Antonia. Ich hatte sie schon bald gefunden: Sie war zusammen mit ihrem Verlobten in der Nähe der Stallungen. Die beiden waren dabei, zwei Pferde zu satteln. Sie waren ständig nah beieinander und berührten sich, während sie miteinander sprachen. Ich stand etwas abseits an einem Baum und beobachtete sie, und Augenblicke später gesellte sich auch Paco zu mir. ›Wir müssen sie auseinander bekommen‹, sagte ich. In diesem Augenblick sprang Antonia auf ihr Pferd und ritt allein davon. Der Junge, ihr Verlobter, war noch immer dabei, seinen Sattelgurt strammzuziehen. ›Rasch‹, sagte ich Paco, ›lauf hin und sag ihm, daß der Gastgeber nach ihm verlangt, irgendwas, nur schaff ihn mir von dem Pferd weg.‹

Paco rannte zu dem Jungen hinüber und stotterte eine Geschichte zusammen. Später erzählte er mir, er hätte ihm gesagt, es handle sich um einen Anruf aus der Stadt. Jemand hätte einen Unfall gehabt, und der Junge würde gebraucht. Es war klar zu sehen, daß der Junge nicht gehen wollte. Antonia galoppierte bereits über das Feld und drehte sich, sicher, daß er ihr folgen würde, auch nicht nach ihm um. Dann wandte der Junge sich ab und lief zum Haus hinüber, sein Pferd ließ er an den Zaun gebunden stehen. Als ich dort ankam, hatte Paco das Tier bereits fertig. ›Ich hoffe, du kannst reiten‹, sagte er. Ich kletterte in den Sattel, und als Paco mir die Zügel zuwarf, stieß ich dem Pferd meine Absätze in die Flanken.

Ich galoppierte über das Feld und sah, vielleicht einen halben Kilometer vor mir, Antonia, nach wie vor in wildem Galopp. Nach einem Blick über die Schulter trieb sie ihr Pferd noch mehr an, und ich wußte, sie hielt mich für ihren Verlobten. Auch war ich mir sicher, daß sie ihn irgendwo in den Wald vor uns locken wollte, wo sie beide allein sein könnten, und ich stellte sie mir vor, Antonia, wie sie sich in einer schmalen Schlucht selbst in die

Falle ging, sich dann umdrehte und mich an ihrer Seite fand. Wie sollte ich sie da nicht bekommen?

Als ich den Wald erreichte, konnte ich sie nirgendwo entdekken. Mein Pferd, ein mächtiger Brauner, galoppierte den schmalen Pfad entlang. Ich verlangsamte das Tempo, um nicht irgendwo eine Abzweigung zu verpassen. Es hatte kurz vorher geregnet, und so war alles besonders grün. Ich ritt einige Minuten so dahin, ohne Antonia zu sehen. Dann bemerkte ich weiter drüben auf der linken Seite einen zweiten Pfad, in dessen Schlamm sich die Hufspuren ihres Pferdes abzeichneten. Ich folgte ihm mit gesenktem Kopf, um unter den tiefhängenden Zweigen durchzukommen. Wieder einige Minuten später sah ich Antonia vor mir. Sie hatte kehrtgemacht. Sie lächelte; ein wunderbar freundliches und liebevolles Lächeln. Hinter ihr befand sich eine kleine Wiese zwischen den Bäumen und den aufragenden Felsen. Ich hatte noch immer den Kopf in die Mähne geduckt, und sie hielt mich nach wie vor für ihren Verlobten. Dann setzte ich mich auf und blickte zu ihr. Auf der Stelle veränderte sie ihr Gesicht. Sie zeigte weder Ärger noch Überraschung oder Angst. Ihr Gesicht verriet überhaupt nichts. Vielleicht einen Meter neben dem ihren zügelte ich mein Pferd. Sie sagte nichts. Wir sahen einander schweigend an.

›Wissen Sie, was ich von Ihnen will?‹ fragte ich sie.

Sie ignorierte meine Frage. ›Das ist Robertos Pferd‹, sagte sie. ›Wo ist er?‹

Ich wiederholte meine Worte. ›Wissen Sie, was ich von Ihnen will?‹ Sie trug eine weiße Bluse und khakifarbene Reithosen. Die obersten drei Knöpfe ihrer Bluse waren offen und enthüllten ein Dreieck ihrer Haut. ›Steigen Sie von Ihrem Pferd‹, sagte ich.

›Wo ist Roberto?‹ fragte sie noch einmal.

›Roberto interessiert mich nicht‹, sagte ich ihr. ›Steigen Sie ab.‹

Sie reagierte nicht, nicht einmal ihre Miene änderte sich. Dann, völlig unerwartet, grub sie ihre Absätze in das Pferd, das sofort ausschlug und wiehernd vorwärtssprang. Sie zog ihm ihre Reitgerte über und riß die Zügel zurück, so daß es sich, mit den Vorderhufen nur wenige Zentimeter vom Kopf des meinen entfernt, aufbäumte. Als sie wieder herunterkam, gab sie dem Pferd die Sporen und galoppierte los. Ich versuchte, ihr in die Zügel zu fallen, aber als ich danach griff, schlug sie mir mit der Reitgerte übers Handgelenk und ritt an mir vorbei. Ich riß mein Pferd herum und ritt gleich hinter ihr her. Ich war wütend, wollte sie fangen, und – ich wollte ihr die Kleider vom Leib reißen.

Wir galoppierten den schmalen Pfad zwischen den Bäumen entlang. Die Zweige peitschten mir ins Gesicht, wie tief ich mich auch in der Mähne des Tieres vergrub. Trotzdem trieb ich es an und konnte mich etwa drei Meter hinter ihr halten. Mein Pferd war weit größer als das ihre, und hatten wir erst einmal den Hauptpfad erreicht, so war ich sicher, sie einholen zu können. Aber wiederum irrte ich mich. War ich auch schneller, so war sie die bessere Reiterin, und obwohl ich aufholte, ich konnte sie nicht ganz erreichen. Sie ritt wunderschön, in perfektem Gleichgewicht, und sie blickte nicht ein einziges Mal zurück.

Als wir auf das freie Feld galoppierten, lag ich vielleicht eine halbe Länge hinter ihr. Ich hatte noch immer vor, sie auf den Boden zu zerren, aber als ich in das hohe Gras ritt, sah ich auf einem anderen Pferd ihren Verlobten auf uns zukommen. Sie galoppierte auf ihn zu, und er sprengte, als er mich sah, mit einem Schrei auf mich los. Es war klar, daß er wußte, daß ich für den kleinen Trick mit dem Anruf verantwortlich war. Ich verringerte mein Tempo nicht, sondern ritt direkt auf ihn zu, in der Absicht, ihn vom Pferd zu stoßen. Zu diesem Zeitpunkt hatte ich mich bereits derart in die wilde Jagd hereingesteigert, daß ich alles getan hätte. Unglücklicherweise erkannte er meine Absicht, und als ich mich hinunterbeugte, um ihn zu schlagen, packte er mich am Arm und zog mich aus dem Sattel. Ich landete hart im Gras, rollte ein Stück und stand dann auf. Er ging auf der Stelle mit seiner Reitgerte auf mich los, und als ich den Kopf hob, traf er mich mitten im Gesicht, und ich fiel zu Boden. Diesmal kam ich schneller auf die Beine, doch er war noch schneller und ging ein weiteres Mal auf mich los. Ich sprang zur Seite, um nicht unter die Hufe zu kommen, und als er zuschlug, verfehlte er mich.

Die ganze Zeit über war ich mir bewußt, daß Antonia auf ihrem Pferd zusah; weder mit Vergnügen noch mit Mißbilligung, sie sah einfach nur zu. Wieder kam ich auf die Beine, und wieder schlug Roberto mich mit der Reitgerte. Ich blutete mittlerweile. Ich raffte mich nochmals auf, kniete mich mit einem Knie hin und vergrub mein Gesicht in den Händen, um Schmerzen vorzutäuschen. Als er auf mich zugeritten kam, blieb ich bis zum letztmöglichen Augenblick wie ich war. Dann, als er mit seiner Gerte ausholte, sprang ich auf, packte ihn am Arm und riß ihn vom Pferd. Ich verspürte keinerlei Lust, mich mit ihm zu schlagen. In meiner Nähe lag ein großer Stein, und ich griff danach und hob ihn über seinem Kopf, um ihm den Schädel damit einzuschlagen. Gerade als ich ihm den Stein an den Kopf schmettern wollte, schrie Antonia auf: ›Nein!‹

Ich blickte auf. Der Schrecken stand ihr ins Gesicht geschrieben. Mir wurde klar, daß ich im Unrecht war, daß ich zu impulsiv reagierte hatte. Ich warf den Stein weg und ging zu meinem Pferd, das grasend vielleicht dreißig Meter weit abseits stand. Antonia rannte auf ihren Verlobten zu, der wie betäubt auf dem Boden saß und ziemlich dumm dreinschaute. Ich stieg auf mein Pferd und ritt zurück zur Farm. Dort suchte ich Paco, und wir fuhren zurück in die Stadt.«

Pacheco lehnte sich zurück und begann, mit dem Buttermesser im Essen herumzustochern. Ich starrte ihn an und versuchte, hinter seine Gedanken zu kommen. Seine Miene ließ auf Zorn schließen, auf Unerbittlichkeit. Dalakis hatte inzwischen aus Kerzenwachs eine kleine Kugel geformt und rollte diese zwischen Handballen und Tischtuch.

»Warum hast du nicht aufgegeben?« fragte Malgiolio. »Oder hast du?«

»Aufgegeben?« fragte Pacheco. »Glaub mir, wenn das überhaupt noch möglich war, dann war mein Entschluß zu diesem Zeitpunkt fester denn je.«

Ich warf einen Blick hinüber zur Tür und überlegte, ob Señora Puccini wohl dahinterstand. Nie im Leben hatte ich eine solche Leidenschaft verspürt, wie Pacheco sie hier beschrieb. Auch wenn ich meine Frau geliebt habe, für Gefühle, die einen überwältigen und dann geschlagen zurücklassen, habe ich nichts übrig.

»Hast so viele Frauen gehabt«, sagte Malgiolio. »Warum hast du auf die eine nicht einfach verzichtet und dir eine andere gesucht?«

»Weil Huren mich nicht interessieren, mein Freund.« Pachecos Ton war kühl, und Malgiolio nahm die Bemerkung als Anspielung auf seine eigenen Vorlieben. Er beugte sich vor und starrte Pacheco über das Tischtuch hinweg an. Wie albern Malgiolio sich doch ausnahm, die paar schwarzen Haarsträhnen in kunstvollen Wirbeln über den kahlen Kopf verteilt.

»Willst du damit andeuten, daß sie mich interessieren?«

»Jedenfalls scheinst du eine Vorliebe für gekauftes Fleisch zu haben.«

Obwohl mich Pachecos Grobheit überraschte, so erwartete ich doch nicht, daß sie Folgen hatte. Falls Malgiolio Beleidigungen nicht gewohnt war, dann konnte er es hier nachholen. Doch es sollte anders kommen. Malgiolio senkte den Kopf und saß über seinen Teller gebeugt da. Ein paar Sekunden vergingen. Dann setzte er sich abrupt auf und überraschte uns alle damit, daß er sein Glas auf den Boden schmetterte, wo es zersprang.

»Was du da über meine Beziehungen zu Frauen sagst, nehme ich dir übel. Du weißt doch überhaupt nichts von mir!«

Ohne Malgiolio eines Blickes zu würdigen, zündete Pacheco sich an einer der Kerzen eine Zigarette an. Erst später kam ich zu dem Schluß, daß er einen ganz bestimmten Grund dafür hatte, Malgiolio aus der Fassung zu bringen. Vielleicht wußte er bereits, was Malgiolio uns gleich erzählen würde, und wollte ihn dadurch zwingen, es auszusprechen. Vielleicht beabsichtigte Pacheco, indem er uns seine Besessenheit enthüllte, uns die eigenen zu entlocken.

»Du meinst wohl, meine Gefühle sind nicht so stark wie die deinen?« fuhr Malgiolio fort. Er hatte sich erhoben und stand, die Hände an der Tischkante, da. Nicht nur, daß sein blauer Anzug alt war, er war ihm auch etwas zu klein. »Schau uns beide an. Du bist wohlhabend, und man respektiert dich. Ich bin arm und schäbig. Aber auch ich kann mich nach Frauen verzehren. Um es genau zu sagen, ich tue es tagtäglich.«

Ich beobachtete Dalakis, der Malgiolio anstarrte. Sein Einfühlungsvermögen war unerschöpflich.

»Wir haben alle unsere Geschichten«, sagte Pacheco mit einem gewissen Maß an Freundlichkeit. »Wer ist diese Frau, Malgiolio, nach der du dich so verzehrst? Vielleicht kann ich sie dir kaufen.«

»Mach dich nicht über ihn lustig, Daniel«, sagte Dalakis ruhig.

Pacheco sah hinüber zu Dalakis und nickte dann. Malgiolio

hatte seinen Platz am Tisch wieder eingenommen. Er war zornig, ob aber auf sich selbst oder auf Pacheco, konnte ich nicht genau sagen. Mir fielen Geschichten ein über Malgiolio: daß er sich am Vormittag einen Wagen gekauft hatte, nur um ihn mit einem Riesenverlust am Nachmittag wieder zu verkaufen. Er war müde geworden; er sehnte sich nach einer Veränderung. Er hatte jemand sein wollen, der über Geld auch nicht einen Augenblick nachzudenken brauchte, und hatte sich statt dessen für immer und ewig daran gebunden.

»Es ist keine Geschichte«, sagte Malgiolio leise. »Ich habe da eine Frau kennengelernt, als ich wohlhabend war. Ich habe ihr Geschenke gemacht, und sie hat mir dafür Gefälligkeiten erwiesen. Dann, als ich wieder arm wurde, hörten auch die Gefälligkeiten auf. Einfacher geht es wohl nicht. Es ist wie deine Geschichte von dem Mann mit seiner blinden Frau. Hast du das von mir gewußt, Pacheco? Ständig bin ich am Geldsammeln. Ich stehle es hier, ich borge von da, hin und wieder verdiene ich auch was. Und dann gehe ich zu ihr, mit einem weiteren Geschenk, das sie gütigst in Empfang nimmt. Sie ist groß und blond, vielleicht Skandinavierin, vielleicht Holländerin. Sie ist ungefähr zwanzig, zweiundzwanzig Zentimeter größer als ich. Ich darf mit ihr im Garten spazierengehen. Aber sie ist nicht sehr nett zu mir. Sie lacht über meine Geschenke und meint, sie wären zu gering. Wenn ich sie um etwas bitte, auch nur um eine Berührung ihrer Hand, dann schlägt sie mir ins Gesicht. Wenn ich mich beklage, dann sagt sie ihrem Diener, er soll mich nicht ins Haus lassen. Ist das nicht komisch? Ich muß mich im Innenhof ihres Hauses auf den Boden legen. Ich muß mich hinlegen, und sie stellt sich über mich. Und weißt du, was sie macht? Ich habe das noch nie jemandem erzählt. Sie uriniert auf mich, sie pinkelt und lacht dabei, und während sie lacht, ergießt sich ihr Urin über meinen Körper. Und beklage ich mich? Nicht einen Ton gebe ich von mir. Dann gehe ich nach Hause und stehle was, ergaunere mir was, leihe mir was, bis ich wenigstens ein bißchen Geld habe; dann gehe ich wieder zu ihr, mit einem Geschenk, und lege mich wieder auf das Pflaster ihres Innenhofs, und sie stellt sich über mich. Wenn sie so dasteht, dann gräbt sie mir ihre Absätze in die Rippen und tritt mich, dann geht sie in die Hocke, und ich spüre ihren Urin über meine Kleider plätschern, die Kleider, die meine Frau wäscht.«

»Schläfst du denn nicht mit ihr?« fragte ich, völlig erstaunt über diese Geschichte und noch mehr darüber, daß er sie uns erzählt hatte.

»Manchmal legt sie sich ins Gras, zieht ihren Rock hoch und sagt mir, ich solle ihr mein kleines Ding zeigen. Sie meint, mich mit solchem Gerede loswerden zu können. Dann nimmt sie meinen Riemen und verdreht und schlägt ihn. Sie will, daß ich bei ihr nicht kann, aber mein Verlangen ist einfach zu groß. Und trotzdem stößt sie mich weg, noch bevor ich fertig bin, und sieht zu, wie ich meinen Samen ins Gras verschleudere. Dann lacht sie und sagt mir, ich solle nach Hause gehen. Also gehe ich nach Hause und fange wieder zu stehlen an, mir was zu ergaunern –«

»Schluß damit!« sagte Dalakis. »Warum erzählst du uns das?« Er hatte sich erhoben und stand nun, selbst überrascht, da – als frage er sich, was er so hoch über dem Tisch wohl mache.

»Wir haben über Leidenschaft gesprochen«, sagte Malgiolio, »und Pacheco hat uns seine großartige Geschichte erzählt. Was weiß überhaupt einer von euch über mich? Ich bin der, der ein Vermögen verschleudert hat. Nun, ich habe auch eine Leidenschaft. Oft stehe ich ein Stück entfernt vor ihrem Haus auf der Straße. Nicht zu nahe, weil sie wütend wäre, wenn sie mich sehen würde. Vielleicht fünfzig Meter weiter. Ich stehe unter einem Baum und beobachte die Autos, die angefahren kommen, und die Männer, die aussteigen. Da gab es einen, der kam ständig. Er fuhr einen blauen BMW. Eines Nachts bin ich ihm gefolgt, habe herausgefunden, wer er war und wo er wohnte, und habe dann seinen Wagen demoliert. Ich habe ihm die Reifen zerstochen, die Windschutzscheibe eingeworfen und mit einem Schraubenzieher Löcher ins Blech gebohrt. Und nachdem er den Wagen hatte reparieren lassen, habe ich es nochmal gemacht. Alles zerschlagen und zerbrochen und Löcher ins Blech gestoßen, bis mich sein Diener gehört und die Straße hinuntergejagt hat. Dann habe ich herausgefunden, wo der Mann arbeitete. Er war leitender Angestellter bei einer Versicherung. Ich habe Geschichten über ihn verbreitet, daß er sich von Frauen bepissen läßt. Nicht, daß es was ausgemacht hätte. Ich hatte keine Macht, keine Möglichkeit, ihm zu schaden. Hin und wieder aber bestahl ich diese Männer auch, diese anderen Liebhaber. Ich stahl aus ihren Autos oder Häusern, wenn ich sie finden konnte. Und mit dem Geld kaufte ich kleine Geschenke, auf daß mich meine große Blonde wieder in ihren Innenhof hinausführen würde. Sie packte mich immer an der Krawatte und zog mich hinter sich her, als wäre es eine Leine. Dann stieß sie mich auf den Boden und lachte, grub mir ihre Absätze in die Seiten und hockte sich über mich. Sie nannte mich immer ihr kleines Schweinchen und befahl mir zu grunzen und ›oink, oink‹ zu machen; und während ich diese Geräusche machte, rann ihr Urin über mich, drang mir durch die Kleider und brannte mir auf der Haut.«

»Das genügt«, sagte Pacheco. »Deine Geschichte ist ekelhaft.«

»Und die deine?« entgegnete Malgiolio bitter. »Du hast ein Mädchen ruiniert, ihr Leben kaputtgemacht, und ich lasse mich von einer Frau bepinkeln. Macht dich das zu was Besserem?

Überhaupt, warum sollen wir dir eigentlich glauben? Da geht hier diese Frau ein und aus, und du behauptest, sie ruiniert zu haben. Warum sollten wir dir abnehmen, daß du sie überhaupt je angerührt hast? Das hier könnte genausogut eine Phantasterei von dir sein, irgendein verrücktes Hirngespinst.«

»Ist das wahr, Daniel?« fragte Dalakis, als hoffte er, es wäre so. »Ist das nur eine Geschichte, die du zu unserer Unterhaltung erzählst?«

Pacheco nahm das Glöckchen, das neben seinem Teller stand, und klingelte scharf. Augenblicke später kam Señora Puccini herein, und wieder dachte ich, sie mußte irgendwo in der Nähe auf dem Flur gewartet haben. Pacheco stand auf, nahm Señora Puccini beim Arm und führte sie langsam hinüber zu Malgiolio. Er stellte sich hinter sie und begann, die Knöpfe ihres Kleides zu öffnen. Sie zuckte zusammen und versuchte sich ihm zu entziehen, aber Pacheco sagte etwas, was ich nicht verstehen konnte, und sie hörte auf. Ich saß Malgiolio genau gegenüber und sah es ebenso gut wie er. Pacheco knöpfte das Kleid auf und zerrte es ihr über die Schultern bis zur Taille. Dann zerrte er ihr den Unterrock herunter. Darunter trug sie einen altmodischen weißen Büstenhalter, mehr Rüstung als Kleidungsstück. Sie starrte Malgiolio offen an, aber ihr Gesicht war hölzern, wie tot.

»Daniel!« sagte Dalakis, »laß sie in Ruhe, bitte, hör auf damit!«

Pacheco ignorierte ihn. Auch er starrte Malgiolio an. Langsam öffnete er die Haken von Señora Puccinis Büstenhalter, zog ihn ihr aus und warf ihn vor Malgiolio auf den Tisch, so daß er genau auf dessen Teller fiel. Die Frau hatte große feste Brüste und dunkle Brustwarzen. Pacheco hob von hinten ihre Brüste an und bot sie Malgiolio an, ließ sie dann fallen, um sie schließlich noch einmal zu umfassen. Ihre Brüste waren weiß, als hätte sie nie ein Sonnenstrahl berührt. Als ich zu Dalakis hinübersah, bemerkte ich zu meiner Überraschung Tränen auf seinen Wangen. Malgiolio starrte auf den Büstenhalter auf seinem Teller. Señora Puccini wandte sich von Malgiolio ab und Dalakis und mir zu. Ihre Augen leuchteten animalisch, und sie hatte den Bauch so sehr eingezogen, daß ich ihre Rippen sehen konnte. Ich muß wohl schockiert ausgesehen haben, auf alle Fälle war ich es. Pacheco beugte seinen Kopf nach vorn und legte ihn ihr auf die Schultern an das dichte ergrauende Haar. Ich konnte seine Augen nicht sehen. Da ich der einzige war, der sie noch ansah, erwiderte sie starr meinen Blick und begann dann zu lächeln, ein Lächeln ohne jeden Humor, ohne Wärme, ohne Zuneigung. Ich mußte an die Waffe in ihrer Rocktasche denken und fragte mich, ob sie wohl noch dort war.

Kapitel Vier

Ich hatte den Tisch im Speisesaal verlassen, um nach der Toilette zu suchen, zumindest war das meine Entschuldigung dafür, mich zu entfernen, nachdem Pacheco von Señora Puccini abgelassen hatte. Ich beobachtete sie dabei, wie sie ihren Büstenhalter von Malgiolios Teller an sich nahm und dann zur Tür eilte, wobei sie ihren Unterrock hochzog und die Hände durch die Ärmel ihres schwarzen Kleides schob. Ich mag solche Szenen nicht. Ich mag die Art nicht, wie ein starkes Gefühl durch eine zivilisierte Versammlung fährt. Ein geregeltes Leben erfordert Abstand. Wollte jemand andeuten, ich sei aus dem Speisesaal geflohen, er läge durchaus richtig damit.

Einige Jahre zuvor, kurz nachdem die Zeitung mein Interview mit Borges gebracht hatte, kam mir die Idee zu einer Geschichte, die von Borges hätte sein können. Sie basierte auf dem Gedanken, daß, wenn einem etwas wirklich Schreckliches passiert, der Verstand einen Schock erleidet und sich in Gedächtnisschwund flüchtet, um sich vor dem Grauen zu schützen. In meiner Geschichte sollte auf dem Boden eines Klassenzimmers urplötzlich ein Fleck erscheinen und der Professor verschwinden. Der Mann, der mit der Untersuchung beauftragt wäre, käme schließlich zu dem Schluß, der Lehrer sei einer Selbstverbrennung zum Opfer gefallen, die so scheußlich anzusehen gewesen sein mußte, daß die gesamte Klasse sie aus ihrem Kopf verbannt hatte; als Beweis dafür, daß der Professor in Flammen aufgegangen war, wäre nur der Fleck übriggeblieben. Viele respektable Leute haben an die Selbstverbrennung geglaubt – denken Sie nur an Dickens und Balzac.

Das Problem an meiner Geschichte war, daß die Idee interessanter war als die Geschichte selbst, und mir wollte einfach nie etwas einfallen, was wirklich schrecklich genug gewesen wäre, eine Situation, in der die Zeugen tatsächlich alles vergessen müßten. Gleichzeitig begann ich zu denken, daß ein solches Phänomen vielleicht sogar ziemlich verbreitet sei, daß es womöglich mir selbst schon passiert war, ohne daß ich es gemerkt hatte; daß der einzige Beweis dafür etwas unglaublich Kleines sein müßte, wie etwa ein leeres Glas auf dem Tisch, wo ich gedacht hatte, es stünde nichts darauf, oder ein fremder Schuh in meinem Schrank oder Fliederduft mitten im Winter – daß so etwas womöglich winzige Beweisstückchen für die Existenz von weiß Gott was für einer Scheußlichkeit wären. Aber wie scheußlich genau müßte so etwas sein? Denn Schreckliches hatte ich nun weiß Gott schon gesehen, und statt es zu vergessen, brachte mein Verstand es immer und immer wieder zurück. Um wie vieles angenehmer wäre es, nur einen weißen Büstenhalter auf dem Tisch vorzufinden und zu wissen, er ist der Beweis dafür, daß eben etwas Gräßliches passiert war, anstatt Pacheco zusehen zu müssen, wie er die blassen Brüste seiner Wirtschafterin malträtiert, und dabei dieses tierische Flackern in ihren Augen zu entdecken.

Aber womöglich vergißt man ja doch. Vielleicht gab es selbst in dieser Szene etwas noch weitaus Schlimmeres, das ich hier nicht erzählen kann, weil ich dazu außerstande bin. Vielleicht habe ich ihr Vergnügen vergessen, ihren Schmerz, ihre Gleichgültigkeit, vielleicht sogar Offenbarungen völlig unangebrachter Gefühle bei uns. Vielleicht hatten wir vor Lachen gebrüllt. Der Mensch neigt nun einmal zum Selbstbetrug, und es ist durchaus möglich, daß an diesem Abend das eine oder andere geschehen war, was so unerträglich war, daß mein Verstand es begraben hatte. Aber wie furchtbar müssen diese Dinge gewesen sein in Anbetracht des Grauens, der mir so lebhaft in Erinnerung geblieben ist.

Wie auch immer, ich floh ins Bad, das im ersten Stock mit Blick auf die Straße lag. Der Tür gegenüber befand sich eine doppelflügelige Verandatür, die auf einen kleinen Balkon hinausführte, der über dem Gehsteig lag. Ich wusch mir nur das Gesicht mit kaltem Wasser und warf dann einen Blick in den Spiegel. Die Kerzen zu beiden Seiten des Spiegels schienen mein Bild zu verzerren, was dazu führte, daß ich mich auf eine völlig neue Weise betrachtete. Wie wenig muskulös mein Gesicht doch wirkte. Ich überlegte, was ich je an meinem kleinen grauen Bärtchen gefunden oder warum ich eine Vorliebe für Fliegen hatte, die ich sozusagen als Markenzeichen trug. Ich warf einen Blick auf meine Uhr; es war kurz nach zehn. Ich blies die Kerzen aus und ging zur Verandatür, deren Läden man geschlossen hatte. Ich wollte wissen, was draußen vor sich ging, und rückblickend scheint es mir fast schon komisch, daß ich das physische Chaos der Stadt wählte, um dem emotionellen Chaos im Haus zu entfliehen. Wie ein Dieb stahl ich mich auf den Balkon. Ich wußte, falls Soldaten in der Nähe waren, hätte ich alle Chancen, mir eine Kugel einzufangen.

Die Nacht schien jetzt noch heißer. Ein siedender Wind blies von Westen herüber und mit ihm ein Gemisch aus Rauch und dem Duft Hunderter Blumen, zwei Gerüche, so untrennbar miteinander verbunden wie Melodie und Harmonie. Zu meiner Linken fielen immer wieder Schüsse. Die Häuser waren dunkel, ihre Läden geschlossen. Obwohl die Straßenlampen aus waren, brannten auf dem Gehsteig zwei schwache Kerosinlaternen. Und dann war da natürlich der Mond, zu drei Vierteln voll, irgendwo hinter mir über Pachecos Haus.

Obwohl die Häuser leer schienen und ihre Fassaden anonym, wußte ich, daß die meisten von ihnen Innenhöfe mit Gärten, weinumrankte Lauben sowie Feigen- und Orangenbäume hatten und der schwere Blumenduft aus diesen versteckten Herzen der Häuser kam. Darüber hinaus hörte ich gelegentlich zwischen Schüssen und Sirenen Gelächter, das Klingen von Gläsern und das Klappern von Besteck und Tellern, als seien in einigen dieser Häuser, ähnlich dem unseren, private Festmähler, verborgene Feierlichkeiten im Gang.

Nur wenig weiter befand sich eine Autobahn, eine Hauptverkehrsader, von der ich den schweren Lärm von Lastkraftwagen herüber hörte und einmal sogar das Rasseln und Poltern eines Panzers. Immer wieder waren Sirenen zu hören, von Polizei- oder Krankenwagen und Motorradstreifen. Zuweilen hörte ich auch eilige Schritte, obwohl ich niemanden sah. Und dann immer wieder Schüsse, sowohl einzelne von Gewehren und Pistolen als auch lange Feuerstöße aus Schnellfeuerwaffen. Als ich so auf dem schmalen Balkon kniete, spürte ich große Wellen von einem Teil der Stadt in den nächsten schlagen, so wie große Wolkenformationen sich am Himmel zusammenballten und wieder zerstreuten, während meine eigene Straße – Dr. Pachecos Straße – ruhig blieb.

In dem Augenblick, in dem ich diese wellenartigen Bewegungen spürte, hörte ich ein Geräusch, nichts Besonderes – und doch so ungewöhnlich, daß ich es zuerst gar nicht erkannte; das hohle, rhythmische Klappern von Pferdehufen auf der Straße. Ich sah hin, konnte aber nichts erkennen. Als ich so in die Dunkelheit hineinstarrte, kam das Pferd in Sicht, ein altes weißes Pferd, fast rosig, das langsam auf der Mitte der Straße dahergelaufen kam, den Kopf so tief gesenkt, daß seine Nüstern sich nur einen Fußbreit über dem Kopfsteinpflaster befanden. Und als ich es so anstarrte, wurde mir klar, daß ich das Pferd kannte, daß ich dieses Pferd fast die Hälfte meines Lebens über gesehen hatte.

Mein eigenes Haus lag in einem ähnlichen Wohnbezirk vielleicht eineinhalb Kilometer von dem Pachecos entfernt, und jahrelang kam dort alle zwei, drei Tage ein alter Mann mit einem Pferdewagen vorbei und verkaufte Gemüse. Zweifelsohne war das Pferd, das hier die Straße entlangklapperte, das seine. Es hatte denselben rosigen Schimmer, denselben durchhängenden Rücken, dieselbe schwarze Mähne. Der Wagen war schwarz gewesen, mit einem zerschlissenen schwarzen Segeltuchdach, nur einer Achse und Reifen, die von einem Pkw stammten, einer Antiquität wie einem Ford Modell T. Der alte Mann war vorne draufgesessen, und hinter ihm hatten sich Gemüse, Kartoffeln und Obst gestapelt; und während er langsam von einer Straße in die andere gezogen war, hatte er seine Waren angepriesen: Zwiebeln, Tomaten, Äpfel, frischer Salat, Eier!

Obwohl die Feldfrüchte des Mannes teurer waren als die im Supermarkt, hatten doch einige Frauen bei ihm gekauft, vielleicht weil es bequem war, vielleicht auch aus Mitleid, vielleicht aber auch, weil seine Produkte frischer waren als die im Laden. Ich hatte meine Äpfel bei ihm geholt, Eier, und im Spätfrühling auch Tomaten. Obwohl wir einander kannten, unterhielten wir uns kaum. Seine Bemerkungen beschränkten sich auf Beschreibungen des Wetters. »Es ändert sich«, rief er mir zu oder »Wir kriegen Regen«, während ich seine Birnen oder die Festigkeit seiner Tomaten lobte – nicht gerade ein starkes Band, aber immerhin ein Band. Der Mann und sein Wagen hatten schon vor zwanzig Jahren alt ausgesehen. Um genau zu sein, ich hatte das Pferd, den Wagen und den Alten mitsamt seinem Gemüse schließlich als Einheit betrachtet, als ein Wesen, das alle paar Tage auftauchte, durch das Viertel zuckelte und dann wieder verschwand. Und jetzt war das Pferd allein. Was war mit dem Alten und seinem Wagen passiert? Wie waren sie voneinander getrennt worden?

Als das Pferd die erste Kerosinlaterne passierte, sah ich, daß es noch gezäumt war. Es bewegte sich schwankend durch das fahle Licht, wurde zu einer undeutlichen weißen Gestalt, fast einem Geisterpferd, um dann wieder in die Dunkelheit einzutauchen, immer in der Mitte der Straße, das Klappern der Hufe unverändert langsam. Offensichtlich war dem alten Mann etwas zugestoßen, und das Pferd, jetzt allein und herrenlos, durchwanderte aus alter Gewohnheit die tausend Straßen der Vorstadt. Als es zwanzig Meter weiter in den zweiten kleinen Lichtkegel kam, sah ich, daß es rote Blumen im schwarzen Schweif hatte.

Währenddessen bemerkte ich immer deutlicher Geschrei und Gerenne von dem Teil der Straße, der links vom Haus lag. Ich hörte Gewehrschüsse und das Rattern automatischer Waffen.

Das Pferd lief unter mir vorbei. Seine Rippen zeichneten sich ab wie Zaunlatten, und sein Kopf baumelte hin und her. Als es vielleicht fünf Meter am Haus des Doktors vorbei war, kam eine Gestalt um die Ecke und blieb einige Meter vor dem Tier stehen, das seinen Weg mit der gleichen Geschwindigkeit fortsetzte. Die Gestalt trug ein Sweatshirt mit Kapuze und war mit einem kleinen Maschinengewehr oder einer Maschinenpistole bewaffnet. Auf diese Entfernung konnte ich unmöglich erkennen, welcher Seite er angehörte, ja noch nicht einmal, ob es sich um Mann oder Frau handelte. Dann hob die Gestalt die Waffe und feuerte auf das Pferd, daß es wie Donner von den steinernen Fassaden hallte.

Zuerst dachte ich, das Pferd sei nicht getroffen, weil es sich weiter vorwärtsbewegte, aber dann sah ich, daß ihm ganz langsam die Beine einzuknicken begannen, so allmählich nur, daß es den Anschein hatte, als wate es in einen Graben oder in tiefes Wasser oder als würde es einfach kleiner. Schließlich sackten ihm die Beine ganz und gar weg, und es rollte sich nach und nach auf die Seite, immer in demselben langsamen Tempo, und das Ganze ohne den geringsten Widerstand, als schien es nicht einmal zu bemerken, daß es getroffen war. Es fiel halb auf den Rükken und lag dann reglos auf der Straße, ein kleiner weißer Berg. Blut war nicht zu sehen, aber vermutlich war es zu dunkel. Die Person, die es erschossen hatte, ging um das Tier herum und stieß es geschäftsmäßig mit seinem oder ihrem Fuß vor den Bauch. Dann bewegte sich die Gestalt abrupt um die Ecke und verschwand.

Zu sagen, ich sei niedergeschmettert gewesen, träfe nicht den Kern. Was hier geschehen war, das Auftauchen des Pferdes und seine Erschießung, hatte etwas so Traumhaftes, daß mich sein Tod kaum berührte. Außerdem fürchtete ich, die Gestalt in der

Kapuze könnte mich sehen und einen Schuß in meine Richtung abgeben. Aber ich spürte wie einen Pflasterstein die Mischung aus Trauer und Bedauern, nicht nur Trauer um das Pferd selbst, sondern um diese Einheit aus Pferd, Mann, Wagen und Gemüse, die, ganz gleich, was in der Stadt passieren und wer gewinnen würde, für immer verschwunden wäre.

Ich war zwei Jahre vor meiner Heirat in mein Haus gezogen, und ich hatte den Alten und seinen Wagen seit dieser Zeit gekannt. Doch galt meine Trauer mehr als nur dem Mann und seinem Gemüse. Sie galt meinem Leben, meiner Ehe, meiner ganzen Jugend, als hätte das Erscheinen des Alten alle paar Tage eine Verbindung zu meiner verstorbenen Frau erhalten und als gehe mit seinem Verschwinden ein weiterer Schlüssel zu diesen Erinnerungen verloren. Aber während ich so darüber nachdachte, begann ich mich an ein spezielles Ereignis aus den ersten Jahren zu erinnern. Selbst diese kleine Zusammenfassung vermittelt keine Vorstellung von meinen gewaltigen Gefühlen dabei, und vielleicht war mir deshalb meine Borges-Geschichte eingefallen, denn so viel stand fest: Das Bild war abscheulich genug, um es aus meiner Erinnerung zu verbannen.

Es war auf einer Party gewesen, und ich hatte mich auf dem Balkon aufgehalten. Es war kein kleiner Balkon wie der von Pacheco gewesen, sondern ein großer, der auf eine Reihe von terrassenartig angelegten Gärten und Rasenflächen führte, auf denen ein Dutzend junger Leute unter dem Licht einer Kette von Gaslaternen am Rand des Grases Krocket spielte. Das Haus war eines jener Nachbauten französischer Schlösser, die sich die Reichen gegen Ende des letzten Jahrhunderts hinzustellen pflegten. Ich war auf der Suche nach meiner Verlobten Cora gewesen. In einigen Zimmern wurde getanzt, in anderen Karten gespielt oder gegessen. Irgend jemand, eine jüngere Cousine, war achtzehn geworden, und das Ganze fand für sie statt – mit über hundertfünfzig jungen Leuten zwischen achtzehn und dreißig Jahren sowie einigen Dutzend Eltern. Vor zwanzig Jahren waren solche Parties noch gang und gäbe gewesen.

Ich hatte fast das ganze Haus nach Cora abgesucht und ging nun den Balkon entlang, um zu sehen, ob sie sich in einem der Zimmer befand, deren Türen auf ihn hinausführten. Wir hatten uns weder gezankt, noch war sonst etwas zwischen uns gewesen, so daß ich mir ihre Abwesenheit nicht recht erklären konnte. Die Kapelle bestand aus einem Dutzend Männer mittleren Alters, spezialisiert auf längst aus der Mode gekommene Schlager, und ich erinnere mich noch an das aggressive Schmettern der Trompeten, während ich ein Fenster nach dem anderen absuchte. Entlang der Mauer des Balkons standen schwarze Metalltöpfe voller roter Geranien. Es war Sommer, dieselbe Jahreszeit wie dieser Abend bei Pacheco, und die Luft war erfüllt vom Duft der Blumen und frisch gemähtem Gras.

Das Eckzimmer am Ende des Balkons war eine Art Arbeitszimmer, und dort hatte ich Cora mit Daniel Pacheco gefunden. Sie hatten sich unterhalten und standen ziemlich dicht beieinander. Ich hatte eben ans Glas klopfen wollen, als Pacheco Coras Schultern packte und sie ganz langsam nach hinten über den Schreibtisch beugte. Sie hatte keinerlei Anstalten gemacht, sich zu wehren. Mit einem Griff unter ihr langes Kleid hatte er ihr das Höschen ausgezogen und in seine Tasche gesteckt. Wie gelähmt stand ich da, als Pacheco sich zwischen Coras Beine schob und in sie, die mit dem Rücken auf dem Schreibtisch lag, eindrang. Sie trug ein langes gelbes Taftkleid. Das Fenster stand einen Spalt breit offen, und ich konnte das Rascheln des Kleides hören, während er sie liebte. Ich blieb am Rand des Fensters stehen und sah zu. Es war ziemlich dunkel, und ich bin sicher, es hatte mich niemand gesehen. Coras Kopf lag mit dem Gesicht zum Fenster. War ihr Gesicht zuerst ausdruckslos, fast traurig gewesen, als sie die Beine hob und sie auf Pachecos Rücken übereinanderlegte, so machte sich darauf ein fast tierischer Ausdruck breit, halb Hunger, halb Zorn. Sie schien mich geradewegs anzusehen. Ich hatte sie bereits so viele Jahre gekannt, schon vor der Universität. Nichts an ihrem Verhalten hätte mich ahnen oder erwarten lassen, was ich gesehen hatte. Pacheco stand aufrecht da und hatte sich gegen sie geschoben, während sie, als ihre Erregung zunahm, nach seinem Smoking und Hemd gegriffen hatte, um sich daran von der Schreibtischplatte zu ziehen. Dabei starrte sie unablässig in Richtung des Fensters, an dem ich stand. Als Pacheco fertig war, trat er zurück, holte ein weißes Taschentuch aus der Brusttasche und wischte sich den Penis damit ab. Cora hatte sich aufgesetzt und die Hand nach ihrem Schlüpfer ausgestreckt. Pacheco hatte ihn aus der Tasche genommen. Er war hellblau, mit weißen Spitzen am Rand. Dann zuckte er die Achseln, steckte ihn wieder in die Tasche und verließ den Raum.

Ich lief über den Balkon zurück zu meinem Platz bei der Krocketgruppe. Ein Weilchen später hatte sich Cora zu mir gesellt. Sie schien überhitzt und lachte zuviel. Sie wollte, daß ich mit ihr hinaus auf den dunklen Rasen ging. Immer wieder berührte sie mich, streichelte sie mich, aber ich wollte nicht. Kurze Zeit später brachte ich sie nach Hause. Aus irgendeinem unerfindlichen Grund war mir nie der Gedanke gekommen, sie nun nicht mehr zu heiraten. Ich meine, die Arrangements, der Tag der Hochzeit, die Einladungen, der ganze Prozeß war bereits in Gang gesetzt, und selbst wenn ich gewollt hätte, ich hatte einfach nicht die Kraft, ihn zu stoppen. Und schließlich war ich furchtbar verliebt gewesen. Als sie noch während unserer Flitterwochen ums Leben kam, hatte ich eine Art Nervenzusammenbruch gehabt und war für einige Monate weggegangen. Als ich wieder zurückgekommen war, gab es in meinem Haus, abgesehen von einigen Fotografien, nicht die Spur einer Erinnerung mehr an sie. Es war wieder Frühling gewesen. Ich hatte meine Arbeit bei der Zeitung wieder aufgenommen, gewöhnte mich an mein Junggesellenleben, mein einsames Haus und den alten Mann mit dem Gemüse auf seinem Wagen, der »Zwiebeln, frische Tomaten!« schreiend die Straße herauf und hinunter fuhr oder mir ein »Wind kommt auf, da kriegen wir kalte Nächte« zurief.

Ich tue mich schwer, eine genaue Beschreibung dessen zu geben, was in jener Nacht bei Pacheco geschah. Und nicht weniger schwer tue ich mich zu beschreiben, was ich dabei fühlte. Der Profireporter bewahrt sich selbstverständlich seine Objektivität, aber zu einem gewissen Grad war ich ja auch Teilnehmer. Auf Pachecos Balkon zu kauern, zu sehen, wie das Pferd erschossen wurde und tot auf der Straße lag, an den Alten und seine Tomaten und die gemeinsame Geschichte zu denken, die wir hinter uns hatten, und dann dieses Bild, das mir plötzlich in den Kopf kam – meine Verlobte rücklings auf dem mit Papieren übersäten Schreibtisch, durch das Fenster in die Nacht hinausstarrend und dabei in Wirklichkeit auf mich, während der Ausdruck totaler Passivität auf ihrem Gesicht langsam der Leidenschaft wich. Ehrlich gesagt war es dieses Bild von ihrem Gesicht gewesen, das mich aufschrecken ließ, dann war es, als führe die Kamera zurück, und ich sah Pacheco, den Raum, das riesige Haus und mich auf dem Balkon. Dieses Bild in meinem Kopf auftauchen zu sehen, war furchtbar, und hätte ich es wegwischen können, so daß mir nur das Gegenstück zu dem dunklen Fleck auf dem Boden geblieben wäre – den Beweis für den

Schrecken ohne den Schrecken selbst –, ich hätte es ohne zu zögern getan.

Aber in Wirklichkeit war dieses Bild von Cora womöglich bereits der Fleck auf dem Boden, vielleicht verbarg er etwas noch weit Abscheulicheres. Ereignisse zu schildern ist meist kein großes Problem – der Baum fiel, das Haus brannte, der Hund starb – doch die Kausalität menschlicher Ereignisse ist emotioneller Natur, unter der Oberfläche, unterirdisch, wie der Druck, aus dem ein Vulkan entsteht. »Verfolgt vom drohenden Krieg und der Gewalt auf den Straßen, fanden wir uns zum Abendessen im Haus eines Freundes ein.« Was verbirgt sich hinter diesen Worten? Wie sah das emotionelle Ereignis aus? Und wollte ich das überhaupt wissen? Das ist die Frage, die der Reporter sich stellen muß: Will er es überhaupt wissen? Was mich wieder auf meine Borges-Geschichte zurückbringt: Selbst wenn er es wissen wollte, ist er denn überhaupt imstande dazu?

Jene Party auf dem Landsitz hatte stattgefunden, lange bevor wir uns dazu entschlossen, uns als Gruppe zu treffen. Pacheco hatte im Süden gelebt und war nur selten in die Stadt gekommen. Malgiolio hatte in der Nähe meiner Zeitung gearbeitet, und wir hatten hin und wieder zusammen zu Mittag gegessen. Er war Empfangschef in einem Hotel gewesen und konnte sicher sein, eines Tages Geschäftsführer zu werden. Bei den Kleinanzeigen meiner Zeitung war eine Frau angestellt gewesen, eine Stenotypistin, die Malgiolio recht gut gefallen hatte, und ich hatte nicht selten den Eindruck gehabt, er käme nur zu mir, um sie zu sehen. Nicht, daß sie attraktiv gewesen wäre: groß und übergewichtig, kantiges, pockennarbiges Gesicht. Ich habe keine Ahnung, was ihm an ihr gefallen hatte. Er brachte ihr immer Blumen mit und schrieb Gedichte für sie. Ihrer Ansicht nach machte er sich lächerlich, aber ich glaube, sie ist zwei-, dreimal mit ihm ausgewesen.

Als ich so aufs Pachecos Balkon saß, mußte ich an Malgiolios Geständnis denken, an seine Vernarrtheit in eine Frau, die im wahrsten Sinne des Wortes auf ihn pißte. Ich versuchte, ihn mir vorzustellen, wie er vor ihrem Haus stand und auf ihre Fenster starrte. Ich begriff, daß ich über diesen Mann, den ich seit vierzig Jahren kannte, nicht das geringste wußte. Nicht nur, daß er eine Frau auf sich urinieren ließ, auch der Lotteriegewinn, daß er seine Arbeit gekündigt, sein Geld verschleudert hatte und jetzt keinen Job mehr fand. Daß er betrog, stahl und sich Geld borgte, damit er zu dieser Frau gehen konnte. Malgiolio wußte demnach, was Leidenschaft war, und seine Liebe, so unappetitlich sie auch sein mochte, war nicht weniger glühend als die der romantischen Anekdoten unserer Geschichtsbücher. Womöglich unterschied sie sich gar nicht so sehr von Pachecos Gefühlen für Señora Puccini. Obwohl ich mich glücklich schätzte, nie derlei empfunden zu haben, so mußte ich mich doch fragen, was ich denn eigentlich über diese Leute wußte. Ich kannte sie ein Leben lang, und doch waren sie Fremde.

Es war weder Pachecos Geschichte noch die der Gewalt in der Stadt, die mich zum Schreiben veranlaßten, sondern die Malgiolios. Zunächst wollte ich nicht einmal speziell über diesen Abend schreiben, sondern eine Geschichte über den Verrat, in der diese Leute eine Rolle spielen sollten. Aber dann entschloß ich mich dazu, alles so wiederzugeben, wie es passiert war, den Abend als eine lange Entdeckungsreise zu schildern – Entdeckungen über das, was in der Stadt, im Haus, mit Pacheco und seiner Wirtschafterin, mit Malgiolio, Dalakis und nicht zuletzt mit mir selbst vor sich ging. Aber vielleicht war es nicht einmal Malgiolio, sondern meine eigenen Erinnerungen, die den Ausschlag gegeben haben. Vielleicht war es das verdammte Pferd gewesen. Ich hatte gedacht, ich wäre aus bestimmten Gründen gekommen, dann aber stellte ich fest, daß es ganz andere gewesen waren. Und da mein sehnlichster Wunsch der ist, Schriftsteller zu werden, entschloß ich mich, Papier und Bleistift zur Hand zu nehmen und diese Gründe niederzuschreiben. Aber ist auch nur irgend etwas davon wahr? Könnte es nicht vielleicht auch nur eine große Maschinerie aus Pappmaché sein, konstruiert zu dem Zweck, mich davon zu überzeugen, daß ich derjenige war, der richtig lag? Würden Dalakis und Malgiolio nicht völlig andere Geschichten schreiben, in denen ich nicht allzu gut wegkäme?

*

Während mir all diese Gedanken im Kopf hin -und hergingen und meine Unruhe wuchs, hörte ich ein Geräusch an der Tür. Ich drehte mich um und sah Dalakis auf den Balkon treten. Er stand da, die Hände in den Taschen und sah aus wie ein Tourist, der mit offenem Mund eine Sehenswürdigkeit bestaunt. Er hatte nicht das geringste Gespür für die Gefahr, so daß ich ihm mit mehr Aufregung, als ich mir anmerken lassen wollte, sagte, er solle sich ducken, um nicht entdeckt zu werden.

Er hockte sich mit absoluter Liebenswürdigkeit, aber leicht besorgter Miene neben mich – wie einer, der eben aus dem Haus gegangen ist und das Gefühl nicht los wird, er hätte etwas vergessen. »Hier bist du also. Wir haben im ganzen Haus nach dir gesucht. Die Köchin und ihr Enkel sind verschwunden. Pacheco ist außer sich.« Er setzte sich seine Brille fester auf die Nase und beugte sich über den Balkon, um einen weiteren Blick auf die Straße zu werfen.

»Ich habe nur versucht, einen klaren Kopf zu bekommen«, sagte ich ihm. »Ich wurde das Gefühl nicht los, daß sich die ganze Stadt bewegt. Hier wird gekämpft, da wird gekämpft, und doch ist alles ein Rätsel.«

Aber Dalakis hörte nicht zu. Er starrte auf das tote Pferd hinunter. Wie gesagt: er hatte die Gabe, für alles und jeden Mitleid zu empfinden, aber sein Gesichtsausdruck beim Anblick des toten Tieres, das ich fast schon vergessen hatte, zeugte von einem solchen Schock, von solchem Entsetzen, daß ich zunächst dachte, er sehe etwas anderes, und ihm ganz spontan die Hand auf den Arm legte.

»Das Pferd da«, sagte er, »was ist passiert?«

»Jemand hat es erschossen. Es gehört einem alten Mann, der hier, so lange ich zurückdenken kann, Gemüse verkauft hat.«

»Ich habe es noch nie gesehen«, sagte Dalakis. Er starrte das Pferd an, bis ich ungeduldig wurde. Wurde er sich jetzt erst der schrecklichen Dinge bewußt, die in der Stadt passierten? Hatte er denn keine Phantasie? Aber wie sich herausstellte, dachte er nicht an die Ereignisse dieses Abends, sondern an eine ganz andere Gewalttat.

»Weißt du«, sagte er, als er sich über den Balkon hinauslehnte, »ich habe mal ein Pferd erschossen, das in etwa so aussah wie das da – ein weißes Pferd, obwohl bei meinem auch Schwanz und Mähne weiß waren.«

Ich hatte keine Ahnung, wovon er sprach. »Weil es schon so alt war?« fragte ich. Als Kind hatte ich manchmal zugesehen, wie Bauern ihre alten Pferde töteten. Sie gruben ein Loch, oft mit Hilfe des Pferdes, dann erschossen sie das Tier so, daß es in sein eigenes Grab stürzte. Ich nahm an, daß Dalakis darauf angespielt hatte, und wollte schon hinzufügen, daß es wohl schwierig sein müsse, ein Tier zu töten, das einem ans Herz gewachsen war.

»Nein«, sagte Dalakis. »Ich ging über ein Feld, und das Pferd stand ganz zufällig da. Es war jung. Ich ging hin, und als es zurückwich, habe ich geschossen, ohne es zu töten, ich habe ihm nur die Hinterbeine kaputtgeschossen, so daß es hinfiel. Dann bin ich auf die andere Seite und habe es in den Kopf geschossen. Ich war damals zwölf. Es war das einzige Tier, das ich je getötet habe.«

»Aber warum?« fragte ich. Dalakis war ein so sanftmütiger Mensch, daß mich sein Geständnis ziemlich verblüffte.

»Ich war mit meinem Vater auf der Jagd gewesen. Um genau zu sein, wir waren gut ein dutzendmal auf der Jagd gewesen, und ich hatte nie etwas geschossen. Ich schoß zwar auf die Tiere, zielte aber daneben. Genau an diesem Tag hatte ich einen Hirsch vor mir gehabt, direkt vor mir, und ich hatte mich geweigert zu schießen. Mein Vater war vielleicht zehn Meter hinter mir und hatte zugesehen, wie ich die Büchse gehoben hatte, sie dann jedoch wieder sinken ließ. Er versuchte, selbst einen Schuß anzubringen, aber ich stand im Weg. Er fragte mich, warum ich nicht geschossen hätte, und ich sagte ihm, ich hätte dem Hirsch nicht weh tun wollen. Da schnitt er eine Rute von einem der Bäume und schlug mich. Dann ging er durch den Wald und über das Feld zurück zum Auto. Er ging vor mir, weil er nichts mehr mit mir zu tun haben wollte.

Als ich das Pferd sah und näher kam, hob ich einfach das Gewehr und schoß. Es brach zusammen, war aber nicht tot. Es gab scheußliche Laute von sich. Mein Vater kam zurückgerannt. Als er mich fast erreicht hatte, schoß ich dem Pferd in den Kopf. Mein Vater konnte es nicht glauben. ›Warum hast du das Pferd erschossen?‹ schrie er. Aber ich wußte nicht, warum. Ich hatte es einfach getan, das ist alles. ›Warum hast du das Pferd erschossen?‹ schrie er noch mal. Und ich sagte ihm, ich hätte es erschossen, weil er schließlich gewollt hätte, daß ich etwas umbringe. Hiermit sei dies also passiert, jetzt könne er stolz auf mich sein. Und er hat mich wieder geschlagen, nicht mit einer Rute diesmal, sondern mit bloßen Händen. Dann versuchte er, vom Feld zu entkommen, aber der Bauer kam bereits angeritten, und mein Vater mußte erklären, was passiert war: daß sein Sohn das Pferd für einen Hirsch gehalten hätte. Und zweimal darauf geschossen hätte. Ich weiß nicht, ob der Bauer ihm glaubte, jedenfalls ließ er sich das Pferd bezahlen, und natürlich verlangte er weit mehr, als das Tier wert gewesen war. Dann sind wir nach Hause gegangen, wo er mich dann wieder geschlagen hat. Aber es war das letzte Mal gewesen, daß ich mit auf die Jagd mußte, und ich habe seitdem nie wieder ein Gewehr abgefeuert.«

Während Dalakis erzählte, lehnte er sich gegen die Brüstung und saß im Schneidersitz, die Hände im Schoß, da. Seine Schultern hingen nach vorn, so daß sein ganzer Körper einem großen, zerknautschten Ball ähnelte. Ich hatte seinen Vater als großen, schroffen Mann in Erinnerung, der Carl immer gern als hervorragenden Athleten gesehen hätte. Aber Carl war ein grauenhafter Sportler, der über die eigenen Füße stolperte und allen anderen im Weg stand. Überhaupt taugte Carl zu so gut wie nichts – außer, daß er nicht grausam zu Tieren war und sich um Dinge sorgte, die sonst wohl kaum jemandem am Herzen lagen. Ich erinnere mich noch daran, wie erstaunt ich gewesen war, als er einen relativ hohen Betrag gespendet hatte, um irgeneinen Vogel vor dem Aussterben zu retten. Vielleicht war es auch ein Nager oder eine Eidechsenart gewesen. Jedenfalls ging es darum, den natürlichen Lebensraum des Tieres zu verbessern und das Unkraut anzupflanzen, das es gern aß. Carl nahm das Projekt ziemlich ernst, und wir hatten ihn deshalb ausgelacht. Aber später dann dachte ich, wenn es Leute wie Carl nicht gäbe, wer weiß, wie viele kleine Kreaturen, wie viele nutzlose, schwache und unbeliebte Tierchen einfach in Vergessenheit geraten würden. Carl war ein Feind der Evolution schlechthin. Und gäbe es einen Fonds für die Rettung von Mandeln und Blinddärmen, Carl würde mit Sicherheit spenden.

Während ich über Carl und seine charakterlichen Eigenheiten nachdachte, hatte er sich wieder umgedreht, um sich nochmal das Pferd anzusehen. Ganz plötzlich stand er auf und deutete auf etwas.

»Da ist Juan!«

Ich blickte über die Brüstung und sah rechts von mir, gebückt und sich so nahe wie möglich an den Wänden der Häuser haltend, den Enkel der Köchin den Gehsteig herauflaufen. Der Junge hatte Carls Stimme gehört, weil er heraufsah und rief: »Holen Sie den Doktor, schnell, machen Sie auf!«

Ich lief durch das Bad. Es war stockdunkel, aber dann hatte ich das Kerzenlicht von der großen Treppe vor mir. Dalakis stolperte hinter mir her. Ich rannte die Treppe hinunter, und als ich die Halle erreicht hatte, kamen Pacheco und Malgiolio auch schon aus dem Eßzimmer. »Es ist Juan!« rief ich und rannte zur Tür. Ich zog die Riegel zurück und riß die Tür auf. Juan fiel halb in die Halle, und ich erwischte ihn am Arm. Er schluchzte und schien unfähig, zu Atem zu kommen.

»Madame Letendre, sie ist getroffen. Ich kann sie nicht tragen. Ich habe sie um die Ecke liegen lassen. Sie müssen kommen. Sie lebt noch.«

Ich mußte an die Gestalt denken, die das Pferd erschossen hatte. Ich hatte nicht den geringsten Zweifel daran, daß er oder sie, ja selbst die Soldaten mich nicht weniger achtlos abschießen würden, wenn ich mich auf die Straße wagen würde. Pacheco jedoch zögerte nicht einen Augenblick. Er trug dem Jungen auf, die Schubkarre aus dem Garten zu holen. Als der Junge verschwand, eilte Señora Puccini in die Halle. Ihr Mund stand halb offen vor Schreck, und sie bedeckte ihn mit einer Hand. Sie lief zur Tür.

»Nein«, sagte Pacheco nach ihrem Arm greifend. »Ich hole sie, und einer meiner Gäste wird mir dabei helfen.«

Ich hatte meinen Blick zufällig auf Malgiolio gerichtet, als Pacheco das sagte, und sah, wie dieser zurückwich und sich zusammenzufalten schien. Aber Dalakis hatte sich schon freiwillig gemeldet, noch ehe Pacheco einen bestimmten von uns auffordern konnte. Der Junge kam zurück in die Halle und schob eine Schubkarre vor sich her, die auf dem Marmorboden einen Heidenlärm verursachte. Pacheco öffnete die Tür, warf einen Blick auf die Straße und winkte den anderen, ihm zu folgen. Es war offensichtlich, daß er sein Leben aufs Spiel setzte, und doch zögerte er nicht einen Augenblick – Dalakis ebensowenig, wie ich anmerken muß. Ich warf einen Blick auf Señora Puccini, aber ihr Gesicht hatte wieder jeglichen Ausdruck verloren.

»Komm mit rauf«, sagte ich Malgiolio. »Wir können vom Balkon aus zusehen.«

»Sind wir dort auch sicher?« fragte er beunruhigt.

»Jedenfalls sicherer als auf der Straße. Es kann uns keiner sehen, wenn wir die Köpfe unten lassen.«

Ich ging voraus nach oben und durch das Bad. Malgiolio folgte mir nervös, als erwarte er, einen Schlag auf den Kopf zu bekommen. Wieder auf dem Balkon, spürte ich einmal mehr den kolossalen Unterschied zwischen der Ruhe im Haus des Doktors und der Stadt, in der ebenso große wie rätselhafte Ereignisse vor sich gingen. Unter uns sahen wir den Jungen, Pacheco und Dalakis die Schubkarre tragen, vermutlich, um keinen Lärm zu machen. Sie hielten sich dicht an den Häusern und blieben nur einmal kurz stehen, um einen Blick auf das tote Pferd zu werfen.

Dalakis sagte etwas, und Pacheco sah herauf zum Balkon, von dem aus wir sie beobachteten. Dann wandte er sich um und begann die Straße hinaufzulaufen, bis wir sie an der Ecke aus den Augen verloren.

»Du schienst mir ja nicht besonders erpicht darauf, dein Leben zu riskieren«, sagte ich zu Malgiolio.

»Genausowenig wie du.« Er kauerte so tief wie nur möglich, die Augen kaum über der Kante der Brüstung.

»Wir Rezensenten leben mehr im Sitzen«, sagte ich. Ich weiß nicht, warum ich mich entschlossen hatte, ihn zu piesacken. Wahrscheinlich mußte ich noch an seine Freundin denken und fragte mich, warum er sie nicht mal ordentlich durchprügelte.

»Wie fandest du denn das, als die Wirtschafterin uns ihre Titten gezeigt hat?« fragte Malgiolio.

»Mir war bereits vorher klar gewesen, daß deine Vermutung, er hätte sie nie angerührt, falsch sein mußte.«

»Och, ich habe genau gewußt, daß er sie angerührt hatte. Ich wollte bloß sehen, was passiert. Also, ich könnte um nichts auf der Welt mit jemandem leben, von dem ich weiß, daß er mich verachtet.«

»Und? Hättest du auch gern ihre Brust ein bißchen durchgeknetet?« fragte ich.

»Und ob. Weißt du, Pacheco hätte sie uns wahrscheinlich gegeben, wenn wir gefragt hätten.«

»Du meinst, er hätte uns mit ihr schlafen lassen?« Ich war ziemlich schockiert.

Malgiolio lachte über meine Verlegenheit. »Pacheco hat so viel Zorn in sich, daß es ihn wahrscheinlich amüsieren würde. Aber sie scheint tot zu sein, ohne jedes Gefühl – obwohl, einen Augenblick lang, als sie mich so angestarrt hat, als er ihr an die Brust gegangen ist…«

Ich wartete darauf, daß er weitersprach, aber er schwieg. Ich dachte kurz daran zu erwähnen, daß ich Señora Puccini mit einer Pistole gesehen hatte und daß ich sicher sei, deren Umrisse unter dem Stoff ihres Rockes gesehen zu haben. Aber gerade als ich mich entschloß, es ihm zu sagen, deutete Malgiolio die Straße hinauf.

»Da kommen sie!«

Ich hörte das Rattern der Schubkarre, dann sah ich den Jungen auf das Haus zurasen. Hinter ihm kamen Dalakis und Pacheco, die die Karre schoben, den Gehsteig heraufgelaufen. Die alte Frau lag wie hineingeworfen, ihre Füße staken mitsamt den Pantoffeln vorne heraus, und sie wurde kräftig durchgeschüttelt, als die Karre über die Risse und Löcher im Zement holperte. Alle paar Meter griff Pacheco nach ihr, um sie ruhig zu halten. Der Knoten der Frau hatte sich gelöst, und das weiße Haar hing lose hinten über die Karre hinab. Als der Junge das Haus erreicht hatte, drehten Malgiolio und ich uns um und rannten durch das Bad und die Treppe hinunter zurück in die Halle. Als wir unten ankamen, waren die anderen dabei, die Schubkarre vorsichtig zur Tür hereinzumanövrieren. Der Junge schlug flink die Tür zu und schob die Riegel vor. Mit äußerster Behutsamkeit hoben Dalakis und Pacheco die alte Frau aus der Karre und legten sie auf den Boden. Señora Puccini kam aus dem Eßzimmer zu uns geeilt.

»Batterby«, sagte Pacheco, »geh du in den Garten und hol die Matratze von der Chaiselongue.«

Als ich durch die Halle lief, hörte ich Pacheco Señora Puccini auftragen, Laken und Kissen zu holen. Die Tür zum Garten befand sich rechts im Korridor zur Küche. Auch dort hatte man Kerzen angezündet, und der vordere Teil gleich neben dem Innenhof war angefüllt mit den Vogelkäfigen. Die Vögel waren wach und schienen zu rasen, so wie sie zwitschernd und trällernd durch ihre Käfige huschten. Vielleicht war es das Licht der Kerzen, das sie störte. Ein gelber Fink flatterte pausenlos gegen die Stäbe seines Käfigs, als könne er sie zum Brechen bringen. In einem anderen Käfig eilte auf ihrer Stange eine Krähe hin und her wie ein Wachtposten. Die Chaiselongue stand gleich daneben. Die Krähe behielt mich im Auge, hörte aber dabei mit ihrem Hin und Her nicht einen Augenblick auf. Die Unruhe der Vögel war ausgesprochen entnervend; man hätte meinen können, sie wußten von etwas Schrecklichem, das uns andere noch nicht erreicht hatte. Ich riß die Matratze von der Chaiselongue und rannte zurück ins Haus.

Madame Letendre lebte noch, aber mehrere Kugeln hatten sie getroffen, und ihr schwarzes Kleid war blutgetränkt. Wir schafften sie auf die Matratze. Sie lag auf dem Rücken, das Gesicht uns zugewandt, und ächzte. Ihre blinden Augen schienen uns wahrzunehmen, schienen sich fast auf uns einzustellen, obwohl sie weder Pupille noch Iris hatten, sondern lediglich zwei flache graue Flächen, die an Eierschalen denken ließen. Sie gab schreckliche Töne von sich: ein lautes Schnarchen, weder Keuchen noch Schrei. Pacheco hatte ihr Kleid aufgeknöpft und Teile davon weggeschnitten, um sich ihre Wunden anzusehen. Er hatte einen Eimer Wasser und eine der blauen Leinenservietten, mit der er das Blut abwischte, sie dann ins Wasser tauchte, um sie schließlich auszuwringen. Offensichtlich hatte eine der Kugeln ihre Lungen durchdrungen, eine andere steckte in ihrer Schulter, eine dritte irgendwo in ihrem Unterleib. Señora Puccini hatte Pacheco seine Tasche gebracht, und er bereitete irgendeine Spritze vor. Im Licht der Kerzen war das Blut dunkel, fast schwarz. Obwohl mir bei dem Anblick das Grausen kam, war es mir unmöglich, nicht hinzusehen.

»Warum bist du aus dem Haus gegangen?« fragte Pacheco den Jungen, der hinter ihm stand und einen der Kandelaber hielt.

Juan starrte auf seine Großmutter, als sei ihm vor Staunen der Atem weggeblieben. »Sie hat gedacht, wir könnten es bis nach Hause schaffen.«

»Aber ich habe doch gesagt, daß das gefährlich ist.« Pacheco wandte sich an Señora Puccini. »Haben Sie sie nicht im Auge behalten?«

Sie antwortete nicht, kniete jedoch auf der anderen Seite der Köchin nieder und begann, ihr über die Stirn streichend, auf sie einzuflüstern. Pacheco starrte sie wütend an. Ich fragte mich, ob sie die Köchin wohl darin bestärkt hatte zu gehen, vielleicht, um Pacheco zu treffen. Aber ich konnte mich auch täuschen, denn zweifelsohne machte Señora Puccini den Eindruck, als habe sie die Köchin sehr gern. Der Junge jedoch schien verwirrt, und ich spürte, daß seine Ratlosigkeit daher rührte, daß ihm jemand, dem er vertraute, zu etwas Falschem geraten hatte. Einmal mehr mußte ich denken, wie sehr er doch dem Jungen aus dem Waisenhaus ähnelte, dem ich jeden Sonntag aus den Gebrüdern Grimm vorlas. Beide hatten sie die gleichen schwarzen, fragenden Augen. Wie auch immer, Pacheco stellte ihm keine weiteren Fragen, sondern kümmerte sich weiter um die Wunden der Köchin. Sie wurde ruhig, als die Spritze ihre Wirkung tat, obwohl ihr Atem nach wie vor einem scheußlichen Rasseln glich, dessen Echo durch die Halle klang. Dalakis stand neben mir; Malgiolio stand drüben am Brunnen.

»Habt ihr draußen jemanden gesehen?« fragte ich Dalakis.

»Niemanden. Sie lag halb auf der Straße. Es war niemand in der Nähe.«

Pacheco stand auf. »Mehr kann ich nicht tun«, sagte er.

»Wird sie wieder gesund?« fragte der Junge.

Mit einem Blick auf ihn nahm Pacheco den Kandelaber und hielt ihn über die Köchin. »Sie wird sterben«, sagte er, »aber wenigstens hat sie keine Schmerzen mehr.«

»Können Sie denn sonst gar nichts tun?« fragte Señora Puccini. Ich war überrascht, wieviel Gefühl sie auf einmal in der Stimme hatte.

»Glauben Sie, ich würde sie nicht retten, wenn ich könnte?«

»Ich weiß nicht«, sagte Señora Puccini.

»Warum haben Sie nicht auf sie aufgepaßt?« fragte Pacheco noch einmal. Er sah die Haushälterin an, aber sie starrte auf Madame Letendre. »Sie liegt hier gut«, sagte Pacheco. »Sie jetzt zu bewegen würde alles nur noch verschlimmern.« Vom Rasseln ihres Atems abgesehen, lag die Köchin still da. Das einzige weitere Geräusch kam von dem Jungen, der zu schluchzen begonnen hatte, als wären die Wunden der Köchin erst in dem Augenblick Wirklichkeit geworden, in dem Pacheco von ihnen gesprochen hatte. Pacheco wandte sich zu uns und nahm mich beim Arm. »Gehen wir zurück ins Eßzimmer«, sagte er.

Wir folgten ihm durch die Halle. Man hatte ungefähr zwanzig Kerzen auf die Stufen und den Balkon über uns gestellt. Es war zugig hier drin, und das Flackern der Flammen ließ die Halle vor Schatten und funkelnden Lichtern erzittern, als wäre selbst die Luft in Aufruhr geraten. Der Junge und Señora Puccini blieben bei der Köchin zurück.

*

Im Eßzimmer hatte man die Überbleibsel des Salats abgetragen, und statt dessen standen nun einige Schalen mit reifen Pfirsichen, Camembert und zwei Flaschen funkelnden Burgunders auf der Tafel. Wir nahmen unsere Plätze wieder ein. Pacheco hatte die Tür geschlossen, aber selbst jetzt hörten wir das keuchende Auf und Ab des Atems der Köchin. Ich dachte daran, daß sie es gewesen war, die dieses Essen kreiert hatte und daß noch immer einige Gänge ausstanden. Ich konnte nicht einen Bissen mehr anrühren. Wie hätte ich essen können, wo sie draußen lag und stöhnte? Dalakis und ich warfen einen Blick auf den Käse. Ich schlürfte an meinem Wein. Malgiolio schälte einen Pfirsich. Pacheco saß mit hängenden Schultern auf seinem Stuhl, die Arme verschränkt und sein Kinn auf der Brust. Er rauchte und schien tausend Meilen weit weg zu sein.

»Dann sag uns eines«, sagte Malgiolio und schnitt eine Spalte von seinem Pfirsich, die er von der Klinge des Messers aß, »was hat sie dazu gebracht, ihre Meinung zu ändern? Du hast uns ja gezeigt, daß du es schließlich geschafft hast, daß sie dir zu Willen war. Wie ist das gekommen?«

Obwohl mir Malgiolios hartnäckiger Sinn für das Unpassende seit langem bewußt war, überraschte es mich dennoch, mit welcher Leichtigkeit er das eben Geschehene vom Tisch wischen konnte, um Pacheco zu drängen, mit seiner Geschichte fortzufahren. Ich hatte bemerkt, daß auf der anderen Seite der Vase mit dem Hochzeitsmahl eine Szene abgebildet war, in der ein Mann mit dem Kopf eines Esels auf den Schultern dahinstolperte – der arme Zettel aus dem *Sommernachtstraum* –, so daß es sich bei der Heirat um die von Theseus und Hippolytas handeln mußte. Jedenfalls konnte ich den Mann mit dem Eselskopf nicht ansehen, ohne dabei an Malgiolio denken zu müssen, so närrisch wie er mir manchmal erschien.

»Du meinst, du hast immer noch nicht genug?« fragte Pacheco. »Sie zieht sich vor dir aus, und du hast immer noch nicht genug?« Er sah Malgiolio auf eine Art und Weise an, die mir das Gefühl gab, er hasse ihn. Es war aber auch extrem unpassend von Malgiolio gewesen, so zu tun, als hätte der brutale

Angriff auf die Köchin nicht die geringste Bedeutung und als könnten wir so weitermachen, als sei nichts geschehen. Aber ich hatte seine Angst bemerkt und fragte mich, ob Malgiolio nicht auch deshalb auf die Geschichte bestand, weil sie die Gewalttätigkeiten außerhalb des Hauses in die Ferne zu rücken schien.

»Ich bin eben neugierig«, sagte Malgiolio, sich eine weitere Scheibe von seinem Pfirsich schneidend. »Was mußtest du anstellen, um sie zu kriegen? Wie tief mußtest du sinken?«

Pacheco wollte eben etwas sagen, als die Tür aufging und Señora Puccini hereinkam. Das Atmen der Köchin wurde lauter, dann wieder leiser, als sie die Tür öffnete und wieder schloß.

»Sie essen weiter?« fragte sie, als sei sie bestürzt.

Pacheco wandte sich nach ihr um. Ich bin mir absolut sicher, ihre Überraschung gefiel ihm. Außerdem habe ich das Gefühl, daß Pachecos Entschluß, sowohl mit dem Essen als auch mit seiner Erzählung fortzufahren, zum Teil auf den Wunsch zurückzuführen war, ihre Überraschung noch zu vergrößern. »Ich sehe zwar keine großen Anzeichen von Hunger, aber ja, wir fahren mit dem Mahl fort. Immerhin handelt es sich um Madame Letendres allerletztes Abendessen. Sie würde nicht wollen, daß wir es wegen ihres Todes abbrechen.« Mit einem Blick auf Señora Puccini nahm er einen Pfirsich von der Schale, warf ihn in die Luft und fing ihn wieder auf. Dann biß er hinein, daß ihm der Saft über das Kinn herunterrann. »Außerdem sind meine Freunde nach wie vor an Ihrer Geschichte interessiert. Würden Sie sie gern selbst erzählen?«

Sie sah uns nicht an. »Die Vergangenheit bedeutet mir nichts. Wir hatten eine Abmachung, und ich habe meinen Teil davon erfüllt.«

»Und ich den meinen auch?« fragte Pacheco.

»Sie haben vieles getan, aber wenigstens haben Sie getan, was ich von Ihnen verlangt habe.« Mit dieser ziemlich rätselhaften Erklärung verschwand sie durch die Tür zur Halle.

Wir sahen ihr nach. Sie schien sich verändert zu haben: Die eher ältliche Frau, die mich einige Stunden zuvor eingelassen hatte, schien sich in eine jüngere, schönere verwandelt zu haben. Aber vielleicht handelte es sich dabei um eine Nebenwirkung des Kerzenlichts. Ich bemerkte, daß sie die Tür nicht ganz schloß, und fragte mich, ob sie sie offen ließ, um wieder zu lauschen.

»Also, mach's kurz«, sagte Malgiolio, »wie geht deine Geschichte aus?«

Pacheco sah Malgiolio an, als mache er sich Gedanken über dessen Haarsträhnen, das blasse Gesicht, die kleinen Hände, seinen alten, aufgebürsteten blauen Anzug. Dann nahm Pacheco ein silbernes Obstmesser zur Hand, tippte damit gegen den Stiel seines Weinglases und begann erneut zu erzählen. »Das ganze folgende Jahr hindurch stellte ich Señora Puccini nach, aber laßt mich hier nur drei Gelegenheiten schildern. Die erste begab sich einige Tage nach jener Party auf dem Land. Mir war natürlich klar geworden, daß mein Verhalten einen exzessiven Zug angenommen hatte, hoffte aber nach wie vor, Antonia durch ein einfaches Gespräch überreden zu können.

Gleich am ersten Tag der Woche darauf ging ich zur Schule, an der sie unterrichtete. Ich kannte die Rektorin. Immerhin war ich Arzt, einer der ganz wenigen Chirurgen dieser Stadt. Es war, als sähen sich die Leute geradezu genötigt, nur das Beste von mir zu denken. Ich ging also zur Rektorin und erklärte ihr, es sei für mich von größter Dringlichkeit, Antonia Puccini zu sprechen, und ich vermittelte ihr dabei den Eindruck, es handle sich um ein Gespräch zwischen Arzt und Patientin. Ich sagte ihr, ich würde in einem leeren Klassenzimmer warten. Ich bat sie, Antonia nicht zu verraten, wer ihr Besucher sei, sondern nur, daß sie sofort kommen sollte. Wie gesagt, ich kannte die Frau. Sie war attraktiv, mittleren Alters, und ich bin sicher, sie wußte, daß mein Interesse herzlich wenig mit meinem Beruf zu tun hatte. Trotzdem zögerte sie nicht, sondern führte mich auf der Stelle in einen leeren Raum und ging dann los, um Antonia zu holen.

Ihr könnt euch vielleicht vorstellen, daß ich maßlos nervös war und vor Verlangen fast zitterte, und doch wußte ich, ich müßte absolut ruhig erscheinen. Zufällig hatte ich meine Aktentasche dabei, also setzte ich mich an den Lehrertisch, nahm einen Stapel Papiere heraus und tat so, als sehe ich sie durch. Augenblicke später eilte Antonia in den Raum. Als sie mich sah, blieb sie stehen. Die Rektorin stand hinter ihr. ›Ich werde dafür sorgen, daß Sie beide nicht gestört werden‹, sagte sie. Dann schloß sie die Tür und ließ uns allein. Ich hob kurz den Kopf, bat Antonia, Platz zu nehmen, und widmete mich noch für einige Sekunden den Papieren, bevor ich einen Füller nahm und meinen Namen unter ein Dokument setzte, bei dem es sich vermutlich um meine Wäschereirechnung handelte. Dann steckte ich die Papiere wieder in meine Aktentasche und hob den Kopf. Antonia saß auf einer der Bänke in der ersten Reihe. Sie war für Kinder gedacht, so daß Antonia viel zu groß für sie war.

Ich sagte ihr, ich wolle mich für mein Benehmen auf dem Fest entschuldigen und daß ich nur eine Gelegenheit gesucht hätte, mit ihr zu sprechen, und dabei die Kontrolle über die Situation verloren hätte. Sie stand auf. Ich erinnere mich noch an das blaue Kleid mit den dünnen weißen Streifen und wie sehr ich mir ihres Körpers darunter bewußt war. ›Wir haben nichts zu bereden‹, sagte sie. ›Es gibt nicht eine Begegnung zwischen uns, bei der Sie nicht brutal geworden wären, und auch jetzt haben Sie mich mit einem Trick hierhergelockt.‹ Dann sagte sie mir, wenn ich sie nicht in Ruhe ließe, würde sie mich anzeigen.

Ich bat sie, mich anzuhören, und sagte dann, daß sie zu mir ziehen solle. ›Ich werde Sie heiraten‹, versprach ich ihr. ›Ich mache, was immer Sie wollen, ich gebe Ihnen so viel Geld, wie Sie brauchen oder wollen.‹ «

Pachecos Eingeständnis versetzte mich in Erstaunen. Ich beugte mich vor und stieß dabei fast mein Weinglas um. »Wie konntest du nur glauben, daß sie dich heiraten würde?« unterbrach ich ihn. Selbst Malgiolio schien verblüfft.

»Natürlich war es absurd«, sagte Pacheco, »aber ich wußte, daß ich nicht den Eindruck erwecken durfte, unentschlossen zu sein. Wie auch immer, sie starrte mich ziemlich verständnislos an. ›Sie sind ja verrückt‹, sagte sie. ›Ich mag Sie nicht, ich finde Sie nicht attraktiv, ich habe kein Interesse an Ihnen. Außerdem liebe ich einen anderen, den ich zu heiraten und mit dem ich zu leben gedenke.‹

Daraufhin stand ich auf. Es fiel mir unglaublich schwer, in Ruhe mit ihr zu sprechen. ›Gegen den anderen kann ich nichts tun‹, sagte ich, ›aber wenn Sie zu mir kommen, dann könnten Sie mit ihm zusammen sein, wann immer Sie wollen, ich werde mich nicht einmischen.‹ Ich sagte ihr, ich würde daran zweifeln, daß sie an mir nicht interessiert sei, und fragte sie, warum sie sich von mir bei dem Konzert hätte berühren lassen. ›Sie konnten genausowenig dagegen an wie ich selbst‹, sagte ich. ›Und wenn ich Sie jetzt küssen würde, es ginge Ihnen wieder so.‹

Aber sie behauptete, das sei nicht wahr, und daß ich sie auf dem Konzert in furchtbare Verlegenheit gebracht und sie einfach nicht gewußt hätte, wie sie reagieren sollte. Ich tat einen Schritt auf sie zu, um zu sehen, wie sie reagieren würde, aber sie wich nicht zurück. ›Ich habe doch gespürt, wie Sie zitterten‹, sagte ich. ›Es war Ihnen alles andere als gleichgültig.‹ Und dann fragte ich sie, ob es sie kaltlassen würde, wenn ich sie auf der Stelle küßte.

Sie reckte mir ihr Kinn entgegen. Sie forderte mich heraus, aber es war da noch etwas anderes. ›Ich verachte Sie‹, sagte sie, ›und habe keinerlei Gefühl für Sie. Sie glauben wirklich, Sie könnten mich dazu bringen, Sie zu wollen?‹ Sie war nur einige Schritte von mir entfernt. Ich ging langsam zu ihr hinüber, ohne meine Augen von den ihren zu lassen. Dann nahm ich sie sachte am Kinn und küßte sie, erst leicht, dann fester, während ich mit der Zunge ihre Zähne zu öffnen versuchte. Sie ließ die Arme hängen. Ich legte meinen rechten Arm um ihre Taille und zog sie an mich. Ihre Lippen waren weich, und obwohl sie mir zunächst Widerstand leisteten, spürte ich, daß sie sich zu öffnen begannen. Aber ich war ungeduldig. Als sie zu reagieren begann, hob ich meine linke Hand an ihre Brust. Einen Augenblick lang ließ sie es geschehen. Es war, als versuche sie, irgendwo hoch oben ihr Gleichgewicht zu halten. Dann riß sie sich los und verließ, ohne mich eines weiteren Blickes zu würdigen, den Raum. Die Rektorin wartete auf dem Korridor. Sie lächelte, und es war mir, als wüßte sie ganz genau, was passiert war.«

Pacheco machte eine Pause, um sich eine Zigarette anzuzünden. Erst als er zu sprechen aufgehört hatte, wurde mir wieder Madame Letendres Atmen bewußt. Malgiolio war dabei, sich einen weiteren Pfirsich zu schälen. Ich grub meine Pfeife aus der Tasche und begann, nach meinem Besteck zu suchen. Dalakis saß da, die Arme verschränkt, und hatte sich abgewandt, als wolle er nichts mit uns zu tun haben. Ich brauchte ihn nur kurz anzusehen, und schon hatte ich das Bild eines Zwölfjährigen vor mir, der eben ein Pferd erschossen hatte. Wie mußte sein Vater gestaunt haben.

»Merkwürdigerweise«, fuhr Pacheco fort, »verließ ich die Schule ermutigt. Trotz ihrer Worte hatte ich an ihr einen Hunger gespürt, der für mich zur Besessenheit wurde, und ich hatte nicht die geringste Absicht aufzugeben. Während der folgenden Wochen versuchte ich, sie so oft wie nur möglich zu sehen, das heißt, ich begab mich an Örtlichkeiten, an denen sie mich sehen würde. Ich ging in ihre Kirche. Ich ließ mich zu Parties einladen, von denen ich wußte, sie würde dort sein. Immer wieder lief ich ihrem Verlobten über den Weg, aber der ignorierte mich. Ich kann euch nicht sagen, wie sehr mir angesichts seines Selbstvertrauens die Galle hochkam, daß er wußte, ganz egal, was ich machen würde, Antonia Puccini gehörte ihm.

Das wichtigste, was ich in Erfahrung bringen konnte, betraf ihre Tante. Ich sprach zufällig mit ihrem Arzt, einem Kollegen von mir, und fand heraus, daß man sie in den letzten Jahren zweimal wegen Krebs operiert hatte, daß sie immer noch in Behandlung und der Arzt ziemlich pessimistisch war, was deren Wirksamkeit anging. Obwohl mir Antonia leid tat, hatte ich mich doch so sehr verrannt, daß ich alles und jedes nur danach beurteilte, ob es meiner Sache nützte oder schadete. Und diese Information schien mir ausgesprochen nützlich.

Während Wochen, ja Monate vergingen, in denen ich ihr weiterhin nachstellte, beobachtete ich ihre Tante und sah, wie sie dahinzuschwinden schien. Sie wurde kleiner, blasser, als richte sie ihre gesamte Aufmerksamkeit nach innen auf das Problem in ihrem Körper. Von ihrem Arzt wußte ich, daß der Krebs sich ausbreitete und es nur eine Frage der Zeit war, bevor sie ins Krankenhaus käme, um es nie wieder zu verlassen.

Während dieser Zeit traf ich mich auch mit anderen Frauen, aber meine Gefühle für Antonia blieben unvermindert stark. Natürlich wußte ich, daß ich mich in den Klauen der Besessenheit befand, aber es spielte keine Rolle, die Worte richtig und falsch hatten keinerlei Bedeutung mehr für mich. Schließlich kam die Tante ins Krankenhaus. Antonia besuchte sie jeden Tag nach der Schule und blieb bis spät in den Abend hinein. Oft ging auch ihr Verlobter mit. Ich hatte Patienten auf derselben Station, und so ging ich immer wieder am Zimmer ihrer Tante vorbei. Antonia war oft dabei, ihr vorzulesen, oder sie saß einfach neben ihr. So oft wie nur möglich sorgte ich dafür, daß sie mich auch sah. Sie hob dann die Augen, wandte den Blick aber sofort wieder ab, als hätte sie nichts gesehen. Einige Male trat ich ins Zimmer ihrer Tante, fühlte ihr den Puls oder sah mir ihre Werte an. Ich hatte dort nichts zu suchen, aber ich kannte ihren Arzt und wollte, daß ich in Antonias Gedanken präsent blieb. Sie sah mich nur selten an. Manchmal ging ich hinein, während ihr Verlobter zu Besuch war, und einmal nahm ich ihn mit hinaus, um ihm zu sagen, wie wichtig es sei, daß die Tante so viel Ruhe wie nur möglich bekam. Ich mußte lachen. In seinen Augen war ich ein wichtiger Arzt. Er war für mich nur ein Hindernis.

Als sich der Zustand ihrer Tante verschlechterte, gab man ihr in zunehmendem Maße Sedativa. An vielen Abenden, an denen Antonia sie besuchte, wachte ihre Tante nicht einmal mehr auf. Der Winter nahte, und ihre Tante wurde immer schwächer. Eines verregneten Abends war ich zufällig auf der Station und sah, daß Antonia und ihre Tante allein im Zimmer waren. Ich ging hinein, warf einen Blick auf die Werte der Frau und fühlte ihr den Puls. Er war sehr schwach, und ich bezweifelte, daß es noch lange dauern würde. Antonia saß lesend auf einem Stuhl und hatte noch nicht einmal aufgeblickt. ›Haben Sie schon was gegessen?‹ fragte ich sie. ›Ich kann Ihnen was aus der Küche heraufkommen lassen.‹ Aber nein, sie hatte keinen Hunger. Sie dankte mir und widmete sich wieder ihrem Buch. ›Wissen Sie‹, sagte ich, ›es besteht durchaus die Möglichkeit, daß ihre Tante während der nächsten zwei, drei Tage stirbt, womöglich sogar noch heute nacht. Was haben Sie nach ihrem Tod vor?‹

›Ich sehe nicht, was Sie das anginge‹, sagte sie.

Natürlich war ich der Ansicht, daß mich das sehr wohl etwas anging, aber ich wollte einen einigermaßen zerknirschten Eindruck machen. Ich sagte ihr, daß ich sie immer noch liebte und mir Sorgen machte, was aus ihr würde. Sie wiederholte, daß mich das nicht zu interessieren hätte.

›Aber wenn Ihre Tante erst einmal tot ist‹, sagte ich, ›wird ihr Eigentum an die Familie ihres Mannes zurückgehen. Ich bezweifle, daß Sie genug eigenes Vermögen haben. Mein Angebot steht. Wenn Sie einwilligen, mich zu heiraten, können Sie haben, was Ihr Herz begehrt, und sich auch weiterhin mit dem jungen Mann treffen.‹

Aber Antonia wollte davon nichts hören. ›Ich mag Sie nicht‹, sagte sie. ›Ich will Sie nicht, und ich brauche Sie nicht. Ich habe Arbeit, und ich bin verlobt. Ich möchte nicht mit Ihnen zusammenzusein.‹ In diesem Augenblick trat der junge Mann ins Zimmer. Er freute sich nicht gerade, mich zu sehen, und fragte Antonia, ob ich sie belästigt hätte.

›Es ist nichts‹, sagte sie, ›kümmere dich nicht darum.‹

Ich ging zur Tür. ›Denken Sie an mein Angebot‹, sagte ich.

›Welches Angebot?› fragte ihr Verlobter. ›Was hat er gesagt?‹

›Ich will, daß sie mich heiratet‹, sagte ich. ›Ich werde ihr geben, was sie will, und sie kann sich auch weiterhin mit Ihnen treffen.‹

Natürlich wurde er wütend. Er lief mir auf den Korridor hinaus nach und packte mich am Jackett. ›Seien Sie vorsichtig‹, sagte ich, ›diesmal sind Sie in meinem Revier. Ein Wort von mir, und man wird Ihnen Hausverbot erteilen.‹ Er ließ ziemlich rasch los. ›Entschuldigen Sie sich‹, sagte ich zu ihm. Er weigerte sich, und ich schrie ihn an, er solle sich entschuldigen. Einen Augenblick später sagte er, es tue ihm leid. Ich beobachtete Antonia, als er es sagte. Sie sah wütend aus.«

Pacheco hielt inne, und ich wurde mir während seines Schweigens wieder der sterbenden Köchin bewußt. Sie atmete so laut, so gewaltsam, daß die Laute nicht von einem Menschen zu kommen schienen und ich den Eindruck hatte, es sei das Haus selbst, das da atmete – daß wir im Bauch eines Wesens gefangen waren, das krank war und keine Aussicht auf ein langes Leben hatte. Aber ist es nicht immer so, wenn man in das Haus eines anderen kommt, daß man von dessen persönlichen Dingen umgeben ist, von Beispielen dafür, wie er sich selbst sieht und gern gesehen würde; hatte man nicht den Eindruck, als befinde man sich zu einem gewissen Grad in seinen Gedanken und seinem Geist? Ich warf einen Blick auf die Tür, aber es gab keine Anzeichen einer Bewegung. Einen Augenblick lang war ich versucht, sie aufzureißen, nur um zu sehen, ob sie dahinterstand, aber ich blieb sitzen. Links von mir starrte Dalakis auf das Tischtuch, und ich hörte auch seinen Atem, entmutigt und zornig. Mir gegenüber verhalf Malgiolio sich zu einem weiteren Stück Käse. Zu meiner Rechten zog Pacheco einmal mehr die blaue Packung Gauloises aus der Brusttasche seines Hemds. Ich nahm meinen Tabaksbeutel und begann, meine Pfeife zu stopfen.

»Wie ich vorausgesagt hatte«, fuhr Pacheco fort, »starb ihre Tante einige Tage darauf. Das Begräbnis war ein großes Ereignis, und ich ließ es mir nicht nehmen, dabei zu sein. Einige Wochen darauf packte Antonia ihre Sachen und zog in eine kleine Wohnung in der Stadt. Ihre Cousins aus dem Norden übernahmen das Haus, verkauften, was sie nicht behalten wollten, und schließlich auch das Haus selbst. Antonia war inzwischen neunzehn. Ich hatte erfahren, daß sie nach einer Trauerzeit von wahrscheinlich sechs Monaten ihre Heirat bekannt zu geben gedachte, die dann wiederum einige Monate später stattfinden sollte.

Die Tante war mitten im Winter gestorben. Während des Frühjahrs kam es zu einer Reihe von Versammlungen der Schulleitung. Es schien weniger Schüler zu geben, die Mittel waren gekürzt worden, und es wurden Sparmaßnahmen nötig. Mir war in meinem Handeln eindeutig jegliche Moral abhanden gekommen. Ich begehrte Antonia Puccini leidenschaftlich, meine Erregung wollte sich nicht mehr legen, und jedes Mittel, mein Unbehagen zu lindern, war mir recht. Außerdem verachtete ich Antonia nicht zuletzt dafür, daß sie mich zurückwies, so daß mir auch jeder Schmerz, den ich ihr dafür zufügen konnte, als durchaus rechtmäßig erschien. Wie gesagt, ich kannte Antonias Rektorin, ebenso einige Mitglieder der Schulleitung. Indem ich meinen Einfluß geltend machte, einige Gefallen einforderte und einige der Leute anderweitig für mich gewann, konnte ich sicherstellen, daß Antonia ihre Stellung verlieren würde. Es war notwendig geworden, einige Planstellen zu streichen, und mit diesen verschwand auch die von Antonia. Glaubt ja nicht, daß das leicht war. Sie war eine beliebte Lehrerin, und eine sehr gute obendrein. Und dennoch – am Ende des Schuljahres sagte man ihr, man hätte im Herbst keinen Platz mehr für sie.

Obwohl sie sich etwas Geld gespart hatte, machte sie sich sofort auf die Suche nach einer neuen Stellung. Auch hier funkte ich dazwischen. So wäre sie zum Beispiel beinahe bei der Bank eingestellt worden, bis ich mit dem Geschäftsführer sprach. Um ein Haar hätte sie Arbeit bei der Stadtverwaltung bekommen, bis ich mit einem der Stadträte sprach. Nach einem Monat hatte sie eine Anstellung als Verkäuferin in einem Geschäft für Stoffe und Nähzubehör. Auch da hätte ich dafür sorgen können, daß man sie hinauswerfen würde, aber ich entschloß mich, sie bleiben zu lassen. Ihr Verlobter arbeitete während dieser Zeit in der Hauptstadt und sollte in etwa sechs Wochen zurückkehren. Wiederum griff ich ein, so daß er gezwungen war, noch weit länger zu bleiben. Dessen nicht genug, ließ ich ihm durch andere ausrichten, daß man Antonia zusammen mit mir gesehen und daß ich die Nacht in ihrer Wohnung verbracht hätte. Meine Freunde erzählten mir daraufhin, daß er gelacht hätte, so sicher war er sich seiner Sache.

Antonia war ziemlich arm. Gleich nachdem sie die Stelle als Verkäuferin gefunden hatte, zog sie in eine noch billigere Wohnung. Sie näherte sich dem Ende ihrer Trauerzeit und wollte in einigen Monaten heiraten. Trotz der großen Entfernung reiste ihr Verlobter mehrere Male auf seinem Motorrad aus der Hauptstadt zu ihr. Manchmal sah ich die beiden abends miteinander spazieren gehen, in Schaufenster sehen, auf einer Parkbank sitzen. Mir gegenüber war ihr Gesicht stets verschlossen, als bliebe die Zeit stehen, bis ich sie wieder alleine ließ. Aber bei ihm war ihr Gesicht wie Wasser, das das Licht der Sonne reflektiert; ständig war es in Bewegung, immer strahlte es vor Aufregung.

Sie wußte natürlich, daß mein Interesse an ihr nicht nachgelassen hatte. Hin und wieder ging ich in den Schneiderladen und kaufte irgendeine Kleinigkeit. Es war eine ironische Geste, und ich scherzte mit der Inhaberin, indem ich ihr sagte, ich kaufe hier Nadel und Faden für meine Patienten. Ich hatte keinerlei Probleme, diese Leute um den Finger zu wickeln, nur Antonia blieb kalt und argwöhnisch.

Nachdem Antonia etwa zwei Monate in diesem Geschäft gearbeitet hatte, entschloß ich mich zu einem Besuch in ihrer Wohnung. Ich hatte festgestellt, daß ihr Verlobter, wenn er freitags mit dem Motorrad aus der Hauptstadt kam, immer sehr spät eintraf, so gegen elf oder halb zwölf. Also beschloß ich, um diese Zeit zu ihr zu gehen, weil sie mir dann in dem Glauben, es handle sich um ihn, öffnen würde. Sie hatte natürlich kein Telefon, und ich bezweifelte, daß sie genau wußte, wann er kam. Ich beabsichtigte nur, mit ihr zu reden, ihr ein weiteres Angebot zu machen. Ich redete mir ein, ich würde nicht versuchen, sie zu berühren oder sie in irgendeiner Weise zu belästigen.

Freitag gegen Mitternacht ging ich zu ihr und klopfte an ihre Tür. Wie ich es geahnt hatte, öffnete sie mir, ohne nachzudenken, in der Annahme, es sei ihr Verlobter, und ich trat rasch in ihr Wohnzimmer. Sie war wütend und befahl mir zu gehen. Sie trug einen blauen Bademantel und war kurz zuvor aus der Wanne gestiegen. Ihr dunkles Haar hatte sie hochgesteckt, und die kleinen Löckchen im Nacken waren voller kleiner Wasserperlen. Ich sagte ihr, ich wollte nur ein paar Worte mit ihr sprechen. Sie sagte, sie wolle nichts hören und falls ich nicht auf der Stelle ginge, würde sie eine Szene machen. Wiederum hatte ich mich zuvor abgesichert und die Bekanntschaft ihres Vermieters und ein, zwei anderer Leute aus dem Haus gemacht, wollte jedoch trotz dieser Bekanntschaften keinen Krach.

Also drohte ich meinerseits und warnte sie, daß ich, falls sie Lärm machen würde, sie vergewaltigen würde. ›Sie wissen, daß es mich nichts besonders interessiert, was passiert‹, sagte ich ihr. ›Wenn Sie eine Szene machen, dann nehme ich Sie. Alles, was ich verlange, ist, mich einen Augenblick mit Ihnen unterhalten zu können.‹ Sie antwortete nicht, fing aber auch nicht zu schreien an, also wiederholte ich mein Angebot. ›Sie sind arm, und ich kann Sie reich machen. Ich will Sie heiraten.‹

›Ich verachte Sie‹, sagte sie.

›Das ist mir egal‹, erwiderte ich ihr. ›Ich weiß, daß Sie mich begehren, und ich möchte mit Ihnen schlafen.‹

›Ich begehre Sie nicht‹, widersprach sie mir. ›Ich hasse Sie.‹

Ich fragte sie, warum, nur weil ich sie liebte? Schließlich

wüßte sie doch gar nichts von mir, außer, daß ich hartnäckig sei. Und das sei doch nun sicher eine löbliche Eigenschaft. Ich versprach, sie zu ehren und zu lieben. Was sie denn mehr wolle? Aber sie wurde wütend. ›Können Sie nicht verstehen‹, sagte sie, ›ich bin mit jemand anderem verlobt, und selbst wenn ich das nicht wäre, ich empfinde nicht das geringste für Sie.‹

›Das ist nicht wahr‹, entgegnete ich ihr. ›Auch Sie verspüren etwas von diesem Hunger.‹

›Das ist eine Lüge‹, empörte sie sich.

Also erbot ich mich, es ihr noch einmal zu zeigen, sie noch einmal zu küssen. Ich ging auf sie, aber als ich ihr zu nahe kam, griff sie nach einer Schere auf dem Tisch und stach damit nach mir – wobei sie mir doch tatsächlich einen Riß ins Jackett machte. Und selbst während sie das tat, hatte sie nicht den geringsten Ausdruck auf dem Gesicht. Ich trat zurück. Um die Wahrheit zu sagen, dieser Beweis für ihre starken Gefühle ließ sie mich noch mehr wollen, und es hätte nicht viel gefehlt, und ich hätte die Schere beiseite gestoßen und sie auf die Couch gedrängt. Aber das wäre keine Befriedigung gewesen. Dafür war ich viel zu zornig.

›Na, zumindest haben Sie mein Angebot gehört‹, sagte ich ihr. Sie sagte nichts, stand lediglich mit der Schere in der Hand da. Eines ihrer Kopftücher lag auf dem Tisch, ein blaues aus Seide. Ich nahm es zur Erinnerung an mich, roch daran und steckte es ein. Dann ging ich.«

*

Pacheco griff nach der Schachtel Streichhölzer neben meinem Weinglas, riß eines an und hielt es an seine Zigarette. Er stieß eine kleine Rauchwolke aus und wedelte mit der Hand, um sie zu zerstreuen.

Dalakis hatte mit seiner Serviette herumgespielt, dann mit seinem Glas. Man sah ihm seine Niedergeschlagenheit an, und als er den Mund aufmachte, hätte man meinen können, die Worte platzten ihm fast gegen seinen Willen heraus. »Warum konntest du sie nicht einfach in Ruhe lassen?« fragte er.

»Ich wollte sie. Ich habe euch doch schon gesagt, die Frage nach dem richtig oder falsch spielte keine Rolle mehr. Ich wollte sie einfach.«

Was mir an der Erzählung interessant schien, war, daß Pachecos Beschreibung nach sein Verlangen seine Tat vollkommen rechtfertigte – wenn er etwas haben wollte, dann war es, als schulde man es ihm. Unter normalen Umständen, so glaube ich, war er ein sehr moralischer Mensch, was immer das bedeuten mag, aber er war immer schon einer gewesen, der den Armen und Glücklosen helfen wollte, der sich einen Liberalen, ja einen Sozialisten, nannte, ein Mann mit einem starken Verantwortungsgefühl für seine Mitmenschen.

»Aber du hast sie doch nicht geliebt«, sagte Dalakis. »Du hast doch nichts anderes verspürt als diesen Hunger.«

»Das stimmt nicht ganz«, sagte Pacheco. »Klar, daß es meine Leidenschaft war, die mich motivierte, aber ich bewunderte auch die Art, wie sie sich mir verweigerte. Verstehst du, so wenige Frauen haben das getan. Es ist schon fast komisch. Ich hatte keinerlei Respekt vor meinem eigenen Verhalten und sie auch nicht, was mich sie noch mehr bewundern und begehren ließ. Darüber hinaus gefiel es mir, daß sie ihr eigener Herr war. Die meisten Frauen richten ihre Identität danach aus, was die Männer ihrer Meinung nach in ihnen sehen wollen. Das ist nicht sehr interessant. Man kratzt an der silbernen Oberfläche und stößt auf Blei. Aber Antonia war ganz und gar ehrlich. Nie hätte sie in irgendeiner Weise gegen ihr eigenes Naturell gehandelt, und natürlich verlangte ich genau das von ihr, was wiederum einer der Gründe war, warum ich sie begehrte.«

»Und so hast du dich entschlossen, sie zu ruinieren?« fragte Dalakis. »Du hattest deinen Hunger, die Konsequenzen zählten nicht? Sie war nichts weiter als ein Appetithappen für dich?«

Dalakis beugte sich in Pachecos Richtung, wobei er mich immer wieder mit der Schulter rempelte. Das Ausmaß seines Zorns überraschte mich. Pacheco hingegen schien ihn zu bedauern, fast schien es ihm peinlich zu sein, aber er gab um keinen Deut nach.

»Ich wollte sie«, wiederholte er.

»So wie du meine Frau haben wolltest?« fragte Dalakis. »Du hattest Appetit auf sie, also hast du sie dir genommen?«

Pacheco antwortete nicht sofort. Da Pacheco und Dalakis' Frau ihre Affäre bereits einige Jahre, bevor Dalakis erschienen war, gehabt hatten, schien es unangebracht, sich derart aufzuregen. Wie viele Männer heiraten schon Jungfrauen? Als ich den Kopf hob, sah ich, wie sich Malgiolios Mondgesicht zu einem Grinsen verzog.

»Deine Frau wollte ich nur einmal«, sagte Pacheco. »Das war kein Hunger, das war Lust.«

Dalakis warf seine Serviette auf den Tisch. Obwohl er der friedfertigste Mensch war, den ich je gekannt habe, so war er doch ein Schrank von einem Mann, viel größer als Pacheco, und ich verspürte keinerlei Wunsch, die beiden miteinander kämpfen zu sehen. Aber meine Befürchtungen waren unbegründet. Nach dieser frustrierten Geste kam Dalakis wieder zum Thema.

»Und trotzdem hast du sie genommen.«

»So einfach ist das auch wieder nicht«, sagte Pacheco in milderem Ton. »Auch sie hatte ihren Hunger, ihr Verlangen. Man vergewaltigt einen Menschen schließlich nicht einfach so.«

»Es gibt verschiedene Grade von Vergewaltigung.«

Aber Pacheco war der Diskussion überdrüssig geworden. Er zog das orangefarbene Tuch aus seiner Brusttasche, schüttelte es mehrere Male und steckte es dann so zurück, daß eine der Ecken wie ein Hundeohr über den Saum hing. Dalakis blieb zornig und schnaubte neben mir vor sich hin. Da mir wieder die Szene auf der Blumenvase einfiel, kam mir gleichzeitig der Gedanke, daß vielleicht Dalakis derjenige mit dem Eselskopf sei. Malgiolio beobachtete ihn mit einem kleinen Lächeln, als warte er darauf, daß er sich weiter zum Narren machen würde. Von der Halle her kamen die Laute der sterbenden Köchin. Es überraschte mich, daß ich mich daran zu gewöhnen schien, und das, obwohl ihr Atmen rauher geworden war und sie am Ersticken zu sein schien. Pacheco jedoch lauschte nach wie vor sorgfältig darauf, und nach einem besonders lauten Seufzer stand er auf. »Ich sollte sie mir vielleicht mal ansehen«, sagte er.

Er schob seinen Stuhl zurück, und als er zur Tür ging, kam Señora Puccini mit dem Servierwagen herein. Ohne einander auch nur anzusehen, gingen sie aneinander vorbei.

Dalakis sah Señora Puccini zu, wie sie die Teller auf ein Tablett stellte und unsere Gläser mit dem Rest des Burgunders füllte. Dann stand er auf und hob die Hand in ihre Richtung, so daß sie innehielt. »Sie haben zugehört, nicht wahr«, sagte er. Es war keine Frage. Señora Puccini sah ihn an, weder zornig noch scharf. Es schien sogar ein Funken Verständnis in ihrem Blick. »Warum sind Sie bei ihm geblieben? Warum sind Sie überhaupt zu ihm gegangen?«

Sie schüttelte den Kopf, stellte dann den Käse und die Schalen mit den Pfirsichen auf den Wagen. Sie bewegte sich fast mechanisch.

»Er hat dafür gesorgt, daß Sie Ihre Stellung als Lehrerin verloren«, fuhr Dalakis fort, »daß Sie keine Arbeit mehr bekamen, sogar bei Ihren Freunden hat er Sie unmöglich gemacht. Sie wußten das alles, und trotzdem kamen Sie zu ihm.«

Wieder sah sie Dalakis an, unterbrach ihre Arbeit, eine silberne Schale in den Händen. Sie schien ihn weniger an- als in ihn hineinzusehen, fast so, als kenne sie ihn sehr gut. »Einiges davon habe ich erst heute erfahren«, sagte sie, »aber ich wäre trotzdem gekommen.«

»Aber warum?« fragte ich sie.

Sie würdigte mich keines Blicks, sondern sah weiterhin Dalakis an. In diesem Augenblick erschien Pacheco in der Tür und blieb, seine Haushälterin beobachtend, stehen. Ohne ihn zu beachten, stellte Señora Puccini die Schale auf den Servierwagen und schob ihn zur Tür. Ich bemerkte, daß das eine Rad nicht mehr quietschte; irgend jemand mußte es seit Beginn unseres Mahls geölt haben.

»Du willst also wissen, warum sie zu mir gekommen ist?« fragte Pacheco, nachdem sie draußen war. »Du meinst, ich hätte es ihr einreden können, sie vielleicht sogar dazu überreden können, mich zu lieben. Ist es nicht so, Carl?«

»Ich weiß nicht«, antwortete dieser, ohne Pacheco anzusehen. »Vorhin hast du gesagt, du hättest sie ruiniert, und offensichtlich hast du das ja auch getan. Aber wie und warum sie es zugelassen hat, das kann ich mir nicht vorstellen.«

»Du denkst also nicht, sie hätte mich um meiner selbst willen mögen können?« fragte Pacheco. Er war an der Tür stehengeblieben, so daß ich mich umdrehen mußte, um ihn zu sehen. Er war so weit von den Kerzen weg, daß sein Gesicht im Schatten lag. Trotzdem glaubte ich, erkennen zu können, daß er lächelte.

»Wie sollte sie? Es ist doch offensichtlich, daß sie unter Zwang herkam – ebenso offensichtlich, wie sie dich haßt.« Dalakis hatte seine Stimme derart unter Kontrolle, daß ich mich fragte, ob er Pacheco wohl haßte.

Pacheco schwieg einen Augenblick. Er rauchte eine Zigarette, deren Qualm wegen des Zugs von der Tür her zu uns herüberblies. Es war unbequem, mich so nach ihm umzudrehen, und ich wünschte, er hätte sich wieder gesetzt.

»Denk doch mal daran, wie wir aufgewachsen sind«, sagte er schließlich, »geliebt, gut versorgt, wir gingen auf gute Schulen und waren von Leuten umgeben, die nett zu uns waren, stets hatten wir genug Geld und genug zu essen. Hättest du uns mit vierzehn genommen, alle dreißig, uns auf den Hintern gehockt und jeden einzelnen gefragt, ob wir gute Menschen seien oder nicht, ich bin sicher, wir hätten, wenn auch verwirrt über die Frage, ja gesagt. Wir mochten unser Quentchen Gier, Sehnsucht, Neid oder Gehässigkeit haben, aber im allgemeinen, doch, wir waren ziemlich brave Jungs. Immerhin waren wir die künftige Mittelschicht.

Aber sagen wir mal, man hätte uns mit zwanzig wieder zusammengerufen und dieselbe Frage gestellt. Was wäre das Ergebnis gewesen? Bis dahin hatte sich so mancher von uns bereits schon mal daneben benommen. Da gab es dann schon uneheliche Kinder, kleine Diebstähle, die eine oder andere Form von Verrat. Aber trotz allem, ich denke, wir hätten uns im Grunde als gute Menschen bezeichnet. Und wenn der eine oder andere von uns auch schon in Schwierigkeiten geraten war, so konnten wir doch komplizierte Umstände, Schwächen oder Irrtümer geltend machen; aber selbst mit diesen Fehltritten hätten wir noch immer eine gewisse Moral für uns beansprucht. Wir waren anständig oder hofften es wenigstens. Aber wann tritt die Veränderung ein? Du, Malgiolio, der ein Vermögen verschleudert und ein Wrack als Familie hast und dazu diese Frau, die dich bepißt, wann immer du genug Geld zusammenkratzen kannst, nennst du dich immer noch gut? Oder nimm Schwab. Ich habe im Krankenhaus schon so einige gesehen, die eben von ihm oder seinen Leuten verhört worden waren. Nennt Schwab sich immer noch gut? Oder einer von uns hier? Du, Dalakis? Du, Batterby?

Es hängt davon ab, was man will und wie sehr man es will und wo man in bezug auf das allgemein anerkannte Moralsystem steht. Ihr kennt das alte Argument, daß einige Leute das Recht haben, aufgrund ihrer Überlegenheit oder weswegen auch immer die konventionelle Moral links liegenzulassen? Wir wissen alle, daß es Menschen gibt, die schreckliche Dinge tun und ihr Fehlverhalten mit Notwendigkeiten oder mit ihrer Überlegenheit rechtfertigen, oder indem sie sagen, daß sie dafür nicht verantwortlich gewesen seien. Aber wenn so etwas nicht aufhört und man sich lange genug selbst betrogen hat, dann erreicht man den Punkt, an dem man sich sagen muß: Nein, ich bin kein guter Mensch. Ich habe mich daneben benommen. Das ist das erste Eingeständnis. Das zweite ist dann, daß ich mich weiterhin daneben benehmen werde.

Bevor ich Antonia Puccini kennenlernte, hatte ich mir einreden können, ich sei ein anständiger Mensch. Sicher, ich hatte viele Frauen in Schwierigkeiten gebracht, aber ich konnte dagegenhalten, sie hätten es gewollt oder es hätte ihnen nichts geschadet. Aber bei Antonia kam ich an einen Punkt, an dem ich nicht mehr an meine Anständigkeit glaubte und darüber hinaus auch gar nicht anständig sein wollte. Meistens wußte ich mich ja auch zu benehmen. Niedertracht, Mißgunst oder Erbärmlichkeit sind mir fremd. Aber ich begriff eines: Falls ich anständig war, so nur, weil ich keinen guten Grund hatte, es nicht zu sein. Mit gutem Grund meine ich meine ureigensten Interessen. Gebt den Leuten genug zu essen, ein warmes Plätzchen zum Wohnen, etwas Amüsement, Freunde und Sicherheit, und sie sind im Grunde gute Menschen, die nicht zögern, sich zu den traditionellen jüdisch-christlichen Werten zu bekennen. Nehmt ihr ihnen etwas, oder laßt ihr sie etwas wollen, was nicht so ohne weiteres zu haben ist, so geraten diese Werte leicht ins Wanken.«

»Warum erzählst du uns das?« fragte Dalakis. Auch er hatte sich auf dem Stuhl umgedreht, um Pacheco anzusehen. Seine Brille war ihm auf die Nasenspitze gerutscht, und er schob sie mit einer unwirschen Bewegung wieder nach oben.

»Ihr habt Señora Puccini eben gefragt, warum sie zu mir gekommen ist, um mit mir zu leben, warum sie sich mir gegeben hat. Ich schicke nur das eine oder andere voraus, bevor ich euch etwas zeige.«

»Was redest du da?« fragte Dalakis. »Was für eine Rechtfertigung könntest du schon haben?«

Pacheco geriet plötzlich in Zorn. »Keine Rechtfertigung! Warum sollte ich mich dir oder sonst jemandem gegenüber rechtfertigen? Ich wollte etwas, und ich wollte es so sehr, daß ich es mir genommen habe. Nur wer noch an seine eigene Anständigkeit glaubt, versucht sich zu rechtfertigen. Ich schildere lediglich. Also, wenn die Herren nun so gut wären mitzukommen – ich zeige euch mein eigentliches Argument. Fertig, Dalakis? Malgiolio, Batterby?«

Pacheco nahm eine Kerze und ging in die große Halle hinaus. Wir folgten ihm hastig und schoben einander durch die Tür. Pacheco ging direkt auf die Treppe zu. Ich warf einen Blick hinüber auf die Köchin, die rücklings auf der kleinen Matratze lag. Ihr Enkel saß neben ihr auf dem Boden und wischte ihr mit einem Tuch über die Stirn. Das Echo ihres rauhen Atmens zwischen den Steinmauern war so laut, daß ich wieder das Gefühl hatte, dem Haus selbst zuzuhören. Aber ich wollte in diesem Augenblick nicht an sie denken, wollte mir durch das Bild der Sterbenden nicht verderben lassen, was immer Pacheco uns zu zeigen hatte, und eilte die linke Seite der großen Treppe hinauf. Malgiolio und Dalakis waren dicht hinter mir. Keiner von uns sagte auch nur ein Wort.

Pacheco wandte sich rechts in den Flur, und wir kamen wieder an dem mittelalterlichen Rüstzeug vorbei, den Streitäxten, den Schwertern. Pacheco drehte sich nicht nach uns um. Mein Blick lag auf seinem schmalen Rücken, dem gepflegten Haar. Ich mußte an all die Eskapaden denken, in die ich ihm als Junge, ja selbst als junger Mann noch gefolgt war, durch wie viele dunkle Gäßchen ich, nur wenige Schritte hinter ihm, gelaufen war. Ich erinnere mich noch an ein Abenteuer, als wir beide achtzehn gewesen waren; da hatte er mich eine Feuerleiter hinaufgeführt, und über ein Dach auf ein anderes, beides steile, schindelgedeckte Dächer, bis wir das Dachfenster eines Mädchens erreichten, das quietschvergnügt mit uns beiden schlief. Sie hieß Katrina und hatte einen Silberblick. Ihr Vater hatte sie eingeschlossen und hätte uns umgebracht, wenn er gewußt hätte, daß wir da waren. Ich hatte ihn unten herumtoben hören, wo er im Suff Möbel zerschlug und seine Frau anbrüllte.

Jetzt kletterten wir die kleine Stiege hinauf in den zweiten Stock, und einen Augenblick dachte ich, es ginge noch einmal aufs Dach hinauf, aber dann blieb Pacheco vor der Tür in das Zimmer stehen, aus dem ich Señora Puccini zwei Stunden vorher hatte herauskommen sehen.

»Sind die Herren bereit?« fragte er. »Tut mir wenigstens den Gefallen, ruhig zu sein.«

Er öffnete die Tür und betrat ein Zimmer, das von hundert Kerzen erleuchtet zu sein schien. Ich war von einer so ungeheuren Neugier erfüllt, daß ich Pacheco fast beiseite stieß, um zu sehen, was darin war. An der gegenüberliegenden Seite stand ein Bett mit dem Fußende zur Tür. Jeder Quadratzentimeter der Wände war mit leuchtenden Farben bedeckt, nicht nur mit dem Orange, Rot und Gelb der Wandfarbe, nein, auch mit farbenprächtigen Plakaten und Bildern, selbst die Balken waren in leuchtenden Farben gestrichen und sogar die Decke war mit Bildern und Reproduktionen berühmter Gemälde – Brueghel, van Gogh, Monet – übersät, von denen die verschiedensten Mobile und kleine Flugzeuge hingen, kleine Figuren auf Trapezen, bunte ausgestopfte Vögel, so daß man achtgeben mußte, sich nicht in irgend etwas zu verfangen. Selbst die Abstellflächen, die Tische und der Schreibtisch, waren mit Buddelschiffen und orientalischen Jade- und Elfenbeinschnitzereien, interessanten Muscheln und weiteren Bildern vollgestellt. Zu alledem gab es noch einige Vogelbauer und ein Aquarium mit tropischen Fischen. Auf einem der Tische lag eine präparierte Schlange, eine Kobra, halb aufgerollt, halb aufgerichtet zum Angriff auf einen ausgestopften Mungok, der auf den Hinterbeinen stehend die Zähne bleckte, um sich zu wehren.

Wir drängten uns in den Raum, geduckt, um nicht in die Mobile zu geraten, und versuchten, uns an keinem der Tische zu stoßen. Es war sehr heiß im Zimmer, und es gab nur ein einziges kleines Fenster, das geschlossen war. Es roch nach Lavendel und Schweiß. Ich warf einen Blick über das Fußbrett. Auf dem Bett lag, unter einem weißen Laken, ein Mann. Sein Alter war schwer zu schätzen. Vielleicht war er siebzig, vielleicht auch erst dreißig. Er war furchtbar dünn, sein Gesicht eingefallen und grau, wenn auch vergleichsweise faltenlos. Das Laken bis an den Hals gezogen, nahm sich sein Körper darunter aus wie ein schmaler Grat. Er hatte die Augen geöffnet und starrte uns an. Sie waren unglaublich blau – ein helles Blau wie das Wasser in einem blauen

Bassin. Sein Haar war schwarz, aber voller grauer Strähnen. Das dünne Gesicht und die eingefallenen Wangen ließen seine Augen riesig erscheinen.

Wir standen am Fuß des Bettes und starrten ihn an. Gewiß, es war merkwürdig, daß in einem von Pachecos oberen Räumen ein Mann herumlag, aber was einen wirklich verblüffte, war die Exzentrizität des Zimmers selbst – die Farben, die Bilder und daß jede Oberfläche mit Gegenständen vollgestopft war. Es war so heiß, daß wir einen Augenblick später schon schwitzten.

»Wer ist das?« fragte Dalakis, als wäre der Mann nicht wirklich im Raum, denn obwohl wir ihn anstarrten und es so aussah, als erwidere er unsere Blicke, kam weder ein Laut noch eine Geste von ihm.

»Er heißt Roberto. Roberto Collura«, sagte Pacheco. »Señora Puccinis Verlobter.«

»Kann er sprechen?« fragte Malgiolio fast tonlos.

»Früher konnte er noch, zumindest ein bißchen. Jetzt könnte ich nicht sagen, ob er sich nur weigert oder ob er die Fähigkeit dazu verloren hat. Ihr müßt nämlich wissen, daß er von der Nase an abwärts gelähmt ist.«

»Aber was macht er hier?« fragte Dalakis.

»Er wohnt hier«, sagte Pacheco. »Er wohnt in diesem Haus bereits ebenso lang wie ich selbst. Er ist seit etwa zwanzig Jahren bei mir.«

Roberto Collura bot einen jämmerlichen Anblick, dies vor allem inmitten dieser schrillen Farbenpracht. Aber nicht weniger bemerkenswert war Pachecos Stimme. Wie kalt sie war und voller Hohn. Wie sehr schien er diesen Mann zu hassen. Wir alle wollten fragen, warum er hier war, und die Frage schien uns allen auf den Lippen zu brennen, als wir vom Flur her rasche Schritte hörten und Señora Puccini ins Zimmer stürzte.

»Was machen Sie hier?« wollte sie wissen.

Der Doktor sah sie kühl an. »Ich habe ihnen Roberto gezeigt«, sagte er. »Wie sonst sollte ich ihnen schließlich Ihr Leben erklären, ohne daß sie Roberto Collura kennenlernen?«

»Sie haben versprochen, ihn nicht zu belästigen«, sagte Señora Puccini. »Das war Teil unserer Abmachung.«

»Abmachungen ändern sich«, sagte Pacheco.

Señora Puccinis Gesicht war dunkelrot. An den Schläfen standen ihr die Venen hervor. Die Haut war gespannt, als würde der gesamte untere Teil jeden Augenblick platzen. Sowohl Malgiolio als auch Dalakis starrten sie aufgeschreckt und ängstlich an. Ich warf einen Blick auf Pacheco und sah, daß er lächelte. Es war kein spöttisches oder zynisches Lächeln; es strahlte vielmehr pure Freude aus – als hätte sie ihm einen ganz besonderen Gefallen getan.

»Raus!« forderte sie. »Ich dulde nicht, daß Sie hier sind!«

Pacheco ging zur Tür und hielt sie uns auf. »Wir wollten gerade gehen«, sagte er.

Kapitel Fünf

Als wir Roberto Culloras Zimmer verließen und die Treppe hinunterstiegen, blieb ich etwas zurück und ließ den Lichtkreis von Pachecos Kerze gut fünf Meter vor mir herwandern, so daß ich, getrennt von den anderen, im Dunkeln ging. Erinnern Sie sich noch daran, von Ihren Eltern bei etwas Verbotenem erwischt worden zu sein? Genau so hatte ich mich gefühlt, als Señora Puccini uns entdeckte, und ich verspürte den Wunsch, mich von meinen Kameraden zu distanzieren. Nicht, daß ich weniger interessiert gewesen wäre als sie, aber ich hatte das Gefühl, mein Interesse sei – wie selbstverständlich das ihre auch – unschicklich. Es schien unrein.

Natürlich war es das nicht, es sei denn, man kann die Neugier an sich als unrein bezeichnen. Aber angesichts ihres Zornes und der Art, wie sie uns überrascht hatte, fühlte ich mich, als hätte ich mich daneben benommen, und so blieb ich etwas zurück und beobachtete meine Gefährten dabei, wie sie die große, von Kerzen beleuchtete Treppe hinunterstiegen – allen voran Pacheco in seinem grauen Anzug, dann, einige Schritte hinter ihm, Malgiolio, klein und rundlich,und schließlich Dalakis, der sich, wie ein Bär schlurfend, den Kopf rieb. Oben an der Treppe blieb ich einen Augenblick stehen, und es überkam mich wieder einmal das Gefühl, wie differenziert die Beschaffenheit von Zeit und Erinnerung war; ich sah meine Freunde nicht mehr in diesem speziellen Augenblick, sondern in vielen anderen, die sich quer durch unsere Kindheit zogen. Immer war Pacheco vorn dran gewesen, und allzu oft kehrten wir von einer Tat zurück, die besser ungetan geblieben wäre. Dann, als ich Pacheco die Halle durchqueren sah, um nach der Köchin zu sehen, deren Atmen das Haus noch immer füllte wie Wasser eine Tasse, drängte ich diese anderen Male aus meinen Gedanken. Juan saß im Schneidersitz neben ihr und strich ihr über die Stirn. Malgiolio blieb am Brunnen stehen. Ich setzte meinen Weg fort und hatte mich eben neben ihn und Dalakis gestellt, als von der Tür her ein donnerndes Pochen kam.

Das Pochen war so aggressiv, daß wir alle drei nervös wurden. Möglicherweise habe ich im Rückblick aus einer ganz unschuldigen Reaktion eine schuldbewußte gemacht, obwohl ich sicher bin, daß ich das laute Klopfen gefühlsmäßig – irrationalerweise

– mit unserer Vertreibung aus Roberto Colluras Schlafzimmer in Verbindung brachte. Pacheco, der neben Madame Letendre kniete, stand auf. »Geht in das Eßzimmer«, sagte er. »Ich komme gleich nach.«

Wir liefen zwar nicht, gingen jedoch recht forsch zurück. Warum hatte ich das Gefühl, man könnte uns für unser Verhalten zur Rechenschaft ziehen? Immer wieder kam mir das Bild des Gelähmten in den Sinn, und ich mußte daran denken, wie er jahrein, jahraus inmitten dieses funkelnden Durcheinanders lag, das nicht nur dazu da war, ihn zu unterhalten, sondern ihm die ganze Welt ersetzte. Wir nahmen unsere Plätze wieder ein. Mein Weinglas war voll, aber ich wollte nichts mehr. Ich stellte fest, daß mir nach Zucker, Schokolade, nach irgendwas Süßem war, aber das war sicher eine Versuchung meiner Krankheit, die mit dem deutschen Wort *Zuckerkrankheit* um so vieles trefflicher beschrieben ist als mit Diabetes.

Wie sich herausstellte, dachten auch die anderen an Roberto Collura. Dalakis beugte sich zu mir herüber und sagte mir in eindringlichem Flüsterton: »Er hat sie aus dem Süden mit heraufgebracht. Deshalb ist sie hier, damit sie sich um ihren Verlobten kümmern kann.«

»Aber wieso ist er gelähmt?« fragte Malgiolio. Zum ersten Mal standen keine Speisen auf dem Tisch, und Malgiolio sah sich um mit der Miene eines Kindes, das sein Lieblingsspielzeug verlegt hat.

»Erinnerst du dich noch an die alte Geschichte, daß Pacheco einen im Duell erschossen haben soll?« fragte Dalakis noch immer mit gesenkter Stimme. »Ich weiß die Einzelheiten nicht mehr, aber vielleicht ist genau das dem Mann da oben passiert. Vielleicht hat Pacheco mit ihm gekämpft, und das ist dabei herausgekommen.«

Malgiolio ließ ein amüsiertes Schnauben vernehmen. »Also wirklich, Carl, warum mußt du immer alles ausschmücken? Vielleicht ist er einfach krank gewesen – irgendeine langwierige Krankheit, die ihn in diesen Zustand gebracht hat.«

Zusammengefaßt hatten die beiden unsere dringlichste Frage zum Ausdruck gebracht: War der Mann ohne Pachecos Zutun in diesen Zustand geraten? Wie weit mochte Pacheco in seiner Jagd auf Antonia Puccini gegangen sein? Selbstverständlich weigerte ich mich zu glauben, daß Pacheco in dieser Angelegenheit eine Schuld zuzuschreiben war. Malgiolio hatte wahrscheinlich recht; und was Dalakis anging, so hatte sich ja bereits herausgestellt, daß er dem Doktor gegenüber nicht ganz objektiv war.

»Wir hätten nicht kommen sollen«, sagte Dalakis. »In diesem Haus wohnt das Böse.«

Wieder schnaubte Malgiolio. Es hörte sich nicht so an, als lache er, sondern eher, als schneuze er sich. »Wir haben getan, was wir nicht hätten tun sollen, und wir haben nicht getan, was wir hätten tun sollen. Läuft es darauf hinaus?« Etwas herablassend streckte er Dalakis über den Tisch seine kleine Hand entgegen, der sie jedoch ignorierte. »Du hast dein Leben in einer Hohle zugebracht, mein Freund, ich kann dir da um einiges dreckigere Geschichten erzählen als die hier.«

Ich fürchtete schon, wir wären gezwungen, uns einige davon anzuhören, aber in diesem Augenblick kam Pacheco durch die Tür. »Schwab ist hier«, sagte er. »Er ist am Verhungern. Ich habe Señora Puccini gesagt, sie soll das Essen zurückbringen.«

Eric Schwab kam unmittelbar hinter ihm herein. Er blieb stehen, um einen Blick durch den Raum zu werfen, lächelte dann und öffnete schließlich in einer ausladenden Geste die Arme. Er war groß und blond und trug eine blaue Uniform, die so sorgfältig geschneidert war, daß sie weniger wie Kleidung, sondern wie eine zweite Haut wirkte. Für gewöhnlich, wenn ich ihn sah, trug er Anzug und Krawatte. Um genau zu sein, ich glaube nicht, daß ich ihn je in Uniform gesehen hatte. Er war ein ranghoher Beamter bei der Polizei, obwohl ich nie so recht wußte, was er dort machte. Es hieß, er sei irgendwas bei der Abwehr. Wahrscheinlich war das die höflichste Umschreibung für seinen Beruf. Was immer es war, viele hatten Angst vor ihm.

Schwab ging rasch auf jeden von uns zu, und wir standen auf und umarmten ihn. Er hatte ein rotes Gesicht, als wäre ihm der Kragen zu eng, einen muskulösen Brustkorb und breite Schultern. Er roch nach Talkumpuder und Leder. Schwab ist mir zeitlebens wie jemand ohne die geringste Moral vorgekommen. Schon als Kind schien sein Verhalten von der Aussicht auf Strafe oder Belohnung bestimmt gewesen zu sein. Einmal, ich hatte ihn gefragt, warum er zur Polizei gegangen war, sagte er mir: »Ich habe ein Talent, und dieses Talent kann man kaufen.« Und als ich ihn fragte, was er damit meine, bedachte er mich mit einem Lächeln, das anzudeuten schien, ich sei ein Unschuldslamm, das sich solche Fragen lieber verkneifen sollte. Irgendwie schien es typisch für ihn, fünf Stunden zu spät zum Abendessen zu kommen und trotzdem noch verköstigt werden zu wollen.

Es gab viermal so viele leere Plätze wie besetzte an unserem langen Tisch, und Schwab nahm den neben Malgiolio, vis-à-vis von Dalakis. Jeden von uns bedachte er mit ein paar persönlichen Worten. Mir zum Beispiel sagte er, wie sehr ihm meine Rezensionen gefielen, vor allem die eine, in der ich vor nicht allzu langer Zeit einige Bücher über Rassehunde miteinander verglichen hatte. Wir hatten einander nie sehr nahe gestanden, aber Schwab ist einer von denen, die jeden wie seinen besten Freund behandeln. Ich finde es erstaunlich, wie er in der Lage ist, sein ganzes Handeln ausschließlich auf Effizienz auszurichten.

Nie war sein Verhalten zufällig. Und trotz seines augenscheinlichen Entzückens darüber, in unserer Gesellschaft zu sein, waren diese Abendessen die einzigen Gelegenheiten, bei denen wir ihn zu Gesicht bekamen.

»Na denn«, sagte Pacheco und schenkte Schwab etwas Wein ein, »erzähl doch mal, was in der Stadt so passiert. Wir haben bisher nichts erfahren können.«

»Ach, ein paar Studenten, ein paar Unzufriedene. Nichts von Bedeutung, nur eine Menge Lärm.«

»Aber was sind das für Feuer, die wir vom Dach aus gesehen haben?« fragte Dalakis.

Schwab trank und spülte den Wein von einem Mundwinkel in den anderen, atmete hindurch, kaute ihn, sah dann Pacheco an und zwinkerte. Nach dieser Zurschaustellung seiner Freude tippte er sich mit einem Finger gegen die Nase und bedachte Dalakis mit einem milden Lächeln. »Es hat etwas Ärger an der Universität gegeben. Es wurden ein paar Häuser besetzt und hier und da Feuer angezündet, auch einige Autos verbrannt. Ein paar von den Studenten hatten sogar Schußwaffen. Ein meuterndes Regiment der Luftwaffe schloß sich an. Eine Weile ging es ganz schön heiß her, aber was sollten sie gegen die vereinte Macht von Polizei und Militär schon groß ausrichten? Die Stadt ist voller Unglücklicher, und in instabilen Zeiten herrscht immer ein gewisses Maß an Unruhe.«

Er sagte das, als handelte es sich um ein denkbar belangloses Thema.

»Aber was hat es mit den anhaltenden Schießereien auf sich?« fragte Pacheco.

»Leute, die gegen die Ausgangssperre verstoßen, ein paar bewaffnete Möchtegernrebellen, vielleicht sogar ein Feuerwerk... Ahh«, sagte er, als Señora Puccini den mit Speisen beladenen Wagen hereinschob, »komme ich endlich zum Essen. Ich kann euch gar nicht sagen, wie leid es mir getan hat, als ich gedacht habe, ich müßte noch mal ein halbes Jahr ohne meine Freunde auskommen. Ihr seid also nur zu viert?«

»Wir sind alles, was gekommen ist«, sagte ich, »wir wohnen in der Nähe.«

»Ja, klar«, meinte Schwab kopfschüttelnd, »die Straßensperren. Ist schon lästig.« Er machte sich sofort übers Essen her und sprach mit vollem Mund, schluckte hastig und spülte jeden Bissen mit Wein hinunter. Während wir unsere diversen Gänge hintereinander gehabt hatten, kamen die für Schwab alle auf einmal, so daß er sich vor einem Dutzend überladener Teller sah, sogar die Austern waren dabei. »Mein lieber Pacheco, das Kalb ist einfach toll. Und der Lachs!« Er schnappte sich eine Auster, tupfte Meerrettich darauf und hielt sie sich schräg über den Mund, so daß sie halb aus der Schale rutschte, einen Augenblick hängenblieb und dann fiel. Diese Berge von Essen schienen schon fast unmoralisch. Selbst Malgiolio schien beeindruckt. Ich war mir sicher, Señora Puccini hatte sich einen bitteren Scherz erlaubt. Sie schenkte ihm ein zweites Glas Wein ein und ging dann hinaus. Schwab nahm sie nicht einmal zur Kenntnis. Wieder wurde, als sie die Tür öffnete, das Atmen der Köchin lauter. Schwab nahm einen Mundvoll hiervon, einen Mundvoll davon, wandte sich von Teller zu Teller, sah dann uns an, zog die Serviette über seinen glänzenden, mit Essensresten verschmierten Mund und lächelte.

»Was für ein Fest!« sagte er. Ungelogen, er hatte eine Gabel in jeder seiner großen roten Pranken. »Wann haben wir das letzte Mal so gegessen, Batterby?«

»Könnte ich wirklich nicht sagen.« Mir fiel auf, wie gesund und glücklich Schwab aussah, als wäre er eben von einer Woche am Meer zurückgekehrt, anstatt sich einen Weg durch all die Gewalt in der Stadt zu bahnen.

»Die traurige Wahrheit ist, daß man heutzutage nicht mehr so ißt. Wißt ihr noch die Party auf dem Land, auf der wir als junge Männer gewesen sind? Das muß jetzt schon über zwanzig Jahre her sein. Ein Tisch neben dem andern voll herrlichem Essen. Irgendein hübsches Mädchen war volljährig geworden, und ihre Eltern waren reich.«

»Ich glaube nicht, daß ich dort war«, sagte Dalakis.

»Ich erinnere mich noch«, sagte Malgiolio plötzlich. Er hatte Schwab angestarrt, nicht ehrfurchtsvoll, eher so, wie man jemanden anstarrt, den man aus dem Fernsehen kennt. »Und Pacheco war auch dabei. Rindsfilet Wellington. Wie sollte ich das je vergessen. Essen und Trinken ohne Ende.«

»Stimmt«, sagte Schwab, »und ich weiß noch, daß Vicuña und Machado dabei waren, und dann Kress und vielleicht Shapiro. Und Batterby mit seiner Frau. Und der arme alte Keester, der ein Jahr danach umgebracht wurde.«

Alles Mitglieder unserer Gruppe. »Nein«, sagte ich ihm, »ich erinnere mich noch, aber das war vor meiner Heirat, ungefähr ein halbes Jahr davor.« Malgiolio hatte eine Gabel zur Hand genommen und bediente sich bei Schwabs Kalbfleisch. Manche Leute haben wirklich absolut kein Schamgefühl.

»Ich hätte geschworen, es wäre danach gewesen«, sagte Schwab, »weil es Sommer war und deine Hochzeit im Herbst davor gewesen war. Auch ein herrliches Fest. Es ist phantastisch, sich an die großen Gelage seines Lebens zu erinnern. Ich habe es schon immer bedauert, kein kulinarisches Tagebuch zu führen, um all diese wunderbaren Essen zu beschreiben. Dann könnte ich als zahnloser Alter mit halbem Magen alles nachlesen, und all die wunderbaren Geschmäcker würden mir wieder einfallen.

»Wie kommst du auf den Gedanken, daß du überhaupt so alt wirst?« fragte Pacheco fast tonlos.

Schwab lachte, als hätte er eben den komischsten Witz der letzten Wochen gehört, dann verschluckte er sich an einem saftigen Bissen, hustete, bis er violett wurde und schüttete etwas Wein in sich hinein. Sein blondes Haar war kurz geschnitten, und seine Stirn bildete ein vollkommenes Rechteck. Überhaupt schien er sich aus lauter viereckigen Batzen rosigen Fleisches zusammenzusetzen.

»Wie wahr«, sagte er, Pacheco mit einem liebenswürdigen Lächeln bedenkend. »Aber dann könnten sich meine Kinder daran freuen. An dem Rind à la Wellington zum Beispiel. Und weißt du noch, der Hummer Thermidor, Malgiolio, und der Lachs? Ich bin sicher, es war nach deiner Hochzeit, Batterby. Ah, Pacheco, ich kann dir gar nicht sagen, wie ich es bedaure, nicht früher hergekommen zu sein, daß wir nicht alle hier sein konnten. Das Kalbfleisch ist ganz erstaunlich. Was für eine Erinnerung für die Gruppe das doch gewesen wäre. Jetzt müssen wir, falls wir es überhaupt alle erleben, wieder sieben oder acht Jahre warten, bis du wieder an der Reihe bist.«

Ich war enttäuscht. Wenn ich schon Pachecos Geschichte nicht zu Ende hören konnte, dann hätte ich doch wenigstens gern mehr über das Gemetzel gewußt, das wir vom Dach und vom Balkon gesehen hatten. Schwab war ein Abgesandter dieser gewalttätigen Welt. Sicher hatte er etwas zu erzählen.

»Wie bist du hergekommen?« fragte ich ihn. »Ist das nicht gefährlich?«

Schwab nahm sich einen Augenblick Zeit zum Schlucken. Als er mich mit seinen blaßblauen Augen anblickte, spürte ich, daß ihm meine Frage nicht paßte. Nicht, daß er die Stirn gerunzelt hätte; er lächelte nur ein kleines bißchen weniger. »Die Straßen schienen zwar ruhig, aber ich konnte trotzdem ein gepanzertes Fahrzeug beschlagnahmen.«

»Aber was werden wir morgen vorfinden?« fragte Dalakis. »Wie wird es in der Stadt aussehen?«

»Wie sollten wir das vorhersehen, mein Freund?« fragte Schwab und fuhr sich mit der Serviette übers Gesicht. Dalakis' Frage schien ihn zu entzücken. »Ist die Zukunft nicht schon in den friedlichsten Zeiten ungewiß? Ich sehe das so: Das Licht der Sonne braucht acht Minuten, um zur Erde zu gelangen. Würde die Sonne also in diesem Augenblick erlöschen, wir hätten es noch acht Minuten warm, könnten noch acht Minuten weiterleben. Und wer kann es wissen? Vielleicht ist sie schon vor zwei, drei, fünf Minuten ausgegangen. Und so lebe ich, als wäre die Sonne bereits erloschen. Was morgen anbelangt? Die Ereignisse haben die Stadt gepackt und ein bißchen durchgebeutelt. Der Staub ist dabei, sich zu legen. Wer weiß, vielleicht liegen wir morgen alle in der Leichenhalle.« Darauf lachte er wieder, eine Mischung aus Husten und Lachen, und ich sah, wie einige kleine Essensteilchen aus seinem Mund geschossen kamen und auf dem Teller und dem Tischtuch darum herum landeten. »Aber ehrlich, es gibt jede Menge zu tun, und ich kann nur ein paar Minuten bleiben. Gerade lang genug für ein paar Bissen, dann muß ich wieder los. Ich wollte nur meine Aufwartung machen, das ist alles, ein bißchen was davon zu kosten, was deine sagenhafte Köchin zubereitet hat.«

Ich glaube nicht, daß Schwab klar war, daß die Frau, die die Mahlzeit zubereitet hatte, draußen in der Halle lautstark im Sterben lag. Und selbst wenn er es gewußt hätte, ich bezweifle, daß es ihn geniert hätte. Früher einmal hatte ich Schwab für ziemlich abgebrüht gehalten, aber schließlich bin ich zu dem Schluß gekommen, daß er einfach keinerlei Gespür für andere hatte, als wären sie für ihn nur Abstraktionen. Er hatte nie geheiratet, weswegen ihm so mancher nachsagte, er sei homosexuell, aber ich nehme an, daß er eine Geliebte hatte und sich darüber hinaus auch noch mit anderen Frauen traf. Als wir noch Teenager waren, und selbst später noch, ging er mit Vorliebe in Hurenhäuser und kannte Dutzende davon. Ich habe keine Ahnung, wo er das Geld dafür hernahm. Obwohl seine Eltern keineswegs wohlhabend waren, so schien Schwab doch nie knapp bei Kasse zu sein. Und er war großzügig mit dem, was er hatte, das muß man ihm lassen. Wenn er Geld hatte und man in seiner Gesellschaft war, dann ging alles auf seine Rechnung.

Ich erinnere mich noch daran, ihm einige Monate vor meiner Hochzeit zusammen mit Cora begegnet zu sein. Wir waren in einem Geschäft für Damenbekleidung gewesen, und sie war eben dabei, einen Hut anzuprobieren. Um genau zu sein, es waren zwei Hüte, und sie konnte sich nicht entscheiden. Schwab hatte uns durchs Schaufenster gesehen und kam herein. Sie erklärte ihm ihr Problem, worauf Schwab ihr lachend beide Hüte kaufte. Dann lud er uns zum Essen in einen ziemlich merkwürdigen Privatclub mit Séparées in der Altstadt ein, dessen Kellner eine Million Geheimnisse gehabt haben mußten. Wir hatten ganz allein in einem kleinen Raum gegessen. Von den benachbarten Räumen war immer wieder hysterisches Frauengelächter zu uns herübergedrungen. Das Essen war außergewöhnlich reichhaltig gewesen, ein Gang nach dem anderen. Als wir fertig waren, gingen wir in einen anderen kleinen Raum, wo Schwab einen schwarzen Vorhang zurückzog und wir erkannten, daß wir uns in einer privaten Loge über eine Bühne befanden. Ein Mann und eine Frau, beide praktisch nackt, zeigten einen wilden Tanz. Jeder von beiden hatte eine Peitsche, und während sie einander umkreisten, taten sie, als schlügen sie einander auf Gesicht und Körper. Ich sage, sie taten so, aber es war wirklich schwer zu sagen, und am Ende, ich erinnere mich noch genau, sah ich einen roten Striemen über der Brust der Frau. Die Musik war arabisch oder griechisch. Während der ganzen Vorstellung lachte Schwab glücklich vor sich hin und erklärte Cora die Feinheiten des Tanzes. Wenn ich auch fasziniert war, so fand ich das Ganze doch ziemlich pervers.

Ich wollte Schwab eben nach den Straßensperren fragen und ob man sie aufgehoben hatte, als Señora Puccini wieder hereinkam und zu Pacheco hinüberging. »Ich glaube, Sie sollten sie sich ansehen«, sagte sie.

Ohne uns auch nur anzublicken, stand Pacheco auf und ging rasch in die Halle. Obwohl er eifrig darauf bedacht war, seinen Pflichten als Gastgeber nachzukommen, spürte ich, daß er in Gedanken bei seiner sterbenden Köchin war. Aber wie groß sein Kummer auch sein mochte, Pacheco hätte sich uns gegenüber nichts anmerken lassen. So war er nun mal. Manchmal hatte ich sogar das Gefühl, er kokettiere mit starken Gefühlen nur, um uns zu zeigen, daß er immun gegen sie war.

»Wirklich schlimm an diesen Unruhen ist nur«, sagte Schwab und ließ das Lächeln von seinem Gesicht rutschen, »daß so viele Unschuldige dabei verletzt werden. Aber was soll man tun? Das ist wie mit den Delphinen, die beim Thunfischfang umkommen. Die armen Viecher sind eben im Weg.« Darauf nippte er an seinem Wasserglas und warf einen nachdenklichen Blick auf seine leere Gabel, bevor er sie mit frischer Kraft ins Kalbfleisch stach.

»Meinst du, wir könnten heute nacht noch nach Hause gehen?« fragte Dalakis, von Schwabs Beschreibung der Stadt beruhigt. »Pacheco meint, wir könnten bleiben, aber so richtig gut schlafe ich nur im eigenen Bett.«

Schwab machte nach wie vor eine düstere Miene; kerzengerade saß er da, gut eine Ellenlänge größer als Malgiolio links von ihm. »Nein, es sind zu viele Fanatiker unterwegs. Ihr solltet wenigstens bis morgen bleiben.«

»Aber du hast doch gesagt, die Stadt sei sicher«, sagte Dalakis.

»Fängst du schon wieder an, mein Freund«, sagte Schwab mit dem Ansatz eines Lächelns auf den Lippen, »du willst in einer Welt, in der es drunter und drüber geht, Sicherheit erzwingen. Hast du vergessen, was ich über die Sonne gesagt habe? Sicherheit ist relativ, und auch wenn es relativ sicher ist, es sind doch ein paar Unzufriedene unterwegs. Die Armee will sicherstellen, daß die aus dem Weg geräumt sind, bevor sie versucht, die Stadt wieder zusammenzusetzen. Das siehst du doch wohl ein.«

»Ich habe vorhin gesehen, wie einer ein Pferd erschossen hat«, sagte ich.

Schwab schlug fröhlich die Hände zusammen. »Ja, ich wäre fast draufgefahren. Ich fürchte, es gibt noch viel aufzuräumen, bevor es sich in der Stadt wieder normal leben läßt. Ich sage euch was: Falls auch nur die geringste Möglichkeit besteht, daß die Ausgangssperre verlängert wird, dann komme ich morgen wieder her und fahre euch selbst nach Hause. So ein gepanzerter Wagen ist ganz praktisch.« Er nahm einen weiteren Bissen Kalbfleisch, schwemmte diesen dann mit Wein hinunter. Er kaute sein Essen nicht, er spülte es in den Magen.

Schwab wischte sich über den Mund, schob seinen Stuhl vom Tisch, stand auf und strich sich mit beiden Händen die Uniform glatt. »Also dann, zurück an die Arbeit«, sagte er.

Wir waren überrascht und redeten alle auf einmal. »Du willst schon gehen?« sagte ich. Er war ja gerade erst gekommen.

»Du hast uns immer noch nicht richtig gesagt, was passiert«, sagte Malgiolio.

»Was ist mit der Regierung«, fragte Dalakis, »wird sie überleben?«

Schwab sog nachdenklich an seinen Zähnen, als er sich uns wieder zuwandte. »Ich wollte sehen, wie es euch geht. Ihr seid meine Freunde, alles Männer, die ich seit vierzig Jahren kenne. Was für eine Rolle spielt da schon die Stadt? Ich bin keine Zeitung. Ja, es hat sich was verändert, aber es ist nicht an mir, zu sagen, was es ist und was ihr morgen finden werdet. Ich bin euer alter Freund, der eine Menge Scherereien auf sich genommen hat, um etwas Zeit in eurer Gesellschaft zu verbringen. Ihr solltet sagen: ›Da kommt Schwab. Wie schön, ihn gesund und munter zu sehen.‹ Ihr solltet das hier als den vielleicht letzten Augenblick unserer Welt sehen. Darauf müssen wir trinken.« Damit hob Schwab sein Glas und deutete uns an, seinem Beispiel zu folgen. Nur Malgiolio hob sein Glas, und auch er nur zögernd. Dalakis hielt das Ganze für einen Scherz, und ich hatte genug.

Dann tat Schwab etwas Erstaunliches. Er zog seine Pistole aus dem Halfter und hielt sie über den Kopf.

»Trinkt!« schrie er.

»Also wirklich, Schwab«, protestierte Dalakis.

Natürlich war es nur Spaß gewesen, aber trotzdem tranken wir, obwohl ich bereits mehr getrunken hatte, als gut für mich war. Schwab leerte sein Glas und starrte uns kritisch an, dann drehte er sich um und warf sein Glas gegen die Wand. Es gab einen kleinen Blitz, und die Scherben flogen in alle Richtungen. Wir sahen zu, dann hob Schwab seine Pistole wieder und richtete sie gegen die Decke.

»Werft«, befahl er uns grinsend.

Jeder von uns schleuderte sein Glas von sich. Dalakis verfehlte die Wand, sein Glas prallte von einer Stuhllehne ab, so daß es auf den Boden fiel, wo es zersprang. Um die Wahrheit zu sagen,

Schwabs Aufgeblasenheit war fast mehr, als ich verkraften konnte.

Pacheco war eben in den Raum zurückgekehrt und stand an der Tür. Falls er sich angesichts unseres Toasts und der Zerstörung seines Kristalls etwas dachte, anmerken ließ er sich jedenfalls nichts. »Was habt ihr denn draußen in der Stadt angestellt, das dir solchen Ärger gemacht hat?« fragte er auf dem Weg zu seinem Stuhl.

»Patrouillen größtenteils. Die Stadt ist in Sektoren aufgeteilt, und wir wurden dieser Gegend hier zugeteilt. Deshalb konnte ich auch vorbeischauen.«

»Hast du jemanden gesehen?« fragte Pacheco.

»Wen meinst du?«

»Rebellen, Krawallmacher, Leute, die gegen die Ausgangssperre verstoßen haben, wie immer ihr sie nennt.«

»Einige.«

»Und wenn ihr sie erwischt, verhört ihr sie. Richtig?«

»Ja, wenn wir sie erwischen. Meistens laufen sie davon oder schießen zurück.« Schwab stand neben seinem Stuhl, noch immer damit beschäftigt, seine Uniformfront zu glätten. Pachecos Fragen schienen ihn herzlich wenig zu interessieren.

»Und wenn ihr mit ihnen fertig seid«, fuhr Pacheco fort, »was macht ihr dann mit ihnen?«

»Oft kommen sie in eins der Gefängnisse im Viertel.«

»Und ihr erschießt sie nicht einfach, weil sie gegen die Ausgangssperre verstoßen haben?« fragte Pacheco. Auch er stand neben seinem Stuhl, so daß sich die beiden Männer über Malgiolios Kopf hinweg unterhielten.

»Sind auch schon welche umgekommen, ja.«

»Ihr bringt sie also um?« fragte Pacheco noch einmal.

»Es ist schon vorgekommen. Was kümmert das dich?«

»Sie sind meine Nachbarn. Malgiolio hat die Unruhen heute schon gepriesen, weil er meint, es könnte sich die Chance für einen neuen Job auftun. Und ich wollte nur mal hören, ob man wohl Totengräber einstellt.«

Schwab lachte herzlich. Wie es aussah, war er zu dem Schluß gekommen, Pacheco scherzte. »Ja, Totengräber werden sie eine Menge brauchen können.«

»Was ist mit Kress«, fragte Dalakis, »hast du ihn gesehen?« David Kress war Oberst in der Armee und ebenfalls Mitglied unserer Gruppe.

»Nein, seine Garnison liegt in der Südstadt. Ich weiß, daß viel geschossen wurde da unten, aber ich habe nichts erfahren können. Ich bin sicher, er ist in Ordnung. Kennst doch Kress, der kommt immer durch.«

Schwab ging hinaus in die Halle, und wir folgten ihm. Er war ziemlich groß und hielt sich so gerade, daß man hätte meinen können, er trage ein Korsett. An der Tür standen vier uniformierte Polizisten. Als sie ihn sahen, nahmen sie sofort Haltung ein. Mir fiel auf, daß sie Angst vor ihm zu haben schienen. Schwab warf einen Blick auf die Köchin auf ihrer Matratze und ging dann weiter zur Tür.

»Zu viele Opfer«, sagte er. »Es kommen zu viele zu Schaden.« Er wandte sich um, schüttelte uns die Hände und umarmte dann einen nach dem anderen. »Ich hoffe, unser nächstes Treffen verläuft herzlicher. Wir müssen uns daran erinnern, daß wir zwei Leben haben: das als junge Kerle und unser jetziges. Wir dürfen uns von letzterem das andere nicht verpfuschen lassen.« Er lächelte und rückte dann das Halfter an seinem Koppel zurecht. »Schließlich treffen wir uns nicht unseres jetzigen Lebens wegen. Das ist doch nichts und nur dazu da, uns das andere in strahlender Erinnerung zu halten.« Mit diesen Worten wandte Schwab sich ab, und einer seiner Leute öffnete ihm die Tür. Sie alle duckten sich und liefen auf das am Randstein stehende gepanzerte Fahrzeug zu. Schwab sah nicht mehr zurück. In Anbetracht seiner Behauptung, die Straßen seien sicher, schien er mir ziemlich schnell zu laufen. Als Pacheco die Tür schloß, hörte ich den Motor des Panzerwagens losdröhnen und dann die Straße hinauf beschleunigen.

»Ein fröhlicher Mensch für einen Folterknecht«, sagte Pacheco.

Dalakis wandte sich ihm überrascht zu. »Wie kannst du sowas über einen Mann sagen, der dein Freund ist?«

»Wie ich schon gesagt habe, ich habe Männer und Frauen behandeln müssen, die von ihm verhört worden waren.«

Ich war beeindruckt von dem, was Schwab über unsere zwei Leben gesagt hatte und nicht weniger beeindruckt von der Tatsache, daß Pacheco es entweder nicht hatte hören wollen oder nicht mitbekommen hatte. Und ich fragte mich, ob es wohl stimmte – ob unsere Gruppe, als sie sich zu formieren beschloß, nichts weiter gewesen war als ein Fanclub jener Jungen, die wir einst gewesen waren; als hätten wir als Erwachsene nicht die geringste Chance gegen unsere einstigen Ichs, die um so vieles lebendiger und interessanter gewesen waren. Und vielleicht war das auch der Grund, warum Pacheco Schwabs Bemerkung überhört zu haben schien, weil sein Leben als Erwachsener, seine Affäre mit Señora Puccini so übermächtig war, daß sie alles in den Schatten stellte, was er als Junge oder junger Mann gewesen war. Bei mir ist das genau umgekehrt, weil es ganz den Anschein hat, als sei mein Leben mit dem Tod meiner Frau stehengeblieben. Und auch bei Malgiolio und Dalakis könnte es so gewesen sein. Das würde auch erklären, warum wir ein solches Risiko eingegangen waren, um an jenem Abend zu Pacheco zu kommen

– daß dieser Besuch eine Möglichkeit darstellte, wichtige Teile unserer selbst zu erreichen, nämlich jene Jungs, die wir einst gewesen waren.

In diesem Augenblick rief der Enkel der Köchin nach Pacheco. Seine Stimme war so voller Angst, daß ich eigentlich gar nicht sehen wollte, was nicht stimmte. Wir wandten uns um und sahen, wie sie ihren Rücken von der Matratze hob. Die Venen schienen ihr aus dem Gesicht zu platzen, und die Eierschalen ihrer blinden Augen traten ihr aus den Höhlen. Sie streckte die Hände nach Pacheco aus, und ich hatte, obwohl es ganz unmöglich war, den Eindruck, sie könne ihn sehen. Ihr Keuchen wurde lauter, es hörte sich an, als zerstöre sich hier eine Maschine. Señora Puccini kam vom Korridor hereingeeilt. Die Köchin drückte nach wie vor ihren Rücken in die Höhe, als würde sie jeden Augenblick auseinanderbrechen; dann fiel sie plötzlich auf den Boden. Pacheco kniete nieder und fühlte ihren Puls. Er ließ ihre Hand wieder los, und sie fiel auf die Matratze. Es war nicht nötig zu sagen, daß sie tot war.

Der Junge brach in Tränen aus. Als Señora Puccini aufstand, sah ich, daß auch sie weinte. Ich hatte mich so an ihr ausdrucksloses Starren gewöhnt, daß mich der Anblick ihrer tränennassen Augen unglaublich bewegte. Ich warf einen Blick hinüber zu Dalakis und Malgiolio. Dalakis hatte ein ziemlich graues Taschentuch herausgeholt und schneuzte sich. Malgiolio hatte den Kopf gesenkt.

Pacheco kniete nach wie vor neben Madame Letendre und strich ihr über die Stirn. Ich mußte denken, daß nun ihre Haut kalt und steif würde und er diese Veränderung wahrscheinlich spürte. Ich konnte mich bei dem schlechten Licht auch täuschen, aber es hatte den Anschein, als stünden ihre Augen nach wie vor offen.

»Ich würde sie gern in den Garten tragen«, sagte Pacheco. »Vielleicht seid ihr so nett und faßt mit an.«

Wir nahmen jeder eine Ecke der Matratze und hoben sie an. Die Köchin war eine starke Frau, aber zu viert und mit dem Jungen hinten hatten wir nur das Problem, den Leinenbezug der Matratze festzuhalten. Señora Puccini ging mit einigen Kerzen voraus. Ich trug die hintere rechte Ecke, und der Kopf der Köchin rollte mir immer wieder gegen die Hände. Aus irgendeinem unerfindlichen Grund flößte es mir ein entsetzliches Grauen ein, als ihr graues Haar gegen mein Handgelenk strich, und ich hätte fast die Matratze fallen gelassen in dem Bemühen, jede Berührung mit ihr zu vermeiden. Ihr Augen waren halb geschlossen, und ihr Mund stand offen. Wäre der Junge nicht gewesen, der das hintere Ende der Matratze zwischen mir und Malgiolio hielt, wäre alles auf dem Boden gelandet.

Wir schafften sie in den Korridor, wo wir rechts durch die Tür zum Innenhof gingen. Als wir am Eßzimmer vorbeikamen, warf ich einen Blick auf die Reste der Speisen, die Schwab übriggelassen hatte, Krümel fast nur, Knochen, Austernschalen. Jeder von uns fünf, die wir die Köchin trugen, machte einen ziemlichen Lärm, so daß unser Erscheinen die Vögel aufscheuchte, die sofort zwitschernd in ihren Käfigen herumzuflattern begannen. Señora Puccini stellte die Kerzen auf einen Stuhl. Im hinteren Teil des Innenhofs gab es einen langen hölzernen Tisch, eine Art Picknicktisch, auf dem wir die Matratze absetzten. Um uns herum befanden sich die Vogelkäfige, und die Luft war voll von dem aufgeregten Gezwitscher. Malgiolio starrte sie an, als fürchte er sich. Es gibt Leute, das weiß ich, denen Vögel einen heillosen Schrecken einjagen. Señora Puccini zündete weitere Kerzen an. Die Flammen flackerten in dem leichten Wind.

»Ich hole etwas, um sie zuzudecken«, sagte Pacheco und eilte, uns mit der Köchin allein lassend, davon. Obwohl er die Tote mit Sicherheit sehr gern gehabt hatte, legte er eine Lässigkeit gegenüber dem Tod an den Tag, die, wie ich annahm, daher rührte, daß er Chirurg war. Señora Puccini trat neben die Leiche der Köchin und berührte ihr Gesicht. Sie tat dies mit großer Zärtlichkeit, und ich war überrascht von dem liebevollen Ausdruck auf ihrem Gesicht, vor allem, wenn ich bedachte, daß sie womöglich absichtlich nichts unternommen hatte, um die Köchin am Gehen zu hindern, ja, sie womöglich sogar ermutigt hatte.

Dalakis stand neben ihr. »Haben Sie sie schon lange gekannt?«

»Wir sind alle zur gleichen Zeit gekommen – sie, der Mann oben und ich.«

»Sie müssen sie sehr geliebt haben«, fragte Dalakis. Er streckte die Hand aus und schloß die Augen der Köchin. Ich erschauerte. Der Gedanke, dieses tote Fleisch zu berühren, flößte mir ein Grausen ein.

»Sie kannte alle meine Geheimnisse«, sagte Señora Puccini.

Dalakis legte ihr eine Hand auf die Schulter. »Wenn ich irgendwie helfen kann...«

Señora Puccini entzog sich seiner Berührung und streifte uns drei mit einem raschen Blick. Ihr Gesicht wurde wieder kalt: Es war, als sähe man, wie Vorhänge vor ein Fenster gezogen würden. Ohne ein weiteres Wort verschwand sie in Richtung Küche, wobei sie Pacheco begegnete, der eben mit einem weißen Laken zurückkam. Ich folgte ihr einen Teil des Wegs durch den Garten. Der schwere Duft der Blumen, das Aroma der Kräuter – Minze, Dill und Basilikum – schien nicht nur den Rauchgeruch der Stadt zu verdrängen, sondern auch den Gestank von Tod und Blut, der die Köchin umgab. Ich machte mich daran, meine Pfeife zu stopfen, hielt dann aber inne. Wie merkwürdig, dachte ich, daß ich mich mitten im Genuß dieses Aromas dazu entschließen wollte, es mit meinem Tabak zu vergewaltigen.

Rechts wuchs die großartige Bougainvillea die Hauswand hinauf, mächtig und üppig mit ihren großen violetten Blüten, die, dicht gedrängt von der Erde bis zum Dach, dekadenten Küssen ähnelten. Dann, nach einigen Sekunden sah ich, daß sich etwas bewegte, dann noch einmal. Ich ging einige Schritte auf die Bougainvillea zu und bemerkte ein kleines Augenpaar, das, als es mich sah, mit dem Zucken eines kleinen braunen Schwanzes davonstob. Es waren Ratten, die da hinter den Blättern und den lila Blüten durchs Geäst huschten. Vielleicht fünf, vielleicht auch zwanzig, flitzten und sprangen dort herum, spähten aus der Dunkelheit hervor, so daß der große blühende Busch zitterte, als lebe er. Angewidert wandte ich mich ab und wollte mich schon fast wieder zu den anderen gesellen, als ich Dalakis den mit Steinen ausgelegten Weg auf mich zukommen sah. Er hatte seine Brille abgenommen und rieb sich mit der Hand über die Augen.

»Es ist zu traurig«, sagte er.

Natürlich meinte er die Köchin, aber ich konnte an nichts anderes denken als an den hübschen Busch, in dem es vor Ratten nur so wimmelte. Ich wollte ihn eben darauf aufmerksam machen, hielt dann aber inne. Warum den armen Dalakis noch mehr aufregen, als er es ohnehin schon war?

»Meinst du die Köchin?« fragte ich.

»Die Köchin und den Mann da oben, der sein Leben als gelähmter Gast in Pachecos Haus zubringen muß.«

Darauf schien es nichts zu sagen zu geben.

»Hat Pacheco eigentlich deine Frau gekannt?« meinte Dalakis beharrlich. »Soweit ich mich erinnere, war Pacheco während der ganzen Zeit deiner Ehe im Süden.«

»Er hat sie schon einige Jahre vor unserer Heirat gekannt.« Ich konnte mir nicht denken, warum Dalakis mit mir über meine Ehe sprechen wollte. Das Problem mit Leuten wie ihm war, daß ihnen ihr angeborenes Mitgefühl zur Ausrede wurde, ihre Nase in anderer Leute Leben zu stecken.

»Es ist alles schon so lange her«, fuhr er fort. »Weißt du, ich frage mich, mit wie vielen Frauen und Freundinnen der dreißig Leute aus unserer Klasse er wohl was gehabt hat. Meine Frau... wir waren damals noch nicht verheiratet, aber sie hatte immer gelacht, wenn ich zornig wurde. Sie war noch ein Kind gewesen damals, und sie hatte Ärger mit ihren Eltern gehabt. Was, meinst du, läßt eine Frau mit so einem Mann gehen?«

»Ich habe keine Ahnung. Vielleicht gibt er viel Geld für sie aus«, fügte ich scherzend hinzu.

»Aber denkst du denn nie darüber nach?«

»Nicht, wenn es sich vermeiden läßt.« Ich hakte mich bei Dalakis ein und führte ihn über den Hof zurück zu Pacheco, der sich mit Malgiolio unterhielt. Ja, ich hatte gelogen, aber ich sagte mir, es gebe keinen Grund, an der Vergangenheit zu rühren, und daß das, was meine Frau getan hatte, vergessen war. Das weiße Laken lag über der Leiche der Köchin, so daß sie nur mehr ein langer weißer Hügel war.

»Gehen wir wieder rein«, sagte Pacheco. »Unser Mahl ist noch nicht ganz vorbei.«

Einer nach dem anderen folgten wir ihm den Korridor entlang. Ich war der letzte. Hinter mir sah ich noch immer den weißen Hügel, der sich von Kerzen umgeben vom Tisch abhob. Dann wandte ich mich ab.

*

Wir hatten das Eßzimmer beinahe erreicht, als von der Tür her wieder ein lautes Klopfen kam. Vielleicht lag es nur am Echo in der großen Halle, daß jede Ankunft so dramatisch, ja geradezu beängstigend erschien. Nicht, daß ich mich gefürchtet hätte; ich war eher irritiert wegen dieser erneuten Unterbrechung.

Aber meine Verwirrung war fehl am Platz; Angst wäre die korrekte Reaktion gewesen. Es waren wieder Soldaten – argwöhnisch und aggressiv, selbstsicher in ihrer tyrannischen Art. Sie schoben sich ins Haus, ein ganzes Dutzend, trampelten herum, schwenkten ihre Waffen in alle Richtungen, die Gesichter zur Tarnung mit Farbe beschmiert. Sie waren wie bösartige Hunde, bereit, bei der geringsten Provokation anzugreifen. Als ich sie sah, blieb ich an der Tür ins Eßzimmer stehen. Immer wieder dachte ich, wie leicht es doch wäre, daß einer von ihnen einen Fehler machen und zu schießen beginnen würde. Wir drei Gäste standen wie versteinert, sorgsam bedacht, uns nicht zu bewegen. Pacheco dagegen wurde zornig.

»Was ist jetzt wieder?« fragte er. »Mit welchem Recht dringen Sie hier ein?« Die Soldaten hatten sich, ohne ihn groß zu beachten, in der Halle verteilt.

Ein Hauptmann blieb vor Pacheco stehen, ein kleiner, dunkler junger Mann, der wirkte, als stehe er unter Strom; er zuckte fast vor Anspannung, als er seinen Blick durch den Raum schweifen ließ. In seiner Hand hielt er einen großen Revolver.

»Von den Dächern der Häuser hier wurde geschossen«, sagte er, »und wir müssen alles durchsuchen. Können Sie sich ausweisen?«

»Ich bin Dr. Daniel Pacheco.«

»Können Sie sich ausweisen?«

»Ist mein Wort nicht gut genug?«

Lässig hob der Hauptmann die Pistole und legte den Lauf an

Pachecos Nase. »Spielen Sie nicht den Narren bei mir. Ich habe heute schon so viele erschossen, daß es auf einen mehr nicht mehr ankommt.«

Ich muß sagen, daß Pacheco auch nicht mit einer Wimper zuckte. Als der Hauptmann ihm drohte, richteten die anderen Soldaten ihre Gewehre auf uns, als könnten wir drei Männer in mittleren Jahren ihm zur Hilfe eilen. Wie ich schon beim ersten Mal bemerkt hatte, waren die Soldaten jung und ziemlich aufgeregt. Sie standen über die Halle verstreut und die halbe Treppe hinauf, von wo aus sie auf uns herunter sahen. Die Farbe auf ihren Gesichtern ließ sie besonders unmenschlich erscheinen. Höchstwahrscheinlich war es unsere offen sichtbare Angst, die Pacheco dazu veranlaßte, es sich anders zu überlegen.

»Glauben Sie, ich kann nach meiner Brieftasche greifen, ohne daß sie sich aufregen?« fragte er den Hauptmann. »Und vielleicht sagen Sie mir bei dieser Gelegenheit gleich Ihren Namen.«

Der Hauptmann sah sich Pachecos Ausweis an, ohne ihm zu antworten. Er war mindestens fünfzehn Zentimeter kleiner als Pacheco, und man sah das volle schwarze Haar unter seiner Kappe. Ich nahm an, er habe indianisches Blut in den Adern, und war mir sicher, er fühlte sich durch die Opulenz der Eingangshalle beleidigt.

»Durchsucht die Männer nach Waffen«, sagte der Hauptmann zu einem anderen Offizier. »Dann durchsucht das Haus.«

»Nein!« rief Pacheco. »Ich weigere mich, Ihnen zu gestatten, mich in meinem eigenen Haus zu schikanieren.«

Der Hauptmann wirbelte herum, hob seinen Revolver und schlug Pacheco damit ins Gesicht, so daß dieser nach hinten taumelte. Noch bevor ich mehr sehen konnte, hatten die Soldaten uns gepackt, gegen die Wände gedrängt und machten sich daran, uns zu durchsuchen, wobei sie nicht versuchten, sanft mit uns umzugehen oder Respekt vor unserem Alter zu zeigen. Ich spürte mich herumgerissen und dann das grobe Tasten ihrer Hände, als sie mich begrapschten und stießen, aber ich konnte nichts dagegen tun. Kurz sah ich Señora Puccini an der Tür zur Halle stehen. Ich dachte an die kleine Pistole und ob sie sie noch immer bei sich hätte. Dann drehte sie sich um und verschwand im hinteren Teil des Hauses.

Als die Soldaten sich vergewissert hatten, daß wir nicht bewaffnet waren, schubsten sie mich zu Dalakis und Malgiolio, so daß wir drei aufeinander zutaumelten und ich mit dem Kopf gegen Dalakis' Schulter stieß. Meine beiden Freunde sahen zu Tode geängstigt aus. Ich warf einen Blick nach hinten zu Pacheco, der eben wieder auf die Beine kam. Die linke Seite seines Gesichts blutete, aber er faßte sie nicht an. Ehrlich gesagt, ich mußte ihn bewundern. Er stand auf, als verspüre er weder Schmerzen noch Unbehagen, und wandte sich vollkommen ruhig an den Hauptmann.

»Sie haben mir Ihren Namen noch immer nicht genannt«, sagte er.

Der Hauptmann ignorierte ihn und wandte sich an seine Leute. »Durchsucht das Haus, aber macht nichts kaputt. Wenn ihr jemanden findet, bringt ihn zu mir.«

»Warten Sie«, sagte Pacheco, »wir haben einen Invaliden in einem der oberen Schlafzimmer.«

»Kann er gehen?« fragte der Hauptmann.

»Er hat sich seit zwanzig Jahren nicht mehr bewegt. Und er kann auch nicht sprechen.«

»Warum sollte ich Ihnen glauben?« fragte der Hauptmann.

»Wenn Sie ihn sähen, würden Sie mir glauben.« Pacheco bemerkte, daß Señora Puccini wieder in der Tür stand. »Señora, führen Sie den Hauptmann nach oben und zeigen Sie ihm unseren Dauergast.« »Das ist schon in Ordnung, meine Leute können sich ihn ansehen.« Er rief zu einem anderen Offizier hinüber. »Lassen Sie sich von der Frau hier das Haus zeigen. Paßt auf, daß sie nichts ausläßt. Außerdem will ich, daß sie durchsucht wird. Aber nicht zu brutal. Und beeilt euch, wir verschwenden hier Zeit.«

Pacheco wischte sich mit seinem Taschentuch das Gesicht ab. Es schien noch immer zu bluten. Señora Puccini starrte das Blut an, aber ich konnte ihre Gedanken nicht erraten. Bereitete ihr der Anblick seines Blutes Freude? Wie auch immer, alsbald zerrten die Soldaten sie die Treppe hinauf, während andere in die unteren Räume ausschwärmten.

»Und denkt dran«, rief der Hauptmann, »es wird nichts angerührt!«

Pacheco trat ein paar Schritte auf uns zu. Einige Blutstropfen befleckten das Jackett seines grauen Anzugs. »Wollen wir uns wieder unserem Essen zuwenden?« fragte er.

Als er Pacheco weggehen sah, brüllte der Hauptmann uns alle miteinander an: »Sie bleiben hier in der Halle, bis ich Ihnen die Erlaubnis gebe zu gehen! Setzen Sie sich hier hin!« Er deutete auf eine der Marmorbänke, zu deren beiden Seiten eine Vase mit roten Blumen stand.

Pacheco wandte sich langsam um. »Ich frage Sie nochmal nach Ihrem Namen, Hauptmann! Haben Sie Angst, ihn mir zu nennen?«

Dalakis eilte zu Pacheco und nahm ihn beim Arm. »Komm mit, Daniel, die sind gleich wieder fort. Tun wir einfach, was er sagt.« Aus anderen Räumen und von oben hörten wir die Soldaten herumtrampeln und Türen schlagen.

Ungelogen, ich glaube, Pacheco hätte es vorgezogen, gefesselt zu werden, als irgend etwas zu tun, was der Hauptmann von ihm verlangte, aber Dalakis und ich konnten ihn dazu bewegen, sich hinzusetzen. Malgiolio hatte die ganze Zeit über geschwiegen. Mit einem Blick auf ihn stellte ich fest, daß sein Gesicht kreidebleich war. Er schien zu glauben, er könnte jeden Augenblick erschossen werden. Ich nahm ihn beim Arm und setzte ihn auf die Bank. Wir setzten uns alle vier in eine kurze Reihe. Was für ein Kontrast zur Pracht unseres üppigen Mahls. Dalakis versuchte, einen angenehmen und verbindlichen Eindruck zu machen. Pacheco beugte sich vor, die Ellenbogen auf den Knien, als studiere er seine Schuhe. Malgiolio saß zusammengefallen, die Arme vor der Brust verschränkt, da. Auch ich war nervös, aber meine Angst war nicht so groß, daß ich nicht mitbekommen hätte, was um mich herum vor sich ging. Der Hauptmann stand drüben an der Treppe und sprach mit einem seiner Leute. Ich bemerkte, daß er hinkte und die Sohle seines linken Schuhs gut einen Zoll dicker war als die des anderen. Fünf weitere Soldaten standen in der Halle verteilt, drei starrten auf den Wandteppich mit den Satyren und Nymphen. Dann stießen sie einander die Ellenbogen in die Seiten, als sie kapierten, daß die Festlichkeit darauf sexueller Natur war.

Nach einigen Minuten stand Dalakis auf. »Entschuldigen Sie«, sagte er, »entschuldigen Sie, Sir.« Der Hauptmann bedachte ihn mit einem Blick, der mir die Vermutung nahelegte, daß er einer jener Berufssoldaten war, die Zivilisten haßten. »Ich frage mich«, fuhr Dalakis fort, »ob Sie uns wohl eine Vorstellung davon geben könnten, was in der Stadt passiert. Ich bin Beamter, und es ist schwierig, hier etwas in Erfahrung zu bringen.«

Um die Wahrheit zu sagen, Dalakis' Verhalten überraschte mich ziemlich.

Der Hauptmann schien ebenfalls überrascht. »Sie setzen sich hin und sind ruhig! Muß ich Sie festbinden? Sind Sie ein Kind?«

Er wandte sich an den Mann hinter ihm, um etwas zu sagen, und der Mann lachte. Dalakis setzte sich wieder auf die Bank.

Pacheco tätschelte ihm das Knie. »Sie legen es nun einmal darauf an, Tiere zu sein. Laß sie in Ruhe.«

Der Hauptmann warf Pacheco einen Blick zu, äußerte sich jedoch nicht dazu. Was Dalakis anging, so verhielt er sich so, wie man es von ihm erwartet hatte. Schon als Junge hatte er immer zu dem gestanden, der die Macht hatte. Man erzählte sich, er hätte sogar unsere diversen Lausbubenstreiche der Schulleitung gemeldet, wofür wir freilich nie Beweise hatten.

Aber einmal waren wir – Pacheco, David Kress und ich – auf einem nächtlichen Streifzug durch die Stadt gewesen. Wir waren siebzehn und zu jedem Abenteuer bereit. Pacheco hatte uns in eine Art Tanzpalast für Asoziale geführt, deren Kundschaft vor allem aus Seeleuten bestand und der voller Prostituierter war. Der Laden war zum Brechen voll gewesen, und einer der Leute dort entpuppte sich zu unserer Überraschung als Dalakis' Vater. Er tanzte ziemlich betrunken mit einer dicken Rothaarigen, die eine Stola aus leuchtend lila Federn trug. Wir waren uns damals sicher, daß er uns nicht gesehen hatte. Dann, einige Tage später, wurden wir zum Direktor gerufen. Allem Anschein nach hatte uns jemand gemeldet. Kress leugnete, dort gewesen zu sein. Pacheco sagte, es sei nicht Sache der Schule, uns zu sagen, wie wir uns in unserer Freizeit zu verhalten hätten. Und ich hielt den Mund. Das Ergebnis war, daß wir Strafarbeiten aufgebrummt bekamen und zwei Monate lang nachsitzen mußten. Eine trostlose Strafe.

Kress war sich sicher, daß Dalakis von seinem Vater gehört hatte, daß wir dort gewesen waren und uns gemeldet hatte. Selbstverständlich war Kress wütend und hätte den armen Dalakis um ein Haar grün und blau geschlagen. Aber Pacheco sagte, daß uns eine Menge Leute gesehen hätten und die Information von jedem hätte kommen können. Ich hielt es da eher mit Kress, aber ohne unwiderlegbaren Beweis hatten wir natürlich nichts in der Hand. Im Grund war Kress ein liebenswürdiger Kerl, und wenn er etwas nicht ausstehen konnte, dann war das Verrat, und Spione haßte er. Zuweilen hatte ich Dalakis schon danach fragen wollen – ob er es gewesen war, der uns damals verpetzt hatte –, war dann aber zu dem Schluß gekommen, daß ich es lieber gar nicht erst wissen wollte. Hätte er uns tatsächlich verraten, ich hätte selbst nach all der Zeit, die inzwischen vergangen war, Schwierigkeiten, die Freundschaft mit ihm aufrechtzuerhalten.

*

Zu zweit oder zu dritt kamen die Soldaten in die Halle zurück. Anzunehmen, daß sie nichts von Interesse gefunden hatten. Mit einemmal hörten wir ein Geschrei von hinten aus der Küche, das lauter wurde, als es sich den Korridor herauf näherte. Mehrere Soldaten platzten zur Tür herein und zogen den Enkel der Köchin hinter sich her, der sich loszureißen versuchte. Einer der Soldaten warf Juan auf den Boden, trat nach ihm, verfehlte ihn aber. Pacheco sprang auf und rannte hinüber.

»Laßt ihn in Ruhe!« rief er. Er schob sich zwischen Juan und die Soldaten, und das so flink, daß alle viel zu überrascht waren, um mehr zu tun, als ihn anzustarren. »Ihr habt die Großmutter dieses Jungen ermordet, und jetzt schikaniert ihr ihn. Macht, daß ihr aus meinem Haus kommt!«

Was jetzt hätte passieren können – ich weiß es nicht. Aber noch während Pacheco sprach, erschienen einige neue Soldaten in der Tür. Sie kamen herein, gefolgt von einem Offizier, einem Oberst, den ich kannte. Das heißt, wir gehörten demselben Club an und spielten gelegentlich miteinander Karten.

»Carrera«, sagte ich, fast ohne nachzudenken, »sagen Sie diesen Leuten, sie möchten uns in Ruhe lassen.«

Der Oberst blickte mich überrascht an. »Batterby, sind Sie das? Was geht hier vor?«

»Ihr Hauptmann hier benimmt sich wie die Axt im Wald«, sagte ich mit wachsendem Zorn. »Erst greift er unseren Gastgeber, Dr. Pacheco, an, und jetzt bedroht er den Hausgehilfen.«

Carrera ließ nach wie vor seinen verwirrten Blick durch die Halle schweifen. Er war ein Mann um die Sechzig, ausgesprochen hager, und trug einen kleinen weißen Schnurrbart. Er machte einen flinken und agilen Eindruck und hat mich seit jeher an einen Windhund erinnert. Einen Augenblick später richtete er seinen Blick auf Pacheco.

»Sie sind der Arzt, nicht wahr? Wir sind einander noch nicht vorgestellt worden, aber ich habe Sie im Krankenhaus gesehen. Ich wollte Sie fragen, ob wir in Ihrer Halle einige unserer Verwundeten unterbringen könnten. Wir haben einige Sanitäter, die den Großteil der Arbeit erledigen, aber wenn Sie sich kurz ein oder zwei der schwerer Verwundeten ansehen könnten, wäre uns das eine große Hilfe. Sieht so aus, als könnten wir sie nicht ins Krankenhaus schaffen.«

Carrera kaum zur Kenntnis nehmend, ging Pacheco langsam auf den Hauptmann zu. »Ich will den Namen dieses Mannes. Er hat mich beleidigt, mich, meine Gäste und meine Hausangestellten.«

»Ich bin Hauptmann Quatrone«, sagte der Hauptmann, der nicht weniger zornig dreinschaute, »und ich habe nur meine Arbeit getan.«

»Besteht Ihre Arbeit darin, wehrlose Leute zu bedrohen und zu mißhandeln? Ich will, daß Sie aus meinem Haus verschwinden.«

Quatrone schlug die Hacken zusammen und deutete eine sarkastische Verbeugung an. Ich bezweifelte, daß er sich entschuldigen würde oder auch nur eine seiner Handlungen bedauerte. Oberst Carrera schien etwas verwirrt über die Vorkommnisse, aber ich spürte, daß er für den Hauptmann nichts übrig hatte, höchstwahrscheinlich wegen dessen dunkler Hautfarbe. Carrera war ein wohlhabender Mann, dessen Familie seit Generationen beim Militär gewesen war. Er sprach sehr abgehackt und hörte sich aufgrund dessen gleichzeitig gelangweilt und überrascht an.

»Also, Hauptmann«, sagte Oberst Carrera, »ich sehe nicht, mit welchem Recht Sie diese Leute hier bedrohen. Auf Befehl geschah das ja offensichtlich nicht.«

Carrera hatte die Halle durchquert und stand jetzt mit Pacheco und Quatrone neben dem Brunnen. Wir drei Gäste waren an der Marmorbank stehengeblieben. Ungefähr zwanzig Soldaten standen in der Halle verteilt und beobachteten die kleine Szene, die ihre Offiziere da aufführten. Einige grinsten.

»Man hat von den Dächern aus auf uns geschossen«, sagte Quatrone. »Ich habe beschlossen, die Häuser zu durchsuchen.«

»Ich denke, Sie gehen jetzt besser, Quatrone«, sagte Carrera leise.

Quatrone salutierte zackig, nickte seinem Leutnant zu und ging raschen Schritts zur Tür. Seine Absätze klapperten über den polierten Marmor.

»Warten Sie«, sagte Pacheco.

Quatrone hielt an, wandte sich dem Doktor jedoch nicht zu. Pacheco ging hinüber und stellte sich direkt hinter den Hauptmann, der sich einen Augenblick später langsam umdrehte. Pacheco neigte Quatrone sein verletztes Gesicht zu. Es hatte zu bluten aufgehört, aber die Schramme und das getrocknete Blut sahen scheußlich aus.

»Sehen Sie das?« fragte Pacheco.

»Was ist damit?«

»Ich werde Ihnen das nicht verzeihen.«

Hauptmann Quatrone warf einen Blick auf den Oberst und sah dann wieder Pacheco an. Er schien sich alle Mühe zu geben, ein Lächeln zu verbergen. »Das bringt diese Nacht nun mal so mit sich«, sagte er schließlich. »Eine Nacht voller Gefahren. Sie müssen vorsichtiger sein.«

»Ist das eine Drohung?« fragte Pacheco.

»Es ist eine Beschreibung der Stadt. Und was Ihre Warnung oder Ihre Vergebung betrifft, warum sollte mich das kümmern? Ich habe meine Arbeit zu tun.«

»Quatrone«, sagte der Oberst, »Sie gehen besser.«

Ohne ein weiteres Wort drehte Quatrone sich um und verließ das Haus. Seine Leute bummelten hinter ihm drein, einige noch immer mit einem Lächeln, während andere einen gleichgültigen oder unsicheren Eindruck machten.

Nachdem die Tür zu war, wandte sich Pacheco an Carrera. »Oberst«, sagte er, »trinken Sie ein Glas Wein mit uns. Das hier hätte eigentlich ein Bankett für meine Freunde werden sollen, aber die Ereignisse sind uns dazwischengekommen.«

»Ein Gläschen vielleicht«, sagte Carrera. Er hatte ein kleines Stöckchen bei sich, das er immer wieder gegen sein Bein klatschen ließ. »Sie haben meine Frage wegen der Verwundeten noch nicht beantwortet.«

Wir waren inzwischen auf dem Weg zurück ins Eßzimmer. »Aber unbedingt«, sagte Pacheco, »bringen Sie sie her. Aber sollte Quatrone darunter auftauchen, so gestatten Sie mir das Vergnügen, ihn leiden zu lassen.«

Carrera schien peinlich berührt. »Es ist eine Nacht großer Veränderungen. Quatrone ist ausgesprochen eifrig.«

»Was geht eigentlich vor in der Stadt?« fragte ich, nachdem wir unsere Plätze wieder eingenommen hatten. Bei all meinem Interesse und trotz der ständigen Störungen durch die Soldaten schien mir die Außenwelt unwirklich oder wenigstens nicht so wirklich wie Señora Puccini, die in diesem Augenblick das Glas des Oberst mit Wein füllte. Schwabs Geschirr war abgetragen worden, und Carrera saß auf seinem Platz.

»Es herrscht immer noch Durcheinander«, sagte Carrera, sein Glas gegen eine der Kerzen haltend. »Haben Sie gewußt, daß man heute nachmittag General Colecchia ermordet hat?«

»Doch nicht den Innenminister!« sagte Dalakis.

Obwohl mir Dalakis' Reaktion etwas übertrieben schien (wie viele Generäle namens Colecchia hatten wir schon?), so waren wir doch alle überrascht. Es gab in der Regierung Männer, die man für immun gegen Angriffe hielt. Ständig hatten sie eine bewaffnete Eskorte dabei, selten sah man sie in der Öffentlichkeit. Colecchia war einer von ihnen gewesen. Wir bekamen ihn bestenfalls im Fernsehen zu Gesicht, oder wenn sein bewaffneter Konvoi von einem Stadtteil in einen anderen sauste.

»Was ist passiert?« fragte Pacheco.

»Man hat ihn in die Luft gesprengt – oder besser sein Auto, in dem er saß. Die Luftwaffe oder Teile der Luftwaffe haben gemeutert in einem Versuch, die Regierung zu stürzen. Einige Armeeregimenter haben sich ihnen angeschlossen, was weiter keine Rolle spielt, da sie im Grund geschlagen sind. Aber über die Gewerkschaften sind Waffen ausgegeben worden; sie haben die Gelegenheit für eine eigene kleine Rebellion genutzt. Sie sind für die ständigen Schießereien verantwortlich. Wie man mir gesagt hat, sind auch Studenten mit von der Partie.« Er schwieg einen Augenblick, um an seinem Wein zu nippen und bedachte Pacheco mit einem anerkennenden Nicken.

»Einiges haben wir schon von Schwab gehört«, sagte Malgiolio. »Aber er hat durchblicken lassen, es sei nicht weiter von Bedeutung.«

»Schwab war hier?« fragte Carrera, der aufzuhorchen schien.

»Wir sind zusammen auf der Schule gewesen, wir alle«, fuhr Malgiolio fort. »Schwab hätte schon früher kommen sollen, aber er wurde aufgehalten. Er kam vorbei, um seine Aufwartung zu machen.« Es war klar, daß Malgiolio stolz auf diese Bekanntschaft war.

Carrera stellte behutsam das Weinglas zurück auf das weiße Tischtuch. »Er ist ein Mann mit vielen Feinden«, sagte er.

»Aber was geht in diesem Viertel vor sich?« fragte Dalakis. »Warum können wir nicht nach Hause?«

»Völlig unmöglich, daß Sie das Haus verlassen, solange die Ausgangssperre in Kraft ist«, sagte Carrera. »Alles, was ich weiß, ist, daß wir es mit Heckenschützen und Barrikaden zu tun haben, die meisten ziemlich belanglos, aber solange wir nicht mit den Luftwaffenregimentern fertig sind, können wir auch den Rest nicht ganz auslöschen. Selbst was ich gerade hier sage, ist zum Teil nur geraten, weil die Kommunikation so schlecht ist.«

Wie sich herausstellte, wußte Carrera nicht viel. Er hatte die Verantwortung über diesen Sektor der Stadt, den er und seine Leute abzuriegeln versucht hatten, freilich mit dem Ergebnis, daß sie kaum etwas darüber wußten, was andernorts geschah. Wegen der meuternden Regimenter traute man dem Funkverkehr nicht. Genaugenommen wimmelte es auf den Militärfrequenzen nur so von trügerischen Befehlen, Behauptungen und Gegenbehauptungen, so daß keiner wußte, wem er glauben sollte. Man hatte einige Kuriere in andere Sektoren geschickt, aber die waren nicht mehr zurückgekommen.

Dalakis fand das alles erschreckend, auch wenn ich das Gefühl hatte, daß Hauptmann Quatrones Schikanen seine Sympathien für die Armee gedämpft hatten – obwohl ich sicher bin, er hätte auch Quatrone entschuldigt, hätte er nicht Angst gehabt, sich Pachecos Zorn zuzuziehen. Was Malgiolio anging, so wurde seine Angst von Minute zu Minute offensichtlicher. Weit entfernt von seiner anfänglichen Position, laut der jede Art von Unruhe nur Gelegenheiten für Leute wie ihn schaffen könnte, hatte er sich in eine dumpfe Angst um sein eigenes Leben verkrochen. Pacheco auf der anderen Seite schien es so oder so egal. Er rauchte eine Zigarette nach der anderen und hörte Carrera nur mit einem Ohr zu. Es bestürzte ihn, daß Unschuldige leiden mußten, aber wenn es darum ging, wer das Land regierte, so gehörte er zu jenen, die der Meinung waren, alle Generäle, mochten sie nun vom Heer, von der Luftwaffe oder woher auch immer sein, seien aus ein und demselben Holz geschnitzt, und hätte ein Gewerkschaftsführer Erfolg, so hieße das für ihn nichts anderes, als daß eine andere Sorte Idiot an der Macht wäre.

Was mich anbelangt, so gehört Politik nicht zu meinen Interessen. Trotzdem habe ich natürlich gewußt, daß es mit dem Land abwärts ging und daß wir eine Regierung am Hals hatten, die sich um ihr Volk nicht scherte, mit Ausnahme der Reichen, versteht sich.

Für mich war es unmöglich, das Abendessen bei Pacheco von den Ereignissen in der Stadt zu trennen. Höchstwahrscheinlich wäre es bei Pacheco nicht zu all dem gekommen, was passiert war, hätte es den Aufruhr in den Straßen nicht gegeben. Die Geschichte wäre nie erzählt worden. Aber es schien mehr als das – nicht nur schien unser Leben das Ergebnis dieser Gewalt, diese Gewalt schien das Ergebnis unseres Lebens zu sein, und Pachecos Geschichte schien zum Teil an dem Aufruhr um uns herum schuld.

Es scheint eine Verbindung zu bestehen zwischen privaten und öffentlichen Bereichen. Zum Beispiel Malgiolio. Er übernimmt weder Verantwortung für sein persönliches Leben, noch hat er Interesse am öffentlichen. In verschiedener Intensität trifft dies womöglich auf uns alle zu. Wenn man nicht völlig verarmt, unterdrückt oder verkrüppelt ist, dann bekommt man womöglich genau das Leben, das man verdient. Daraus folgt, daß man auch die Regierung bekommt, die man verdient. Ich meine, wenn meine Mitbürger in den Straßen kämpfen, bin ich dann nicht bis zu einem gewissen Grad dafür verantwortlich?

Aber vielleicht war ich da schon wieder Romantiker. Uns Menschen passieren nun mal Dinge, das heißt, das Leben gibt einem ein Blatt, und man spielt es nach seinen Möglichkeiten aus. Tue ich mein Bestes und mache meinen Mitmenschen keinen Ärger, dann kann man mir sicher weder meine Existenz noch meine Regierung vorwerfen. Es gibt Gewalten im Leben, gegen die man als armseliges Individuum einfach nichts ausrichten kann. Da war es einfach besser, mich an Bücher und Gedanken über die Literatur zu halten und das Regieren denen zu überlassen, die es konnten. Genau das hatte ich auch jahrelang geglaubt, aber an diesem Abend habe ich zu überlegen begonnen, ob es nicht eben diese Denkensart war, die mit dazu beigetragen hatte, den gegenwärtigen Zustand zu schaffen.

Die anderen hatten sich weiter darüber unterhalten, was wohl draußen in der Stadt vor sich gehen mochte, und ich hörte zu und unterbrach sie gelegentlich mit einer Frage. Carrera war ein ausgesprochener Gentleman, durch und durch Offizier der alten Schule, einer von denen, die selbst dann die personifizierte Höflichkeit waren, wenn sie vorhatten, einen umzubringen. Genaugenommen war er wahrscheinlich gefährlicher als Quatrone, weil er einem mit vollendeter Etikette begegnete, aber ohne zu zögern handelte, wenn man sich gegen ihn stellte. Das Beispiel mag banal sein, aber wenn wir Karten spielten – meist Poker, aber auch Bridge oder Whist –, dann kannte er keine Gnade.

Nachdem wir uns zehn Minuten unterhalten hatten, fragte ich: »Ach, übrigens, wissen Sie etwas über Oberst David Kress? Er gehört zu unserer Gruppe und hätte eigentlich heute abend hier sein sollen.«

Carrera faltete seine Hände auf dem Tischtuch vor sich, während sich seine Miene verdüsterte. »Ich... ich fürchte, ich habe da eine recht unerfreuliche Nachricht für Sie«, sagte er in seiner langsamen, abgehackten Sprechweise. »Oberst Kress' Regiment ist eines jener Heeresregimenter, die versucht haben, sich im Süden den Abtrünnigen der Luftwaffe anzuschließen. Ich weiß nichts über ihn selbst, aber man hat sich ihnen direkt vor der Stadt entgegengestellt, und es ist zu einem erbitterten Gefecht gekommen. Ich kenne keine Einzelheiten, aber ich habe gehört, daß man sie geschlagen hat. Und selbst wenn Kress noch leben würde, so müßte er sich mit Sicherheit vor einem Kriegsgericht oder Schlimmerem verantworten, es sei denn, es gelänge ihm zu fliehen. Aber wo könnte er schon hin?«

Wir nahmen diese Neuigkeit schweigend auf. Kress war immer beliebt gewesen – ein Mann, der sich um die Leute unter seinem Kommando kümmerte und ein besonders ausgeprägtes Zugehörigkeitsgefühl zu unserer Gruppe hatte. Ob einer von uns einen Mann zum Umzug brauchte, sich etwas borgen wollte oder sonst irgendwie Hilfe benötigte, auf Kress konnte man zählen. Daß er tot sein könnte, schien mehr als alles andere zu beweisen, daß unsere Gruppe auseinandergebrochen war und daß, was immer nach diesem Abend passieren mochte, alles anders sein würde: Wir wären eine andere Gruppe in einer anderen Stadt. Gewiß, ein Großteil dieses Zerfalls war auf die Gewalt um uns herum zurückzuführen, aber ich fragte mich auch, ob er nicht genauso von den zwiespältigen Gefühlen innerhalb der Gruppe herrührte.

Carrera sah uns mitfühlend an. »Tut mir leid, daß ich so schlechte Neuigkeiten bringe. Ich kannte Kress nicht persönlich, aber ich habe immer nur das Beste über ihn gehört.«

»Ich habe ihn nie für besonders politisch gehalten«, sagte Dalakis.

Carrera trank seinen Wein aus. »Schwierig, das in diesen Zeiten nicht zu sein.«

Er stand auf, und man plauderte ein bißchen, ob er noch ein Glas Wein trinken oder gar etwas essen wollte, dann ging es um Ausfälle in seinem Regiment. Ein paar seiner Leute waren bereits losgegangen, um dafür zu sorgen, daß einige der Verwundeten hergebracht würden. Pacheco sagte, er bräuchte Verbandszeug und Antibiotika.

Aber mir wollte Kress nicht aus dem Kopf, den ich seit unserem letzten Essen vor sechs Monaten nicht mehr gesehen hatte. Er war Zeremonienmeister bei meiner Hochzeit gewesen und hatte sich einige Wochen später in dem kleinen Wintersportort in der Schweiz zu uns gesellt, in dem Cora und ich die Flitterwochen verbrachten. Er war selbst bereits verheiratet gewesen, noch nicht mal ein Jahr, und seine Frau hatte uns begleitet. Sie hieß Dorothy oder Delores, ich weiß nicht mehr. Wir waren ein ziemlich munteres Quartett.

Am ersten Abend seines Besuchs hatten wir zusammen in unserer Unterkunft gegessen. Wir hatten in einem großen Holzhaus gewohnt mit einer Halle in der Mitte, die sich über vier oder fünf Stockwerke erstreckte, und Balkonen ringsherum. Während wir beim Abendessen gesessen waren, hatten wir uns vergnügt über die Abfahrten des nächsten Tages unterhalten. Kress, so liebevoll er auch mit seiner Frau umging, hatte sich die ganze Zeit über nach anderen Frauen umgesehen und sogar mit einer geflirtet. Ich habe nie erfahren, ob er sie bereits von früher gekannt hatte oder ob sie per Augenkontakt zu einer Verständigung kamen. Einige Augenblicke später hatte er sich entschuldigt, um auf die Toilette zu gehen. Zehn Minuten später war er immer noch nicht wieder zurück, und seine Frau dachte, ihm könnte schlecht geworden sein. Obwohl ich bemerkt hatte, daß besagte Dame den Speisesaal ebenfalls verlassen hatte, ging ich zur Toilette, um ihn zu suchen. Selbstverständlich war er nicht dort. Ich sah mich in den diversen Sälen und Gemeinschaftsräumen um, dann, ich warf zufällig einen Blick aus dem Fenster, sah ich unten auf dem Parkplatz Kress' Mietwagen, einen großen Citroën, stehen. Und da war er, Kress, und er liebte auf dem Rücksitz diese Frau. Ich weiß noch, wie ich am Fenster gestanden war und hinunterblickte, aber nur ein Durcheinander von Armen, Beinen und Kleidern sehen konnte.

Ich ging damals wieder zurück in den Speisesaal, und etwa zehn Minuten darauf war Kress wiedergekommen, die Ruhe selbst, als wäre nichts Besonderes passiert. Er sagte, er hätte Kopfschmerzen gehabt und sei aufs Zimmer gegangen, um sich Aspirin zu holen. Einige Minuten später war die Frau zurückgekehrt und hatte sich wieder zu ihren Freunden gesetzt, drei Frauen und zwei Männern. Sie hat Kress nicht angesehen und er sie nicht. Dafür sah ich sie mir um so genauer an, nicht aus Verlangen, sondern mit Staunen. Ich hatte vor, Kress über seine Eskapade auszufragen, vor allem weil ich wissen wollte, ob er die Frau schon vorher gekannt hatte. Außerdem sagte ich mir, daß ich besser daran täte, meine eigene junge Frau von ihm fernzuhalten – auch wenn ich nicht das Gefühl hatte, etwas befürchten zu müssen, da wir verliebt und vollauf mit uns selbst beschäftigt waren. Aber wie sich herausstellen sollte, hatte ich keine Zeit mehr, Kress nach der anderen Frau zu fragen. Meine Frau hatte am nächsten Tag ihren tödlichen Unfall, der mich alles andere vergessen ließ.

Oberst Carrera dankte Pacheco für den Wein, und wir begleiteten ihn zur Haustür. »In zehn Minuten dürften die ersten Verwundeten eintreffen. Tut mir leid, Ihnen Ungelegenheiten zu bereiten, aber es scheint keine andere Möglichkeit zu geben. Und übrigens, Pacheco, ich würde mich vor Hauptmann Quatrone in acht nehmen. Er ist nicht wie wir. Nicht die Spur von Loyalität. Der dient nur sich selbst.«

»Es sind schwierige Zeiten«, sagte Pacheco und öffnete die Tür, »aber das ist kein Grund, alles durchgehen zu lassen. Ein Mann wie Quatrone ist nur dann zufrieden, wenn er einen Stock hält oder ihn gar benutzt. Sie haben ihm einen größeren Stock gezeigt. Ich bin sicher, er wird sich benehmen.«

»Ich hoffe, Sie haben recht«, sagte Carrera.

Wir sahen ihm hinterher, als er zu seinem Jeep eilte.

*

Pacheco schloß die Tür. Er wandte sich um und schien mit einemmal müde. Dann steckte er sich eine Zigarette an und hatte sich wieder im Griff. »Nun, die Herren, wir haben noch etwas Essen übrig. Würdet ihr mit mir den Nachtisch einnehmen?« Seine lädierte Backe war blau und geschwollen, und ich konnte einfach nicht anders, als sie anzustarren.

»Wirklich, Pacheco«, sagte Dalakis auf dem Weg zurück durch die Halle, »ich komme mir vor, als hätte ich schon für ein Dutzend Leute gegessen. Was mich viel mehr interessiert, ist der Mann da oben. Liegt er wirklich schon seit zwanzig Jahren in diesem Bett?«

Pacheco klopfte Dalakis auf die Schulter und führte ihn in Richtung Eßzimmer. Ich folgte mit Malgiolio. Ich muß sagen, die Beharrlichkeit, mit der Pacheco, egal, was passierte, unser Abendessen fortzusetzen gedachte, beeindruckte mich. Der Marmorfußboden war verschmutzt von den Stiefeln der Soldaten, und auch die Flecken vom Blut der Köchin waren noch zu sehen, auch wenn sie sich bei dem schlechten Licht wie etwas hellerer Schmutz ausnahmen.

»Ihr kriegt den Rest der Geschichte«, sagte Pacheco, »aber ihr müßt auch den Nachtisch essen. Der Kuchen ist die große Kreation der Köchin, und es ist eure Pflicht ihr gegenüber, ihn zu probieren.« Er warf einen Blick nach hinten zu Malgiolio und mir. Malgiolio war neben mir hergebummelt, aber als von Kuchen die Rede war, regte sich sein Interesse. Er sah mich an und grinste, und sein Gesicht wurde dabei rund wie eine Schüssel.

Wieder nahmen wir unsere Plätze an der Tafel ein. Pacheco läutete mit der silbernen Glocke, und einen Augenblick später erschien Senõra Puccini in der Tür.

»Señora«, sagte Pacheco, »wir sind bereit für den Kuchen, und Sie können auch schon den Kaffee aufsetzen. Ist in der Küche alles in Ordnung?«

»So wie es aussieht, ja.«

»Die Soldaten haben keinen Schaden angerichtet?«

»Nichts, was der Rede wert wäre.«

Sie sagte das so ausdruckslos und schien mit Pachecos Fragen so wenig zu tun zu haben, daß ich dachte, es sei etwas nicht in Ordnung, aber vielleicht war sie nur in Gedanken ganz woanders. Im Grunde war ich der Ansicht, daß unser Essen vorbei sei, und ärgerte mich über Pacheco, weil er es trotz der Kämpfe, der Soldaten und des Todes der Köchin in die Länge zog. Es schien so absolut herzlos.

»Und hat man Sie durchsucht, Señora?« fragte Pacheco. Sie stand hinter seinem Stuhl, und er saß mit dem Rücken zu ihr.

»Ja.«

»Und ist man Ihnen dabei zu nahe getreten?«

»Wie sollte mir jemand zu nahe treten? Ich habe doch keine Rechte über meinen Körper.«

Pacheco drehte sich um und musterte sie; dann zuckte er in einer ungeduldigen Geste die Achseln. Ich fragte mich, wieviel Zeit ihres Lebens die beiden mit solchen Wortwechseln zugebracht hatten. Einen Augenblick später ging Señora Puccini zur Tür, und ich hörte, wie sie sich durch die Halle entfernte.

Malgiolio schickte sich an, sich noch etwas Wein einzuschenken, schien sich jedoch eines Besseren zu besinnen und trank einen Schluck Wasser. »Also, was ist nun mit der Geschichte?« fragte er. »Was ist dem Burschen da oben passiert?«

Statt ihm zu antworten, stellte Pacheco selbst eine Frage, eine reichlich merkwürdige, wie ich fand. »Hat dich schon mal eine Frau mit der Reitgerte geschlagen? Señora Puccini hat es einmal versucht, aber ich konnte sie überwältigen. Wie stehst du zu Züchtigungen, Malgiolio?«

»Machst du dich lustig über mich?«

»Ganz im Gegenteil, meine Neugier ist grenzenlos. Manchmal wünsche ich, ich könnte sämtliche sexuellen Erfahrungen der Menschheit in meiner Person vereinen. Du beschreibst, wie dich deine speckige Hure bepißt, und ich höre zu und denke mir, wie ekelhaft, aber ein Teil von mir würde diese Erfahrung gern machen, um zu sehen, wie das wohl ist.«

»Ich kann dir ihre Adresse geben«, sagte Malgiolio und schenkte sich nun doch noch etwas Wein ein.

»Vielleicht komme ich noch darauf zurück. Das einzige Problem dabei ist, daß ich sie danach schlagen müßte. Aber zurück zur Züchtigung, Malgiolio. Hast du dich je von einer Frau schlagen lassen?«

»Mit der Hand, ja, mit einem Stock, ja, mit einem Tischtennisschläger, ja, mit einer Peitsche, nein.«

»Wie absonderlich«, sagte Pacheco. »Welche Farbe hatte der Tischtennisschläger?«

»Rot, glaube ich. Ich habe nicht viel davon gesehen«, sagte Malgiolio. Den Ausdruck auf seinem Gesicht konnte ich nicht anders interpretieren, als daß er stolz darauf war, nicht sehr, aber doch immerhin stolz.

»Und hat es dir gefallen?« fragte ich.

»›Gefallen‹ ist nicht das richtige Wort«, sagte er. »Aber es war angenehm, sogar befriedigend.«

Dalakis schob seinen Stuhl vom Tisch weg, so daß dessen Beine laut über den Boden schabten. »Was für eine ekelhafte Unterhaltung. Wenn ich hier weg könnte, ich würde gehen.«

»Und du, Dalakis«, sagte Pacheco, »hast du dich je von einer Frau mißhandeln lassen?«

Dalakis hob seine großen Hände an die Krawatte und zupfte am Knoten herum. Er schien schockiert. Da seine Frau ihn verlassen hatte, so dachte ich, könnte er sehr wohl ein Wörtchen mitreden, wenn es um schlechte Behandlung durch Frauen ging. Aber noch bevor er antworten konnte, öffnete sich die Tür und Señora Puccini kam mit dem Servierwagen zurück, auf dem der erstaunlichste Kuchen stand, den ich je gesehen hatte.

Das Erstaunliche daran war, daß es sich im Grunde um eine Hochzeitstorte handelte; sie bestand aus acht runden Scheiben von abnehmender Größe von fast einem Meter Durchmesser bis zirka fünfzehn Zentimeter; statt einer weißen Glasur war diese leuchtend rot und schmeckte nach frischen Erdbeeren, wie ich bald feststellen sollte. Es war die Art von Kuchen, die normalerweise oben eine Kuppel mit kleinen Figuren hat, die Braut und Bräutigam darstellen. Aber obwohl es auch auf diesem Kuchen kleine Figuren gab, so hatte er weder welche auf der Spitze, noch waren Braut und Bräutigam zu sehen. Statt dessen gab es sechzehn kleine Männchen, eine Darstellung der sechzehn Männer unserer Gruppe gealterter Schuljungen. Es gab einen Soldaten, der Kress und einen Polizisten, der Schwab darstellen sollte. Es gab einen Arzt mit einem Stethoskop, Pacheco, und einen Priester, Julio Hernandez. Es gab einen kleinen Mann mit einer Fleischerschürze, Paul Sarno, der auf der anderen Seite der Stadt ein Lebensmittelgeschäft hatte, und einen Mann im Smoking, der wahrscheinlich für Henri D'Arcy, einen derzeit in Rom diensthabenden Diplomaten, stand. Dann gab es noch einen in einem weißen Kittel, wahrscheinlich Leonid Shapiro, der Chemiker unten im Süden war, und einen kleinen Mann im blauen Overall, der meines Erachtens Paco Pezzone mit seiner Autovertretung darstellen sollte. Schließlich waren da noch acht kleine Figuren in Jackett und Krawatte, die den Rest von uns repräsentierten – Berruezo, Vicuña, Serrano – und ein stattlicher Grauhaariger mit Pfeife, den ich für mich selbst hielt. Was mich jedoch so verblüffte, war der Umstand, daß es sich um eine Hochzeitstorte handelte, zumal Pacheco sich schließlich mit so vielen der Frauen befaßt hatte, denen diese Männer verbunden waren. Selbst Hernandez, der Priester, hatte eine Schwester, der Pacheco angeblich das Herz gebrochen hatte. Nicht, daß Hernandez selbst es mit dem Zölibat so genau genommen hätte; auch über ihn kursierten viele Geschichten.

Pacheco hatte begonnen, den Kuchen anzuschneiden und gab jedem von uns ein großes Stück. Sogar das Innere war rot und voller Erdbeerstückchen, Walnüsse und einer sahnigen Erdbeercreme zwischen den Schichten. Ich beobachtete Dalakis und

Malgiolio, um zu sehen, ob sie die Torte in irgendeiner Weise merkwürdig fanden, aber sie schienen mehr von dem Spektakel an sich beeindruckt als von ihrem symbolischen Gehalt. Zwischen den sechzehn Figuren, die über sieben Schichten des Kuchens verteilt waren, lagen ganze frische Erdbeeren. Selbstverständlich war so etwas Gift für mich wegen meiner Krankheit, von meinem Magengeschwür ganz zu schweigen, aber es gibt nun einmal Zeiten, in denen kann man einfach nicht anders. Ich habe seit jeher eine Schwäche für Kuchen gehabt und mich gleichzeitig dafür schuldig gefühlt.

Sowohl Dalakis als auch Malgiolio schaufelten sich große Gabeln voll davon in den Mund, während Pacheco nur zusah. Ich gebe zu, es war vermutlich der beste Kuchen, den ich in meinem Leben gegessen habe, und obwohl er für dreißig gereicht hätte, konnte ich mir eine gewisse Schadenfreude nicht verkneifen, daß Carrera und Schwab vor dem Kuchen gegangen waren. Durch das Ereignis, das dieser Kuchen darstellte, schien er Teil von Pachecos Geschichte zu sein, weshalb es mir auch gar nicht so deplaziert vorkam, als Malgiolio Pacheco zu bedrängen begann, von dem Mann unterm Dach zu erzählen. Zunächst schlug Pacheco vor, doch zu warten, bis wir fertig wären, aber Dalakis sagte, wir wollten die Geschichte sofort hören.

»Im Grunde ist alles ganz einfach«, fing Pacheco an, »wenn auch erstaunlich. Wie ihr euch erinnert, habe ich euch erzählt, daß dieser Bursche, Collura, Antonias Verlobter, ständig auf seinem Motorrad aus der Hauptstadt heruntergefahren kam. Eine ganz hübsche Strecke, fast sechshundertfünfzig Kilometer. Das machte er etwa zweimal im Monat, wobei er am Freitag nach der Arbeit losraste und spät nachts unten ankam. Nun gut, irgendwann, Freitagnacht, vielleicht auch Samstagmorgen, brachte man ihn ins Krankenhaus. Ich war gerade nicht da, kam aber einige Stunden später. Er hatte einen Unfall gehabt und war bewußtlos gewesen. Er hatte sich das Genick gebrochen. Es schien sicher, daß er sterben würde.

Viele Ärzte haben ihn operiert, ich selbst auch. Jemand hatte Antonia Puccini benachrichtigt, und sie war in panischer Angst gegen drei Uhr morgens im Krankenhaus eingetroffen und hatte dann im Korridor gewartet, während Collura operiert wurde. Sie fragte die Ärzte, wie es ihm gehe und ob er überleben würde, nur mich sprach sie nicht an. Gegen Mitte des folgenden Vormittags war klar, daß er überleben würde, aber es dauerte einige Tage, bis uns klar wurde, daß er völlig gelähmt bleiben würde. Wir versuchten es mit einigen weiteren Operationen, aber es war sinnlos.

Er war ohnmächtig gewesen, als man ihn eingeliefert hatte, und zwei Wochen später war er noch immer nicht bei Bewußtsein. Abgesehen von dem gebrochenen Genick hatte er eine Kopfverletzung, zwei gebrochene Beine und einige innere Verletzungen. Schließlich erwachte er aus dem Koma, und obwohl er immerhin sprechen konnte, kostete es ihn die größten Anstrengungen. Er erinnerte sich an nichts mehr, was den Unfall betraf. Er lag da, beide Beine im Streckverband, den Kopf bandagiert. Das mit den Beinen war schon fast lächerlich. Es spielte überhaupt keine Rolle, wie sie zusammenwuchsen, da er sie ohnehin nie wieder würde benutzen können. Er lag auf dem Rücken, und Antonia saß neben ihm. Oft las sie ihm vor, Romane von Blasco Ibáñez oder Dickens. Oder sie unterhielten sich leise. Wenn ich Dienst hatte, sah ich nach, wie es ihm ging. Im Lauf der Wochen heilten seine anderen Verletzungen, nur was die Lähmung anging, war nichts zu machen. Anfänglich hatte er in einem Doppelzimmer gelegen, später dann wurde er in einen Gemeinschaftsraum verlegt. Er hatte weder Geld noch Familie. Es war klar, daß er sich an irgendein Pflegeheim der Wohlfahrt würde wenden müssen, etwas in der Art, wie die Kirche sie betreibt.

Eines Tages lief ich zufällig Antonia über den Weg, die eben die Station verließ. Sie tat, als würde sie mich nicht sehen, aber ich trat ihr in den Weg. ›Einen Augenblick‹, sagte ich zu ihr. ›Wenn Sie zu mir ziehen, dann werde ich dafür sorgen, daß ihr Freund Collura versorgt ist.‹ Ihr versteht, ich dachte noch immer, wenn ich nur Gelegenheit hätte, mit ihr zu reden, vielleicht sogar mit ihr zu schlafen oder auch nur über längere Zeit mit ihr zusammen zu sein, so würde sie sich für mich entscheiden, und zwar ohne Druck – sie würde sich für mich entscheiden, weil sie es wollte. Sie sah mich an, wandte ihren Blick aber gleich wieder ab und drängte sich an mir vorbei. Ich brauche euch wohl nicht zu sagen, daß ich sie gleichzeitig haßte, daß mir danach war, sie niederzuschlagen und auf sie einzutreten.

Aber so völlig ohne Hoffnung war ich nun auch wieder nicht. Ich wußte, in welcher Art Anstalt Collura landen würde. Ich wußte, daß Antonia wenig Geld hatte und kaum oder keine Möglichkeit, mehr zu verdienen. Viele Male ging sie los, um sich eine bessere Stellung zu suchen, in einem Büro oder bei der Stadtverwaltung, bei einem Anwalt oder einem Arzt. Aber wo immer es ging, trat ich dazwischen. Ich erzählte Geschichten über sie, benutzte meinen Einfluß, um dafür zu sorgen, daß man sie überging. Nach sechs Wochen Krankenhaus verlegte man Collura in ein Pflegeheim direkt vor der Stadt. Es war sauber, aber überfüllt und ärmlich. Es war weit von Antonias Wohnung, und sie mußte mit dem Fahrrad hinausfahren, wofür sie fast eine Stunde brauchte. Der junge Mann selbst war todunglücklich und am Verzweifeln. Der Lärm dort hinderte ihn am Schlafen. Aber er konnte nichts tun. Die Nonnen hatten keine Zeit für ihn. Er wollte nur mehr sterben.

Antonia zog um, um näher beim Pflegeheim zu wohnen, aber dadurch kam sie oft zu spät zur Arbeit und lief Gefahr, ihre Stellung als Verkäuferin in dem Stoffgeschäft zu verlieren. Ich brauche wohl nicht zu sagen, daß ich die Bekanntschaft ihrer Arbeitgeberin gemacht hatte. Wie auch immer, sie hätte Antonia ohnehin bald entlassen müssen. Es lag also nicht nur an mir. Antonia war zu oft zu spät gekommen. Einige Wochen lang war sie wieder auf Stellungssuche, und wieder erschwerte ich sie ihr. Schließlich sah sie sich gezwungen, als Kellnerin in einem Gasthaus zu arbeiten, und das abends von sechs bis nach zwei Uhr nachts. Natürlich war sie dadurch wieder weit weg von dem Pflegeheim und konnte Collura nur tagsüber und außerhalb der Besuchszeiten sehen, was wiederum den Nonnen nicht paßte, die sich beklagten. Was Collura betraf, so verfiel er buchstäblich. Ich besuchte ihn hin und wieder, um zu sehen, wie es ihm ging. Er war es dann auch, der mich anflehte, ihn da herauszuholen. Ich schlug ihm seine Bitte ab und riet ihm, er solle mit Antonia sprechen. Inzwischen hielten sich meine Leidenschaft und mein Haß längst die Waage. Während wieder Zeit verging, wußte ich, er würde sie anflehen, etwas zu tun. Sie, das arme Ding, war fast schon ein Wrack: arbeitete die ganze Nacht, um tagsüber bei ihm zu sein. Man konnte sich nur schwer vorstellen, wie sie das durchstand.

Zehn Wochen hielt sie es aus, während er in diesem Pflegeheim lag. Dann kam sie zu mir. Nicht in mein Haus, versteht sich, sondern in meine Praxis. Da ich gewußt hatte, daß es eines Tages dazu kommen würde, hatte ich meiner Sprechstundenhilfe gesagt, ihr nicht gleich einen Termin zu geben, sondern sie ein, zwei Wochen warten zu lassen, so daß sie sich, als sie schließlich kam, um mit mir zu sprechen, auf weitere acht Tage vertröstet sah, weil ich angeblich beschäftigt war. Selbstverständlich waren das bange Tage für mich, da ich eine Heidenangst hatte, sie könnte es sich anders überlegen. Ich besuchte Collura, dem es noch schlechter zu gehen schien und der schwach, teilnahmslos und lebensmüde war. Ich weiß, wäre ich an seiner Stelle gewesen, ich hätte den Tod vorgezogen. Ein interessantes Problem, findet ihr nicht? Wie begeht man Selbstmord, wenn man nicht einen Muskel bewegen kann? Auf der anderen Seite war mir Collura herzlich egal. Er war lediglich ein Werkzeug, das mir zu Antonia Puccini verhelfen sollte. Ihr könnt euch vorstellen, daß ich zu diesem Zeitpunkt auch nicht einen Funken Moral mehr in mir hatte.

Schließlich kam die Zeit für ihren Besuch in meiner Praxis. Ich halte mich, wenigstens die meiste Zeit über, für einen ruhigen Menschen, der sich unter Kontrolle hat, aber am Tag vor ihrem Termin verspürte ich die emotionelle Launenhaftigkeit eines Schuljungen, himmelhoch jauchzend und dann wieder zu Tode betrübt, so daß ich Leute anschnauzte und den ganzen Tag über nervös war.

Sie hatte ihren Termin vormittags um zehn, und sie war auf die Minute pünktlich. Selbstverständlich konnte ich mir mein Verlangen nicht anmerken lassen. Ich ließ sie ein Weilchen warten, dann klingelte ich der Sprechstundenhilfe, sie hereinzuschicken. Als Antonia in mein Büro trat, blieb ich am Schreibtisch sitzen, augenscheinlich mit Papierkram beschäftigt. Sie stand in der Mitte des Zimmers. Es war Frühling, und die Fenster standen offen. Ich erinnere mich noch, daß sie einen grauen Mantel über einem dunkelblauen Kleid trug. Um den Hals hatte sie ein weißes Tuch. Sie räusperte sich, ließ ein kleines Hüsteln vernehmen, während ich weiterschrieb. In Wirklichkeit schrieb ich irgendeinen Blödsinn, ein Gedicht von Hugo, das ich noch von der Schule her kannte. Dann sah ich auf. Sie war völlig verängstigt.

›Was kann ich für Sie tun?‹ fragte ich sie.

›Sie wollten mich sehen‹, erwiderte sie, so ruhig und langsam, sie konnte. ›Sie haben gesagt, Sie könnten Roberto helfen?‹

›Ihm helfen?‹ fragte ich. ›In welcher Hinsicht?‹

›Ihn da wegzuholen, eine Möglichkeit finden, daß ich bei ihm sein kann.‹

›Das ist schon einige Zeit her‹, sagte ich. ›Ich bin nicht sicher, daß ich jetzt noch was tun kann.‹

›Aber Sie müssen...‹ begann sie, verstummte dann aber. Sie zitterte. Es war göttlich. Ich dachte an den Schmerz, den sie verspürte, und wog ihn ab gegen den, den sie mir zugefügt hatte.

›Sie haben gesagt, Sie könnten ihm helfen‹, fuhr sie fort. ›Es muß doch einen Weg geben. Ich bin bereit, alles zu tun.‹

Ich gab vor, nicht interessiert zu sein. Ich gähnte, schneuzte mich und sah auf die Uhr. Langsam schob ich meinen Stuhl zurück und stand auf.

›Sie sind ein reicher Mann‹, sagte sie. ›Sie könnten ihm helfen. Bitte! Hier zu sein ist schon schwer genug für mich.‹

Ich ging zu ihr hinüber, blieb dann stehen und sah aus dem Fenster hinaus auf das Hauptgebäude des Krankenhauses im nächsten Straßenzug. ›Ich denke, dazu ist es nun zu spät‹, sagte ich. ›Vielleicht sollten Sie zu Ihrem Krüppel zurückgehen.‹

Sie stand ungefähr eineinhalb Meter von mir entfernt. Sie stürzte los, fiel fast auf mich zu und griff nach meinem Arm. Ich schüttelte sie ab, stieß sie sogar. Sie brach auf einem Stuhl zusammen und begann zu weinen – ein heftiges, aber leises Weinen. Ich beobachtete das Auf und Ab ihrer Schultern und hörte ihre tiefen Schluchzer. Einige Minuten später sagte ich ihr, sie solle aufstehen. Sie blieb sitzen. ›Stehen Sie auf!‹ befahl ich ihr.

Sie stand auf, weinte aber noch immer. Sie hielt den Kopf gesenkt und putzte sich mit einem weißen Taschentuch die Nase.

›Ziehen Sie sich aus‹, sagte ich ihr.

Sie zögerte und sah zu mir herauf. Aber natürlich hatte sie keine Wahl. Sie öffnete den Knoten des Tuchs um ihren Hals und warf es auf den Boden. Dann knöpfte sie den Mantel auf und ließ auch ihn zu Boden gleiten.

›Sie können Ihre Kleider über einen Stuhl hängen, wenn Sie wollen‹, sagte ich zu ihr. Ich glaube, neben ihrer Angst war da auch ein Funken Interesse in ihr. Ich war natürlich fasziniert, wie ihr euch wohl vorstellen könnt. Das Kleid muß dreißig Knöpfe gehabt haben. Als sie diese bis zur Taille geöffnet hatte, schob sie sich das Kleid von den Schultern, ließ es fallen und trat heraus. Um den Hals hatte sie eine Kette mit Perlen aus Lapislazuli. Sie zog ihren weißen Unterrock aus, und auch dieser landete auf dem Boden. Sie trug einen Büstenhalter mit etwas Spitze um die Körbchen, einen weißen Schlüpfer, ziemlich konventionell, und dazu einen schmalen Gürtel, der ihre Strümpfe hielt. Einen Augenblick lang stand sie so da, als könne sie sich nicht entschließen.

›Ziehen Sie alles aus‹, sagte ich. Dann zündete ich mir eine Zigarette an und warf wieder einen Blick auf meine Uhr.

Sie zog die Strümpfe aus, hakte ihren BH auf und ließ ihn auf das Häufchen Kleider fallen. Nach kurzem Zögern zog sie auch ihren Schlüpfer aus und stand dann bis auf die Halskette nackt vor mir. Zuerst hatte sie die Arme vor ihren Brüsten gekreuzt, dann ließ sie sie langsam sinken. Sie stand da, die Beine leicht gespreizt und starrte zu Boden. Dann sah sie zu mir auf. Sie hatte furchtbare Angst, außerdem war ihr das Ganze peinlich, und sie war gedemütigt. Ich starrte sie an, fast wie ein Arzt. Sie hielt sich stocksteif und hatte den Atem angehalten, um ihren Bauch einzuziehen. Ehrlich gesagt war ich überrascht, wie behaart sie war. Nicht wie Mann, versteht sich, aber sie hatte dichtes schwarzes

Schamhaar mit einer kleinen Spitze in Richtung des Nabels. Ich ging um sie herum, ganz gemächlich, blieb immer wieder stehen, um eine Brust oder ihre Hinterbacken zu berühren, aber nur ganz sachte, nur mit einem Finger, oder ich strich mit der Handfläche darüber.

Als ich Antonia so umkreiste und meine Untersuchung fortsetzte, öffnete die Sprechstundenhilfe die Tür und wollte sie sofort wieder schließen. ›Warten Sie‹, sagte ich, ›kommen Sie einen Augenblick herein.‹ Sie kam herein und versuchte, sich ihre Verlegenheit nicht anmerken zu lassen. Sie war um die fünfundvierzig und mit einem Hausverwalter des Krankenhauses verheiratet. ›Was halten Sie von dem Mädchen?‹ fragte ich sie.

Die Frau warf einen Blick auf Antonia und sah dann weg. ›Sie sieht sehr gesund aus‹, sagte sie.

›Sonst noch was?‹ fragte ich.

Sie sah sie noch mal an, fast verstohlen, ein rascher kleiner Blick, dann sah sie wieder weg. ›Nein, sie scheint völlig in Ordnung. Sollte ich denn etwas sehen?‹

Antonia hatte währenddessen die ganze Zeit über auf den Boden gestarrt. ›Finden Sie sie denn nicht schön?‹ fragte ich.

›Ja, sicher‹, sagte die Frau, jetzt in noch größerer Verlegenheit. ›Sie ist sehr schön.‹

›Wollten Sie sonst noch etwas?‹ fragte ich.

Sie hatte irgendwas holen wollen, ich glaube, sie suchte einige Röntgenaufnahmen, und nachdem sie sie geholt hatte, kehrte sie ins Wartezimmer zurück. Die ganze Zeit über stand Antonia reglos da.

Als die Tür wieder geschlossen war, trat ich zu Antonia hin und blieb kaum mehr als eine Ellenlänge von ihr entfernt stehen. ›Sehen Sie mich an‹, sagte ich. Sie hob den Kopf. Ich sah, daß sie erschauerte, obwohl es warm war im Raum. Ich streckte die

Hand und berührte ganz sachte mit dem Rücken zweier Finger ihr Geschlecht. Erschrocken wich sie zurück. ›Sehen Sie mich an‹, sagte ich noch einmal.

Sie sah mir in die Augen, während ich ihr sachte über die Vagina strich, erst außen, dann über die Schamlippen, immer nur mit dem Rücken zweier Finger. So verging eine Minute, dann noch eine. Ich beobachtete, wie ihre Gefühle sich ihrer bemächtigten, beobachtete, wie Kälte und Angst derselben Leidenschaft wichen, die mich seit so langer Zeit getrieben hatte. Es gab nichts, was ich nicht mit ihr hätte tun können, und es gab nichts, was ich sie hätte nicht tun lassen können.«

Pacheco machte eine Pause und genehmigte sich einen kleinen Bissen Kuchen. Er schien mit einemmal lethargisch, während wir drei Gäste völlig gebannt von seiner Geschichte waren. Seine Wange auf der Seite, auf die Quatrone ihn geschlagen hatte, sah aus, als stände sie in Flammen.

»Würde nicht jede Frau so reagieren?« fragte Dalakis.

Pacheco wollte schon beginnen zu sprechen, berührte dann aber mit den Fingern ganz vorsichtig seine lädierte Wange. Als er Dalakis wieder ansah, hätte man meinen können, er tue es mit Widerwillen. »Ganz und gar nicht. Einige wären wütend, einige würden überhaupt nichts spüren, einige würden lachen. Das ist ja gerade das, was Frauen so interessant macht, Carl, daß von tausend Frauen jede anders im Bett ist, es ist, als höre man tausend Streichquartette oder lese tausend Bücher. Als ich Antonia berührte, sah sie sich ähnlich mitgerissen wie damals bei dem Sommerkonzert fast zwei Jahre zuvor.«

»Ist deine Schilderung nicht übertrieben?« fragte ich. Warum war ich wütend auf Pacheco? Seine Geschichte hatte mich fasziniert, sie hatte mich sogar erregt, und diese Gefühle veranlaßten mich fast dazu, mich zu schämen.

»Wenn ich sage ›mitgerissen‹? Nun, sie war überwältigt von ihrer eigenen Leidenschaft. Nenn es, wie du willst, aber als ich dastand und sie streichelte, da waren ihr Haß auf mich und ihre Liebe zu ihrem Verlobten beiseite geschoben, und alles, was blieb, war Verlangen. Kann ich da nicht von ›mitgerissen‹ sprechen? Vernunft und Moral waren völlig ausgelöscht. Das kommt sehr selten vor. Daß ich das von Anfang an gespürt habe, hat ja meinen Hunger überhaupt erst geschaffen.«

»Und was ist dann passiert?« fragte Malgiolio. »Hast du gleich in der Praxis mit ihr geschlafen?«

Pacheco blickte Malgiolio an, und wieder glaubte ich, seine Abneigung zu spüren – gerade so, als könne er uns allesamt nicht ausstehen. Es hatte den Anschein, als erzähle Pacheco diese Geschichte nicht für uns, sondern für Antonia Puccini. Höchstwahrscheinlich machte er sich aus keinem von uns etwas, noch nicht einmal aus der Welt draußen vor der Tür. Sein ganzes Leben drehte sich einzig und allein um sie.

»Nein, wir trafen nur eine Abmachung«, sagte Pacheco. »Ich wollte, daß sie mich heiratet, aber das lehnte sie ab. Ebenso weigerte sie sich, meine Kinder auszutragen. In diesem Punkt war sie unerbittlich. Unsere Abmachung sah vor, daß sie zu mir kommen und als Haushälterin bei mir leben sollte, wofür ich ihren Verlobten Roberto Collura aufnehmen und mich um ihn kümmern sollte. Was unsere sexuelle Beziehung anging, so sollte ich sie zu jeder Zeit haben können. Zuerst wollte sie eine Art Stundenplan, aber davon wollte ich erst gar nichts hören. Ich habe ihr sogar gesagt, sie solle sich anziehen und fortscheren. Könnt ihr euch das vorstellen – einen Stundenplan? Ständig auf die Uhr zu sehen oder die Tage auf dem Kalender zu zählen? Unsere endgültige Vereinbarung sah schließlich vor, wo und wann immer ich wollte. Aber seht ihr, in gewisser Hinsicht war ich ein Narr, vielleicht ein Opfer meiner Eitelkeit: Ich dachte nämlich immer noch, ich könnte sie dazu bringen, mich zu lieben, daß sie, wenn sie bei mir lebte und mit mir schlief, letztlich gar nicht anders könnte, als mich zu lieben. Was mich betraf, so kannte ich sie ja kaum, ich hatte sie noch nicht einmal wirklich gern, aber ich liebte sie leidenschaftlich – ich habe sie immer leidenschaftlich geliebt. Das ist – unglücklicherweise – meine große Schwäche. Ohne diese Liebe, ohne dieses Verlangen hätte sie mir vielleicht auch ans Herz wachsen können.«

Pacheco warf seine Serviette auf seinen Teller und stand auf. »Ich habe Señora Puccini gebeten, den Kaffee in der Bibliothek zu servieren. Vielleicht können wir rübergehen.«

Wieder warf ich einen Blick auf die Tür, die in die Küche führte. Sie stand offen, und es hätte ungesehen jemand dort im Dunkeln stehen können. »Und, hungerst du immer noch nach dieser Frau?« fragte ich im Aufstehen.

Pacheco bedachte mich mit einem humorlosen Lächeln. »Vielleicht ist Hungern nicht das richtige Wort, aber ich habe noch immer großes Verlangen nach ihr. Ich schlafe mit vielen Frauen, aber sie ist nach wie vor die, die ich am meisten begehre.«

»Sie muß doch schon an die vierzig sein«, sagte Malgiolio.

Schon auf dem Weg zur Tür blieb Pacheco stehen und warf einen Blick über die Schulter auf Malgiolio. »Wenn es um Verlangen geht, spielt das Alter kaum eine Rolle. Ja, es ist herrlich, mit einer Frau zu schlafen, die jung ist und schön, aber ich glaube manchmal, daß Verlangen weniger mit dem Körper zu tun hat als mit einer gewissen Qualität des Blicks, einem Ausdruck im Auge. Ich kenne viele Männer, die nur mit einer Art Frau schlafen können, aber das ist genauso, als beschränke man sich auf eine Sorte Nahrung – was nichts anderes hieße, als daß einem am Essen nicht gerade viel liegt.«

Pacheco setzte seinen Weg aus dem Zimmer fort, und wir folgten ihm durch die Halle. Wir wollten eben in die Bibliothek, als von der Haustür her ein Klopfen kam. Pacheco ging, um zu öffnen, und der Luftzug ließ die Kerzen flackern. Ein Leutnant kam herein, hinter ihm einige Sanitäter mit Bahren, dann drei weitere Männer, die verwundet schienen. Die Soldaten sahen sich um und bestaunten die große Treppe, die römischen Büsten und den Wandteppich. Pacheco kam wieder zu uns und sagte: »Geht schon mal rein und nehmt euch Kaffee und Cognac. Zigarren sind ebenfalls da. Ich bin in Kürze bei euch.«

Ich folgte Dalakis in die Bibliothek. Malgiolio war bereits dabei, sich etwas zu trinken einzuschenken. Ich verspürte ein ziemliches Völlegefühl und trat ans Fenster, um etwas Luft zu schnappen. Auf der Straße standen Soldaten herum und unterhielten sich leise. In der Ferne hörte ich das Geratter von Schüssen. Ein Feldwebel sah mich am Fenster stehen und machte mir wütend Zeichen zu verschwinden. Ich ließ die Vorhänge wieder fallen. Das sähe einem Glückspilz wie mir ähnlich, sich eine Kugel einzufangen.

Malgiolio und Dalakis unterhielten sich am Kamin, und ich stellte mich zu ihnen. Ich merkte, daß sie beide ziemlich aufgewühlt waren, als hätte Pachecos Geschichte sie physisch erregt. Was Malgiolio anbelangte, so überraschte mich das nicht weiter, Dalakis allerdings hätte ich etwas mehr Selbstbeherrschung zugetraut.

»Aber warum sollte er sie vergessen?« sagte Dalakis. »Ich habe mindestens ein Dutzend Jahre lang jeden Tag zwanzigmal an meine Frau gedacht, und jetzt denke ich mit viel Glück gerade noch ein-, zweimal am Tag an sie. Ich kann sie nicht ausstehen, ich fühle mich von ihr verraten, aber es ist gerade so, als hätte mir die Erinnerung an sie ein Loch in den Verstand gebrannt. Und alles reiner Zufall: daß ich sie kennengelernt habe, daß ich mich in sie verliebt habe. Wir haben uns auf einer Party kennengelernt, auf die ich beinahe nicht gegangen wäre. Und sie hatte sich auch erst im letzten Augenblick entschlossen. Hätte sie auf der anderen Seite des Raumes gestanden, hätte uns der Gastgeber einander nicht vorgestellt, mein ganzes Leben hätte anders aussehen können. Ich habe einmal einen Mann gekannt, der zum Krüppel wurde, weil von einem Haus ein Brocken Mauer gefallen war – ein Stückchen Pech aus heiterem Himmel. Genauso war das, was ich mit meiner Frau erlebt habe. Also wie soll ich da über Pacheco urteilen? Gewiß, er hat sich abscheulich benommen, aber seine Besessenheit von dieser Frau – sie ist nichts weiter als Pech, eine Laune des Schicksals, die ihn an jenem Abend zu dem Konzert hatte gehen lassen.«

Malgiolio hatte sich eine Zigarre angesteckt und schnippte die Asche in den Kamin. »Wir werden zum Spielball unserer Leidenschaften«, sagte er ziemlich schwerfällig. »Meint ihr, ich verabscheue mich nicht für meine Beziehung zu meiner Blonden? Manchmal staune ich über mich selbst. Ich gehe am hellichten Tag die Straße lang, sehe mir all die Leute an und denke, daß ich doch tatsächlich ein Verhältnis mit einer Frau habe, die sich über mich stellt und mich vollpißt. Ich kann euch sagen, es widert mich an. Aber es spielt überhaupt keine Rolle. Egal, wie sehr ich das Ganze verabscheue, ich verspüre nicht den geringsten Wunsch, damit Schluß zu machen. Egal, wo ich bin, ich denke an ihren feisten Körper und wie sie sich über mir spreizt, und – na ja, wie Pacheco gesagt hat – es reißt mich mit.«

»Und dafür bezahlst du?« fragte ich, der es kaum für möglich hielt. Ich hatte mir etwas Mineralwasser eingeschenkt und saß nun auf dem Sofa.

»Ja, sonst würde sie mir ja nicht erlauben, zu ihr zu kommen.«

»Weiß deine Frau davon?« fragte Dalakis.

»Sie weiß, daß es da noch jemanden gibt, das ist alles. Wenn sie die Einzelheiten hören würde, sie würde sie nicht glauben. Seht ihr, zu Hause, da bin ich ein ziemlicher Tyrann. Das Essen muß genau so oder so sein, meine Kleidung muß absolut sauber sein. Und meine Frau – auch sie hat sexuelle Wünsche – und ich, ich lache sie meist nur aus. Ich sehe, wie sehr ihr danach ist, daß ich sie anfasse, und ich lache sie einfach aus.«

»Bist schon ein lobenswertes Kerlchen«, sagte ich.

»Ich versuche nichts zu entschuldigen«, sagte Malgiolio. Er stand noch immer am Kaminsims, ein kleiner, mondgesichtiger, dicklicher Mann mit kompliziert über die Glatze drapierten schwarzen Strähnen, einer Zigarre in der einen, einen Cognac in der anderen Hand. »Ich bin dazu verurteilt, innerhalb der mir von meinem Naturell gesteckten Grenzen zu leben. Ich bin bösartig, selbstsüchtig und kleinlich, aber alles en miniature. Es ist, wie Pacheco gesagt hat: Aufgewachsen bin ich mit einem Glauben an mich selbst, ich hielt mich für einen anständigen Menschen. Tja, und dann kam ein Tag, an dem ich mir eingestehen mußte, daß ich überhaupt nicht gut war. Was sollte ich also tun? Sterben? Ich mußte mich tolerieren. Ich mußte weiterleben. Nehmen wir die Zeit, als ich das viele Geld hatte. Ich wußte, ich sollte es investieren. Ich hätte es strecken können – lang genug, um mich und meine Familie für den Rest meines Lebens über dic Runden zu bringen. Aber nein, ich hab's verschlungen, ich habe mir absolut nichts versagt. Es war das beste Jahr meines Lebens. Und jetzt, nach all der Zeit, die ich nun schon arbeitslos bin und meiner Familie auf der Tasche liege und mich ständig demütigen lassen muß, jetzt weiß ich, hätte ich es noch mal, ich würde alles wieder genauso machen – alles verprassen und für Kinkerlitzchen hinausschmeißen.«

Malgiolio küßte seine Fingerspitzen und blies darauf. Dann sah er uns mit einem dummen Grinsen an. Ich hatte immer den Eindruck gehabt, er sei stolz, aber jetzt sah ich, daß dieser vermeintliche Stolz nur dazu diente, seine lächerliche Besessenheit zu kaschieren. Man muß sich fragen, wie so etwas anfängt: eine etwas eigenartige Neigung, die von Jahr zu Jahr eigenartiger wird. Wie, so überlegte ich, konnte er nach derart grauenhaften Geschichten über sich erwarten, daß wir ihn in sechs Monaten wiedersehen wollten? Nicht nur ich, auch Dalakis war peinlich berührt. Auf dem Tisch neben der Tür stand Kaffee, ein starker Espresso und ein silbernes Kännchen mit heißer Milch. Dalakis ging hinüber und schenkte sich selbst einen ein, dann einen für mich.

Als Dalakis mir die Tasse reichte, sagte er: »Sag mal, hast du je in dieser Art und Weise an deine Frau gedacht? Ich meine, derart besessen?«

Obwohl ich sah, daß er das Thema zu wechseln versuchte, verspürte ich keinerlei Wunsch, mich nun genauso zu entblößen wie sie – und Pacheco, wenn wir schon dabei sind. »Ich denke, ich bin darüber hinweggekommen«, sagte ich.

»Aber wieder heiraten wolltest du auch nicht?«

»Ich denke, ich könnte es immer noch tun. So alt ist man mit neunundvierzig schließlich nun auch wieder nicht. Aber ich fühle mich wohl so allein, mit meinen Gewohnheiten. Außerdem treffe ich mich ja mit Frauen.« Da ich nicht ganz ehrlich gewesen war, versuchte ich mich zu verbessern. »Das Problem mit Pachecos Besessenheit oder gar deiner, Malgiolio, ist, daß ihr euch so ganz und gar nicht wohl darin fühlt. Besessenheit kann einen zerrütten. Nachdem ich meine Frau verloren hatte, dachte ich, mein Leben wäre vorbei. Ich habe lange gebraucht, um über meinen Kummer hinwegzukommen, und nachdem ich mich erholt hatte, verspürte ich nicht den geringsten Wunsch, mich noch einmal so zu verlieren. Ich nehme an, die Leidenschaft eines älteren Mannes muß durchaus nicht weniger intensiv sein als die eines jüngeren, aber ein älterer weiß um die Fallgruben und wird sie zu vermeiden versuchen. Ich liebte meine Frau leidenschaftlich. Ein starkes Gefühl, aber nicht immer ein angenehmes.«

Dalakis nickte mir mitfühlend zu.

Malgiolio hatte sich auf dem anderen Ende des Sofas niedergelassen, noch immer Zigarre und Cognac in Händen. »Ist deine Frau hier in der Stadt begraben?« fragte er. »Ich kann mich an keine Beerdigung erinnern.«

»Nein, sie hatte niemanden außer mir – nur ein paar Cousins und eine Tante. Ich habe sie in der Schweiz bestatten lassen, in dem kleinen Wintersportort. Es gab dort einen Friedhof auf einem Hügel hinter der Kirche. Das heißt, sie mußten ihren Sarg erst in einer Art Gruft unterbringen, bis der Boden taute. Ich bin dann im Frühjahr zur Beerdigung wieder hingeflogen. Habt ihr schon mal einen Wintersportort gesehen, wenn das Gras grün ist und überall Blumen blühen? Die ganzen Apparate, die Lifte und so, das alles sieht dann ziemlich gespenstisch aus. Es war ein schöner Friedhof, aber ich konnte nicht anders, als mich zu fragen, wie viele wohl gestorben sind wie sie.«

»Und wie ist sie gestorben?« fragte Pacheco. Ohne daß ich es bemerkt hatte, war er in die Bibliothek getreten und stand jetzt an der Tür.

Es ist schwer für mich, mich exakt an meine Gefühle angesichts dieser Frage zu erinnern. Ich muß mich in die Bibliothek zurückversetzen und die drei vor mir sehen, wie sie mich anblikken: der eine liebenswürdig, der andere spöttisch, der dritte mit klinischer Neugier. Was habe ich verspürt? Angst, nehme ich an – eine Vorahnung.

»Sie ist gestürzt«, sagte ich. »Sie war keine geübte Skiläuferin. Es gab viele Bäume. Sie fuhr zu schnell. Genaugenommen fuhren wir um die Wette. Als sie stürzte, schlug sie mit dem Kopf gegen einen Baum und war auf der Stelle bewußtlos. Sie wachte nie wieder auf. Ich weiß noch, wie ich in ihrem Zimmer im Krankenhaus gesessen bin, einen Tag, zwei Tage. Dann haben die Ärzte die Apparate abgestellt.«

»Und wo hast du sie beerdigt?« fragte Pacheco.

»Ich habe es Luis eben erzählt: in diesem kleinen Wintersportort auf einem kleinen Friedhof hinter der Kirche.«

»War Kress bei der Beerdigung dabei?« wollte Pacheco wissen. »Du hast gesagt, er sei mit euch Skilaufen gewesen?«

»Ja, ich nehme an, er muß wohl dagewesen sein. Ihn hatte ich ganz vergessen. Sowohl er als auch seine Frau waren auf der Beerdigung gewesen.«

Pacheco ging zum Getränkeschrank und schenkte sich einen Fingerhut Bénédictine ein. Von der Halle her hörte ich die Soldaten, von denen sich einige unterhielten und andere grauenhaft wimmerten. Meine Freunde sahen mich nach wie vor an.

Pacheco prostete mir mit erhobenem Glas zu. »Warum lügst du, Batterby?«

»Wie soll ich das verstehen?«

»Deine Frau ist nicht tot. Wie du sehr wohl weißt, lebt sie bereits seit Jahren in Europa. Ich habe sie sogar während der letzten sechs Monate gesehen. In Barcelona. Wir haben zusammen zu Abend gegessen. Sie ist immer noch schön, Batterby. Sie hat sich nach dir erkundigt. Sie fragt sich, ob du wohl hin und wieder an deinen Sohn denkst. Er studiert mittlerweile. Sie wollte wissen, wie es dir so geht. Ich habe ihr gesagt, es scheint dir gut zu gehen – nur, daß sich deine Freunde hin und wieder Sorgen um dich machen.«

Kapitel Sechs

Sie sehen also, ich hatte gelogen. Jahrelang hatte ich verbreitet, meine Frau sei tot und ich ein kinderloser Witwer. Der Gedanke, man könnte mir nicht geglaubt haben, ist mir fürchterlich. Doch in gewisser Hinsicht log ich nicht einmal. Sicher, ich hatte die ganze Zeit über gewußt, daß meine Frau nicht bei einem Skiunfall umgekommen war, aber durch ihren Verrat und die Tatsache, daß sie mich verlassen hatte, war es für mich, als sei sie tot. Und so hatte es sich eben ergeben, daß ich aller Welt erzählt hatte, sie sei gestorben. Um ehrlich zu sein, ich hatte so lange über ihren Tod gesprochen, daß sie mir tatsächlich nicht mehr am Leben schien. Folglich bestand meine erste Reaktion auf die Konfrontation mit meiner Lüge darin, Pacheco selbst für den Lügner zu halten. Dann folgte ein Augenblick ehrlicher Überraschung. Sekunden später bekam ich mich wieder in den Griff und begriff, in welcher Selbsttäuschung ich gelebt hatte; ich schämte mich. Darüber hinaus nahm ich es Pacheco übel, mich bloßgestellt zu haben. Sowohl Malgiolio als auch Dalakis sahen mich überrascht und peinlich berührt an – wobei Malgiolio zudem ein kleines Lächeln aufsetzte, als wolle er andeuten, ich sei auch nicht besser als er, obwohl ich ihn weder verurteilt noch für schlimmer als andere gehalten hatte. Aber Sie verstehen, der Grund, weshalb ich im Verlauf meiner Erzählung von Cora stets so geschrieben habe, als sei sie tot, ist ganz einfach der, daß sie es für mich bis zu Pachecos Anschuldigung auch gewesen war.

Ich reagierte auf Pachecos Worte mit einem dummen Witz: »Nun, mir jedenfalls schien sie tot, selbst wenn wir miteinander geschlafen haben, schien sie tot zu sein.«

Aber der Augenblick, dieser spezielle Augenblick, in dem ich meine Lüge bloßgelegt sah, schien sich in meinen Kopf gegraben zu haben – Dalakis, der, unangenehm berührt, auf dem Lehnstuhl herumrutschte; rechts Malgiolio am anderen Ende des Sofas mit einem angriffslustigen Lächeln um den Mund, die Lippen leicht geöffnet, so daß seine Mäusezähnchen zu sehen waren; Pacheco mit seiner lädierten Wange stand vor mir am Kamin neben dem Foto der jungen Antonia Puccini und steckte sich eine Zigarette an; die vielen tausend Bücher um uns herum wirkten wie eine ganze Symphonie voller Hohn auf mich – den verhinderten Autoren. Der Piranesi-Druck über dem Kaminsims zeigte eine Gefängnisszene. Sicher hatte es nie ein Gefängnis wie dieses gegeben, mit Laufstegen, vielen verschiedenen Ebenen und offenen Räumen. Das Gefängnis, in dem ich mich selbst festgehalten fühlte, war weitaus kleiner, eher wie die Zelle des Mannes aus Dalakis' Geschichte, der all die Jahre damit zugebracht hatte, das falsche Serbokroatisch zu lernen – Mauern voller bedeutungsloser Wörter, Männer, die sich in nicht existenten Sprachen unterhielten.

Von meinen ältesten Freunden umgeben, war mir nur nach einem: mich ihren Fragen und neugierigen Blicken zu entziehen. Ich hatte das Gefühl, in einen Spiegel geschaut und statt des Gesichts, das ich ein Leben lang gekannt hatte, ein anderes gesehen zu haben: ein bösartiges, schuldbeladenes. Ich wollte ich selbst sein, und zum erstenmal gab mir die Ausgangssperre das Gefühl, gefangen zu sein. War ich nicht selbst ein Opfer der Gewalt in der Stadt? Schließlich wäre meine Lüge nicht aufgedeckt worden, wären dieser Abend, diese Geschichten, diese Männer nicht gewesen.

»Aber sie ist nicht tot«, sagte Pacheco beharrlich und schnippte sein Streichholz in den Kamin.

»Für mich ist sie es«, gab ich zurück, »und das seit zwanzig

Jahren.« Ich wollte hinzufügen, daß er es gewesen war, der sie umgebracht hatte, aber ich hielt den Mund.

»Du hast die ganze Zeit über gelogen«, sagte Pacheco. »Du hattest eine Frau, die dich geliebt hat, und du hast ihr Leben zerstört und dein eigenes gleich mit.«

Es lag mir auf der Zunge zu sagen, daß er es gerade nötig habe, mir die Zerstörung eines Lebens vorzuwerfen, aber statt dessen entschuldigte ich mich mit der Bemerkung, ich müsse auf die Toilette. Dann eilte ich in die Halle. Ich mußte tatsächlich auf die Toilette, aber auch ohne dieses spezielle Bedürfnis hätte mich nichts und niemand in der Gegenwart meiner Freunde zu halten vermocht. Beim Hinausgehen spürte ich ihre Augen wie Angelhaken in meinem Rücken.

Die Halle schien mir voller Soldaten, obwohl es wahrscheinlich nicht mehr als fünfzehn waren. Vier lagen auf Bahren, während die anderen auf der Marmorbank herumlungerten oder den Wandteppich begafften. Einer stand am Brunnen und unterhielt seine Freunde mit einer Zote über die Statue des nackten Mädchens. Einige Sanitäter versorgten die Verwundeten. Alle sahen sie mich argwöhnisch an, als wäre ich ein Krimineller oder ein Anarchist, und einer der Soldaten schob sogar sein Gewehr in meine Richtung. Ich eilte durch die Halle und stieg die Treppe hinauf. Fast auf jeder Stufe standen Kerzen, denen ich ausweichen mußte.

Ich fühlte mich gedemütigt und sehnte mich nach Strafe, nach irgend etwas, was meine Gedanken auslöschte, die so durcheinander geraten waren, daß ich fast bewußtlos vor mich hinstolperte – wie ein Wagen, dessen Bremsen sich gelöst hatten und der jetzt einen Hügel hinabraste. Obwohl meine Frau nicht wirklich tot war, so hatte ich sie doch in meinem Verstand erfolgreich begraben gehabt; jetzt war sie wieder auferstanden. Ich betrat das Bad. Eine Kerze stand auf einem Regal über der Kommode, und nachdem ich fertig war, blies ich sie aus. Dann öffnete ich die Tür zum Balkon und kauerte mich hinter die Brüstung.

Die Straße war voller Soldaten, die schrien oder sich gegenseitig etwas zuriefen. Ihre ungehobelte Art und die Tatsache, daß die meisten von ihnen betrunken schienen, überraschte mich sehr. Links unter mir saß einer gegen den Kadaver des Pferdes gelehnt und trank aus einer Flasche, die er schon senkrecht stellen mußte, um auch den letzten Tropfen herauszuholen. Ein anderer begann mit seinem Maschinengewehr auf die Blätter der Bäume zu schießen, während ein dritter mit einer Pistole herumfuchtelte. In der Ferne sah ich das rote Lodern einiger Feuer, aber der Lärm auf der Straße verhinderte, daß aus einem anderen Teil der Stadt etwas zu hören war.

Rechts die Straße hinauf waren die Soldaten in ein Haus eingebrochen. Man hatte ein Fenster im ersten Stock eingeschlagen und warf jetzt Kleidung und Möbel heraus auf einen Haufen auf dem Kopfsteinpflaster. Andere Soldaten drängten sich mit Weinflaschen in der Tür. Einer hob eine Flasche und köpfte sie an einem Geländer, hob die gezackte Öffnung dann an den Mund und trank – genauer gesagt, er schüttete den Wein in Richtung seines Mundes. Die vielen Männer, die ein- und ausgingen, die in den Fenstern und selbst auf dem Dach auftauchten, wirkten wie Ameisen, die sich am Kadaver eines Tieres zu schaffen machten. Ein Soldat begann, einen Kanister über den Haufen Kleider und zerschlagener Möbel zu leeren. Dann gab es ein lautes Fauchen, und der ganze Haufen ging in Flammen auf. In seinem Lichtschein sah ich Hauptmann Quatrone, die Arme vor der Brust verschränkt, gegen eines der Häuser auf der anderen Straßenseite gelehnt.

Ich kniete hinter der Balustrade, so daß man mich nicht sehen konnte, aber dennoch verspürte ich großes Verlangen, ihre Aufmerksamkeit auf mich zu ziehen. Ich wünschte, sie wären auch in unser Haus eingedrungen und hätten uns alle miteinander erschossen. Seit Jahren hatte ich in einer Art ewiger Gegenwart gelebt, hatte alles, was mir an der Vergangenheit unverdaulich erschienen war, ausgesperrt und nur streng zensierte Erinnerungen zugelassen. Was die Zukunft anging, so hatte ich keinerlei Pläne. Sie passierte einfach, so wie man eine Seite umblättert. Indem ich mein Leben mit Büchern füllte, wiederholte ich die Existenz, die ich bereits als Kind geführt hatte, als ich mein Leben mit meiner Spielzeugeisenbahn ausgefüllt hatte – ich umgab mich mit den Geschichten anderer Leute, um meine eigene auszulöschen.

Wieder mußte ich an jene Party auf dem Land denken, wo ich Pacheco mit Cora, meiner Frau, hatte schlafen sehen. Selbstverständlich waren wir damals bereits verheiratet gewesen. Selbstverständlich hatte ich Schwab und die anderen belogen. Vielleicht hatten sie sogar davon gewußt. Auf der Flucht vor Pachecos und Coras Anblick hatte ich mich zu den Krocketspielern gesellt, die bei einer von mächtigen Fackeln beleuchteten mitternächtlichen Partie beisammen standen. Einmal sah ich Cora auf der Suche nach mir und versteckte mich. Dann begann ich zu trinken, bis ich schließlich in einem der vielen Salons im Erdgeschoß des Hauses einschlief. Als ich erwachte, dämmerte es. Mir war übel, und als mir wieder einfiel, was ich gesehen hatte, überkam mich erneut ein Schrecken. Sehen Sie, für so glücklich hatte ich uns gehalten. Wieder mußte ich an ihre Augen denken, als er sie geliebt hatte, wie tot und weit entfernt waren sie mir vorgekommen. Aber vielleicht hatte ich das erfunden; vielleicht war ich das Opfer einer schrecklichen Halluzination gewesen. Verkatert und immer noch halb betrunken, hatte ich begonnen, das

Haus zu durchsuchen. Überall schliefen Leute – einzeln, zu zweien, zu dreien, auf Sofas, auf Stühlen, auf Felle hingebreitet, oben in den Schlafzimmern. Ich bewegte mich so leise wie nur möglich, als hätte ich es darauf angelegt, meine Frau bei einem Verbrechen zu ertappen, was natürlich tatsächlich der Fall war.

Nach fast einer Stunde fand ich sie im Zimmer eines Dienstmädchens im dritten Stock. Neben dem Zimmer gab es einen begehbaren Wandschrank mit einer Tür zum Korridor. Ich trat ein und stand in der warmen Dunkelheit, die nach Wolle und Mottenkugeln roch. Die Tür zum Zimmer des Hausmädchens stand einen Spalt breit offen. Durch ihn beobachtete ich Cora und Pacheco. Warum ich zu feige war, einfach ins Schlafzimmer zu stürzen und beide umzubringen? Ich mußte an die vielen Komödien denken, die ich gesehen oder gelesen hatte, in denen gehörnte Ehemänner hinter Türen ihre auf Abwege geratenen Frauen beobachteten. Der Gedanke, mich so lächerlich zu machen, war mir entsetzlich.

Pacheco trug damals einen Bart, und er stand in Hemdsärmeln vor dem Spiegel und kämmte ihn sich mit einem kleinen Elfenbeinkamm. Meine Frau saß auf der Bettkante. Sie war nackt und wirkte, so wie sie die Hände im Schoß hatte, fast verschämt. Sie unterhielten sich über mich. Es war so lächerlich. Da saß sie, nackt und benutzt, nachdem sie sich ihm die ganze Nacht hingegeben hatte, und sagte, sie wolle ihn nicht mehr sehen, um ihrem Gatten nicht untreu zu werden. Ich mußte fast lachen.

Pacheco drehte sich nicht um, er kämmte sich einfach weiter den Bart. Er fragte sie, ob sie sich während der zwei, drei Monate, die er in der Hauptstadt sein mußte, nicht weiterhin heimlich treffen könnten. Er bot ihr an, ein Zimmer zu mieten. Vielleicht könnten sie sich einmal die Woche treffen, vielleicht alle vierzehn Tage. Auch das lehnte sie ab, sie sagte, sie wolle sich ihr Leben mit mir einrichten. Sie hatte eine hohe Stimme, klar und ziemlich kindlich. Das war eines der Dinge gewesen, die mich an ihr angezogen hatten.

Pacheco sprach ruhig, aber mit einem spöttischen Unterton. Er brachte seine Überraschung darüber zum Ausdruck, daß sie ihn nicht wiedersehen wolle. »Aber was ist mit Sex?« fragte er sie. Ob sie sich wirklich damit zufrieden geben würde, was ich ihr im Bett zu bieten hätte? Ob das nicht ein bißchen wie kaltes Lamm sei? Sie lächelte und wandte den Blick ab. Vielleicht würde ich mich ja bessern, sagte sie. Immerhin hätte er ihr vieles beigebracht, was sie vielleicht mir beibringen könnte. Aber würde ich nicht argwöhnisch werden, wollte Pacheco wissen. Nein, sagte sie, ich hätte keinerlei Verdacht. Ich würde tun, was immer sie wollte. Pacheco lachte und sagte, ich müsse wohl der perfekte Ehemann sein.

Das hatte mir genügt. Ich war aus dem Schrank gekrochen, hinuntergegangen, hatte meinen Wagen gesucht und war zurück in die Stadt gefahren. Mein rasender Zorn wurde von Stunde zu Stunde größer, und ich bedauerte es furchtbar, die beiden nicht gestellt zu haben. Als meine Frau am Abend zurückkam, war auch sie wütend. Wie ich es wagen könnte, sie allein zu lassen, so daß sie sich von Freunden habe heimfahren lassen müssen? Ob mir nicht klar sei, wie erniedrigend das sei? Ohne ein Wort schlug ich ihr ins Gesicht. Sie fiel zu Boden, und ich begann nach ihr zu treten, während sie sich einzurollen versuchte. Jedesmal, wenn sie aufzustehen versuchte, trat ich wieder zu, bis ich nicht mehr konnte. Sie weinte nicht, sondern lag nur wie ein Knäuel da. »Ich bin also ein miserabler Liebhaber«, schrie ich sie an, »aber du meinst, ich könnte mich bessern.« Sie weinte nicht; ich war derjenige, der heulte. Dann befahl ich ihr, das Haus zu verlassen. Sie hatte Freunde, bei denen sie bleiben konnte, oder sie konnte zu Pacheco gehen. Mir war es egal. Sie ging noch in derselben Nacht. Sie versuchte, mich noch einige Male danach zu sehen. Sie sagte, sie wolle mit mir reden, aber selbstverständlich lehnte ich ab. Etwa einen Monat später holte sie ihre Sachen ab, und ich entfernte im Haus jede Erinnerung an sie. Eine Weile später hörte ich, sie sei nach Europa gegangen, für mich aber war sie tot. Ich begann sogar zu erzählen, sie sei tot.

All das ist wirklich passiert, obwohl ich womöglich das eine oder andere vergesse. Was ich nicht erwähnt habe, ist der Schmerz, den ich verspürte, den nicht enden wollenden Kummer. Ich hatte sie geliebt. Pacheco war in den Süden zurückgekehrt, und ich glaube, hätte ich ihn damals wiedergesehen, ich hätte ihn umgebracht. Wie merkwürdig, wenn man bedenkt, daß er im Frühjahr davor Antonia Puccini kennengelernt haben mußte. Dann vergingen, unerbittlich, die Jahre, und mein Zorn schien sich zu legen. Ich erhielt mehrere Briefe von meiner Frau, weigerte mich aber, sie zu lesen. Ich traf mich mit anderen Frauen. Ich schuf mir ein neues Leben. Pacheco erwähnte einen Sohn. Ich hatte natürlich vor vielen Jahren gehört, sie hätte ein Kind bekommen, hatte aber nie geglaubt, daß es das meine sei.

Ich hörte ein Geräusch hinter mir und sah Dalakis, der sich auf seine ungeschickte Art durchs Bad zu mir durchschlug. Einen Finger an die Lippen legend, befahl ich ihm, still zu sein. Er lief gegen einen Stuhl, fing ihn aber auf, bevor er fiel. Was für ein Tölpel er doch war. Ich machte ihm Zeichen niederzukauern, und er ging, leise vor sich hinstöhnend, in die Knie.

»Ich wollte nur sehen, wo du bist«, sagte er, auf den Balkon zukriechend.

Mein erster Impuls war, ihn wegzustoßen, ihn zu schlagen, aber Dalakis war wahrscheinlich der harmloseste Mensch meiner ganzen Bekanntschaft.

»Laß mich in Ruhe, Carl«, sagte ich. »Ich bin gleich wieder unten.«

»Die sind ja in ein Haus eingebrochen«, sagte Dalakis, der mir längst nicht mehr zuhörte, sondern zu den Soldaten hinuntersah, die noch immer schreiend Sachen ins Feuer warfen. »Wie konnten sie das tun? Schau, die sind ja betrunken.«

»Wir sind wahrscheinlich sicher«, sagte ich. »Oberst Carrera wird sich um uns kümmern.«

»Ja, aber was ist mit den Leuten da drüben?« Dalakis erhob sich weit genug, um über die Balustrade sehen zu können.

»Vielleicht war keiner zu Hause«, warf ich ein. Dalakis sprach laut, aber ich glaubte nicht, daß seine Stimme bei dem Geschrei auf der Straße zu hören war.

»Aber warum machen sie das? Ist denen nicht klar, daß sie Regierungssoldaten sind? Wie können sie sich nur derart schlecht benehmen?«

Darauf gab es nichts zu sagen. Der Großteil der Soldaten entstammte den armen Schichten, und diejenigen, die in der Stadt stationiert waren, waren in der Regel junge Kerle vom Land, die dem Rest der Bürger mit Argwohn begegneten. Immer noch warf man Möbel aus dem Haus auf die Straße, und das Feuer loderte munter vor sich hin. Ich warf einen Blick auf Dalakis. Das Licht des Feuers erhellte sein Gesicht. Er sah schockiert aus, unwillig und den Tränen nahe.

»Sieh zu, daß du den Kopf unten behältst«, sagte ich ihm. »Laß dich nicht sehen.«

Dalakis drehte sich um, verlagerte mühsam sein Gewicht und setzte sich mit dem Rücken zur Balustrade auf den Boden. Ich wußte, er war zu dem Schluß gekommen, seine Hauptpflicht bestehe darin, mit mir zu reden, und daß die Stadt warten konnte. Mir graute vor seinen Worten.

Er überschlug sich fast. »Ich bin gekommen, um dir zu sagen, daß ich immer gewußt habe, daß deine Frau noch lebt, und daß es mir egal war. Ich verstehe voll und ganz, warum du getan hast, was du getan hast.«

»Was meinst du damit?« Ich wollte weder Dalakis' Mitgefühl noch sein Verständnis.

»Deine Frau hatte meiner geschrieben. Ich wußte, sie war nach Europa gegangen, und ich wußte, daß unsere Frauen beide etwas mit Pacheco gehabt hatten. Mir war klar, daß wir an derselben Krankheit litten.«

»Nein«, sagte ich, etwas abrückend. Dalakis' Schuhe berührten meine Beine, und das irritierte mich. »Deine Frau hat dich verlassen, ich habe die meine aus dem Haus gejagt.«

»Du hast sie rausgeworfen?« fragte Dalakis überrascht.

»Ich wollte nichts mehr mit ihr zu tun haben.«

»Aber hast du sie denn nicht geliebt? Ich meine, viele Frauen hatten was mit Pacheco. Er ist doch nie bei einer geblieben. Du hättest sie wiederhaben können.«

Dalakis' Tonfall war jämmerlich.

»Meinst du das ernst?« fragte ich. »Sie kann von Glück reden, daß ich sie nicht umgebracht habe. Warum sollte ich danach noch mit ihr zusammenbleiben? Wir waren sechs Monate verheiratet gewesen, und das mit den beiden ging schon einige Zeit. Du meinst, ich hätte sie wieder in mein Bett lassen sollen? Es tut mir nur leid, daß ich ihr nicht mehr geschadet habe.«

Dalakis blähte die Backen auf und stieß dann langsam die Luft aus. Er sah mich nicht an, sondern starrte in die Dunkelheit des Badezimmers. »Wir sind grundverschiedene Menschen«, sagte er. »Obwohl Pachecos Affäre mit meiner Frau nichts damit zu tun hatte, daß sie mich verlassen hat, ich hätte ihr alles vergeben. Sie hatte mit Pacheco geschlafen und vielleicht auch mit anderen, aber wenn ich die Wahl gehabt hätte zwischen einem Leben mit ihr und einem ohne sie, ich hätte nichts unversucht gelassen, um bei ihr zu bleiben. Ich nehme an, das macht mich in deinen Augen zum Schwächling. Aber wenn ich an die Jahre ohne sie denke, Jahre, in denen ich mich nach ihr gesehnt habe, dann, so glaube ich, wäre eine Demütigung dagegen nichts gewesen. In gewisser Hinsicht bin ich wie Malgiolio. Er hat die Demütigung gewählt und bekommt regelmäßig seine Dosis davon. Ich hätte die Demütigung gewählt, wurde aber abgewiesen. Ich ging sogar zu meiner Frau, nachdem sie mich verlassen hatte. Ich habe ihr gesagt, daß es mir egal sei, was sie getan hatte, und daß sie, wenn sie wieder zurückkäme, so viel Männer haben könnte, wie sie nur wollte. Aber sie wollte keine Männer, oder besser gesagt, sie war verliebt und wollte nur den einen. Was sollte ich also machen?«

Dalakis Geschichte war mir zuwider. Egal, wie sehr ich meine Frau geliebt hatte oder immer noch liebte, ich habe es nie bedauert, sie hinausgeworfen zu haben. Dalakis saß da, ohne mich anzusehen, die Beine vor sich hingestreckt, seine großen Schuhe auf dem Boden des Badezimmers. Mir wollte nichts Nettes einfallen, was ich ihm hätte sagen können, nichts, was nicht als Verhöhnung seiner Schwäche zu verstehen gewesen wäre. Hinter mir hörte ich das Herannahen eines lauten Motors, und ich wandte mich um, um nachzusehen.

Ein Militärlaster voller Soldaten, die die Beine von den Seiten baumeln ließen, bahnte sich rechts auf der Straße einen Weg. Er hielt vor dem Feuer, hupte die Männer auf der Straße an und schob sich dann wieder vorwärts. Der Laster war grün und hinten offen. Die Soldaten deuteten auf etwas im Innern, und einige lachten. Hauptmann Quatrone hing hinten dran, und auch er trug ein breites Grinsen zur Schau. Der Laster fuhr unter dem Balkon durch, wo er die Maschine aufheulen ließ; dann, vor dem toten Pferd, hielt er an, weil es unmöglich war, zwischen dem Kadaver und einem Jeep auf der anderen Straßenseite durchzukommen. Wieder drückte der Fahrer auf die Hupe, als erwarte er, das Pferd würde aufspringen und davontraben. Ich sah weiter zu, wobei ich mir überlegte, was man wohl tun würde. Quatrone rief etwas, und die Soldaten sprangen vom Laster, rannten zu dem Pferd und begannen es auf die Seite zu zerren – etwa drei Mann pro Bein und einer am Schwanz. Das Pferd bewegte sich etwas. Die Männer riefen einander zu und zogen weiter, fluchend und schreiend. Ich hätte Schwierigkeiten zu sagen, ob die Szene schrecklich in ihrer Komik oder komisch in ihrem Schrekken war. Ganz plötzlich beugte sich Dalakis über die Balustrade und deutete auf die Ladefläche des Lkws hinunter.

»Das ist Schwab!« sagte er.

Tatsächlich. Auf der Ladefläche lag Schwab. Er lag auf der Seite, die Knie angezogen, die Beine auseinander. Sein Kinn war nach oben geschoben. Auch seine Ellenbogen waren angewinkelt, der eine vor, der andere hinter ihm. Er schien zu laufen – als hätte ihn eine Kugel in vollem Lauf erwischt und eingefroren. Es war offensichtlich, daß er tot war. Seine blaue Uniform war blutverschmiert, und sein Blut bildete eine dunkle Lache um ihn herum. Auf seinem großen hellen Gesicht stand ein Ausdruck blanken Erstaunens.

»Was ist mit ihm passiert?« fragte Dalakis, noch immer über die Balustrade gebeugt.

Dalakis' Annahme, ich könnte das wissen, irritierte mich. »Er ist tot«, sagte ich. »Er wurde erschossen.« In diesem Augenblick gelang es den Soldaten, das Pferd in den Rinnstein zu ziehen, und der Lkw brauste davon. Seine Pistole über dem Kopf schwingend, feuerte Quatrone ihn an, und Schwab verschwand aus unserem Blickfeld.

»Aber warum?« fragte Dalakis beharrlich. »Warum sollten sie so was tun?«

»Mein lieber Carl, wie kannst du erwarten, daß ich das weiß?«

»Es muß dieser Hauptmann gewesen sein, dieser Quatrone.«

Dalakis beugte sich weiterhin über die Balustrade, bis ihn unglücklicherweise einige der Soldaten entdeckten. Ein paar begannen zu rufen, einer zielte auf uns. Dalakis bemerkte nichts, sondern starrte weiter dem verschwindenden Laster nach. Ich packte ihn am Gürtel und riß ihn so scharf nach hinten, daß er umkippte und wie ein Sack Kartoffeln im Bad landete, wobei sein Kopf gegen den Boden schlug. In eben diesem Augenblick krachten auch schon Schüsse, und die Kugeln bohrten sich über der Tür in die Decke, so daß Staub und Mörtelbrocken auf uns herabrieselten. Um ehrlich zu sein, ich glaube, die Soldaten versuchten nur, uns Angst einzujagen – was ihnen auch gelang. Zusammen huschten wir zurück in das dunkle Badezimmer, und ich knallte die Tür zu. Mit dem Rücken zur Badewanne und mit hysterisch hämmernden Herzen drückten wir uns gegen die Fliesen. Nun, ich kann nicht genau sagen, wie es um Dalakis' Herz stand, aber das meine schien jeden Augenblick zu bersten.

»Schwab ist tot«, meinte Dalakis beharrlich.

Obwohl ich kein Dankeschön dafür erwartete, ihm das Leben gerettet zu haben, so hätte ich doch wenigstens gern die Tat an sich anerkannt gesehen. Was Schwab betraf, so war ich nicht weniger schockiert. Zwei Stunden zuvor war er noch großmächtig, lärmend und voller Leben gewesen; jetzt war er nur noch ein paar Kilo totes Fleisch. Trotzdem, ich hatte kaum eine Träne für ihn. War ich nicht immer wieder das Opfer seiner Schikanen und seines Hohns gewesen? Und dann ertappte ich mich bei dem Gedanken, daß damit wieder einer mehr tot war, der etwas über meine Frau gewußt hatte. Kress auch – höchstwahrscheinlich. Der Tod hatte sie beide geholt.

»Warum sollten sie ihn umgebracht haben?« wiederholte Dalakis. »Es muß Quatrone gewesen sein.«

»Vielleicht, vielleicht auch nicht«, sagte ich, langsam wütend werdend. »Warum fragst du mich ständig? Ist dir nicht klar, daß es dich selbst fast erwischt hätte?«

»Aber Schwab…«

»Ja, ja, er ist tot. War er ein so dicker Freund von dir? Du hast ihn doch nie gemocht, und das weißt du auch.« Ich konnte Dalakis im Dunkeln kaum sehen, er war nichts weiter als eine große massige Gestalt.

»Ich hatte ihn gern. Ich habe ihn mein Leben lang gekannt.«

Ich hatte jedoch nicht die Energie, die feinen Unterschiede zwischen »mögen« und »gern haben« zu diskutieren. Das Problem mit sentimentalen Leuten ist, daß sie ständig auf der Suche nach Gelegenheiten sind, ihrer Sentimentalität freien Lauf lassen zu können. Im Aufstehen sagte ich: »Wir gehen besser wieder nach unten.«

Dalakis erhob sich und folgte mir den Korridor entlang zur Treppe. »Eine schreckliche Nacht. Schwab hatte schon recht: Unsere Welt wird sich unwiderruflich ändern. Jetzt sind er und Kress dahin. Wie klein unsere Gruppe doch wird.«

*

Wir suchten uns zwischen den Kerzen, die auf dem roten Teppich weiße Wachspfützen machten, einen Weg die Treppe hinunter. Nur sieben Soldaten befanden sich unten in der Eingangshalle, fünf davon lagen auf Bahren. Die beiden anderen würfelten auf der Marmorbank unter dem Wandbehang. Sie sahen zu uns herüber, als wir zur Bibliothek gingen, und einer ließ, nur um uns Angst einzujagen, ein kehliges Grollen vernehmen. Einige Sanitäter standen an der offenen Tür und blickten hinaus auf die Straße.

Dalakis stürzte vor mir in die Bibliothek. Pacheco saß auf dem Sofa, und Malgiolio goß sich gerade einen weiteren Cognac ein. Sie schienen sich nicht zu unterhalten.

»Schwab ist tot«, stieß Dalakis atemlos hervor. »Wir haben seine Leiche auf einem Lkw gesehen.«

Beide schienen erschrocken. »Das ist doch wohl nicht dein Ernst«, sagte Malgiolio und griff sich dann ans Haar, als hätte Dalakis' Nachricht ihm womöglich die sorgsame Anordnung seiner schwarzen Strähnen durcheinandergebracht. Pacheco sah mich an, als wolle er fragen, ob das wirklich wahr sei, und ich nickte.

»Natürlich war es Schwab«, sagte Dalakis und trat an den Kamin. »Er lag in seinem eigenen Blut. Sie müssen ihn erschossen haben.«

»Wer sollte ihn erschossen haben?« wollte Malgiolio wissen. »Schwab ist zu mächtig und zu clever. Außerdem hatte er doch den gepanzerten Wagen. Ich bin sicher, ihr habt euch geirrt.«

»Wir haben uns nicht geirrt«, sagte ich und setzte mich in den Lehnstuhl neben Pacheco. »Hauptmann Quatrone fuhr hinten drauf mit. Carl ist der Meinung, daß er für die ganze Geschichte verantwortlich ist.«

»Könnte er doch auch sein«, sagte Dalakis. »Und habt ihr gesehen, daß die Soldaten das Haus gegenüber plündern? Sie haben sogar ein Freudenfeuer angezündet.«

»Es gehört einem Gewerkschaftsführer«, sagte Pacheco, »einem von der Opposition.« Es schien ihn nicht weiter zu beunruhigen. Schwabs Tod schien ihm tatsächlich mehr Sorgen zu machen. Vielleicht hatte auch er ihn gern gemocht, so wie Dalakis. Und Malgiolio auch. Vielleicht war ich der einzige, den sein Tod nicht berührte.

Dalakis hatte begonnen, vor dem Kamin auf und ab zu gehen. »Das ist doch kein Grund, sein Heim zu zerstören.«

»Höchstwahrscheinlich haben sie Befehl von oben, das Haus zu verwüsten. Wir sind hier ziemlich sicher, falls ihr euch Sorgen macht.«

»Man hat eben auf dem Balkon auf uns geschossen«, sagte ich. Einen Blick auf Malgiolio werfend, sah ich, daß er erstarrte. Kleine Zähne, kleine Hände, sogar seine Augen waren klein.

Pacheco holte seine Packung Gauloises aus der Brusttasche seines Hemds, stellte fest, daß sie leer war und zerknüllte sie. »Ihr dürft euch doch nicht sehen lassen. Was erwartet ihr auf einer Straße voller trinkender Soldaten, die in der Gegend herumschießen?« Aus der Seitentasche seiner grauen Anzugsjacke nahm er eine frische Packung und begann sie zu öffnen. Das Zellophan raschelte leise.

»Aber Schwab ist tot«, wiederholte Dalakis. »Warum sollten sie ihn umbringen?«

Pacheco schien ungehalten. »Es ist, wie Carrera gesagt hat: Schwab hatte viele Feinde. Hast du denn kein Gespür für die Welt, in der du lebst? Sieh dich doch mal um, Carl, alles steht kopf. Wieso überrascht dich das alles so? Siehst du die Flammen nicht?« Ich hätte nicht sagen können, ob Pacheco von dem Freudenfeuer vor dem Haus sprach, oder ob die Frage als Metapher gedacht war, aber wie um seine Bemerkung zu illustrieren, setzte er seine Zigarette in Brand, zog daran, bis seine Backen wie ausgehöhlt aussahen, und blies dann eine große Rauchwolke in Dalakis' Richtung. Der scharfe Geruch verursachte mir Übelkeit.

Dalakis blieb stehen und schien sich Pachecos Worte durch

den Kopf gehen zu lassen. Dann warf er sich auf das andere Ende des Sofas, fuhr sich mit beiden Händen durch das Haar, sah Pacheco an und lachte dann – ziemlich verzweifelt, wie es schien. Malgiolio stand nach wie vor am Getränkeschrank, als sei das der Platz, an dem er sich in einer bedrohten Welt am sichersten fühlte.

»Die Stadt wird kräftig durchgeschüttelt«, fuhr Pacheco fort. »Das mag töricht sein, aber es ist auch tödlich. Doch nichts davon betrifft euch. Ihr habt damit nichts zu tun. Ihr seid wie Fremde im eigenen Land. Und da dem nun mal so ist, was sollen wir schon groß tun, als mit unserem Abend fortzufahren?« Dann wandte er sich mir zu und tätschelte mir den Arm. »Ich hoffe, es macht dir nichts aus, Batterby«, sagte er, »aber ich hätte da noch ein, zwei Fragen in bezug auf deine Frau.«

Die Unverschämtheit seiner Worte überraschte mich, vor allem, da ich schon am Überlegen war, ob ich mich durch seine ersten Bemerkungen beleidigt fühlen sollte. Selbstverständlich kümmerte es mich, was in der Stadt passierte. Auf der anderen Seite gab es nichts aus meinem Privatleben, was ich ihm hätte erzählen wollen. »Auch ich hätte eine Frage an dich«, konterte ich. »Hast du Señora Puccini dazu bekommen, dich zu lieben?«

»Ich habe zuerst gefragt«, sagte Pacheco.

»Ja, aber ich kann die Antwort verweigern.« Ich stand auf und ging hinüber zum Getränkeschrank, wo ich mir etwas Mineralwasser einschenkte. Malgiolio trat beiseite, um mir Platz zu machen, hörte jedoch nicht auf, mich anzustarren. Ich erwiderte seinen Blick jedoch nicht.

»Wenn ich dir sage, was du wissen willst«, sagte Pacheco zu meinem Rücken, »tust du mir dann denselben Gefallen?«

»Was immer du willst.«

»Wie war deine Frage noch mal?«

Ich kehrte auf meinen Platz zurück. »Ob du bei Antonia Puccini hast landen können.« Ich log selbstverständlich. Ich hatte nicht die geringste Absicht, ihm irgend etwas zu erzählen.

Pacheco wandte sich in Richtung Kamin und streckte die Beine aus. Wieder bildete er mit den Fingern beider Hände ein kleines Zelt über Mund und Nase. Durch dieses hindurch sagte er: »Du willst die Einzelheiten hören, stimmt's? Die häßlichen kleinen...«

Er hatte mehr sagen wollen, aber er verstummte und bohrte seine Zigarette in den Aschenbecher. Seine verletzte Wange sah aus, als wäre sie feucht und glänzte im Kerzenlicht. »Ich habe Señora Puccinis Sexualität bereits erörtert«, sagte er schließlich. »Du mußt dir den Menschen in viele Regale aufgeteilt vorstellen, und eines dieser Regale ist das bewußte Selbst oder Ich, das sich für den Kapitän seines kleinen Schiffes hält, und dann gibt es da noch das sexuelle Ich, das sich zuweilen ausnimmt wie der gesamte Ozean. Ich weiß noch, daß ich Sex mit Frauen hatte, bei denen mir mein Verstand die ganze Zeit über sagte: Das ist keine gute Idee, sie ist zu jung oder zu verrückt oder zu verklemmt. Aber mein sexuelles Ich schiebt alle Vernunft beiseite und verschlingt einfach. Señora Puccini verfügt über das gleiche gespaltene Naturell. Ich konnte zu jeder Tages- und Nachtzeit auf sie zugehen. Ich konnte ihre Brüste berühren oder ihr die Vagina streicheln. Ich konnte mich hinter sie stellen, wenn sie in der Küche an der Spüle stand, mich an sie pressen und sie nehmen, auf der Stelle, halb auf der Anrichte zwischen den Kartoffelschalen und dem roten Fleisch. Und meistens wurde sie mitgerissen. Es hatte nichts mit Liebe zu tun, noch nicht einmal mit Zuneigung, nur mit tierischer Lust. So wie ein Kater seine Zähne in den Rücken des Weibchens schlägt und sich einfach festhält, so fand ich mein Vergnügen daran, sie in verschiedenen Räumen des

Hauses zu überraschen, egal, was sie gerade machte. Nachts ging ich manchmal zu ihr, nachdem ich bei anderen Frauen gewesen war, noch immer deren Geruch am Körper. Und einmal, als ich zum Abendessen mehrere Männer zu Gast hatte, befahl ich ihr, sich vor ihnen auszuziehen. Ich ließ sie sich gegen den Kaminsims hier lehnen, während ich sie von hinten nahm und meine Gäste zusahen und mich anfeuerten.

Nach alledem fällt es euch vielleicht schwer zu glauben, daß ich sie liebte. Aber es verlangte mich nicht nur nach ihr, ich wollte auch diese Barriere aus Zurückhaltung und Kälte durchbrechen. Ihr kennt Äsops Fabel von der Wette zwischen der Sonne und dem Wind, wer von beiden schneller dafür sorgen konnte, daß der Reisende seinen Mantel ausziehen würde? Der Wind blies und blies, und der Mann zog den Mantel enger um sich. Die Sonne lächelte und schien; dem Mann wurde heiß, und der Mantel glitt ihm von den Schultern. Ich war der Wind, ich kämpfte, ich blies, ich warf sie von einem Teil des Hauses in den nächsten. Ich erwischte sie auf der Treppe und zog sie aus. Ich fand sie beim Bettenmachen, und wieder nahm ich sie. Ich fand sie im Garten, und ich schubste sie in den Dreck und riß ihr den Rock hoch. Und sie ließ sich mitreißen. Sie biß mich und saugte an mir, liebkoste mich, kratzte mich, rieb sich die Nase an mir oder tat so, als wolle sie weglaufen. Sie stöhnte und ächzte, dann schrie sie auf oder schlug mir ihre Zähne in die Lippen. Sie zog an meinen Haaren, ohrfeigte mich oder versuchte, mir das Knie zwischen die Beine zu rammen, und ich, ich wich ihr aus, zerrte sie an den Haaren zurück oder schlug ihr ins Gesicht. Ich entzog mich ihr und triezte sie, verweigerte mich ihr, bis sie bettelnd angekrochen kam, dann setzte ich mich auf ihren Rücken und grub ihr meine Fersen in die Rippen, bis sie mich zu Boden warf, nach meinem Schwanz griff und ihre Krallen hineingrub. Und einmal nahm sie sogar ein Messer und ritzte sich die Worte »Fick mich« in ihren Bauch, worauf ich nur lachte und sie eine ganze Woche allein ließ, und als ich zurückkam, ließ ich sie zu meinen Füßen kriechen, denn sie macht, wie ihr seht, alles, was ich ihr sage.«

»Küßte sie dich auch?« fragte Dalakis, ohne Pacheco anzusehen.

»Nur wenn ich es ihr befahl. Sie tat alles nur auf Befehl. Nichts, was ich je freiwillig oder umsonst bekommen hätte. Ich sagte, tu es, und sie tat es. Und natürlich, nachdem wir erst einmal angefangen hatten, miteinander zu schlafen, und sie die Leidenschaft trieb, tat sie so manches. Aber sie küßte mich nie aus eigenem Antrieb, ebensowenig, wie sie sich mir aus eigenem Antrieb anbot. Selbst wenn ich wußte, sie wollte mich, nie kam von ihr die erste Geste. Und selbst wenn ich sie küßte, wußte ich, daß sie es nicht mochte. Manchmal verging eine Woche, vielleicht sogar ein Monat, währenddem ich mit anderen Frauen beschäftigt war, und trotzdem sprach sie weder mit mir, noch tat sie den ersten Schritt, obwohl ich wußte, daß sie mich begehrte. Dann nahm ich sie wieder oder war grausam zu ihr, erniedrigte sie, ließ sie kriechen, aber nichts schien sie zu überraschen oder unvorbereitet zu treffen, nichts, was ihre Reserviertheit durchbrochen hätte. Es war wie bei Äsops Wind: Je stärker ich blies, desto fester schlang sie die Arme um sich. Und wenn wir den Akt hinter uns hatten, war sie so kalt wie eh und je.«

»Und es gab keinerlei Einschränkungen«, wollte Malgiolio wissen, »nichts, was du nicht hättest machen können?« Er hatte sich eine von Pachecos teuren Zigarren genommen und war eben dabei, die Spitze abzuzwicken.

»Sie wollte keine Kinder von mir«, sagte Pacheco, »und sie wollte sich nicht von mir in Roberto Colluras Zimmer berühren lassen. Ich konnte sie unterbrechen und herauskommen lassen, aber im Zimmer selbst durfte ich sie nicht anfassen. Sie liest ihm mehrere Stunden am Tag vor. Ich pflegte dabei im Flur zu stehen und ihrer Stimme zu lauschen, wenn sie las oder auch nur zu ihm sprach. Ich hörte zu und dachte mir, wie liebenswürdig sie sich anhörte, wie besorgt. Könnte sie ihm dies, könnte sie ihm das! Sie ließ dem Jungen eine Zinkwanne mit heißem Wasser füllen, und dann badete sie diesen Roberto Collura. Ich stand in der Tür und sah, wie sie ihn streichelte, wie sie ihn wusch und tätschelte. Ihr könnt euch vorstellen, wie ich ihn gehaßt habe. Aber was sollte ich tun? Sie würde nur so lange mir gehören, so lange er lebte, und so habe ich geschuftet, um ihn zusammenzuflicken und seine kleinen Wehwehchen zu reparieren, ihn am Atmen und halbwegs bei Gesundheit zu halten. Und dann stand ich auf dem Flur und hörte zu, wie sie ihm Balzac, Tolstoi oder Hugo vorlas, riesige Schinken, für die sie Wochen brauchte. Und ich stand vor der Tür, bis ich es nicht mehr ertragen konnte und mit den Fingern schnippte, damit sie herauskam und ich sie gleich auf dem rauhen Teppich nehmen konnte, während sie sich den Mund zuhielt, um nicht laut aufzustöhnen oder zu schreien. Und nachdem sie fertig war, wusch sie sich, ging wieder hinein, nahm das Buch und las weiter.«

»Und er hat nie was geahnt?« fragte ich. Eine der Kerzen auf dem Kaminsims begann zu zischen, und Pacheco stand auf und machte sie aus, indem er den Docht zwischen zwei Finger nahm.

»Woher soll ich das wissen? Und warum sollte mich das interessieren?« sagte er. »Ich hasse ihn und erhalte ihn am Leben. Wir reden nicht miteinander. Mich interessiert nur sie, und ich trage diese Besessenheit nun seit zwanzig Jahren mit mir herum. Aber sie hat immer nur ihre Arbeit getan und ist durchs Haus gegangen, als würde ich nicht existieren. Ich konnte sie nehmen, sie vielleicht auch erregen, Leidenschaft in ihr wecken, aber hinterher tat sie wieder so, als sei sie tot, es sei denn, sie war bei ihm, oder bei der Köchin, mit der sie sich angefreundet hatte.«

»Zwanzig Jahre?« fragte Dalakis. »Die ganze Zeit über?«

»Kommt dir das so lange vor?« sagte Pacheco. »In meiner Erinnerung ist es nichts. Sie war schön, als sie zu mir kam, und für mich ist sie immer noch schön. Sie hat sich verändert, sicher, aber sie ist immer noch schön. Wir haben noch elf Jahre im Süden gelebt und sind dann hierher gezogen. Ich habe viele andere Frauen gehabt, und oft brachte ich sie ins Haus, um zu sehen, ob ich sie nicht eifersüchtig machen könnte. Ich schlief mit ihnen vor ihren Augen. Ich befahl ihr, sich ans Fußende des Bettes zu stellen und zuzusehen, während ich irgendeine Frau betatschte, die ich auf der Straße aufgelesen hatte – und sah dann Antonia mit ihrem starren Blick, ihrem ausdruckslosen, toten Gesicht, als stiere sie gegen eine Wand. Wenn ich fertig war, schickte ich sie hinaus. Du meinst, das geht schon lange so? Glaub mir, es scheint mir wie nichts. Und bis heute ist es mir nicht gelungen, diese Totenmaske zu durchdringen, es sei denn in den Augenblicken der Leidenschaft. Und Collura ist schwach. Er ist oft krank. Ich bin selbst überrascht, daß er so lange durchgehalten hat. In einigen Jahren, vielleicht sogar in einigen Monaten wird er sich irgendeinen Virus einfangen und die Grippe bekommen, dann Lungenentzündung. Es kann nicht mehr lange dauern. Er wird sterben, und sie wird mich verlassen. Sie ist mein ganzes Leben, und ich habe sie niemals auch nur ein bißchen weniger gewollt als damals das erste Mal. Wißt ihr, daß sie noch Jungfrau gewesen war? Sie hatte sich noch nicht mal diesem Narren da oben gegeben. Ihr versteht also, ich hatte alles und habe gleichzeitig nie etwas gehabt.«

»Vielleicht ist das deine Strafe«, sagte Dalakis, der ihm den

Rücken zugewandt hatte. Er war aufgestanden und stand neben der Tür, als könne er Pachecos Nähe nicht ertragen.

»Strafe? Wofür?« Pacheco stand am Kamin, die Hände in den Taschen, und klimperte mit seinen Schlüsseln. »Das ist deine kleine Vorstellung, Carl, eine Welt, die auf Strafe und Belohnung, Tugend und Laster basiert. Vor zwanzig Jahren besuchte ich ein Sommerkonzert, und es kam eine junge Frau mit ihrer Tante und ihrem Verlobten. Zufällig setzten sie sich hinter mich, und ebenso zufällig streifte ich den Knöchel der jungen Frau. Und von diesem Augenblick an leuchtete sie mir wie ein grelles Licht im Kopf, ein Licht, das mich verdrängte und mich in die letzten Winkel meiner selbst trieb, das mein Ich zerstörte vor Verlangen nach ihr, bis ich sie nehmen mußte, nur um mein Leben zu retten und mich wiederzufinden, nur um wieder meine eigenen Gedanken zu denken, mich zu bergen, wieder in Ruhe ich sein zu können und etwas Frieden zu haben. Ihr könnt es als Mord betrachten. Sie hat mich umgebracht. Sie hat meinen Verstand mit ihrem Bild erfüllt und mich vor die Tür gesetzt. Ich mußte sie besitzen, um wieder auferstehen zu können. Ich mußte sie besiegen, um mein Leben zu retten.«

»Und, hast du sie wirklich besiegt?« fragte ich.

Pacheco sah mich an. »Nein, Batterby, ich habe dir geantwortet. Ich habe versucht, euch eine Vorstellung davon zu vermitteln, wie meine letzten zwanzig Jahre ausgesehen haben, aber kannst du dir eine Vorstellung von meinem Schmerz machen? Glaubst du, ich hätte nicht gern Frau und Familie gehabt, ein konventionelleres Leben geführt? Mein Leben ist eine einzige Hetze gewesen, ein langer Wettlauf. Für dich ist das hier nur etwas Klatsch, etwas, was du dir im Hinblick auf dein Buch anhören kannst, von dem du schon ewig redest. Wie willst du meinen Schmerz verstehen, wenn du selbst kein Herz hast?«

»Du meinst also, ich hätte kein Herz?« fragte ich.

»Warum hast du deine Frau verlassen?«

»Weil sie deine Geliebte gewesen ist.«

»Aber das war aus und vorbei. Sie hat dir gesagt, daß es aus war, und allem Anschein nach hast du es vorgezogen, ihr nicht zu glauben.«

Ich hatte keine Lust, Pacheco zu erzählen, daß ich sie hinausgeworfen hatte, weil sie ihn als Liebhaber mir vorgezogen hatte. Und daß die vergangene Zeit keinerlei Bedeutung hatte, da hatte er vollkommen recht, denn mochte es auch zwanzig Jahre her sein, daß ich ihn mit meiner Frau gesehen hatte, ich haßte ihn in diesem Augenblick nicht weniger als damals. Es schien zu warm im Raum und stickig, obwohl die Tür einen Spalt offen stand. Ich stellte mir vor, daß Señora Puccini dahinter stand und lauschte.

»Weißt du, daß du einen Sohn hast?« fragte Pacheco.

»Das ist eine Lüge. Ja, ich weiß, daß sie einen Sohn zur Welt gebracht hat, aber er ist nicht von mir. Du kannst ihn ja als deinen eigenen Bastard anerkennen.«

Pacheco wandte den Blick ab, als wolle er so tun, als langweile ich ihn. »Er ist nicht von mir. Die Daten passen nicht. Ich war im Süden. Er ist von dir, und du weißt das wahrscheinlich auch. Er ist jetzt ein Mann, ist dir das klar? Ich habe ihn sogar gesehen. Er sieht aus wie du. Dasselbe eckige Gesicht, das sandfarbene Haar. Er hat sogar deine schlechte Haltung, als liege der kraftlose Rükken in der Familie. Glaubst du, ich hätte nicht gern einen Sohn gehabt? Glaubst du vielleicht, ich würde ihn nicht anerkennen, wenn ich könnte? Was wirst du tun, wenn ihr euch trefft, weil er dich nämlich aufspüren wird? Er will dich kennenlernen, er will wissen, warum du ihn im Stich gelassen hast. Was willst du ihm sagen?«

»Ich werde ihm sagen, daß seine Mutter eine Hure war.«

»Das wird er dir nicht glauben. Siehst du, sie hat nämlich wieder geheiratet und noch andere Kinder. Sie ist seit fünfzehn Jahren glücklich mit diesem Mann. Er ist Apotheker, hast du das gewußt? Er trägt eine Brille. Er hat eine Glatze. Er ist fast schon jämmerlich dürr, so dürr, daß seine Ellenbogen wie kleine Klingen vorstehen. Aber sie lieben sich sehr. Sie berühren sich und sind zärtlich zueinander. Sie verbringen ihre ganze Zeit miteinander. All das hättest du haben können, Batterby. Sie wollte mit dir alt werden. Sie hat mit mir Schluß gemacht, sie wollte mich nicht mehr. Und anstatt das zu akzeptieren und ihr zu vergeben, hast du sie weggejagt. Du hättest Kinder haben können und eine Familie. Du hättest all das haben können, was ich immer gewollt habe, aber du hast sie weggejagt.«

»Hör auf damit!« schrie ich. Ich stand auf. Ich trat an die Wand und stand mit dem Gesicht zu den Büchern, ohne sie wirklich zu sehen. Obwohl ich nicht zu Gewalttätigkeiten neige, so halte ich mich doch mitunter dazu fähig.

Ich hörte die Tür hinter mir aufgehen. Señora Puccini betrat die Bibliothek. Sie sah keinen von uns an, sondern ging direkt auf Pacheco zu. »Der Oberst möchte, daß Sie sich einen von seinen Offizieren ansehen«, sagte sie. »Er glaubt, der Mann liege im Sterben.«

Ihre Stimme war ausdruckslos und monoton. Pacheco trat rasch auf sie zu, packte sie am Arm und drehte sie so, daß er sie, mit dem Gesicht zu uns, an sich drücken konnte. Sie wehrte sich nicht, sondern hing passiv in seinen Armen. Es war unmöglich, sie nicht anzustarren. Die hohen Wangenknochen, die gerade Nase, der schöne Mund mit den vollen Lippen und den vollkommenen Zähnen; sie hatte ein großes Kinn für eine Frau, fast so kantig wie ein Mann. Ihre grauen Augen standen weit auseinander. Alle starrten wir sie an. »Das ist es, was ich wollte«, sagte er. »Das hier wollte ich zur Frau und Mutter meiner Kinder.«

Er nahm ihr Kinn und hob es, wobei er ihre Wangen zusammendrückte. Sie blickte weiter auf den Teppich.

»Aber sie hat dich nicht gewollt«, sagte Dalakis und zog sich dabei in meine Richtung zurück, »und anstatt auf sie zu hören, hast du ihr Leben verpfuscht. Was hast du je von ihr bekommen?«

Pacheco packte ihren Rock und riß ihn hoch, so daß ihre weiße Unterwäsche zu sehen war. Er drückte ihr seine Hand an die Leiste. Obwohl er sie ziemlich grob anfaßte, blieb Señora Puccinis Gesicht völlig ausdruckslos. »Das habe ich bekommen«, sagte Pacheco, »und ich werde es mir wieder und wieder nehmen. Wollt ihr es sehen?«

»Laß sie zufrieden!« rief Malgiolio plötzlich. »Laß sie zufrieden, oder ich schwöre dir, ich schlage zu.« Er hob eine Faust und trat einen Schritt auf Pacheco und die Wirtschafterin zu.

Verblüfft sah Pacheco sich um, dann brach er in Gelächter aus. »Hat unser kleiner unmoralischer Freund tatsächlich noch Skrupel.« Er ließ Señora Puccini am Kamin stehen und ging ein paar Schritte auf Malgiolio zu, der, überraschenderweise, nicht zurückwich. Die Fotografie der jüngeren Antonia Puccini über ihrer Schulter vermittelte den Eindruck, beide Frauen wären miteinander im Raum.

»Dann schlag mich doch, wenn dir danach ist«, sagte Pacheco. »Hast du auch den Mut dazu? Siehst du, wo uns unser Urteil hinführt? Wir leben, so gut wir können, und versuchen möglichst keinem zu schaden, aber der Schaden kommt ganz von selbst. Selbst wenn wir den ganzen Tag in einer Gefängniszelle zubringen würden, der Schaden würde sich einstellen.«

»Kann ich jetzt gehen?« fragte die Wirtschafterin. Sie stand da und musterte uns teilnahmslos. Ich ertappte mich dabei zu überlegen, ob sie wohl ganz richtig im Kopf war.

Pacheco fuhr sich mit der Hand übers Gesicht, als wolle er etwas wegwischen. Dann drehte er sich um und wandte uns den Rücken zu. Anscheinend blickte er Señora Puccini lange an, und ich wünschte, ich hätte den Ausdruck auf seinem Gesicht sehen können. »Ja«, sagte er, »sagen Sie dem Oberst, ich sei sofort bei ihm.«

Ich sah ihr zu, wie sie zur Tür hinausging. Ich war mir fast sicher, daß sie die Pistole nicht mehr bei sich hatte. So wie Pacheco sie gepackt und ihr den Rock hochgehoben hatte, waren ihre Taschen zweifelsohne leer. Pacheco streifte uns mit einem Blick, der ein gewisses Maß an Hohn nicht verbergen konnte. Dann folgte er Señora Puccini aus dem Zimmer.

*

Ich sah meine beiden Gefährten an. Ich bin sicher, wir alle verspürten dasselbe peinliche Gefühl in der Gegenwart der anderen. Der Abend hatte uns zuviel über uns selbst gesagt, ohne daß wir Vergebung oder Absolution hätten finden können. Da hatten wir uns auf unser kleines Klassentreffen gefreut, und jetzt fühlten wir uns so unwohl in unserer Haut, daß wir noch nicht einmal miteinander sprachen. Denn auch wenn wir Pacheco verurteilten, waren wir denn so viel besser? Und wenn sich Pacheco auch genommen hatte, was er wollte, war er nicht dafür bestraft worden? Ich verspürte keinerlei Lust, über meine Frau zu sprechen, und dennoch ertappte ich mich dabei, daß ich an ihren Sohn dachte, und ob ich wohl unser Leben einem Prinzip geopfert hatte, das mehr mit Stolz als mit Tugend zu tun hatte. All das war tief in mir vergraben gewesen, und ich schuldete Pacheco eigentlich Dank dafür, es ans Licht gebracht zu haben. Aber war ich der Vater? Ich war mir immer sicher gewesen, Pacheco sei der Vater, was ich natürlich gern geglaubt hatte. Zu begreifen, daß der Junge von mir war, hätte meine Handlungsweise doppelt so töricht gemacht. Und so weigerte ich mich vielleicht nur deshalb zu glauben, der Junge sei von mir, weil ich der Verantwortung dafür entgehen wollte, meinen eigenen Sohn verstoßen zu haben.

Ich schwöre, daß mir nichts von alledem bewußt gewesen war. Ich schwöre, ich hatte seit Jahren weder an meine Frau noch an meinen Sohn gedacht. Ich hatte mir eingeredet, sie sei tot und es existiere kein Sohn. Es war mir eine bequeme Angewohnheit geworden. Um die Wahrheit zu sagen, ich analysiere die Handlungsweise der Leute um mich herum höchst selten. Ich beobachte sie und finde sie merkwürdig, aber ich frage mich nie, warum sie lieber dies tun als jenes. Oder ob etwas Sinn macht. Für mich war Pacheco immer eine romantische Gestalt gewesen, ebenso geheimnisvoll wie verwegen, eine Figur, geradewegs aus einem Roman von Dumas. Und natürlich hatte ich ihn um all die Frauen beneidet. Aber nun sehen Sie ihn doch an! Doch wäre es nicht angebrachter, ihn zu bemitleiden? Schlich in seinem eigenen Haus herum und versuchte zwanzig Jahre lang, seiner Haushälterin ein Lächeln zu entlocken. Aber er hatte die Frau verdorben, die ich geheiratet und leidenschaftlich geliebt hatte. Er hatte mein Leben zerstört, Dalakis weh getan und das arme Mädchen ruiniert, das seine Haushälterin geworden war. Und der Mann in dem Schlafzimmer oben, Roberto Collura, was war mit ihm?

Tatsächlich scheine ich ebenso zu einer Figur geworden zu sein wie alle anderen bei Pachecos Abendessen. Ich schildere, was sie tun, aber ich weiß nicht, warum sie es tun. Ich beschreibe, was ich tue, aber ich habe kaum ein Gespür dafür, aus welchem Grund. Vielleicht hatte ich deshalb als Schriftsteller nie Erfolg gehabt – ich hatte keinerlei Gespür für mich, ich weigerte mich fast schon, mir meiner selbst bewußt zu werden, weil mir dieses Bewußtsein zu offensichtlich meine Fehlschläge vor Augen geführt und, schlimmer noch, mir die Verantwortung für diese aufgebürdet hätte. Besser, erst gar nicht daran zu denken, sonst würde ich mich womöglich auch noch für das Morden auf den Straßen verantwortlich fühlen.

Dalakis war in die Halle gegangen. Malgiolio zündete sich wieder eine seiner farbigen Zigaretten an. Was für eine alberne Angeberei! Ich kam mir furchtbar eingesperrt vor, teils wegen der Ausgangssperre, teils meiner eigenen Gedanken wegen, die meinen Verstand mit Fragen und Vorwürfen bestürmten. Ich stürzte aus der Bibliothek in die Halle. Pacheco und Dalakis standen bei einigen Soldaten unter dem Wandbehang. Wie ironisch dieser Teppich mit einemmal schien. Ich durchquerte rasch die Halle und stieg die Treppe hinauf. Mein erster Gedanke galt dem Balkon vor dem Bad, dann jedoch kam ich zu dem Schluß, auf dem Dach sicherer zu sein. Von der Straße her waren noch immer Geschrei und Schüsse zu hören, und es schien mir gefährlich, mich dem auszusetzen. Ich war völlig verwirrt. Statt zu denken, schien ich lediglich meine Gedanken aus dem Weg zu schieben, um meinen Verstand absichtlich leer zu halten. Natürlich waren in meinem Unterbewußtsein die Gedanken in Aufruhr, aber sie waren sozusagen zu fern, um sie zu erreichen. Ich nahm eine Kerze von der Treppe und eilte den Korridor entlang, hinauf in den zweiten Stock. Ich bewegte mich dabei still und leise, fast verstohlen, als hätte ich Angst, es könnte mich jemand hören. Das heiße Wachs tropfte mir auf die Hand, und ich mußte meine andere Hand vor die Flamme halten, um zu verhindern, daß sie verlöschte. Der dunkle Schatten meiner Hand wurde auf Wände und Boden geworfen und huschte vor mir her wie ein Geist.

Als ich die Leiter zum Dach erreicht hatte, ergriff ich das Seil, mit der man die Vorrichtung von der Decke zog, hielt dann aber inne. Rechts befand sich die Tür zu Roberto Colluras Zimmer. War ich etwa in den zweiten Stock gekommen, nicht um aufs Dach hinaufzusteigen, sondern um ihn zu sehen? Ich stellte ihn mir vor, dünn und ausgemergelt, wie er auf diesem Bett lag, seit Pacheco vor neun Jahren in dieses Haus gezogen war. Ich trat an seine Tür und legte eine Hand auf den Knauf. Die Tür war unverschlossen. Mit großer Beklommenheit schob ich sie auf.

Zuerst dachte ich, Collura schlafe, so still lag er da. Aber schließlich konnte er sich nicht bewegen; er war ja gelähmt. Es war ein merkwürdiges Gefühl, ihn mir so völlig ausgeliefert zu wissen. Man hatte die meisten Kerzen hinausgetragen, aber es stand noch immer eine auf dem Nachtkästchen und eine weitere auf der Kommode an der Wand. Ich ging hinüber ans Bett und sah hinunter. Zu meinem Schrecken sah ich, daß Collura zu mir heraufstarrte. Er hatte ein Gesicht wie ein Affe, dünn und voller tiefer Falten, und seine Augen schienen blau oder hellgrau, wie die Farbe von Wasser. Nur mit einem Laken bedeckt, ähnelte sein Körper einem Stock. Aus irgendeinem Grund fiel mir ein, wie Pacheco ihn hoch zu Roß im Galopp über die Felder beschrieben hatte. Wir sahen einander in die Augen, und ich versuchte mir seine Gedanken vorzustellen.

»Können Sie sprechen?« fragte ich. Collura zeigte keinerlei Reaktion. »Können Sie mit den Augen blinzeln?« Collura blinzelte nicht. »Können Sie mich hören?« Noch immer reagierte er nicht, obwohl ich sicher war, daß er mich hörte. Er folgte mir ja auch mit den Augen, wann immer ich meine Position veränderte. Vielleicht ist er verrückt, dachte ich. Wäre ich zwanzig Jahre lang gelähmt, ich wäre mit Sicherheit absolut wahnsinnig. Ich wandte mich um und warf einen Blick durchs Zimmer – die Bilder, Spielsachen, Bücher, Mobiles, Spiegel, alles glänzte im Licht der beiden Kerzen. Die Vogelkäfige waren abgedeckt. Die Fische standen reglos in ihrem Aquarium. Der ausgestopfte Mungo und die Kobra verharrten nach wie vor in ihrer tödlichen Umarmung. Ich trat an das Bücherregal. Es gab Gesamtausgaben von Dumas, Hugo, Blasco Ibáñez, H. G. Wells. Wenn man ihm vorlesen konnte, so konnte er auch nicht taub sein. Ich trat an die Kommode und öffnete den obersten Schub. Darin lagen Unterhemden und Krankenhausnachthemden. Im nächsten waren Handtücher, in dem darunter Laken. Selbst mit dem Rücken zu Roberto Collura wußte ich, daß er mich beobachtete. Ich fragte mich, ob Señora Puccini es mit ihm trieb, ob es irgend etwas gab, womit sie ihn erregen konnte. Ich ging eine Schreibtischschublade durch, die voller Briefe von Freunden im Süden war. Ich warf einen Blick in einen, der von einem ehemaligen Lehrer schien. Er schlug einige Bücher vor, die Collura womöglich gefallen könnten.

Ich legte den Brief wieder in den Schreibtisch und kehrte zurück zum Bett. »Vermutlich können Sie sprechen«, sagte ich. »Werden Sie sich mit mir unterhalten?«

Ich kann nicht sagen, was ich eigentlich wollte, aber ich glaube, ich wünschte mehr über Pacheco und Señora Puccini zu wissen, und zwar von einem anderen Standpunkt aus. Ich starrte auf Collura hinab, und er erwiderte meinen Blick. Hin und wieder zuckten seine Lider, aber ansonsten blieb sein Gesicht völlig ausdruckslos. Ich wurde langsam, aber sicher wütend auf ihn. Im nachhinein erscheint mir das närrisch, aber ich hatte meine eigene Geschichte so sehr mit der Pachecos verbunden, daß Colluras Schweigen mir ganz bewußt eine Aufklärung über mich selbst vorzuenthalten schien. Für ihn freilich war ich ein völlig Fremder, aber er hatte mich zuvor mit Pacheco gesehen, und vermutlich hatte Señora Puccini ihm gegenüber erwähnt, daß man zum Abendessen Gäste, ja sogar alte Freunde erwarte. Aber wenn er mich für einen Freund Pachecos hielt, vielleicht war ihm das Grund genug zu schweigen.

»Können Sie mit mir sprechen?« fragte ich ihn. »Können Sie mir etwas über Pacheco sagen? Sie halten mich für seinen Freund? Glauben Sie mir, er hat mich nicht weniger ruiniert als Sie.«

Ich war kaum noch verantwortlich für das, was ich sagte. Verzweifelt wegen des jungen Mannes, von dem Pacheco behauptete, er sei mein Sohn, und nach wie vor voll Kummer um meine Frau, von den Gesprächen des Abends, von der Gewalt in der Stadt und dem Aufruhr in unseren eigenen Leben aus dem Gleichgewicht geworfen, hatte ich keinen Plan, sondern ging völlig spontan vor.

»Wissen Sie eigentlich Bescheid über Pacheco und Antonia Puccini?« fragte ich. »Wissen Sie, daß die beiden ein Paar sind?« Collura sah mich noch immer an. Haben Sie schon Affen mit dem Gesichtsausdruck eines Weisen gesehen, oder wenigstens einen, der an Weisheit erinnert? Colluras Gesicht ließ mich an Weisheit denken. Und so war mir klar, auch wenn er nicht reagierte, daß er wußte, wovon ich sprach. Er schien mich sogar für meine alberne Aufregung zu bedauern. Was mich wütend auf ihn werden ließ.

»Wissen Sie, daß er sie überall im Haus fickt?« sagte ich. Meine Stimme wurde hoch, fast kreischend, ich hatte sie nicht mehr unter Kontrolle. »Er fickt sie auf dem Flur, gleich vor Ihrer Tür. Er fickt sie, und sie genießt es und will, daß er es ihr noch mal macht, während Sie hilflos und impotent hier festsitzen. Möchten Sie ihn nicht am liebsten umbringen dafür?«

Aber dann bekam ich mich in den Griff. Was redete ich da

nur? Warum quälte ich diesen hilflosen Menschen? Mit einemmal schämte ich mich und trat weg von seinem Bett. Wieder folgten mir seine Augen. Auf seinen Füßen am unteren Ende des Betts lag eine gefaltete Decke. Ich hob sie auf. Colluras Füße waren weiß und knochig und sahen dennoch ganz weich aus. Nutzlose weiße Dinger. Wie hatte das nur aus ihm werden können? War es möglich, daß sein Sturz mit dem Motorrad ein Unfall war? Ich deckte seine Füße wieder zu. Ich bekam langsam Angst, Señora Puccini könnte ins Zimmer kommen und mich bei ihm finden. Wie hätte ich ihr das erklären sollen? Als ich eingetreten war, hatte ich meine Kerze ausgeblasen. Ich zündete sie an der auf seinem Nachtkästchen wieder an. Als ich noch einmal innehielt, um einen letzten Blick auf Roberto Collura zu werfen, sah ich, daß von meiner Kerze heißes Wachs auf seinen Arm tropfte. Er blinzelte, reagierte jedoch sonst nicht. Ich sprang zurück, versuchte dann das Wachs wegzuwischen, aber es klebte fest an seiner Haut. Voller Angst wandte ich mich ab und verließ den Raum.

Ich stürzte den Flur entlang in der Hoffnung, es müsse noch eine zweite Treppe in den hinteren Teil des Hauses geben. Alles war still. Ich verspürte nicht den geringsten Wunsch mehr, aufs Dach hinaufzusteigen, und hatte mich entschlossen, in den Hof zu gehen, um etwas frische Luft zu schnappen. Die Hintertreppe war aus Holz und ohne Teppich. Meine Füße verursachten ein lautes Gepolter, als ich hinunterlief.

Die Treppe brachte mich in einen Korridor auf der dem Eßzimmer gegenüberliegenden Seite des Innenhofs. Ich eilte ihn entlang zur Küche, die, abgesehen von einer einzelnen Kerze auf dem langen Eichentisch, im Dunkeln lag. Mein Mund war wie ausgetrocknet, und so trat ich an die Spüle und drehte den Hahn auf. Ich erstarrte vor Schreck. Aus dem Hahn strömte Blut. Stolpernd wich ich zurück und hob die Kerze. Natürlich war es kein Blut, sondern Rost, der mich im Kerzenlicht ganz konfus hatte werden lassen. Wie auch immer, ich wollte nicht mehr von diesem Wasser trinken. Ich ging zum Kühlschrank, wo ich eine Flasche Mineralwasser fand. Ich begann mich in der Küche umzusehen, öffnete Schubläden, warf einen Blick in die Schränke. Ich hatte jedoch kaum angefangen, da hörte ich ein Schluchzen von der Tür her. Leise durchquerte ich die Küche, um zu sehen, wer das sein könnte. Es war der Enkel der Köchin. Er saß draußen auf dem Hof, vornübergebeugt in einem Stuhl neben dem Picknicktisch, auf dem, von ungefähr zwanzig Kerzen umgeben, seine tote Großmutter aufgebahrt war.

Sie trug ein dunkelrotes Kleid, das um sie herum dicke Falten warf, und sie sah recht hübsch aus. Ihre Hände waren über ihrer Brust aufeinander gelegt. An ihren Füßen hatte sie ein Paar silberne Pantöffelchen. Ihr rundes Gesicht war so glatt und faltenlos, daß sie aussah wie ein junges Mädchen bei einem kurzen Nickerchen vor einem sommerlichen Tanzabend. Ich trat an den Tisch und blieb neben ihrem Kopf stehen. Ihr Enkel schaute kurz zu mir auf und schluchzte dann wieder weiter; die Ellenbogen auf den Knien, das Gesicht in den Händen vergraben, saß er da. Madame Letendres langes weißes Haar war zu einem Zopf geflochten und auf dem Kopf eingedreht. Gekrönt wurde es von einem kleinen Kranz weißer Blumen. Auf ihrem Gesicht war sogar etwas Make-up, Rouge, Puder und etwas Lippenstift. Als ich sie so ansah, konnte ich nicht anders, als an Schwab zu denken, wie er sich vollgefressen hatte, während sie sterbend in der Halle lag. Jetzt war er selbst tot.

»Hast du sie angezogen?« fragte ich den Jungen.

»Das war die Señora«, sagte er, die Wörter zwischen Seufzern hervorstammelnd.

Mir war selbstverständlich klar gewesen, daß ich an einem Abend wie diesem nur eine Seite von Señora Puccini sah. Aber als ich die Blumen auf dem Haar der alten Frau betrachtete und sah, wie sorgfältig die Tote herausgeputzt worden war, da war dies, als sähe ich das Bild einer anderen Señora Puccini. Es zeigte ihre zarte Seite, ihre tiefe Zuneigung. Vielleicht war Freundlichkeit überhaupt ihre offensichtlichste Qualität. Aber wie sollten wir erwarten, sie zu sehen, oder warum sollte sie sie uns zeigen – uns, die wir doch Pachecos Gäste und scheinbare Freunde waren?

Ich stand neben der Schulter der alten Frau. Die Kerzen umringten sie: drei an ihrem Kopf, drei zu ihren Füßen und sechs auf jeder Seite. Von einer Kerze tropfte Wachs auf die roten Falten ihres Rocks, und ich streckte die Hand, um den Rock aus dem Weg zu schieben. Als ich den roten Stoff bewegte, berührte meine Hand etwas Hartes neben dem Schenkel der alten Frau. Zuerst riß ich erschrocken meine Hand zurück, dann berührte ich es noch einmal. Ich hatte keinen Zweifel, um was es sich handelte. Mit einem Griff unter den Stoff brachte ich die Pistole zum Vorschein, die ich in Señora Puccinis Hand gesehen hatte. Es wäre schwer gewesen, sie mit einer anderen zu verwechseln, nicht bei so viel poliertem Chrom und den Perlmuttgriffschalen. Es war eine Zweiunddreißiger Llama. Auf Rahmen und Schlitten war eine kunstvolle Ziselierung angebracht, die an Laubwerk erinnerte. Ich wog die Waffe in meiner Hand. Sie fühlte sich leicht und kühl an. Höchstwahrscheinlich hatte die Wirtschafterin sie am Körper der Köchin versteckt, nachdem Hauptmann Quatrone seinen Männern befohlen hatte, uns nach Waffen zu durchsuchen. Ich ging davon aus, daß sie Pacheco gehörte, da nur er etwas besitzen konnte, bei dem sich das Dekorative so sehr mit dem Nützlichen verband.

Als ich neben der Leiche der Köchin stand, hörte ich Schritte auf den Fliesen hinter mir. Ich drehte mich um und sah Señora Puccini einen guten Meter hinter mir stehen. Sie sah die Pistole an, und ich kam mir vor, als hätte sie mich dabei erwischt, wie ich etwas gestohlen hatte.

»Es tropft Wachs auf ihren Rock«, sagte ich etwas schwerfällig. »Ich wollte den Rock wegschieben, und da fand ich das hier.«

»Ich habe sie dahin gelegt«, sagte Señora Puccini. Sie starrte mich an. Sie war genauso groß wie ich, und ihre Augen waren ausdruckslos und passiv.

»Habe ich mir schon gedacht«, sagte ich. »Ich dachte mir, Sie hätten geglaubt, die Soldaten könnten sie finden.« Noch während ich dies sagte, überlegte ich, warum ich ihr bei der Antwort half. Aber es schien ihr gleichgültig, was ich dachte. Sie blickte an mir vorbei die Leiche der Köchin an. Einen Augenblick später legte ich die Pistole auf ein kleines Tischchen.

»Wissen Sie«, sagte ich, »ich habe bemerkt, daß die Tür etwas offen stand, als Pacheco die Geschichte zwischen ihm und Ihnen schilderte, und mir ist klar, daß Sie das eine oder andere von dem gehört haben müssen, was er erzählte. Selbstverständlich geht mich das nichts an, aber Sie tun mir leid wegen dieses Lebens mit ihm.«

Sie antwortete nicht, sondern trat vor, so daß sie neben Madame Letendres Kopf zu stehen kam. Ausgesprochen zärtlich zog sie den Blumenkranz fester auf die Stirn der Toten. Wieder erfaßte mich ein Schrecken beim Gedanken daran, dieses tote Fleisch zu berühren.

»Ist das, was Pacheco sagt, wahr?« fragte ich.

Etwas ungehalten hob Señora Puccini den Kopf und starrte mich mit ihren dunklen Augen an. Ich dachte, sie wollte etwas sagen, aber sie schwieg.

»Vermutlich haben Sie nichts dagegen, daß er darüber spricht«, sagte ich. »Warum, glauben Sie, erzählt er uns das alles?«

Besonders beunruhigend an ihrem Starren war, daß sie mir dabei ständig von einem Auge ins andere sah.

»Er will Sie dazu bringen, daß Sie reagieren, nicht wahr?« fragte ich. »Das ist seine Leidenschaft, nicht wahr? Sie dazu zu bekommen zu reagieren? Und Sie sind entschlossen, dies nicht zu tun. Aber was fühlen Sie dabei? Schlafen Sie gern mit ihm?«

Einmal mehr bedachte sie mich mit ihrem kalten Lächeln. Warum nur hatte ich das Gefühl, von ihr herablassend behandelt zu werden? Ich trat einen Schritt zurück, so daß ich neben den Füßen der Köchin zu stehen kam, und so starrten wir einander über das dunkelrote Kleid hinweg an. Der Enkel der Köchin war in die Küche gegangen und stand, uns beobachtend, in der Tür. Señora Puccini wollte sich eben abwenden, als ich vortrat und ihren Arm berührte.

»Wollen Sie keine Rache?« fragte ich.

Sie trug eine weiße Schürze über ihrem schwarzen Kleid, und als sie sich umdrehte, griff sie mit beiden Händen hinter sich, um das Band zu öffnen. Sie legte die Schürze ab, ließ sie auf das kleine Tischchen fallen und bedeckte so die Pistole.

»Fragen Sie ihn nach seinem Sohn«, sagte sie.

»Seinem Sohn?«

»Fragen Sie ihn.«

Sie stand kerzengerade da, und wieder war ich überrascht, nicht nur von ihrer Schönheit, sondern auch von ihrer Standhaftigkeit. »Erzählen Sie mir von Roberto Collura«, sagte ich. »Kann er sprechen?«

Rückblickend muß ich mich fragen, ob mich das überhaupt interessierte, aber ich wollte nicht nur dafür sorgen, daß sie weitersprach, ich suchte auch nach etwas, was ihren Gesichtsausdruck zu lindern vermochte. Und mit dieser Frage hatte ich es scheinbar gefunden, da sich ihr Gesicht veränderte und sie sich zu grämen schien.

»Ich weiß nicht«, sagte sie. »Bis vor kurzem konnte er es noch. Er ist sehr krank, nicht nur körperlich, sondern auch geistig.«

»Weiß er das über Sie und Pacheco?«

Aber da verlangte ich zuviel von ihr; sie weigerte sich zu antworten. Außerdem glaubte ich, sie könne mir mitten ins Herz sehen und fühle sich abgestoßen von dem, was sie dort vorfand. Das ist dumm, ich weiß, aber ich war verärgert über die Art, wie sie mich meiner Meinung nach abservierte, und diese Gereiztheit gab mir auch meine nächste Frage ein.

»Noch eines«, sagte ich, »warum haben Sie der Köchin erlaubt, das Haus zu verlassen?«

Sie wich zurück, und ihr Gesicht wurde wieder kalt. Ich dachte, sie werfe womöglich einen Blick auf die Köchin und ich bekäme eine schuldbewußte Miene zu sehen, aber ihr Blick hielt dem meinen stand. Dann wandte sie sich ab und ging in Richtung Hintertreppe, so daß ich annahm, daß sie nach Roberto Collura sehen wollte. Alles kam mir so erbärmlich vor. Ich dachte an die Spritzer des roten Wachses auf seinem Arm, und ich wußte, ihr wäre sofort klar, daß sie von meiner Kerze stammen mußten. Keiner von uns hatte auch nur noch einen Blick auf die von ihrer Schürze versteckte Pistole geworfen oder den Versuch gemacht, sie an sich zu nehmen. Nachdem Señora Puccini verschwunden war, überquerte ich den Innenhof in Richtung der großen Eingangshalle, zufrieden damit, daß sie mir wenigstens ein paar Worte gegönnt hatte. Als ich an der Bougainvillea vorbeikam, sah ich, daß, wie von einer unsichtbaren Hand bewegt, die Blätter zitterten. Señora Puccinis Bild wollte mir nicht mehr aus dem Kopf. Ich stellte mir vor, daß ich ihr befahl, sich auf den Boden zu legen, wie Pacheco es getan haben mußte, wie ich ihr sagte, sie solle die Unterwäsche ausziehen. Ich stellte sie mir nackt und voller Verlangen vor. Obwohl ein Teil von mir wegen des Gedankens, einem anderen Menschen Gewalt anzutun, erschrak, so wünschte sich ein anderer, derartige Befehle geben zu können, und das nicht irgendeiner Frau, sondern dieser. Wie hatte sie das mit Pachecos Sohn gemeint? Als ich durch die Tür zur Halle ging, mußte ich an ihre Lippen denken. Wie voll sie waren. Man konnte ihre Weichheit fast spüren. Wie sehr mußte Pacheco sie wollen, und wie angemessen war es doch, daß man sie ihm verweigerte.

*

Als ich in die Bibliothek trat, hatte ich den Eindruck, daß meine Freunde über mich gesprochen hatten. Pacheco und Dalakis saßen auf dem Ledersofa. Malgiolio stand am Kamin. Ich stellte mir vor, wie Malgiolio und Dalakis, vor allem Malgiolio, unseren diversen Bekannten erzählten, wie ich auf die alberne Lüge über meine Frau bestanden hätte, und daß sie in Europa lebe und einen Sohn habe, den als mein eigen Fleisch und Blut anzuerkennen ich mich weigerte. Aber vielleicht würde ja nach diesem Aufruhr auf den Straßen alles anders sein. Vielleicht hatte Malgiolio recht damit, wenn er sagte, es würden sich neue Möglichkeiten auftun. Vielleicht bekämen wir alle ein neues Leben und könnten noch einmal von vorn anfangen. Jedenfalls wäre Schwab nicht mehr da, um mich zu verhöhnen. Ich fand es schrecklich, daß diese Männer über mich gesprochen und nun das Gefühl hatten, sie müßten schweigen.

»Was hast du denn ausgeheckt, Batterby?« fragte Malgiolio und warf Pacheco einen augenzwinkernden Blick zu. Sie rauchten jetzt alle Zigarren, sogar Dalakis. Die Luft war ganz blau vor Rauch. Es war mittlerweile ein Uhr morgens vorbei.

»Ich war in der Küche«, sagte ich. »Ich habe mich mit Señora Puccini unterhalten.«

»Und was hat sie dir gesagt?« fragte Pacheco.

Ich goß mir ein Glas Mineralwasser ein und fügte dann einen winzigen Tropfen Scotch hinzu. »Sie hat mir vorgeschlagen, dich nach deinem Sohn zu fragen«, sagte ich.

Pacheco reagierte nicht sofort. Ich hatte ihre Aufmerksamkeit, soviel stand fest. Malgiolio blies eine kleine Rauchwolke gegen die Decke. Dalakis hustete und schob sich dann die Brille zurück auf die Nase.

»Was ist mit meinem Sohn?« fragte Pacheco.

Aber ich war noch nicht bereit, mehr zu sagen. Ich trat vor, bis ich den Luftzug des Deckenventilators spürte. Meine Kleidung fühlte sich klamm an vor Schweiß.

»Weißt du, Pacheco«, sagte ich schließlich, »du hast uns da eine lange Geschichte erzählt, und ich weiß nicht so recht, warum. Ich glaube nicht, daß sie unserem Vergnügen dienen sollte. Aber Señora Puccini hat einiges davon mitbekommen, und ich glaube, du wolltest, daß sie es hört. Warum demütigst du sie? Ich habe sie gefragt, ob ihr denn nicht nach Rache sei, und sie hat mir gesagt, ich solle dich nach deinem Sohn fragen. Also frage ich dich.«

Keiner gab auch nur einen Mucks von sich. Das Geschrei auf der Straße drang als zorniges Murmeln zu uns herein. Pacheco steckte seine Zigarre wieder an, lehnte sich zurück und schlug die Beine übereinander. »Man kann es nicht wirklich einen Sohn nennen«, sagte er. »Es war ein männlicher Fötus. Sie hat mir gesagt, ich sei der Vater, und ich nehme an, es muß wohl so gewesen sein.«

»Hatte sie eine Fehlgeburt?« fragte Dalakis, stets zu Diensten mit seinem Mitgefühl.

»Nein, ich habe eine Abtreibung vorgenommen. Sie war auf dem Küchentisch gelegen, und ich habe ihr meinen Sohn rausgerissen. Es war, wie Batterby sagt, ihre Rache. Ich hatte sie auf die eine oder andere Art vor einigen Gästen gedemütigt. Zuerst verheimlichte sie mir, daß sie schwanger war. Dann gab sie vor, das Baby haben zu wollen. Aber ihr erinnert euch an unsere Abmachung, daß sie niemals meine Kinder austragen würde? Schließlich und endlich verlangte sie eine Abtreibung. Sie wollte nicht, daß Collura sah, daß sie schwanger war. Ich weigerte mich. Sie war bereits im vierten Monat, und... nun ja, ich wollte schließlich ein Kind. Sie nahm Schlaftabletten, und die Köchin fand sie bewußtlos. Dann versuchte sie selbst eine Abtreibung vorzunehmen, indem sie irgendein Gift nahm. Ich behielt sie daraufhin im Auge. Ich habe sie festgebunden. Wie ihr euch aber inzwischen wohl denken könnt, hat sie einen ungeheuer starken Willen. Ich wußte, wenn sie das Kind nicht haben wollte, nichts und niemand könnte sie dazu zwingen. Ich versuchte, sie dazu zu überreden. Ich habe ihr alles mögliche angeboten. Sie sagte, sie würde es nur dann austragen, wenn ich einwilligte, sie mit Collura und genügend Geld für seine Pflege gehen zu lassen. Aber so sehr ich das Kind auch wollte, sie wollte ich noch mehr. Also habe ich die Abtreibung vorgenommen.«

»Wie lange ist das jetzt her?« fragte ich.

»Es war gleich nach unserem Einzug hier. Sie war dreißig. Wie ich schon sagte, ich habe es auf dem Küchentisch gemacht. Wir waren allein. Ich mußte Wehen künstlich auslösen. Sie wollte etwas gegen die Schmerzen, aber ich weigerte mich, ihr etwas zu geben. Ich wollte, daß sie wenigstens Schmerzen haben sollte, damit sie das nie vergessen würde. Aber nachdem ihr klar geworden war, daß sie nichts bekommen würde, gab sie keinen Laut mehr von sich. Ich wußte, ich fügte ihr grauenhafte Schmerzen zu, aber sie gab nicht einen Laut von sich. Als alles vorbei war, stand ich da, meinen Sohn in den Händen. Er war erst fünf Monate alt, und doch ein fertiger kleiner Mann.«

»Hat er gelebt?« fragte Dalakis.

»Erst schon, aber es bestand nicht die geringste Chance, ihn durchzubringen. Er lag in meinen Händen und atmete. Ich sah sie an. Sie hatte eine Art Lächeln auf dem Gesicht. Ich begriff, daß ich in gewisser Weise etwas Böses geschaffen hatte in ihr. Nicht nur, daß ich sie ruiniert hatte, ich hatte dafür gesorgt, daß sie böse geworden war.«

»Und alles, was du je gewollt hast«, sagte ich und nahm das Foto vom Kaminsims, »war, sie in dich verliebt zu machen.«

»Mach dich nicht über mich lustig, Batterby.«

»Wie lang hat das Kind gelebt?« fragte Dalakis. Er stand auf und warf, fast außer sich, seine Zigarre in den Kamin. Wir standen im Halbkreis um Pacheco herum. Er sah uns nicht an.

»Fast eine Stunde. Er war ausgesprochen stark. Selbstverständlich hätte ich ihm eine Injektion geben können, aber ich konnte mich nicht dazu durchringen. Ich habe ihn hier hereingebracht. Es war Winter und kalt, und im Kamin brannte ein Feuer. Ich legte ihn hier auf diesem Tisch auf einige Handtücher. Dann beobachtete ich ihn. Er bewegte sich etwas, gab aber keinen Laut von sich. Ich beobachtete ihn nur. Er hatte keinerlei Schmerzen. Ich meine, er war mein Sohn. Immer wieder berührte ich seine Fußsohle. Sie war so winzig. Nach einer Weile starb er dann. Ich begrub ihn im Garten und pflanzte einen schön blühenden Strauch über seiner Leiche. Antonia blieb noch einige Tage im Bett und machte sich dann wieder an ihre Pflichten als Haushälterin. Sie hatte das Gefühl einer geglückten Rache, aber das hielt mich nicht davon ab, sie weiter demütigen zu wollen. Ich begehrte sie nach wie vor leidenschaftlich, aber ich haßte sie auch. Als sie sich wieder erholt hatte, gab ich eine kleine Party und ließ sie nackt bedienen. Es waren noch vier andere Männer da, alles Ärzte. Sie weigerte sich und kam völlig angezogen herein. Ich war so wütend, daß ich ihr die Kleider vom Leib zu reißen begann. Den Rest zog sie dann selbst aus und tat ihre Arbeit, als wäre alles wie immer. Seht ihr, wir versetzen einander Schläge, versuchen die Schwachstellen des anderen herauszufinden. Das ist zur Hauptbeschäftigung unseres Lebens geworden.«

»Aber du liebst sie«, sagte Malgiolio fast zärtlich.

»Das ist unwichtig geworden. Sie hat von mir Besitz ergriffen. Es ist, als hätte ich einen Eimer unter ein Leck in der Decke gestellt. Der Eimer füllt sich, ich muß ihn ausleeren. Wenn ich sie nehme oder mißbrauche oder vergewaltige, dann ist das, als leerte ich diesen Eimer. Nur indem ich ihr Gewalt antue, indem ich mit ihr schlafe, kann ich mich dieser Hölle sexueller Besessenheit entziehen. Dann habe ich einige Tage Ruhe, bis der Eimer wieder gefüllt ist.«

»Du hast also nicht nur ihr Leben ruiniert, sondern auch das deine«, sagte ich.

»Aber ich habe es aufgrund einer bewußten Entscheidung getan«, sagte Pacheco und schaute zu mir auf. »Aufgrund, wie man so schön sagt, einer alles beherrschenden Leidenschaft. Es mag einen Zeitpunkt gegeben haben, an dem ich mich hätte abwenden können, aber ich habe mich anders entschieden. Vielleicht an jenem Tag, an dem ich auf der Straße neben ihr herging und ihre Brust berührte. Als ich jedoch einige Wochen später zu ihrem Fenster hineinkletterte, hatte ich längst keine Wahl mehr. Aber du, Batterby, du hast dein Leben ohne den geringsten Grund ruiniert – nur aus Eitelkeit und Stolz. Ich habe meinen Sohn sterben sehen, ich habe ihn keuchen und nach Luft schnappen sehen, bis er tot war – hier in diesem Raum. Du hattest einen vollkommen gesunden Sohn, und du hast ihn weggeworfen. Deine Frau hat dich geliebt. Auch wenn wir unsere kleine Affäre miteinander gehabt haben, sie hat dich trotzdem geliebt. Aber du konntest es einfach nicht vertragen, daß wir zusammen gewesen waren.«

»Es dauerte noch während unserer Ehe an«, sagte ich. Ich haßte ihn dafür, daß er meine gescheiterte Ehe wieder in die Diskussion brachte, aber ich sorgte dafür, daß mir meine Gefühle nicht anzusehen waren.

»Na und? Das ging schon, lange bevor du sie überhaupt kennengelernt hast. Wir waren dabei, uns voneinander zu verabschieden – nur noch eine kleine Nummer im Dunkeln. Es hatte nichts zu bedeuten.«

»Aber sie war meine Frau«, sagte ich. Dalakis und Malgiolio standen noch immer neben mir. Ich verstand nicht, wie Pacheco so ruhig dasitzen konnte, so wie wir drei über ihm standen.

»Du bist sentimental«, sagte Pacheco. »Du fühlst dich verraten und im Stich gelassen. Du drischst mit deiner kleinlichen Moral auf die Welt ein. Ich versuche nicht, mich zu rechtfertigen. Ich habe nicht das geringste Interesse daran. Deine Frau und ich, wir hatten unsere Zeit zusammen gehabt, dann war es vorbei. Sie liebte dich, und sie wollte mit dir leben. Du hast sie fortgejagt. Sie hat dir gesagt, daß sie schwanger ist, und du hast es einfach ignoriert. Sie hat dir die Geburt deines Sohnes mitgeteilt, sie ist in dein Haus gekommen, sie hat dir das Baby gezeigt, sie hat dich um Vergebung angefleht, und du hast sie fortgejagt.«

»Es war dein Sohn«, sagte ich.

Pacheco streckte einen Fuß und tippte mir mit einem seiner kleinen schwarzen Schuhe ans Schienbein. Er lächelte. »Nein, siehst du, ich habe nämlich eine Blutuntersuchung machen lassen. Es war dein Sohn... Wäre es meiner gewesen, ich hätte ihn gefeiert. Aber er war nicht von mir. Du hast sie verstoßen und angefangen, diese Geschichte über ihren Tod zu verbreiten. Es dauerte nicht lange, und du hast doch tatsächlich erzählt, sie wäre während eurer Flitterwochen gestorben. Ist dir eigentlich klar, wie dich deine Freunde wegen dieses Unsinns bedauerten, wegen einer derart lächerlichen Lüge? Und die ganze Zeit über wartete deine Frau noch immer auf deine Vergebung. Wie dumm von ihr. Schließlich gab sie es auf, und einige Jahre später lernte sie das magere Kerlchen kennen, dem sie nun seit fünfzehn Jahren treu ist. Und sie hat ihm drei Kinder geschenkt. Aber ihr Ältester, der ist von dir. Er trägt sogar deinen Namen. Nicolas Batterby. Vielleicht kommt er eines Tages hierher zurück. Dürfte ganz amüsant sein, dich dann in deiner Verlegenheit zu sehen. Vielleicht fragt er dich, warum du ihn verlassen hast, und du kannst ihm sagen, aus Eitelkeit und Stolz.«

Ich war zu wütend, um darauf zu antworten. Pacheco schien mich von seinem Platz auf dem Sofa herauf anzulächeln, liebenswürdig, wie es schien. Aber ich spürte seinen Hohn und seine Verachtung. Dalakis schien seine Hände zu studieren, rieb sie gegeneinander und starrte seine Handflächen an. Malgiolio schenkte sich noch etwas Cognac ein. Die Kerzen flackerten wegen eines Luftzugs von der Tür her, die einige Zentimeter weit offen stand. Mir kam der Gedanke, daß selbst diese letzten Worte für Señora Puccini bestimmt waren – als wären all seine Worte, alles, was er je gesagt hatte, Teil ihrer endlosen Unterhaltung miteinander gewesen.

Ich brauchte einen Augenblick, um mich zu fassen, aber dann war ich wieder in der Lage, ruhig zu sprechen, sogar mit einem ironischen Unterton. Ich wollte ihn treffen, und ich glaubte zu wissen, wie. »Ich bin froh, daß dir meine Geschichte so viel Vergnügen bereitet. Ich habe meine Frau aus dem Haus gejagt, weil sie mich verraten hat. Du nennst das nichts weiter als Eitelkeit und Stolz? Sicher, du lebst in einem völlig anderen Wertsystem. Dann wollen wir doch mal einen Blick auf diese Werte werfen. Was hast du Antonia Puccini angetan? Und diesem armen Wrack von einem Menschen, das du dir da oben hältst, was hast du ihm angetan? Du vergißt, Daniel, wir kennen dich seit vierzig Jahren, und ich denke, du hast bei deiner Geschichte so einiges ausgelassen.«

»Was meinst du?« fragte Pacheco. Er trug noch immer das kleine Lächeln zur Schau, als wolle er zeigen, daß nichts, was ich sagen könnte, ihn aus der Ruhe bringen würde.

»Als du dich so völlig von deiner Zuneigung vereinnahmt sahst –, ich kann einfach nicht glauben, daß du da gewartet und nichts unternommen hast. Dann hatte dieser junge Mann – welch ein Glück für dich – seinen Motorradunfall. Du kanntest seine Gewohnheiten. Du wußtest, wann er seine Ausflüge in den Süden machte, spät nachts auf einer einsamen Straße.« Ich hielt inne, fast erschrocken darüber, so weit zu gehen.

Alle drei starrten mich an, dann packte mich Dalakis zornig am Arm. »Willst du damit andeuten, Pacheco hätte den Unfall verursacht?«

»Hältst du ihn etwa nicht für fähig dazu?« fragte ich ihn, seinen Arm abschüttelnd. Pacheco hatte noch immer sein kleines Lächeln um die Lippen. Malgiolio sah mich fast mit Bewunderung an, als hätte ich ihn zum erstenmal im Leben wirklich beeindruckt.

»Seht euch doch an, wie besessen er ist«, fuhr ich fort. »Er ist bei ihr eingebrochen. Er hat mit Collura gekämpft und hätte ihn umgebracht, hätte ihm Antonia Puccini nicht Einhalt geboten.

Meint ihr, er hätte Collura nicht auch auf einer finsteren Straße überfahren können? Wie einfach wäre es doch gewesen, von hinten an ihn heranzufahren, zum Überholen anzusetzen und dann einen kleinen Schlenker zu machen – und schon saust das Motorrad mit hundertzwanzig Sachen von der Straße. Wahrscheinlich hatte er Collura sogar umbringen wollen, aber so kam alles noch viel besser. Er hatte plötzlich eine Verhandlungsbasis. Ihr meint, er hat es nicht getan? Fragt ihn doch!«

Pacheco hatte sich abgewandt und stippte die Asche seiner Zigarre in einen Messingaschenbecher. Dann sah er mich wieder an, mit demselben schrecklichen Lächeln wie zuvor, das durch den Riß in seiner Wange noch furchtbarer anzusehen war. »Sehr clever, Batterby. Du solltest es mal mit Thrillern versuchen.« Pacheco stand auf und trat einen Schritt auf mich zu. Ich trat zurück an den Kamin.

»Ja, ich habe ihn überfahren«, fuhr Pacheco fort. »Er war mir im Weg. Wir wollten beide dasselbe, und er war drauf und dran, es zu kriegen. Wie du schon sagst, ich wußte, wann er seine Ausflüge aus der Hauptstadt machte. Es war ein einfacher Plan, aber es dauerte Wochen, bis ich ihn ausführen konnte. Einige Male fuhr ich nur hinaus und sah zu, wie er vorbeiraste. In einer anderen Nacht folgte ich ihm bis vor Antonias Haus, sah mich aber unfähig, etwas zu tun. Das ging zwei-, dreimal so. Ich folgte ihm und verfluchte mich dabei dafür, ein Feigling zu sein. Der Tag ihrer Hochzeit rückte immer näher. Es schien, daß ich die Welt entweder von Roberto Collura befreien mußte oder von mir. Also fuhr ich wieder los, ziemlich weit, über hundertfünfzig Kilometer von der Stadt weg. Als er vorbeigebraust kam, folgte ich ihm. Ich konnte mich nach wie vor nicht überwinden, es zu tun. Ich weiß noch, wie ich sein rotes Schlußlicht im Auge hatte, das einzige Licht auf der Straße. Ich folgte ihm fast eine Stunde lang, verwünschte mich, schrie mich selbst an dabei. Ich hatte einen alten Peugeot, ein Auto, wie es sich für einen Doktor gehört, stark und schnell. Er fuhr permanent hundertzwanzig. Es war auch sonst kein Verkehr.

Schließlich trat ich das Gaspedal durch, fuhr hinter ihm auf und zog dann auf die linke Spur hinaus. Einige Minuten lang blieb ich neben ihm, ein bißchen versetzt. Er drehte sich zwar um, konnte aber nicht viel sehen, nur meine grellen Scheinwerfer. Noch immer konnte ich es nicht. Ich beschloß aufzugeben. Ich trat aufs Gas, um ihn zu überholen und nach Hause zu fahren. Ich hatte nicht damit gerechnet, daß er womöglich Angst haben könnte. Es war Anfang Herbst, meine Fenster standen offen, und meine Ohren dröhnten vom Brummen des Motorrads. Als ich das Auto neben ihn setzte, drehte er sich um. Entweder hatte er meinen Wagen oder mich erkannt. Er erschrak furchtbar. Er rief meinen Namen: Pacheco! Er versuchte zu beschleunigen. Als ich ihn meinen Namen schreien hörte, veränderte sich etwas in mir. Ich hatte plötzlich keinerlei Grund mehr zu zögern. Ich riß das Steuer rasch ein wenig nach rechts, erwischte sein hinteres Schutzblech, und schon raste er von der Straße. Im Rückspiegel konnte ich sehen, wie sich sein Motorrad mehrmals überschlug. Als ich sein Schutzblech gestreift hatte, hatte es nur ein kleines Klicken gegeben, nur einen kleinen Knall, der noch nicht mal einen Kratzer hinterlassen hatte. Ich hörte ihn schreien, dann hatte ich seinen fliegenden Scheinwerfer im Rückspiegel, dann war es finster. Ich fuhr zurück in die Stadt und ging zu Bett. Selbstverständlich konnte ich nicht schlafen. Ich starrte gegen die Decke und sah sein Gesicht – so wie ich es gesehen hatte, als er meinen Namen schrie –, dann den Scheinwerfer, der wie verrückt zuckte und dann durch die Landschaft sprang.

Natürlich war ich überrascht, als sie ihn dann einlieferten. Ein Lastwagenfahrer hatte ihn gefunden. Ich bekam es mit der Angst zu tun und wußte, ich mußte ihn umbringen, aber ich konnte mich einfach nicht dazu überwinden. Als er aus dem Koma aufwachte, hatte er keinerlei Erinnerung mehr an den Unfall. Ich blieb in seiner Nähe, ging immer wieder in sein Zimmer, um nach seinem Zustand zu sehen. Als er mich das erste Mal sah, änderte sich sein Ausdruck nicht im geringsten – ausdrucksloses Leid, monotone Verzweiflung. Ich glaube, wenn er sich erinnert hätte, ich hätte ihn ein für allemal beseitigt...«

Während Pacheco erzählte, hatte ich die Tür im Auge behalten. Sie stand nur einen kleinen Spalt breit offen, vielleicht zwei, drei Zentimeter. Zuerst war nur ein Schatten dahinter, aber als Pacheco sich dem Ende seiner Geschichte näherte, sah ich einen Teil des Gesichts, das sich gegen die Öffnung drückte. Selbstverständlich war es das der Haushälterin, aber es dauerte einen Augenblick, bevor ich es erkannte, so verzerrt schien es zu sein. Vor allem sah ich ein Auge. Es wirkte wie angeschwollen, als wäre es zu weit aufgerissen. Zu viel Weiß war darin zu sehen. Dann verschwand es.

Dalakis war über die Maßen aufgebracht. Er weigerte sich, auch nur einen von uns anzusehen, als er vor dem Kamin auf- und abschritt. »Aber das war ein Mordversuch. Du solltest im Gefängnis sitzen.«

»Man hat mich nie erwischt«, sagte Pacheco. Er warf einen Blick auf die Tür, und ich begriff, daß er die ganze Zeit über gewußt hatte, daß sie da draußen stand. »Um genau zu sein, es ist dies das erste Mal, daß ich das jemandem eingestehe. Natürlich hat Batterby mit seiner überragenden Intelligenz richtig geraten, und da dem nun mal so ist, mußte ich euch auch den Rest der Geschichte erzählen.«

Dalakis schien schier wahnsinnig zu werden; er hatte sich seine großen Hände aufs Gesicht gedrückt. Wie die meisten unserer Gruppe hatte auch er in Pacheco immer einen Helden gesehen. Er konnte ihn noch immer nicht ansehen, sondern starrte in Richtung des Getränkeschranks, wo Malgiolio mit verschränkten Armen auf den Teppich stierte und dabei einer Statue ähnelte.

»Erst bringst du ihren Verlobten fast um, und dann erpreßt du sie auch noch«, sagte Dalakis. »Wie willst du das rechtfertigen?«

»Ich versuche es erst gar nicht. Erinnerst du dich an *Schuld und Sühne*, als Raskolnikow argumentiert, daß es Leute gäbe, die das Recht zu töten hätten? Ich glaube, seine Theorie hatte etwas mit Napoleon zu tun. Natürlich ist das alles Narretei. Aber es gibt gewisse Handlungsweisen, gewisse Leidenschaften, denen man folgt, egal, was passiert. Ich sage das nicht, um sie zu rechtfertigen, sondern nur, daß es so war. Von dem Augenblick an, in dem ich Antonias Knöchel berührt hatte, war die Zerstörung ihres Verlobten nicht mehr zu vermeiden gewesen. Womöglich war es ebenso unvermeidlich gewesen, das alles eines Tages drei Herren in mittleren Jahren zu schildern und daß Antonia draußen vor der Tür stehen und lauschen würde. Es geht mir nicht darum, mich zu rechtfertigen, mich zu entschuldigen oder zu verurteilen. Es geht nur um die Schilderung. Mir ist klar, daß es nicht richtig war, aber dieser Umstand hat keinerlei Einfluß auf seine Unvermeidbarkeit. Es ist klar, daß ich es nicht hätte tun sollen, aber dieses Eingeständnis hat keinerlei Einfluß auf die Tatsache, daß ich es getan habe. Ich konnte nicht anders; es war nun mal die Straße, der ich folgte. Was nicht heißt, daß ich nicht verantwortlich bin. Ich bin ganz und gar verantwortlich. Ich wollte eine Frau und habe einen anderen Menschen ruiniert, um sie zu bekommen. Genaugenommen habe ich drei Menschen ruiniert, mich selbst eingeschlossen. Aber, Carl, obwohl ich all das weiß, ich würde dennoch alles noch einmal tun – ich werde mich heute nacht ihres Körpers mit demselben Vergnügen bedienen wie eh und je.«

Pacheco drückte seine Zigarre aus und holte sich eine weitere Gauloise aus der Tasche seines Hemds, die er an der Kerze auf dem Kaminsims in Brand setzte. Dann trat er an den Getränkeschrank und goß sich einen kleinen Cognac ein. Einmal mehr fiel mir die Präzision seiner Bewegungen auf, bei denen auch nicht eine Geste verschwendet wurde. Von der Straße waren noch immer Geschrei und gelegentlich Schüsse zu hören.

»Wenn du schon ein solcher Fatalist bist«, fragte Malgiolio und ging ihm mit einem Schritt nach hinten aus dem Weg, »wie kannst du mich dann verurteilen?«

»Weil deine Beziehungen auf Selbsthaß und einem Wunsch nach Erniedrigung basieren.« Pacheco hielt inne und schwenkte den Cognac in seinem Glas, um ihn anzuwärmen. Ich hatte das Gefühl, als ob er von all dem Gerede müde sei und uns am liebsten hätte gehen sehen.

»Du liebst diese Frau weder, noch begehrst du sie«, fuhr Pacheco fort. »Sie ist nur Werkzeug deiner Bestrafung. Das banalisiert deine Affäre bis zur Lächerlichkeit.«

»Und die deine ist höhere Leidenschaft?« fragte Malgiolio spöttisch.

»Nichts Höheres. Es ist nichts weiter als der Hunger eines Menschen nach einem anderen. Du hast im Grunde nur eine Beziehung zu dir selbst. Ich hatte eine Leidenschaft, und ich habe sie zu verwirklichen versucht. Batterby hatte eine Leidenschaft, bekam es dann aber mit der Angst zu tun und lief davon. Dalakis hatte eine Leidenschaft und ließ sich von ihr besiegen. Er hat nie um sie gekämpft. Er hat kapituliert, als sich der erste Konflikt ergab. Aber du, Malgiolio, deine Leidenschaft galt nur dir selbst, und sie ist so weit gesunken, daß du dir von irgendeinem fetten Weibsbild auf den Kopf pissen läßt.«

Malgiolio tat einen raschen Schritt auf Pacheco zu, der die Hand ausstreckte und, indem er Malgiolio einen Finger gegen die Brust drückte, ihn zum Stehen brachte.

»Das ist heute das zweitemal, daß du mich schlagen willst«, sagte Pacheco. »Vielleicht tut es dir ja gut. Wie auch immer, ich urteile nicht über dich. Ich beschreibe dich nur. Wenn ich einem Patienten sage, daß er Krebs hat, tue ich das auch nicht, um ihn zu verurteilen. Du hast eine Art emotionellen Krebs.«

»Und was hast du?« fragte ich ihn.

»Ich?« sagte Pacheco. »Oh, ich bin ein Verdammter – einer jener Narren, denen etwas anderes teurer ist als ihre eigene Seele.«

»Ist das nicht maßlos romantisch?« fragte ich und dachte dabei daran, wie oft man mir diesen Vorwurf schon gemacht hatte.

»Selbstverständlich, aber unglücklicherweise ist es auch wahr.«

»Und was ist mit ihr?« fragte Malgiolio, nach wie vor wütend. »Hast du keine Angst vor ihrer Rache, daß sie dich umbringen könnte?«

Pacheco kehrte zum Sofa zurück, setzte sich und lockerte seine Krawatte. Die Wange, auf die Quatrone ihn geschlagen hatte, war noch immer leuchtend rot und sah aus wie ein Stück rohes Fleisch. Es war, als blicke man in sein Inneres.

»Kann sein, daß sie mich umbringen will, aber sie wird es nicht tun«, sagte Pacheco. »Während unserer ersten Jahre miteinander kam sie des öfteren nachts, wenn sie dachte, ich schlafe schon, in mein Zimmer. Ich hörte, wie sie mit sich selbst sprach.

Einmal sah ich das Schimmern eines Messers. Sie schlich im Zimmer umher, konnte sich aber nicht überwinden, mich zu erstechen. Ein andermal, nachdem ich sie furchtbar gedemütigt hatte, ich weiß nicht mehr, wie, da drückte ich ihr eine geladene Büchse in die Hand. Sie legte auf mich an, und ich bin sogar sicher, sie wollte schießen, aber sie konnte nicht. Wir haben diese kleine Szene schon des öfteren durchgespielt.«

»Warum konnte sie nicht schießen?« fragte ich.

»Vielleicht ist sie einfach nicht fähig, einem anderen Menschen weh zu tun. Oder es war, weil sie mir damit das Vergnügen gemacht hätte zu sehen, daß sie auf meine Sticheleien reagierte. Oder weil sie wußte, daß Collura dann wieder in einem Armenspital landen würde. Oder vielleicht auch nur mir zum Trotz. Ich habe sie gefragt, aber sie wollte es mir natürlich nicht sagen.«

Ich hörte ein Geräusch draußen in der Halle, und die Tür ging auf. Oberst Carrera kam forsch herein und blieb angesichts der Ernsthaftigkeit unserer Gesichter stehen. Er machte eine kleine Verbeugung. »Tut mir leid, Sie noch einmal zu behelligen, aber ich weiß nun Endgültiges über Ihren Freund Kress.«

Wir sahen es seiner Miene an, daß Kress tot war, so daß seine Worte eigentlich überflüssig waren.

»Er wurde erschossen, fürchte ich. Ich dachte, Sie möchten es vielleicht wissen.«

Obwohl es ein furchtbarer Schock für mich war, ertappte ich mich doch bei dem Gedanken, daß Kress wenigstens nicht mehr hören würde, was in dieser Nacht besprochen worden war. »Was ist passiert?« fragte ich.

»Er kam um, als sein Regiment zu den meuternden Regimentern der Luftwaffe stoßen wollte. Wir haben keine Einzelheiten, aber man scheint seine Leiche öffentlich als Warnung ausstellen zu wollen.«

Und daraufhin begann mir Kress dann leid zu tun. Ich dachte an ihn, als er zwölf Jahre alt gewesen war – dünn, blauäugig, mit strengen blonden Fransen in exaktem Winkel zur Stirn geschnitten, ein wahrer Teufel auf dem Fußballplatz, Schrecken der Mädchen, Feigling gegenüber seinen Lehrern.

»Schwab ist auch tot«, sagte Dalakis. »Wir haben seine Leiche gesehen.« Dann begann er zu heulen. Und das, ohne sich auch nur im geringsten zu schämen. Er zog sein großes graues Taschentuch heraus und wischte sich damit über die Augen. Malgiolio schien ebenfalls außer sich.

»Das weiß ich«, sagte Carrera, der noch immer in der offenen Tür stand, »aber ich weiß nicht, wie es dazu gekommen ist. Es geht das Gerücht um, er hätte Gold transportiert. Als Quatrone ihn fand, war er allein in seinem Panzerwagen gesessen, und es gab weit und breit kein Gold.«

»Dann haben ihn also seine eigenen Leute umgebracht?« fragte ich.

»Möglicherweise. Man kann bei solchen Dingen nie sicher sein.«

Dalakis drängte ihn, etwas über die Geschehnisse in der Stadt zu berichten, aber Carrera wußte kaum mehr als vorher. Der Funkverkehr war ein Problem. Es wurde nach wie vor gekämpft, und es gab viele Heckenschützen. Einige der armen Viertel waren in Rebellenforts umgewandelt worden, und offensichtlich fand eine Schlacht im Stadtpark im Zentrum und eine um das Hauptpostamt herum statt. Carrera versicherte uns jedoch, es bestehe keinerlei Gefahr, die Regierung sei noch immer Herr der Lage und in weniger als einer Woche würde alles wieder beim alten sein.

Ich fragte mich, ob er tatsächlich so naiv war, dies zu glauben, aber ich war zu aufgewühlt, um zu streiten.

Ich trat hinaus in die Halle. Sieben oder acht Soldaten lagen auf einer Reihe von Pritschen an der Wand gegenüber, während die Sanitäter sich zwischen ihnen bewegten. Etwa zehn weitere standen herum. Einer aß eine Orange, ein anderer schien einen Brief zu schreiben. Es herrschte ein schrecklicher Lärm, es wurde gestöhnt, man schrie einander an. Hin und wieder öffnete sich die Haustür, und ich sah die Soldaten auf der Straße. Die Kerzen zischten, und alles war voller Schatten. Wiederum sah ich mich argwöhnisch beäugt, als könnte ich jeden Augenblick eine Waffe ziehen.

Rasch durchquerte ich die Halle in Richtung Eßzimmer. Der Tisch war noch so, wie wir ihn verlassen hatten, mitsamt der riesigen Torte und den leeren Weingläsern. Ich hatte vergessen, eine Kerze mitzubringen, und so nahm ich eine von einem der Kandelaber. Außerdem genehmigte ich mir ein winziges Stückchen Kuchen. Es ließ sich einfach nicht vermeiden. Als ich danach griff, warf ich versehentlich das Figürchen im weißen Kittel um, das für Pacheco stand, und es fiel von einer Ebene auf die darunter, wobei es rücklings auf der roten Glasur zu liegen kam. Als ich mir das kleine Männchen so ansah, kam mir der Gedanke, daß Pacheco mit seiner Behauptung, Roberto Collura von der Straße gedrängt zu haben, vielleicht gelogen hatte. Er hatte gewußt, daß Antonia Puccini lauschte. In Anbetracht seines Verlangens, sie zu schockieren, war es gut möglich, daß er die Geschichte nur erfunden hatte. Vielleicht war er ja tatsächlich hinausgefahren und hatte Collura vorbeirasen sehen, aber daß er ihn auch von der Straße gedrängt hatte, dafür gab es keinen Beweis. Vielleicht war das sogar der Grund für sein Lächeln gewesen: Weil ich ihn zu einem Geständnis gezwungen hatte, das er andernfalls freiwillig hätte machen müssen. Hätte ich ihn nicht beschuldigt, er hätte die Lüge selbst erfinden müssen. So hatte ich ihm unbewußt geholfen. Während ich das dachte, blieb mein Blick wieder an der Vase mit den Szenen aus dem *Sommernachtstraum* hängen. Vielleicht war die Gestalt mit dem Eselskopf kein anderer als ich selbst.

Ich durchquerte die Halle in Richtung Hof und ging dann nach hinten zur Küche. Von Señora Puccini war nichts zu sehen. Die Kerzen um die alte Frau herum hatte jemand gelöscht. Ihr Enkel hatte sich auf dem Boden eingerollt und schien zu schlafen. Ich suchte nach der Pistole, aber sie war verschwunden. Ich zog den Rock der alten Frau beiseite, fühlte unter den Falten des Stoffs, aber sie war nicht da. Ich zündete einige der anderen Kerzen an und durchsuchte rasch Hof und Küche. Die Vögel in ihren Käfigen begannen beim Anblick des Lichts wieder zu zwitschern. Die Pistole war nirgendwo zu finden, und ich konnte nur annehmen, daß Señora Puccini sie an sich genommen hatte.

Ich eilte über den Hof zurück. Von der Haustür her hörte ich eine laute Stimme. Als ich in die Halle trat, sah ich Hauptmann Quatrone mit etwa einem halben Dutzend Soldaten an der Tür stehen. Sie waren wachsam wie Adler und bewegten ihre Schnellfeuergewehre von einem Winkel in den anderen und richteten sie sogar auf ihre eigenen Kameraden. Einer der Soldaten stieß an einen Eimer mit roten Blumen, so daß er unter lautem Krachen umkippte und sich das Wasser mitsamt den Blumen über den Boden ergoß. Quatrone stritt mit Carrera, während Pacheco in der Nähe stand. Dalakis und Malgiolio sahen von der Tür zur Bibliothek her zu. Die Luft war wie geladen. Selbst die Soldaten waren sich dessen bewußt und sahen einander unruhig an, als stünden wir alle am Rande einer Katastrophe.

»Die Schüsse kamen aus diesem Haus«, sagte Quatrone. »Sie wurden aus einem der oberen Fenster abgegeben.«

»Aber das ist unmöglich«, sagte Carrera. »Das hier ist Pachecos Haus. Wir benutzen es als Lazarett. Es sind nur unsere eigenen Leute hier drinnen.«

»Ich muß es trotzdem durchsuchen«, sagte Quatrone. »Woher wollen Sie wissen, wer oben ist?« Wie schon zuvor war Quatrone extrem angespannt – als stünde er unter Strom –, und er schien seine Worte auszuspucken, als wolle er sie nicht zu lang im Mund haben.

»Wurde jemand verletzt?« fragte Pacheco.

Quatrone nahm Pachecos Frage nicht unmittelbar zur Kenntnis, und als er den Mund aufmachte, um zu antworten, wandte er sich an Carrera. »Darum geht es doch nicht. Zwei Schüsse wurden abgegeben. Einer hat einen Jeep getroffen. Es hätte jemand getroffen werden können.«

»Waren es Gewehrschüsse?«

»Nein, eine Pistole.«

Obwohl ich keinerlei Beweis dafür hatte, so war ich doch sicher, daß Pacheco wußte, daß die Schüsse aus seinem Haus gekommen waren, und sogar sein Vergnügen daran hatte – da es etwas bewies, was er bereits erwartet hatte. Ich begriff, daß er die ganze Zeit über von Señora Puccinis Pistole gewußt hatte, und ich wurde das Gefühl nicht los, daß er diesen ganzen Abend nur für sie inszeniert hatte, daß er die Geschichte seines Lebens mit ihr hatte erzählen wollen, ob er nun drei oder fünfzehn Gäste gehabt hätte, um dann mit dem Geständnis – wahr oder falsch – zu schließen, er habe den armen Roberto Collura von der Straße gedrängt. Er versuchte noch immer, ihr eine Reaktion abzutrotzen. Die Möglichkeit, daß sie mit der Pistole auf die Straße gefeuert hatte, bereitete ihm Vergnügen, wäre es doch ein Beweis dafür gewesen, daß sie ihre Passivität abgelegt hätte. Doch irgendwann kam mir der Gedanke, daß es noch eine weitere Alternative gab: nämlich daß Pacheco sie auch als Werkzeug seiner Bestrafung haben wollte. Plötzlich hatte ich das Bedürfnis, ihn beiseite zu nehmen und wegen Collura zu fragen. Hatte er ihn tatsächlich von der Straße gedrängt, oder hatte er das nur gesagt, weil er wußte, daß Señora Puccini zugehört hatte? Aber es gab keine Möglichkeit, zu ihm hinüberzukommen.

Carrera und Quatrone stritten noch immer. »Sie werden das Haus nicht durchsuchen«, sagte Carrera. »Wenn Schüsse abgegeben wurden, dann werden wir schon herausbekommen, von wem, aber ich habe nicht die Absicht, Sie und Ihre Leute hier durchs Haus toben und gewalttätig werden zu lassen, wie es Ihnen gerade paßt.«

Quatrone hielt seinen Blick gesenkt, aber es war deutlich zu sehen, daß er vor Wut kochte. Carrera andererseits schien die Ruhe selbst, eine Ruhe, die auf Geringschätzung und Überlegenheit zurückzuführen war. Er war im Grund einer von uns. Mochte er auch nicht zur Gruppe gehören, es wäre durchaus möglich gewesen. Er war kultiviert, weltgewandt und wohlhabend, während Quatrone einer völlig anderen Schicht angehörte – er war einer jener zornigen jungen Energiebündel, die im Heer als Schütze anfangen und sich dann mit den Methoden eines Kameradenschweins nach oben strampeln. Er erinnerte mich an einen Bullterrier, einen dieser grimmigen kleinen Köter, die einem die Zähne ins Fleisch hauen und nicht mehr loslassen wollen. So wie Malgiolio in den Unruhen eine Möglichkeit für das eigene Vorwärtskommen witterte, sah vermutlich auch Quatrone darin eine Chance für sich.

Ich hatte mich mittlerweile Dalakis und Malgiolio an der Tür in die Bibliothek angeschlossen – wir, die drei Gäste, die gealterten Schuljungen. Die beiden machten einen völlig verschreckten Eindruck, vermutlich auch ich selbst. Dalakis hatte seinen Blick durch die Halle schweifen lassen, die im Licht von hundert Kerzen erstrahlte. Dann fiel sein Blick auf die Treppe, und er erstarrte am ganzen Körper.

Ich drehte mich um und sah Señora Puccini, die sich eben anschickte, den linken Flügel der Treppe herabzusteigen. Sie hatte ihr schwarzes Kleid gegen ein blaues getauscht – ein langes, hellblaues Kleid mit einem weißen Kragen. Es hatte etwas Schockierendes. Ich hatte in ihr eine Frau in mittleren Jahren gesehen; aber das Kleid, das sie trug, war das einer weit jüngeren Frau. Sie hatte ihr Haar gelöst, das Haar einer jungen Frau, und hatte sich Blumen hineingesteckt, rote Blumen. Wegen der Kerzen lag ihre Erscheinung im Schatten, und als sie die Treppe herabstieg, sahen wir sie lediglich im Profil. Ihre Arme hingen ihr zu beiden Seiten herab, die Balustrade hinderte uns daran, ihre Hände zu sehen. Sie hielt sich kerzengerade und bewegte nicht einmal den Kopf, aber irgend etwas stimmte nicht an ihr. Sie hatte etwas Wahnsinniges an sich.

Wir starrten sie an, und selbst die Soldaten verstummten. Ich warf einen Blick auf Pacheco und sah, daß er ganz bei der Sache war. Er tat einige Schritte in Richtung Treppe. Dann kam Señora Puccini um die Biegung des Flügels, und als wir sie von vorn sahen, bemerkte ich das Blut auf ihrem blauen Kleid. Sie trug eine Kette aus Blumen, mit denen sich das Blut zu vermischen schien.

»Sie hat sich was angetan«, sagte Dalakis. Aber von dem Blut abgesehen schien sie keine Verletzung aufzuweisen, und ihr Gang war weder schwach noch zögernd. Erst später sollten wir entdecken, daß dieses Blut nicht das ihre war.

Als sie den unteren Teil der Treppe herabkam, begannen die Soldaten auf der anderen Seite der Halle, die sie nun in voller Größe sahen, zu flüstern und nach ihr zu zeigen. Es müssen über dreißig Männer in der Halle gewesen sein, und alle starrten sie an. Quatrone war von der Tür abgerückt und stand nun mit seinen sechs Leuten vor einer der Marmorbüsten.

Pacheco ging hinüber zur Treppe, die neben dem kleinen Teich um den Brunnen endete. Die Statue des nackten Mädchens erhob sich direkt hinter ihm. Auf einem Bein balancierend, einen Arm angehoben, schien sie halb zu tanzen, halb zu fallen. Der Brunnen selbst lief nicht mehr, seit der Strom ausgefallen war. Als Señora Puccini unten angelangt war und sich uns zuwandte, sah ich, daß die gesamte Vorderfront ihres Kleids voller Blut war, und das, obwohl ich keine Wunde sehen konnte. In ihrer rechten Hand, die neben ihrer Hüfte hing, hatte sie die kleine Pistole, die ich in der Küche gesehen hatte.

Pacheco hielt ihr die Hand entgegen, aber sie wich zurück, ging um ihn herum und kam dann auf uns und die Soldaten zu. Wie soll ich ihr Gesicht beschreiben? Es hatte etwas Freudiges – als hätte sie eben zu lachen aufgehört. Dennoch war der Kontrast zwischen Jugend und Alter, zwischen den Blumen und der Pistole, dem Blut und dem Kleid, ihrer Schönheit und dem Schrecken so kraß, daß die Soldaten erschraken, und selbst ich, der ihre Geschichte kannte, trat zurück auf die Schwelle der Tür zur Bibliothek. Dann drehte sie sich um und stand wieder Pacheco gegenüber. Von meinem Standort aus sah ich die Gesichter beider, seines, mit dem schrecklichen Schmiß, wo Quatrone ihn geschlagen hatte, von vorne, das ihre im Profil. Das Kerzenlicht tanzte auf dem glänzenden Chrom der Pistole, als lebte es.

Pacheco schien immer noch zu triumphieren. Er hatte sich etwas darauf eingebildet, all ihre Schritte vorherzuahnen, doch jetzt war es ganz anders gekommen. Und dennoch schien ihm gerade diese Abweichung Vergnügen zu bereiten. Wieder einmal hatte ich das Gefühl, daß er den Abend inszeniert hatte. Selbst als sie die Pistole hob und damit auf ihn zielte, reagierte er nur mit einem Lächeln.

»Sie erschießen mich nicht«, sagte er. Er stand mit dem Rükken zur Treppe. Ich konnte mir nicht vorstellen, woher er die Gewißheit nahm, mit der er das sagte.

Sie zielte weiter auf ihn, aber ihre Hand zitterte, und ihrem Gesicht war die Anstrengung anzusehen – als versuche sie, ein großes Gewicht zu stemmen. Hätte er es gewollt, Pacheco hätte ihr die Waffe aus der Hand schlagen können, so nahe standen sie beieinander. Ich wünschte mir, sie würde etwas sagen, würde ihm vorwerfen, ihr Leben und das von Roberto Collura ruiniert zu haben, würde über ihn richten, ihn verurteilen, ihm sein Verbrechen ins Gesicht schreien, so daß Carrera und Quatrone und die Soldaten ihre Vorwürfe mitbekämen. Hätte in diesem Augenblick eine Verhandlung stattgefunden, man hätte Pacheco zweifelsohne für schuldig befunden. Immerhin war hier Leben zerstört worden.

Statt dessen ließ sie die Pistole wieder an ihre Hüfte sinken, so daß der Lauf auf den Boden zeigte. Langsam begann sich ihr Gesicht wieder zu verändern. Sie begann zu lächeln, und noch einmal nahm ihr Gesicht jenen freudigen Ausdruck an. Sie sah glücklich und jugendlich aus; wie ein Mädchen, das ihren Geliebten begrüßt. Mit einem Schritt auf ihn zu hob sie das Gesicht und hielt ihm den Mund zum Kuß entgegen. Zum erstenmal sah Pacheco verunsichert aus, aber dann begann auch er zu lächeln, teils vor Erleichterung, aber auch vor Liebe und Vergnügen, als wären die beiden ein junges Paar, das sich getrennt hatte und sich jetzt zur Versöhnung wiedertraf. Auch er trat vor, um ihren Kuß entgegenzunehmen und sie zu umarmen.

Aber fast im selben Augenblick, als ihre Lippen einander berührten, wanderte die Hand mit der Pistole auf seinen Rücken, so daß sie auf die Soldaten und Quatrone gerichtet war – dann drückte sie ab. Selbst für eine kleine Waffe war der Lärm in dem marmornen Raum gewaltig. Die Kugel traf den Boden und sauste zwischen Quatrones Leuten umher. Dann feuerte sie noch einmal und noch ein drittes Mal. Drei Schüsse in rascher Folge. Und Pacheco, statt nach der Waffe zu greifen, legte ihr einen Arm um die Taille und küßte sie weiter. Aber vielleicht wußte er, daß ihm keine Zeit mehr blieb, daß alles vorbei war, da die Soldaten nicht weniger schnell reagierten, als Señora Puccini schoß. Einer der jungen Männer um Quatrone eröffnete mit seiner automatischen Waffe das Feuer, dann ein zweiter und ein dritter. Ich sah, wie die Kugeln Pacheco trafen. Sie rissen ihn zu Boden und schleuderten ihn rücklings in den kleinen Teich, so daß ein Schwall Wasser auf den Marmorboden schwappte. Señora Puccini brach auf den Stufen zusammen. Wir waren vom Knall der Schüsse ganz taub.

Carrera lief los. »Feuer einstellen!« rief er. »Waffen weg!«

Nur wenige Sekunden waren verstrichen zwischen Anfang und Ende der Tragödie. Zusammen mit den anderen rannte ich los und schob die Soldaten aus dem Weg. Als ich den Brunnen erreichte, kniete ich auf dem nassen Boden nieder. Pacheco war tot. Die Kugeln hatten ihn in die Brust getroffen. Er lag auf dem Rücken im Wasser, die Arme ausgestreckt. Seine Augen standen offen. Ich hatte erwartet, auf seinem Gesicht Zorn zu entdecken oder Angst oder Schmerz. Statt dessen sah er aus, als lausche er einem fernen Geräusch, als hätte irgendwo in der Ferne jemand seinen Namen gerufen. Ich ertappte mich bei dem zornigen Gedanken, mit welchem Recht er wohl so friedlich dreinschaute. Sein Blut hatte das Wasser gefärbt, als wäre der Teich mit Blut gefüllt, dem Blut vieler Menschen. Die Goldfische schwammen so ungerührt weiter wie zuvor.

Auch Señora Puccini war mehrere Male getroffen, aber sie war noch am Leben. Mit letzter Kraft versuchte sie die Treppe hinaufzukriechen, stemmte sich auf, zog sich auf die nächste Stufe, stemmte sich wieder auf – eine Stufe, zwei, fünf, sieben. Keiner versuchte ihr zu helfen. Sie hatte die Pistole fallen gelassen, Pacheco hatte sie in der Hand. Wir beobachteten Señora Puccini, das hellblaue Kleid blutgetränkt; die Kette aus roten Blumen zerriß, die Blüten fielen auf der Treppe um sie herum. Aber nach ein paar weiteren Stufen konnte sie dann doch nicht mehr. Sie stützte sich auf die Arme und stützte sich auf, so daß sich die Haut am Hals zum Zerreißen spannte. Sie öffnete den Mund, als wollte sie etwas sagen, schloß ihn aber wieder, rollte auf die Seite und stürzte die Treppe herunter, im Fallen schon tot, halb in den Teich, Kopf und Schultern im Wasser, ihre Beine auf dem Boden. Ihr langes Kleid hatte sich über die Schenkel geschoben, und ich starrte auf ihre bloßen Beine. Dann zog ich ihr Kleid darüber. Ihr Arm war nach hinten gedreht und lag quer über Pachecos Brust. Ihre Augen waren geschlossen. Sah ihr Gesicht friedlich aus? Welcher Art auch immer ihre letzten Gefühle gewesen sein mochten, sie hatte sie mitgenommen. Wir standen im Halbkreis um den Teich und sahen die beiden an. Selbst Quatrone sah erstaunt, ja betroffen aus.

Das war das Ende unseres Abends. Den Soldaten, die geschossen hatten, war sicher kein Vorwurf zu machen. Wir versuchten, Carrera zu erklären, was sich hier zugetragen hatte, warum Señora Puccini das getan hatte, aber es blieb ihm ein Rätsel. Er hatte von Pachecos üblem Ruf, was Frauen betraf, gehört, und für ihn war das nun das letzte Beispiel dafür. Was Quatrone anging, so machte er noch nicht einmal den Versuch zu verstehen. Verrückte tun verrückte Dinge, lautete seine Erklärung.

Oben fanden wir Roberto Collura – ebenfalls tot. Señora Puccini hatte ihn erschossen; das Blut auf ihrem Kleid war von ihm gewesen. Ich stellte mir vor, wie sie Pachecos Beichte lauschte, daß er Roberto Collura hatte umbringen wollen, indem er ihn von der Straße drängte. Ich stellte mir vor, wie sie in die Küche zurückgeeilt war und die Pistole geholt hatte. Dann jedoch mußte sie erst die Blumen gepflückt und das blaue Kleid angezogen haben. Das wiederum konnte ich nicht verstehen. Warum hatte sie sich wie eine junge Frau gekleidet? Ich stellte mir vor, wie sie in ihrem blauen Kleid, die Blumenkette um den Hals und die Blüten im Haar, in Colluras Zimmer trat. Was hatte er wohl gedacht? Was hat sie zu ihm gesagt? Sie hatte Lippenstift aufgetragen, und obwohl ich verlegen werde bei dem Geständnis: ich habe mir Colluras Mund sehr genau angesehen, seine Lippen, seine Wangen und seine Stirn, um eine Spur davon zu entdecken, als hätte sie ihm womöglich einen Abschiedskuß gegeben. Aber ich fand nichts. Alles, was ich sagen kann, ist, daß sie sich umgezogen hatte und zu ihm ins Zimmer gegangen war. Ich weiß noch nicht einmal, ob er wach gewesen war. Aber nachdem ihr Kleid mit seinem Blut getränkt gewesen war, mußte sie sich auf ihn gelegt haben, um ihn ein letztes Mal zu umarmen. Dann hatte sie vom Balkon aus auf die Straße geschossen. Und warum das? Wieder habe ich keine Antwort. Vielleicht, um die Soldaten dazu zu bringen zurückzuschießen, vielleicht auch, um sie zu erschrecken. Hatte sie ihren Plan, sich und Pacheco von den Soldaten erschießen zu lassen, zu diesem Zeitpunkt bereits gefaßt? Hatte sie sich bereits entschlossen, Pacheco jenen letzten Kuß zu geben – den einzigen, den sie ihm je freiwillig gegeben hatte?

Das einzig Gute, was dabei herauskam – wenn man von dieser Nacht überhaupt etwas Gutes berichten kann – war, daß Oberst Carrera sich erbot, uns drei alte Jungs nach Hause zu begleiten. Selbstverständlich nahmen wir an; keiner verspürte den Wunsch, bei Pacheco zu übernachten. Ich wollte allein sein, weit weg von den Freunden meiner Kindheit. Es ist besser, seinen Kummer in den eigenen vier Wänden zu verstecken.

Außerdem war ich froh, von Malgiolio wegzukommen, der sich mit einemmal aufführte, daß es Dalakis und mir peinlich war. Unerklärlicherweise hatte er angefangen zu lachen. Er hielt sich seinen Schmerbauch, krümmte sich plötzlich und brach in ein lautes Gejohle aus. Er sagte kein Wort, und ich spürte, daß es ihm selbst peinlich war, weil er, als er merkte, daß er nicht mehr damit aufhören konnte, in die Bibliothek ging und die Tür hinter sich schloß. Aber selbst draußen in der Halle konnte ich ihn hören. Sein Lachen war schrill, unschön, fast weibisch, und ich sah, daß auch die Soldaten sich ihre Gedanken über ihn machten. Ich mußte mit einemmal wieder an seine vielversprechenden Anfänge als Dichter denken. Was für ein übles Ende das doch mit ihm genommen hatte.

Dalakis weinte ungeniert, wischte sich die Augen und stieß tiefe Seufzer aus. Außerdem fragte er immer wieder, wo Señora Puccini die Pistole hergehabt hatte. Selbstverständlich sagte ich nichts und behielt mein Wissen für mich, zumal ich der Meinung war, man könnte mich mißverstehen. Ehrlich gesagt, als mir klar wurde, daß auch Pacheco von der Pistole gewußt hatte, war ich völlig sicher, daß er ihr die Pistole irgendwann, vor langer Zeit schon, gegeben hatte. Niemand konnte mir also zum Vorwurf machen, daß ich ihm nichts gesagt hatte. Immerhin hatte er selbst diesen Abend inszeniert. Ich war nur Teil des betroffenen Publikums. Mir kam der Gedanke, daß er sogar das Foto der jungen Señora Puccini nur für diese Gelegenheit auf den Kaminsims gestellt hatte, nur damit wir es sähen und darauf zu sprechen kämen. Ich versuchte, den Enkel der Köchin zu fragen, ob das tatsächlich der Fall sei, aber sein furchtbarer Kummer machte eine verständliche Antwort unmöglich. Was Pachecos ständiges »Señora« ihr gegenüber betraf, so war das nichts weiter als ein Beispiel für den ständigen Druck, den er auf sie ausübte: so zu tun, als sei sie eine verheiratete Frau.

Bevor ich das Haus verließ, ging ich noch einmal zurück ins Eßzimmer. Dort stand noch der Rest des Kuchens mit den sechzehn kleinen Figürchen, die uns sechzehn alte Knaben darstellen sollten, die wir jetzt, wo Kress, Schwab und Pacheco tot waren, nur noch dreizehn waren. Und nach allem, was ich in jener schrecklichen Nacht erlebt hatte, womöglich noch weniger. Ich fand die kleine Figur, die Pacheco darstellen sollte – ein Mann in einem weißen Kittel mit einem Stethoskop um den Hals – und steckte sie ein.

Wie dankbar bin ich doch dafür, in der Lage gewesen zu sein, das Chaos jenes Abends zu nehmen und zu einer Geschichte zu ordnen, sie verdaulich zu machen. Stolz und selbstsicher, als sei mein Freund noch immer bei mir, hat das kleine Männchen während der Monate nach der Dinnerparty aufmerksam links neben meiner Schreibmaschine gestanden, während ich meine Geschichte komponierte und die Stadt sich langsam wieder erholte. Es hat selbstverständlich Veränderungen gegeben. Der alte Mann, der mit seinem Wagen durch die Straßen gezogen war und Gemüse verkauft hatte, ist ebenso verschwunden wie einige vertraute Gesichter aus den Nachrichten. Von Treulosigkeit und Verrat ist die Rede. Trotzdem haben wir uns daran gemacht, die gefallenen Maschen unseres Lebens wieder aufzunehmen, um es wieder zu dem zu machen, was es vorher gewesen war. Ich habe meine alten Gewohnheiten wieder aufgenommen, meine karitative Arbeit, und meine Nachbarn halten mich nach wie vor für einen Witwer in mittleren Jahren, dem die eigene Gesellschaft die liebste ist.

Was jene Nacht mit all der Gewalt auf den Straßen betrifft, so ist sie nach wie vor so etwas wie ein Rätsel, ein Aufruhr, hervorgerufen durch eine tiefe Unzufriedenheit, ja durch Unglück. Dummerweise interessiert mich die Politik, wie ich schon angedeutet habe, nur wenig, so daß mir die meisten Einzelheiten jener Nacht unklar geblieben sind. Aber die Zeit bleibt nicht stehen; tagtäglich werden Blätter von den Kalendern gerissen. Glücklicherweise stehen wir kurz vor unserem nächsten Abendessen. Diesmal wird Julio Hernandez, der Priester, unser Gastgeber sein. Erscheint es sehr merkwürdig, daß ich mich darauf freue, meine alten Freunde wiederzusehen?

Meine letzte Handlung in Pachecos Haus hatte darin bestanden, das Tranchiermesser zur Hand zu nehmen und mir noch ein Stück dieses göttlichen Kuchens abzuschneiden. Ich nahm eine der blauen Leinenservietten, wickelte es ein und ließ es in die Tasche meines Jacketts gleiten, um es allein zu Hause besser genießen zu können. Dann nahm ich ein zweites Stück, um mir davon nur einige Krumen zwischen die Lippen zu schieben, was sich freilich als unmöglich erwies, und ich aß das ganze Stück direkt aus der Hand, so daß mir die rosigen Krümel und Erdbeerstückchen über Jackett und Hemd rieselten. Obwohl soviel Zucker für mich das reinste Gift war, konnte ich einfach nicht widerstehen. Dieser Kuchen war so gut, so süß.

Stephen Dobyns

Die Kirche der toten Mädchen

Roman

Aus dem Amerikanischen von Rainer Schmidt

Band 14404

Nach und nach verschwinden drei junge Mädchen in der kleinen Stadt Aurelius im Staate New York. Als das erste Mädchen verschwindet, richtet sich der Verdacht der Bewohner zunächst auf alle Außenseiter der Stadt. Als das zweite Mädchen auf die gleiche mysteriöse Weise verschwindet, nehmen Angst und Mißtrauen zu, verdächtigen sich Menschen, die seit jeher Nachbarn sind, gegenseitig. Als das dritte Mädchen verschwindet, spitzt sich die Atmosphäre alptraumhaft zu. Keiner der Bewohner bleibt verschont von den zerstörerischen Auswirkungen der Denunziationen und Verdächtigungen – weder der angesehene Chefredakteur der Regionalzeitung noch der prüde Apotheker; nicht einmal der Erzähler, ein Biologielehrer, weil er dabei beobachtet wird, wie er mit Mädchen aus der Nachbarschaft Plätzchen backt. Denn das ist allen klar: Der Perverse, der sie mit seinen Taten in Atem hält, das ist einer von ihnen.

Fischer Taschenbuch Verlag

fi 2072 / 7

Pat Barker

Die Lockvögel

Ein Kriminalroman

Aus dem Englischen von Elisabeth Hartmann

Band 12309

Eine nordenglische Kleinstadt. Die Frauen im heruntergekommenen Arbeiterviertel Northgate führen ein hartes Leben. Sie arbeiten entweder am Fließband der örtlichen Hühnerfabrik oder verdienen ihr Geld auf dem Strich. Eine andere Wahl bleibt ihnen kaum. Seit Monaten schon treibt ein Prostituiertenmörder sein Unwesen. Die Polizei schaut tatenlos zu, wartet ab und benutzt die Frauen als Lockvögel, um den Täter zu fassen. Zur Zeit gibt es für Brenda, Jean und die anderen, die sich zum Aufwärmen mehrmals in der Nacht in ihre Stammkneipe flüchten, kein anderes Thema als die Jagd auf den Killer. Sie schließen sich zusammen und versuchen, sich gegenseitig zu schützen. Denn keine von ihnen kann es sich leisten, aufzuhören. Sie wissen alle, daß der nächste Freier oder einer ihrer Stammkunden der Täter sein kann.

Fischer Taschenbuch Verlag

fi 559 / 6

Sarah Dunant

Fette Weide

Roman

Aus dem Englischen von Sabine Roth

Band 12343

Zerrüttete Familienverhältnisse bescheren Hannah Wolfe einen ungewöhnlichen Auftrag: Die Detektivin soll die vierzehnjährige Mattie an deren Geburtstag auf einer Shopping- und Sightseeingtour durch London begleiten. Am Abend – der Vater läßt mal wieder auf sich warten – explodiert eine Autobombe, und Mattie ist tot. Die Polizei vermutet, daß der Anschlag Tom Shepherd, Matties Vater, gilt; er arbeitet für einen Pharmakonzern und hat bereits mehrere Drohbriefe erhalten. Bald darauf ist Shepherd tatsächlich tot. Aber alle Anzeichen deuten auf Selbstmord. Hannah, die sich mitschuldig fühlt an Matties Tod, weil das Mädchen ihrer Obhut anvertraut war, ist entschlossen, herauszufinden, was wirklich passiert ist.

Fischer Taschenbuch Verlag

fi 1623 / 4

Maria Benedickt

Blutrotes Passepartout

Roman

Band 13943

Die 33jährige Passepartout-Schneiderin Margo Varese hat das zweite Gesicht. Seit ihrer Kindheit kann sie in unkontrollierbaren Schüben in die Köpfe von anderen Menschen eindringen. Ihre Gabe löste vor Jahren einen Skandal aus, als sie in einer Wiener Straßenbahn scheinbar ohne jeden Grund einen Mann bewußtlos schlug. Nur ihre Großmutter weiß den Grund dafür, nämlich daß Margo sich in einem plötzlichen Schub im Kopf des Mannes wiederfand, als er sich ausmalte, wie er sie mit seinem Gürtel erdrosseln wollte. Das ist einige Jahre her, und nun verbringt sie mit ihrer Großmutter den Urlaub in ihrem Heimatort, dem niederösterreichischen Herbeckstein. Margo mied den Ort lange Zeit, weil das Opfer ihres Angriffs, Heinrich Gruber, gleich im Nachbardorf lebt. Kurz nach ihrer Ankunft wird eine Frauenleiche gefunden. Margo ist sicher, daß Gruber der Mörder ist. Sie legt sich einen riskanten Plan zurecht, der prompt schiefgeht. Unweigerlich müßte sie sein nächstes Opfer werden – hätte da nicht die respektlose Großmutter ein Wort mitzureden.

Fischer Taschenbuch Verlag

fi 1591 / 4

Maria Benedickt

Fräulein Gloria geht baden

Roman

Band 13942

Die unscheinbare Gloria Wehling hat sich längst daran gewöhnt, von allen übersehen zu werden. Tagsüber arbeitet sie als Rezeptionistin in einem Wiener Großbüro, abends schreibt sie an ihrer Diplomarbeit in Sinologie. Sie hat eine erträgliche Balance zwischen dem Job, ihrer Forschungsarbeit und langen, heißen Entspannungsbädern gefunden, die ins Wanken gerät, als es Frühling wird. Eine seltsame Unruhe erfaßt sie, die bald darauf durch die Entdeckung eines Nachbarn einen konkreten Anlaß bekommt: Ein Spanner beobachtet sie vom Haus gegenüber. Kurze Zeit später zischt bei einem Spaziergang ein Projektil an ihrem Kopf vorbei. In Glorias Büro geht eine Bombe hoch. Nur durch Zufall entgeht sie einem Attentat. Jetzt muß sie die Ereignisse wohl oder übel auf sich beziehen. In einer winterlichen Hügellandschaft kommt es zum Showdown. Gloria entdeckt, wer sie beseitigen wollte.

Fischer Taschenbuch Verlag

fi 1626 / 4

Shirley Shea

Katzensprung

Ein Kriminalroman

Aus dem kanadischen Englisch von Helga Bilitewski

Band 11021

Eine mysteriöse Mordserie schreckt die Bewohner Torontos auf. Die Opfer haben zwei Merkmale gemeinsam: Sie sind alle männlichen Geschlechts, und ihre Leichen sind sorgfältig numeriert. Es muß eine Verbindung zwischen den Morden geben, aber es lassen sich keine weiteren Hinweise finden. Es gibt keine Zeugen, keine Fingerabdrücke und kein erkennbares Motiv: Die Polizei steht vor einem Rätsel. Die Männer in der Stadt bekommen es mit der Angst zu tun. Die Polizei empfiehlt, dunkle Straßen, Aufzüge und Tiefgaragen zu meiden. Die Angst steigert sich bald zur Hysterie. In den Fall verwickelt werden auch der erfolgreiche junge Strafverteidiger David Jenning und seine Frau Sylvia, die in einem Ort in der Nähe Torontos leben. Sylvia ist eine kluge und attraktive junge Frau mit feministischen Überzeugungen und einem ausgeprägten Sinn für Gerechtigkeit. Eines Tages läuft Sylvia ein schwarzer Kater zu, von dessen instinktiver Schläue und Unabhängigkeit sie einiges lernen kann und der ihr schließlich das Leben rettet...

Fischer Taschenbuch Verlag

fi 239 / 8